지하련
池河連全集
전집

엮은이 서정자 徐正子

숙명여자대학교 국어국문학과 및 같은 대학원에서 박사 학위를 받았다.『현대문학』을 통해 문학 평론 활동을 시작했다. 저서로『한국 근대 여성소설 연구』『한국 여성소설과 비평』『우리 문학 속 타자의 복원과 젠더』『나혜석 문학 연구』『박화성 한국 문학사를 관통하다』(공저)『디아스포라와 한국문학』(공저) 등이, 수필집으로『여성을 중심에 놓고 보다』, 편저로『한국여성소설선 1』『원본 나혜석 전집』『박화성 문학전집』『지하련 전집』『강경애 선집−인간문제』『김명순 문학전집』(공편)『나는 작가다−박화성 앤솔러지』(공편) 등이 있다. 나혜석학술상, 숙명문학상, 한국여성문학상을 수상했다. 초당대학교 교수, 초당대학교 부총장, 나혜석학회 초대회장을 역임했다. 현재 초당대학교 명예교수, 학교법인 초당학원 이사, 박화성연구회장 창립 회장(현 고문), 한국여성문학학회 고문이다.

지하련 전집

초판 발행　　　·2004년 1월 25일
개정증보판 발행 · 2023년 12월 26일

엮은이 · 서정자
펴낸이 · 한봉숙
펴낸곳 · 푸른사상사

주간 · 맹문재 | 편집 · 지순이 | 교정 · 김수란, 노현정 | 마케팅 · 한정규
등록 · 1999년 7월 8일 제2−2876호
주소 · 경기도 파주시 회동길 337−16(서패동 470−6)
대표전화 · 031) 955−9111~2 | 팩시밀리 · 031) 955−9114
이메일 · prun21c@hanmail.net
홈페이지 · http://www.prun21c.com

ISBN 979−11−308−2123−8　93810
값 42,000원

개정
증보판

지하련

池河連全集

전집

서정자 엮음

 푸른사상
PRUNSASANG

지하련(池河連, 1911~1960?)

최정희와 지하련

『삼천리』「편지」의 지하련
1940년 4월

片 紙

——詩人 林和 夫人——

李 現 郁

임화의 부인으로 쓴 「일기」
이현욱(李現郁),
1940년 10월 『여성』

임화

사 인……(264)

인 사

池 河 連

1941년 4월 『문장』지 등단
「인사」와 지하련

9

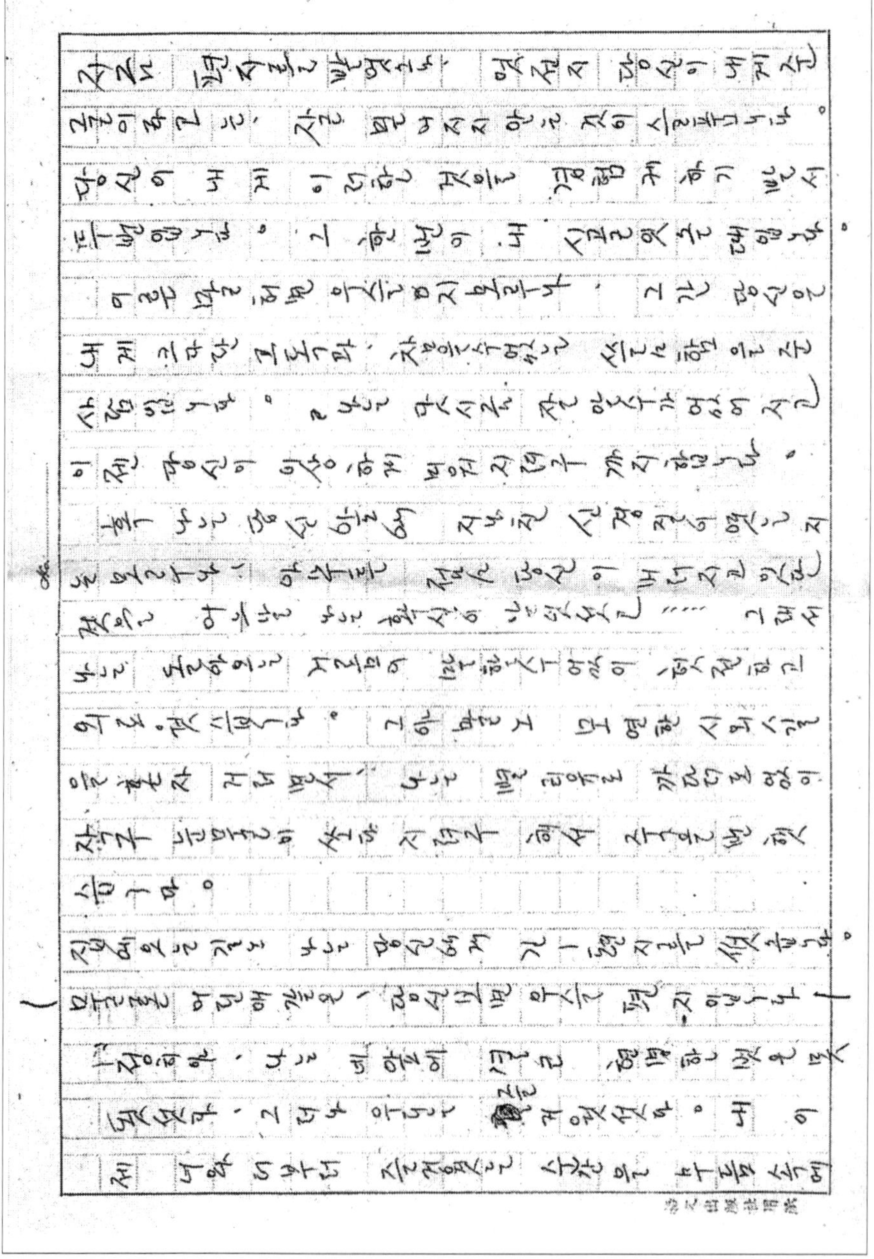

1940년 12월 최정희에게 쓴 서한(육필서한) 첫 면

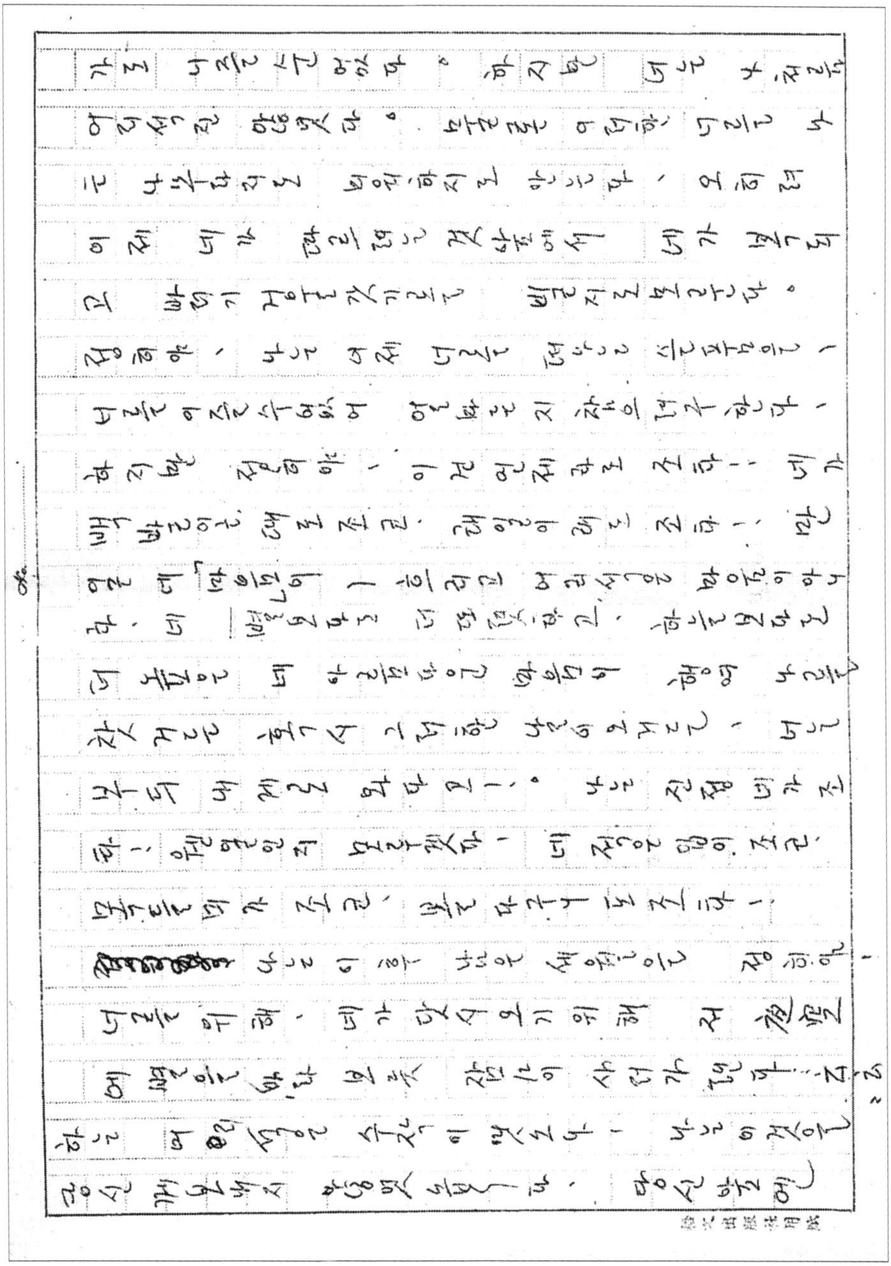

1940년 12월 최정희에게 쓴 서한 둘째 면

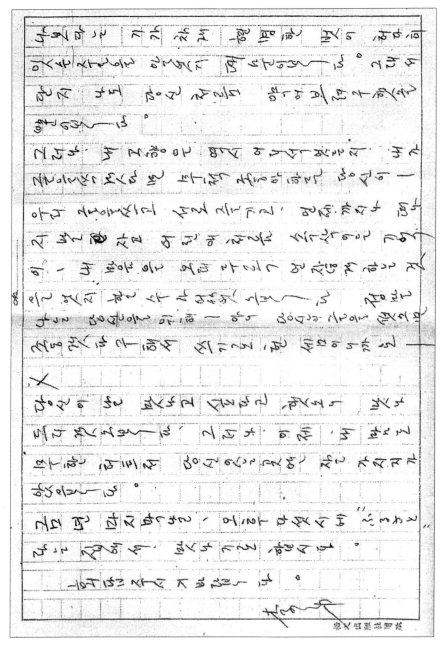

1940년 12월 최정희에게 쓴 서한 셋째 면

...氏. 일간 떨고 어찌 있습니까 ? 애기도 흐

...한지 궁금합니다 ㅇ 지난 十八일날

기여히 이곳으로 오라ㅇ 왔습니다ㅇ 한번 놀너

와 주십시오 ㅇ 쎄비ㅅ이 하신 대쭝을 밀고

옛주든 꺼앉 꾸다 ― 꼭 와 주십시오 ㅇ

홍자 오시기 뭐 허시건 崔貞熙氏나 임화氏

와 함께 와 주십시오 ㅇ

回基平 三四ㅡ五

李 泰 俊

지하련(이현욱)의 육필서한 봉투 '신설정 361-1 이현욱'이라고 되어 있다.

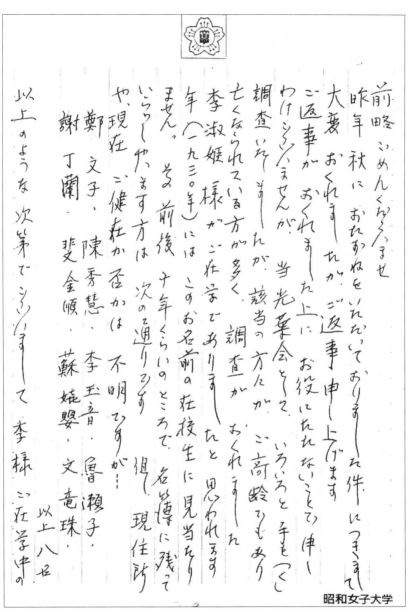

前略　ごめんくださいませ

昨年秋におたずねをいれておりました件につきまして

大変おくれましたが、ご返事申し上げます

ご返事がおくれました上に、お役にたれないことで申し

わけございませんが、当光葉会として、いろいろと手をつく

調査いたしましたが、該当の方々が、ご高齢でもあり

亡くなられている方が多く、調査がおくれました

李淑娘様がご在学でありましたと思われる

年（一九三〇年）には、このお名前の在校生に見当たり

ません。学前後十年くらいのところで、名簿に残って

いらっしゃいます方は次のとおりです。但し、現住所

や、現在ご健在か否かは不明ですが…

鄭文子・陳秀慧・李玉音・魯瀬子・

謝丁蘭・斐金順・蘇嬈嬰・文竜珠・

以上八名

以上のような次第でございまして李様ご在学中の

昭和女子大学

지하련의 학적을 문의한 데 대해 소화고녀에서 보내온 편지 첫째 면

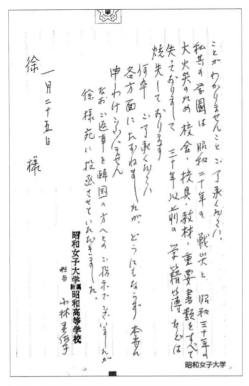

ことがわかりましことご了承ください
私共の学園は昭和二十年の戦災と昭和三十年の
大火災のため校舎・校具・教材・重要書類をすべて
失ております三十年以前の学籍簿など
焼失しております
何卒ご了承ください
各方面にたずねましたがどうにもなりません本当に
申わけございません
なおお返事を韓国の方へとご投示下さいませんが
徐様苑に投丞させていただきます

一月二十五日

徐 様

昭和女子大学附属昭和高等学校
担当 小林美佐子

昭和女子大学

'지하련의 학적을 문의한 데 대해
소화고녀에서 보내온 편지 둘째 면

소화고녀 답장(번역)

〈작년 가을에 의뢰하신 건에 관해 매우 늦었지만 답장을 보냅니다. 답장이 늦어진 데다가 별로 도움이 되지 못해서 죄송스럽게 생각합니다. 저희 광화회(光華會·총동창회)에서 여러 모로 손을 써서 조사를 했습니다만, 당시(1930년 전후)의 분들이 고령이기도 하고, 돌아가신 분들이 많아서 조사가 늦었습니다. 이숙희 님이 재학 중이었을 거라고 생각되는 해(1930년 전후)에는 이 이름이 재학생 명단에 없었습니다. 1930년 전후 10년간 명부에 남아 있는 분은 다음과 같습니다. 단, 현 주소와 현재 살아 계신지는 알 수 없습니다. 정문자, 진수혜, 이옥음, 노뢰자, 사정란, 배금순, 소희영, 문용주 이상 8명으로, 이숙희 님 재학 사실은 알 수 없었습니다. 저희 학원은 소화 20년(1945년) 전쟁과 소화 30년(1955년) 대화재로 교사(건물), 교구, 교재, 중요 서류 모두를 잃어버려서, 1930년 이전의 학적부 등은 소실되었습니다. 아무쪼록 이해 부탁드립니다. 여러 방면으로 조사를 해보았습니다만, 아무런 도움이 되어드리지 못해 죄송합니다.

소화여자대학 부속 소화고등학교 담당 〈야마바야시 미사코〉

지하련 전집

緑が丘の正門から15段あがると校庭に続く— 昭和 5 年—

1920년대 소화고녀 교문. 지하련은 이 교문을 통해 학교에 등하교하였을 것이다.

学院生と同席する「高女卒業生」—昭和 7 年—

지하련이 재학할 무렵의 소화고녀 졸업생 사진(1932년)

「도정」이 발표된 『문학』 창간호 표지

등단작 결별(訣別)」이 실린
1940년 12월 『문장』지

지하련 전집

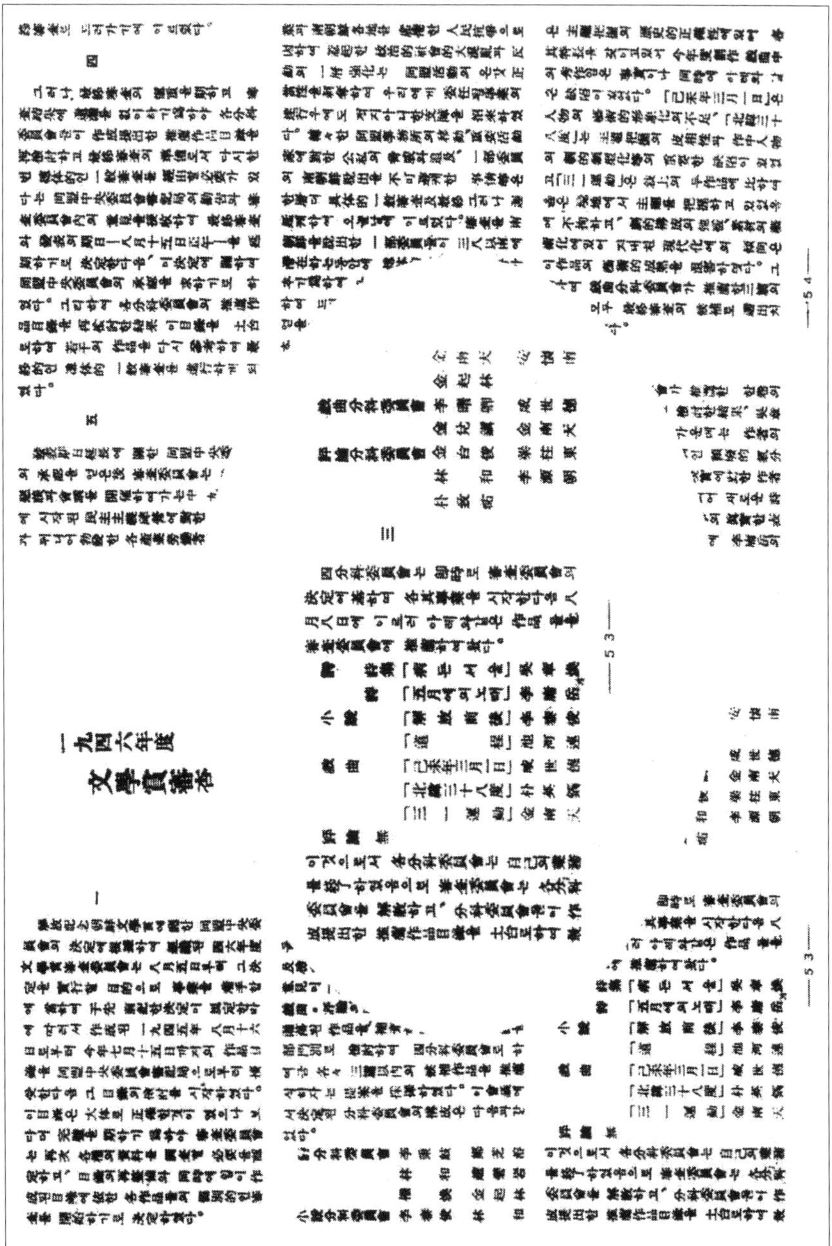

1946년도 해방기념문학상 심사 경과 및 결정 이유 1947년 4월 『문학』 제3호

지하련의 창작집 『도정』의 표지

창작집 『도정』의 판권 부분 이현욱 도장

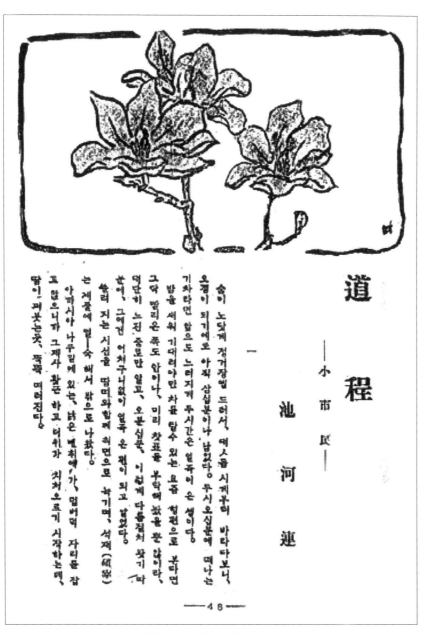

道　程

——小市民——

池河蓮

송이 노릇게 정거장에 드러서, 대스를 시꺼부터 바다다보니 오정이 되기에요 아직 삼십분이나 남었다. 두시오심전에 떠나는 기차라면 함을도 느러지게 두시간은 멀듯이 온 셈이다. 밤을 세워 기다려야만 차를 탈수 있는 요즘 형편으로 부다면 그닥 멀리운 쪽도 안이나, 미리 차표를 부탁해 놨을 판 닭이락. 여단서 느진 줄로만 알프, 오분실분, 이렇게 다름질쳐 왔기 따하니, 그런건 어처구니없이 얼룩 온 편이 되고 말았다.

쓸리 지는 시선을 떠머와함께 최면으로 누기며, 석재(碩在) 는 게끝에 걸―숙 해서 밖으로 나왔다.

아까시아 나무밑에 있는, 낡은 벤취에가, 얼버러 자리를 잡고 앉으니까 그제사 칼든 하고, 더위가 치처 오르기 시작하는데, 땀이, 피붓는옷, 똑똑 떠러진다.

——４８——

推薦小說(白鐵推薦)

訣別

池河連

어젯밤 좀 늦게 자거니 일도 있었고 해서 그랬든지 아무튼
일부터 달게 자는 새벽잠을 깨울멋도 없어 남편은 그냥
새벽차로 일직암치 관평을 나가기로 했던것이다.
후체가 눈을 떴을때 제일 먼저 머리에 떠오르는것은
어제밤 다툰 일이다. 하긴 어제밤만해도, 칠원관행은 몸
소 가봐야 하겠다는둥, 무슨 리사회가 어떠니 혁의회가
어떠니 하고, 길게 늘어놓는 남편의 이야기가 그저 좀
지리했을뿐 별것 없었드라면 그도 모르겠는데, 어쩐지 그
게 꼭 「이머니 내가 얼마나 흥융하냐」는 것처럼 멋들

어 자연 주고 받는 말이 만것이 기껏
「남의 일이라니, 왜 결국 내일이지」
이렇게 나오지 않을수 없었고, 이렇게 되고 보니 딴
집으로만 났을뿐 아직 한집안 일뿐아니라 근댁에서 돌
재아들을 더 힘 믿는 판이고보니, 하긴 남편의 말대로
짜장 그렇기도 한것이 후체로선 며 노끌스럽게 된 판
에다가,
「여자가 아무리 영니해도 밖갓일을 이해못함 그건
좀 곤난해——」

비위에 와서 걸피고 보니 후체로서도 가만이 있을수없

65

『문장』에 실린 지하련의 「결별」

지하련 전집

지하련이 소설을 썼던 작은오빠 이상조의 산호동 집

큰오빠 이상만

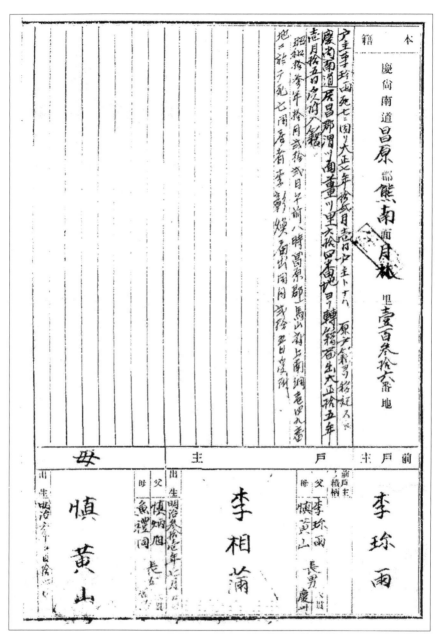

지하련(이숙희) 친정 호적 1

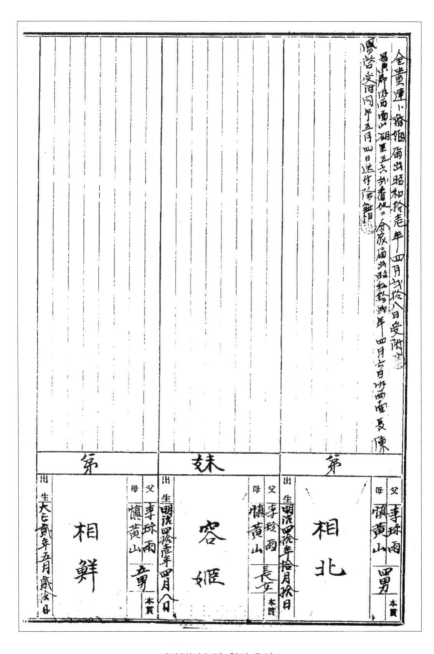

지하련(이숙희) 친정 호적 2

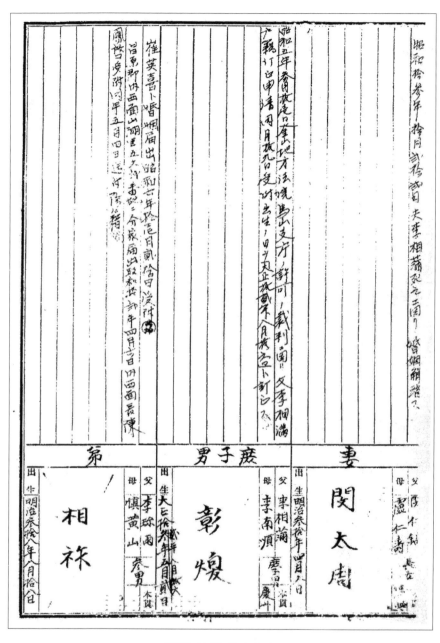

지하련(이숙희) 친정 호적 3

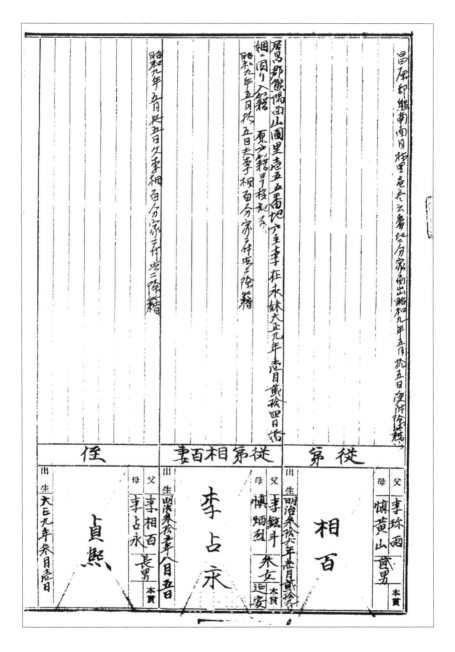

지하련(이숙희) 친정 호적 4

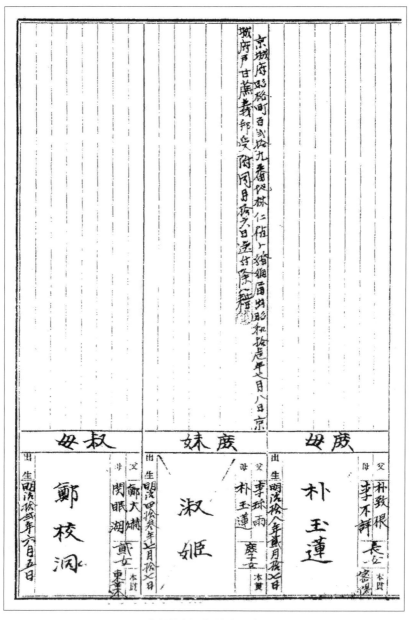

지하련(이숙희) 친정 호적 5
지하련인 이숙희가 이진우 박옥련의 서자녀로 기록되어 있다.

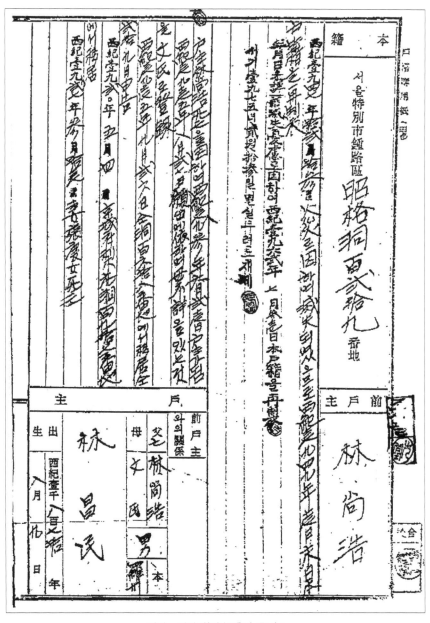

임화 · 지하련(이숙희)의 호적 1

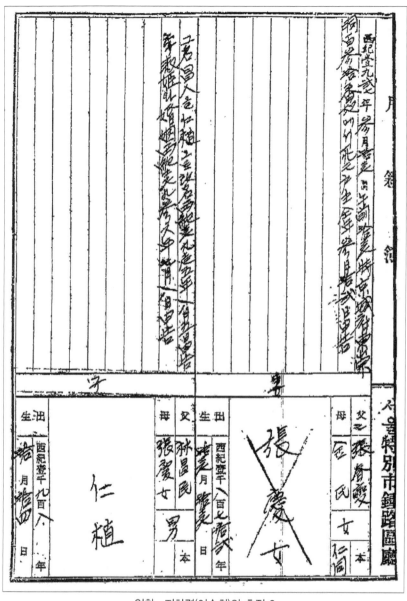

임화 · 지하련(이숙희)의 호적 2
그의 명(名) 창인(昌人)을 인식(仁植)으로 개명 서기 1915년 8월 5일 신고
이숙희와 혼인 서기 1936년 7월 8일 신고라고 되어 있다.

　　　　　　　　　　　　　　　　　　　　　　지하련 전집

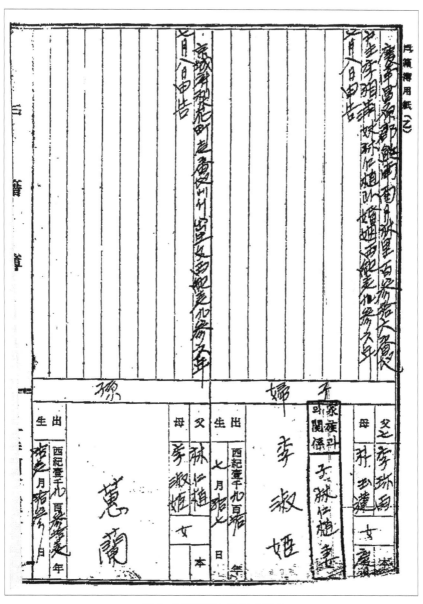

임화·지하련(이숙희)의 호적 3
임화가 이귀례와 낳은 딸 혜란이 지하련(이숙희) 소생으로 기록되어 있다.

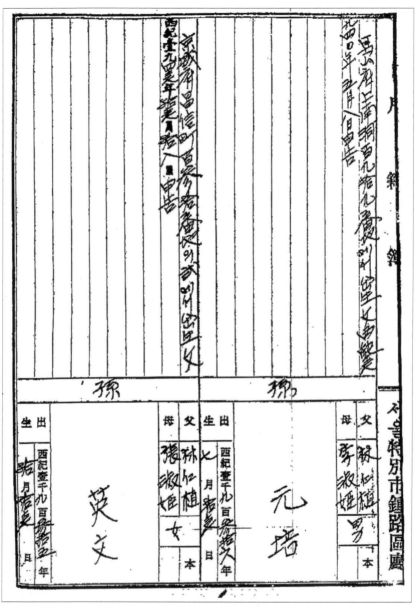

임화 · 지하련(이숙희)의 호적 4
지하련(이숙희)이 낳은 아들 원배와 임화 · 장숙희가 낳은 딸 영문이 딸로 올라 있다.

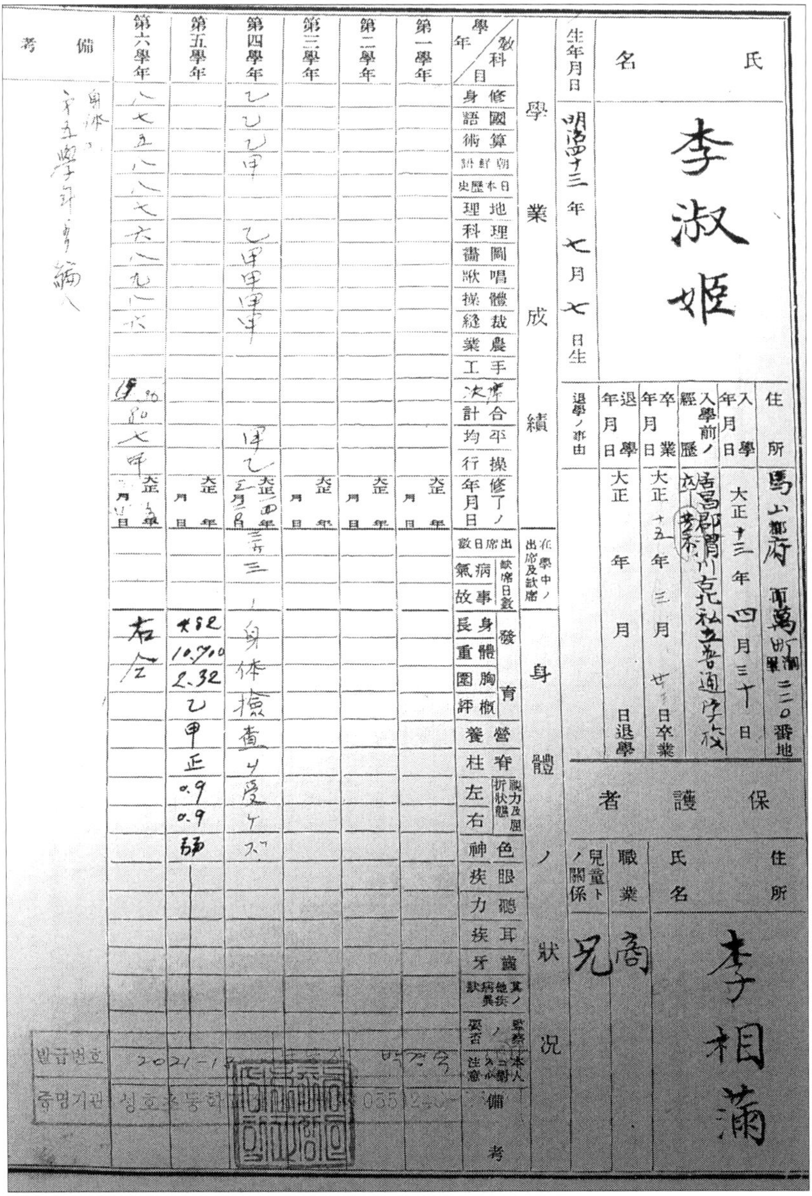

考備	第六學年	第五學年	第四學年	第三學年	第二學年	第一學年	學年／科目	學業成績		氏　名	李淑姬

（縦書きの学籍簿）

氏　名　李淑姬

生年月日　明治四十三年七月七日生

住所　馬山府 萬町一ノ二〇番地

入學年月日　大正十三年四月三十日
卒業年月日　大正十五年三月二十日卒業
退學ノ年月日　大正　年　月　日退學
入學前ノ經歷　昌原郡鎭川西私立普通學校

保護者
住所
氏名　李相滿
職業　商
兒童トノ關係　兄

學業成績 科目
修身／國語／算術／朝鮮語／日本／歷史／地理／理科／圖畫／唱歌／體操／裁縫／農業／手工／次／計／均
操行／修了年月日

第四學年　乙乙甲甲　乙甲甲甲

身體ノ狀況
發育／營養／脊柱／色神／眼／疾耳／力齒／牙／缺病其ノ異狀
身體檢查 乙甲正 0.9 0.9 硬

身長　＊52
體重　10.700
胸圍　2.32

備考

지하련(이숙희)의 마산 성호공립보통학교(지금의 성호초등학교) 학적부

지하련 전집

池河連全集

다시, 지하련을 생각하며

『지하련 전집』이 꽤 오래 절판 중이어서 푸른사상사 한봉숙 사장과 재판을 의논했더니 파일이 손상되어 다시 만들어야 한다고 했다. 출판사에 일임했다가 마지막 교정을 직접 보았다. 짧지 않은 세월이 갔음에도 지하련의 작품을 단 하나도 더할 수 없는 현실에 아쉬움을 느꼈다. 월북 후에도 결코 붓을 놓지는 않았을 지하련의 글들은 과연 남아 있을까. 6 · 25전쟁이 일어나고 서울에 온 임화는 최정희의 물음에 지하련이 글을 쓰고 있다고 답했었다. 그러나 임화의 마지막을 생각하면 우리 문학사상 아무도 흉내 내지 못한 그 아름다운 구어체 문장의 작품들은 이것이 끝이 아닐까 아쉽고 애석한 마음이 든다. 개정판을 준비하는 동안 다행히 지하련이 다닌 마산 성호공립보통학교 학적부를 구하게 되었다. 일본의 소화고녀, 도쿄여자경제전문학교 모두 학적부가 한 건도 남아 있지 않다는 연락을 받은 데다 초등학교는 재학 학교조차 분명치 못했는데 이번에 재학했던 학교명과 학적부를 찾아 화보에 올릴 수 있어 무한 다행이 아닐 수 없다. 이 학적부에 의거 지하련(이숙희)은 거창군 위천 고북사립보통학교에 재학했던 사실이 밝혀졌고, 1924년 마산으로 이사하여 성호공립보통학교(지금의 성호초등학교)에 전학, 1926년에 졸업한 사실이 밝혀졌다. 큰오빠인 이상만의 사진과 「체향기」를 썼으리라 짐작되는 산호리 집 사진과 함께 초등학교 학적부를 화보에 첨부할 수 있게 되어 무척 다행이 아닐 수 없다. 이 모두 마산의 김복근(金卜根) 시조시인의 도움이다. 김복근 시인을 편자가 만나게 된 것은 모교(숙명여대) 선배인 진주의 한국시조문학관장 김정희(素心 金貞姬) 시조시인께서 소개해주신 덕분이다. 김복근 시인의 「지하련, 임화를 따라가다」를 파일로 받아 읽고 반가웠던 마음은 초등학교 학적을 확인한 때문만이 아니었다. 김복근 시인이 이 글을 전집에 싣게 허락해주신 데 대해 재삼 감사의 인사를 드린다. 김정희 시인과 함께 두 분 선생께 무한 감사하다.

구어체로 된 아름다운 작품을 다시 읽으면서 작가 지하련이 직접 고치고 다듬은 작품집 『도정(道程)』에 수록된 작품만이 정전(text)임을 재삼 확인한다. 그리고 한편 그의 구어체를 현대어로 번역하는 일도 시도해야 할 것이라고 생각한다. 이 작업은 거창과 마산의 토박이 학자만이 할 수 있는 일이다. 개정판 출간을 계기로 「지하련의 페미니즘 소설과 아내의 서사」를 다시 읽어보게 된 것도 감사한 일이다. 부족한 논문이지만 최정희와 지하련의 갈등 유발의 핵이 '아내'의 입장이었음을 확인한 기회가 되어 그 점, 개운하다.

최정희 선생이 지하련의 『도정(道程)』을 선선히 빌려주시어 연구와 전집발행에 큰 도움을 받았는데 책을 빌려주신 얼마 후 돌아가셨다(1990.12). 따님 김채원 소설가에게 전화하여 책을 돌려드리겠다고 했더니 그냥 내게 맡기겠다고 하였다. 나는 이 책을 영인문학관에 기증했다. 오래 남기는 방법이었다. 나중에 소식을 들은 서영은 소설가가 섭섭해했다. 최정희의 전기 소설 『강물의 끝』을 쓰기도 했고, 언젠가 김동리 선생의 지하 서가를 보여 주기도 했는데 최정희 선생의 책도 소장하고 계시리라는 것은 미처 생각하 지 못했다. 『지하련 전집』 개정판을 출간해주신 한봉숙 사장님께 심심한 감 사를 드린다.

2023년 10월 5일
서정자

지성과 감성의 작가 지하련

『지하련 전집』발간 준비는 쉽고도 어려웠다. 작품 숫자가 많지 않으니 쉬우리라고 여겼던 것은 처음 생각이었다. 수필「일기」찾기에서부터 일이 더뎌지기 시작했던 것 같다. 장윤영 씨가 보았다는『여성』1940년 10월호는 어디로 간 것일까? 있을 만한 곳은 다 뒤져보았으나 결국 나오지 않았다. 조선일보사에서도 낙장이 된 영인본과 같은 책 외에는 '없다'는 것이어서 끝내 뒷부분은 잘린 채 수록되었다. 게다가 본명이 이숙희로 판명된 마당에도 초등학교, 소화고녀, 도쿄여자경제전문학교 모두 학적이 소실되거나 남아 있지 않아서 단 한 건도 찾지 못하였으니 실로 낙심천만이었다. 그런 중에 서지학자 오영식 씨로부터 건네받은 수필「회갑」은 얼마나 반가운 것이었는지 모른다.

그러느라 시간이 많이 지체되었다. 김영식 씨로부터 지하련의 육필서한을 얻은 것은 육필서한집이 발간되기 전이었는데 그 편지가 이 전집을 늦게 나오게 한 또 하나의 이유가 되었다. 그 편지는 바로 지하련이 작가가 된 사연을 담고 있었던 것이다. 이 '발견'은 얼마나 놀라운 것이던지 나는 곧 이 사실을 바탕으로 전집 뒤에 수록할 해설 겸 논문으로 글 한 편을 만들자고 나서게 된다. 거기까지는 좋았는데 둔한 머리는 지하련의 페미니즘 소설이 바로 '아내의 서사'라는 너무도 뻔한 상식을 깨닫지 못하고 꽤나 오래 헤매었다. 그 이유 중의 하나는 지하련으로 하여금 소설을 쓰게 한 최정희의 「인맥」이 개작되어 있다는 사실 때문이었다. 이러구러 『지하련 전집』은 시작에서 끝까지 꽤 오랜 시간을 잡아먹고 이제야 세상에 얼굴을 드러낸다.

여성작가 전집 발간! 이것은 꿈과 같은 사실이다. 푸른사상사 한봉숙 사장의 용단이 아니면 꿈도 꾸지 못할 일이었다. 나혜석기념사업회 유동준 회장의 배려로 『원본 정월 라혜석 전집』을 편저로 발간하고 나서 내친김에 박화성 전집 발간까지 밀고 나가보고 싶은 의욕이 일어났다. 푸른사상사를 창립한 지 얼마 되지 않은 때 한봉숙 사장을 만난 자리에서 박화성 전집 발간을 위해 모금을 얼마나 해오면 해주겠느냐고 물었다. 이때 한 사장은 "푸른사상사에서 내드리지요."라고 선선히 대답을 해주었다. 한 사장은 아주 여성작가 전집을 시리즈로 내보자고 제의를 해왔다. 꿈같은 이야기가 아닐 수 없었다. 박화성 전집을 탄생 1백 주년을 맞아 간행하기로 하고 준비하면서 작품 숫자가 많지 않은 지하련 전집을 먼저 내자고 했던 것인데 생각 외로 시간이 많이 지체된 것이다.

지하련 전집을 내면서 절실히 느낀 것은 전집 발간의 필요성이다. 지하련은 1940년대의 주목할 만한 작가이다. 해방기념문학상 후보작에 오른 「도정」 한 편만으로도 지하련은 문학 연구자의 많은 관심을 끌고 있는 것이 사실이다. 그러나 이 작가에 대한 학위논문은 겨우 세 편에 불과하다. 페미니즘 문학에 대한 높아진 관심으로 여성작가에 대한 연구논문이 쏟아져 나오는 현실에 비추어 이것은 너무나 빈약한 숫자이다. 그 이유는 무엇일까? 그것은 작가의 작품을 구하기 어려운 데 원인이 있을 것이다. 필자 역시 지하련의 작품을 최정희 선생으로부터 처음 얻어보지 않았던가. 동시에 일제강점기 말 신문과 잡지가 거의 폐간(『조선일보』『동아일보』, 1940년 폐간)되어 있는 데다가 일어로 글을 쓰라고 강요하고 있는 상황 속에 작가로 등단한 지하련은 자신의 작품을 발표할 지면이 없었고 잡문일망정 청탁해 올 신문사나 잡지사가 없었다. 그래서 지하련의 이름은 세상에 널리 알려지기 어려웠을 것이다. 수많은 문인들이 친일을 하는 암흑의 상황 속에서도 일어로 글을 발표하지 않는 등 친일을 하지 않았으며 단편 「종매―지리한 날의 이야기」와 「양」 같은 작품을 써놓았다가 해방 후 창작집에 싣는 작가의식은 높이 평가받아 마땅하다 하겠다. 알려지지 않은 이름의 작가 지하련은 우리 문학사에서 거의 언급을 하지 않았을 뿐 아니라 그의 작품 역시 보기 어려워 이처럼 그의 문학에 대한 연구는 늦어졌으며 또 빈약을 면치 못하게 되었다고 보인다.

그런 점에서 지하련 전집의 발간 의의는 자못 크다. 이 전집에는 창작집 『도정』에 실린 7편의 단편과 콩트 1편, 시 1편, 수필 7편(육필 편지 1편 포함), 설문에 대한 답 1편이 실려 있다. 소설은 잡지에 발표된 작품과 창작집 『도정』에 실린 것이 표기법이 달라 어느 것을 정본으로 해야 할 것인가 하는 문제가 있었으나 창작집에 실으면서 작가 자신이 작품의 문장을 꽤 고치고 다듬은 흔적이 있어 창작집 『도정』의 작품을 정본으로 삼았다. 작가가 수정한 작품에 철자법이 의도적으로 구어체로 바뀐 것은 우리가 주목해야 할 대목이다. 오식이나 오자와 같이 여겨지는 것에는 '원문대로'임을 밝히는 각주를 달아 구어체인 경우와 오식의 구분은 독자가 판단하도록 하였다.

지하련 문학의 의의는 첫째, '아내의 서사'라고 할 특유의 페미니즘 문학을 전개한 점과 둘째, 일어에 누구보다 달통했을 터인데도 일어로 글을 쓰지 않았으며 우리 문학의 암흑기에 우리말로 단편 두 편을 써서 간직했다가 해방 후에 발표하는 우리 민족문학에 대한 뚜렷한 의식이다. 동시에 셋째, 해방기념문학상 후보작에 오를 만큼 해방 직후 지식인의 양심의 문제를 취급한 거의 유일한 작품 「도정」을 쓴 작가라는 점이다. 해방기념문학상 후보작으로 추천하면서 심사위원은 "새로운 조선 문학이 창조하여 나갈 인간의 형상의 한 경지를 개척하고 있으며 심리 묘사 급(成), 인물의 형상화에 있어 표시된 작가의 비범한 자질과 더불어 우리들 가운데 있는 소시민성의 음영을 감지하는 예민한 촉각은 주목에 값하는 것이다."라고 극찬하고 있다.

창작집 『도정』에는 서문도 후기도 쓰여 있지 않다. 그 흔한 발문도 없다. 오직 작품만 덩그렇게 실려 있으며 기증본에도 저자 사인이 없다. 그의 필적은 최정희 씨가 간직했던 육필서한 그것뿐이다. 1947년 11월 남편 임화가 월북한 것으로 되어 있는데 12월 발표된 작가의 콩트 「광나루」를 보면 작가의 혼란한 심경이 손에 잡힐 듯이 씌어 있다. 해방기념문학상 심사 경위를 쓴 글에서도 심사 자체가 어려울 만큼 상황이 어렵게 돌아가고 있었던 것을 읽을 수 있는데 창작집 출간을 위해 원고를 넘기고 교정을 겨우 본 후 총총히 월북을 했는지도 모른다. 그가 창작집 출간을 보고 떠났는지 어쨌는지 당시의 정황을 알려줄 사람은 아무도 없다.

지하련의 문학은 일제강점기 말 갇힌 시대의 암흑적 상황을 상징적으로 표상하고, 산속, 절 등 폐쇄된 공간을 배경으로 하여 암호적 기법으로 병리적 상태를 사는 젊은이들의 갈등을 소설화하였다. 지성과 감성의 작가 지하련은 그의 소설에서 언제나 고도의 윤리의식으로 위선에 대하여 공포를 느낄 정도의 민감한 촉수를 지닌 지식인들이 막다른 상황에서 은둔과 현실과의 타협 등 두 가지 중 선택을 놓고 고뇌하는 모습을 진지하게 문제 삼았다. 그의 천부의 작가적 재질은 해방 후 곧 「도정」과 같은 걸작을 썼고 이어 해방기념문학상 후보에 오르는 영광을 안는다. 그러나 상황은 그로 하여금 차분히 작품만 쓰고 있게 하지 않았다. 남편 임화의 일을 돕지 않을 수 없었던 것이다. 남다른 감수성과 문학적 천품을 지닌 그가 정치적 소용돌이 속에서 작품을 쓸 여유를 갖지 못하고 월북하여 끝내 목숨마저 잃은 것은 생각할수록 안타까운 일이다.

지하련의 학적 등을 확인하느라 일본에서 공부하는 조카 서민정에게 폐를 많이 끼쳤다. 이 자리를 빌려 고마움을 전한다. 지하련의 수필 「회갑」을 찾아주신 오영식 씨와 지하련의 육필서한을 건네주신 김영식 씨에게 감사의 말씀을 올린다. 책 말미에 글을 넣도록 허락한 정영진 씨에게 감사드리며 여성작가와 문학에 애정을 가지고 전집 출간에 나서준 푸른사상사 한봉숙 사장과 수고한 편집실 여러분에게 마음 깊이 감사를 드린다.

2003년 10월
서정자

화보 차례

지하련 인물 사진(정영진 제공)   5

최정희와 지하련   6

『삼천리』「편지」의 지하련   7

임화의 부인으로 쓴 「일기」(『여성』)   8

「인사」와 지하련(『문장』)   9

최정희에게 보낸 육필서한   10

회기동에서 최정희에게 쓴 서한   13

지하련(이현욱)의 육필서한 봉투   14

소화고녀에서 온 편지   15

소화고녀 1920년대 건물 사진   17

소화고녀 졸업생 사진(1932년)   17

「도정」이 발표된 『문학』 창간호 표지   18

등단작 「訣別」이 실린 『문장』(1940년 12월)   18

1946년도 해방기념문학상 심사 경과 및 결정 이유   19

창작집 「도정」의 표지   20

창작집 「도정」의 판권 부분 이현욱 도장   20

『문장』에 실린 지하련의 「도정」   21

『문장』에 실린 지하련의 「결별」   22

지하련이 소설을 썼던 작은오빠 이상조의 산호동 집 / 큰오빠 이상만   23

지하련(이숙희) 친정 호적   24

임화 · 지하련의 호적   29

지하련(이숙희)의 마산 성호공립보통학교 학적부   33

개정판 서문 다시, 지하련을 생각하며 36
전집 발간에 부쳐 지성과 감성의 작가 지하련 39

제1부 소설

도정(道程)   51

가을   75

결별(訣別)   97

산(山) 길   124

체향초(滯鄕抄)   144

종매(從妹) — 지리한 날의 이야기   185

양(羊)   230

제2부 콩트

광나루   251

제3부 시

어느 야속한 동포(同胞)가 있어   257

제4부 수필

겨울이 가거들랑   261

소감(所感)   265

회갑(回甲)   268

편지(片紙)   272

편지-육필서한 1   275

편지-육필서한 2   277

인사   278

일기(日記)   280

제5부 설문

설문(設問)   285

제6부 자료

백 철 | 지하련(池河連)씨의 「결별(訣別)」을 추천(推薦)함   289

정인택 | 「신인선(新人選)」 소감(小感)   291

정태용 | 지하련(池河連)과 소시민(小市民)   293

서정자 | 어두운 시대와 윤리감각   297

정영진 | 비운(悲運)의 여류작가 지하련(池河連)   331

서정자 | 지하련의 페미니즘 소설과 '아내의 서사'   368

김복근 | 지하련, 임화를 따라가다   397

◼ 지하련 작품 연보   412
◼ 지하련 연보   413

◼ 참고문헌   417

제1부

소설

도정(道程)

숨이 노닷게 정거장엘 드러서 대ㅅ듬 시계부터 바라다보니, 오정이 되기에도 아직 삼십 분이나 남었다. 두 시 오십 분에 떠나는 기차라면 앞으로 느러지게 두 시간은 일즉이 온 셈이다.

밤을 새워 기대려야만 차를 탈 수 있는 요즘 형편으로 본다면 그닥 빨리 온 폭도 아니나, 미리 차표를 부탁해 놨을 뿐 아니라, 대단히 느진 줄로만 알고, 오 분 십 분 이렇게 다름질처 왔기 때문에, 그에겐 어처구니없이 일즉 온 편이 되고 말었다.

쏠려 지는 시선을 땀띠와 함께 칙면으로 느끼며, 석재(碩宰)는 제풀에 멀─숙 해서 밖으로 나왔다.

아까시아나무 밑에 있는, 낡은 뺀취에 가 털버덕 자리를 잡고 앉으니까 그제사 훗근하고 더위가 치처오르기 시작하는데, 땀이 퍼붓는 듯, 뚝뚝 떠러진다.

수건으로 훔첫댓자 소용도 없겠고, 이보다도 가만이 앉어 있으니까, 더 숨이 맥혀서 무턱대고 이러나 서성거려 보기라도 해야 할 것 같었으나, 그는 어데가 몹시 유린되어, 이도 후지부지 결단하지 못한 채 무섭게 느껴지는 더위와 한바탕 지긋─이 씨름을 하는 수밖에 도리가 없다. 목덜미가 욱

신거리고 손바닥 발바닥이 모도 얼얼하고 야단이다.

　이윽고 그는 숨을 도르키며, 한 시간도 뭐헐 텐데, 어쩐다고 거진 세 시간이나 헷짚어 이 지경이냐고, 생각을 하니 거반 딱하기도 하고 우습기도 하다.

　허긴 여게 이유를 들랴면 근사한 이유가 하나 둘이 아니다. 첫재 그가 이 지방으로 "소개"하여 온 것이 최근이었음으로 길이 초행일 뿐 아니라, 본시 시골길엔 곳잘 지음이 헷갈리는 모양인지, 실히 오십니라는 사람도 있었고, 혹은 칠십니는 톡톡이 된다는 사람, 심지어는 거진 백니 길은 되리라는 사람까지 있고 보니 가까우면 놀다 갈 셈 치고라도 위선 일직암치 떠나오지 않을 수가 없었다.

　어데만치 왔을까, 문듯 그는 지금 가방을 들고 길을 걷는 제 채립차림에서 영낙없는 군청고원을 발견하고, 또 그곳에 방금 퇴직 군수로 있는 장인이 연관되어 생각히자 더욱 얼울한 판인데다, 기왕 고원같을랴거든 얌전한 고원으로나 뵀으면 차라리 좋을 것을, 고원치고는 이건 또 어쩨 건달같어 뵈는 고원이다. 가방도 이젠 낡었는지 빠작빠작 가죽이 맛닷는 소리도 없이, 흡사 무슨 보퉁이를 내두루는 늣김이다. 역부러 가슴을 내밀고 팔을 저어 거르면서, 이래뵈두 이 가방으로 대학을 나왔고 바로 이 속에 비밀한 출판물을 넣고는 서울을 문턱같이 단인적도 있지 않었드냐고, 우정 농쪼로 은근히 기운을 도두어 보았으나 그러나, 생각이 이런 데로 미치자, 그는 이날도 유쾌하지가 못하였다. 도라다보면, 지난 육 년 동안을 아무리 "보석"으로 나왔다 치구라도, 어쩌면 산사람으로 그렇게도 죽은 듯 잠잠할 수가 있었든가 싶고, 또 이리되면 그 자신에 대하여 어떤 알 수 없는 염쯩을 늣긴다기보다도 참 용케도 흉물을 피우고 기인 동안을 살어왔다 싶어, 먼저 고소가 날 지경이다.

이어 머리ㅅ속엔 강(姜)이 나타나고 기철(基哲)이 나타나고, 뒤를 이어 기철과 술을 먹든 날 밤이 떠오르고 한다. 술이 건아하게 취했을 무렵이었다. 석재는 오래 혼자서 울적하든 판이라, 전날 친구를 맞나니 좌우간 반가웠다. 그날은 정말이지 광산을 헌다구 돈을 두름박처럼 차고 내려온 기철에게 무슨 심사가 틀려 그런 것도 아니었고, 광산을 허든 뭘 허든, 맞나니 그저 반갑고 흡족해서, 난생 처음 주정이라도 한번 부려보구 싶도록 마음이 허순해졌든 것이다. 이리하여 남같이 정을 표하는데 묘한 재주도 없으면서, 그래도 제 깐엔 좋다고 무어라 데숭을 피었든지 기철이도 그저 만족해서

「자네가 나 같은 부랑자를 이렇게 반가히 맞어 줄 적도 있었든가? …아마 퍽은 적적했든 가보이!」

하고 우스며, 술을 권하였다. 그런데 이「적적했든 가보이」—라는 말을, 그가 어쩐다구「외로웠든 가보이」—로 들었는지는 모르겠으나 아무튼 그에겐 이렇게 들렸기에 늑겨졌든 것이고 또 이것은 그에게 꼭 마진 말이기도 하였든 것이다. 사실 그때 강(姜)을 맞나, 헤어진 후로 날이 갈수록, 그는 크다란 후회와 더부러 어떻다 말할 수도 없는 외로움이, 이젠 폐부에 사모치든 것이었다.

「그래 외로웠네. 무척…」

기철의 말에 그는 무슨 급소를 찔리운듯, 먼저 이렇게 대거리를 해놓고는 다시 마조 바라다보려는 참인데, 웬일인지, 기분은 묘하게 엇나가기 시작하여, 마츰내 그는 만만하니 제 자신을 잡고 힐란하기 시작하였다.

친구가 듯다 못하여,

「자네 나헌테 투정인가?」

하고, 우스며,

「글세 드러보게나. 자네가 어느 놈의 벼슬을 해 먹어 배반자란 말인가?

나처럼 투기장에 놀았단 말인가? 노변에서 술을 팔았으니 파렴치한이란 말인가? 아무튼 어느 모로 보나 자네면은 과히 추하게 살아온 편은 아니니 안심허게나―」

하고, 말을 가로채는 것이었다. 그런데 또 말이 이렇게 나오고 보면 그로서ㄴ 투정인지 뭔지 당황하지 않을 수가 없었다.

「안야, 내 말은 그런 말이 안야. 아무튼 자넨 날 잘 몰라. 자넨 나보다 착허니까, ―그렇지 나보다 착하지―그러니까 날 잘 모르거든. 누구보다도 나를 잘 보는 눈이 내 마음 어느 구석에 하나 드러 있거든. 특히 "악덕"한 나를 보는 눈이…」

그는 겁결에 저도 얼른 요령부득인 말로다 먼저 방파맥이를 하며, 눈을 크게 떴다.

그러나 친구는 큰 소리로 우스며,

「관 두게나. 자네 이야긴 드르면 드를스록, 무슨 삼림 속을 헤매는 것처럼 아득허이―」

하고, 손을 저었다.

둘이는 다시 잔을 드렀다. 그러나 일로부터 그는 웬일인지 점점 마음이 처량해갔다. 아물 아물 피어나는 회한의 정이, 그대로 잔우에 갸울거리는 것 같었다. 어데라 지향없이 미안하고 죄스러워, 그는 소년처럼 작구 마음이 슬퍼졌다.

「…난 너무 오랜동안을 나만을 위해 살어왔어. 숨어 단이고 감옥엘 가고 그것 다 꼭 바로 말하면 날 위해서였거든. …이십 대엔 스스로 절 어떤 비범한 특수 인간으로 설정하고 싶어서였고, 삼십 대에 와서는 모든 신망을 한 몸에 뫃은 가장 양심적인 인간으로 자처하고 싶어서였고… 그러다가 그만 이젠 제 구멍에 빠저 헤어나질 못허는 시늉이거든.」

그는 취하였다. 친구도 취하여, 이미 색시와 히롱을 하는 터이었음으로 아무도 이애기를 드러주는 사람은 없었으나 그는 중얼대듯 여전 말을 게속[1]하는 것이었다.

「…거년 정월에 강(姜)이 왔을 때, 상기도 사오부의 열이 게속된다고 거짓말을 했겠다! 일천 원 생긴다구 마눌 사려는 가면서…. 결국 강의 손을 잡고 다시 일을 시작는게 무서웠거든. 그렇지! 전처럼 어느 신문이 있어 영웅처럼 기사를 취급할 리도 없었고 이젠 한 번만 걸리게 되면 귀신도 모르게 죽는 판이었거든. …부박한 허영을 가진 자에게 이러한 주검은 개 주검과 마찬가질 테니까…이 사람!」

그는 소리를 버럭 질렀다. 그의 거짓말을 홈빡 고지 듯고는 알는 친구에게 세상 걱정까지 끼처 실로 미안하다는 듯이 바라다보든 그때 강의 얼골이 떠올났든 것이다.

친구가 이리로 왔다 그는 말을 게속하엿다.

「나는 말일세, 난 누구에게라도 좋아, 또 무었에라도 좋고. 아무튼 "나"를 떠난 정성과 정열을 한번 바처보구 죽고 싶으이. …웨! 웨—나라고 세상에 낫다가 남 위해 좋은 일 한번 못허란 법이 있나?」

이리되면 주정이 아니라, 원정이었다.

「이사람 취했군. 웨 자네가 남을 위해 일을 안 했어야 말이지…」

친구는 취한 벗을 만유하려하였으나, 그는 줄곳 외고집을 세웠다.

「아니 난 한번도 남 위한 적 없어. 인색하기 난 구두쇠거든. 이를테면 난 장바닥에서 낫단 말야. 때ㅅ국에 찌드런 이[2] 읍내기 장사치의 후리 자식이

---

1   원문대로.
2   『文學』엔 '이음내기'로 되어 있다.

거든. …그래두 자네 같은 사람은 한 번 목욕만 잘 허구 나면 과거에서도 살 수 있고 미래에서도 살 수 있을지 몰라. 허지만 나는 말야, 이 못난 것이 말이지, 쓰레기란 쓰레기는 홈빡 다 뒤집어쓰고는 도시 현재에서 옴치고 뛰질 못허는 시늉이거든…」

「글세 이 사람아 정신적으로 "기성사회"의 폐해를 입긴 너 나 할 것이 있겠나. …아무튼 자네 신경 쇠약일세. …그게 바로 결백증이란 병일세.」

친구는 한번 더 소리를 내어 우섰다. 석재는 그 후로도 간혹 이날 밤에 주고받은 이 얘기가 생각되고ㄴ 하였다. 역시 취담이다, 돌쳐 생각하면 쑥스러웠으나 그러나 취하여 속말을 다 못했을지언정 결코 거짓말은 아니었다.

이와같이 노상 그가 곤욕을 당하는[3] 곳이 밖에 있는 것이 아니라, 이를테면 안으로 그 암실(暗室)에 트집을 잡은 것이었기에, 그예 문제는 "인간성"에가 부닿고 마는 것이었다. 결국 —네가 나뿐사람이라—는, 애매한 자책 아래 서게되면, 그것이 형태도 죄목도 분명치 않은, 일종의 "윤리적"인 것이기 때문에 더 한층 그로선 용납할 도리가 없었다. 이번 처가쪽으로 피난해 오는데도 무턱 —(얌치없는 놈! 제 목숨, 게집 자식 죽을까 기급이지—) 이러한 심리적 난관을 적잖이 겪었기에 위선 (우리 집에 내 갈라는데 무슨 참견이냐) 고, 대바질을 하는 안해나 처가로 옴겨준 후, 그는 어차피 서울도 가까워진 판이라, 양동(楊洞)서 도기공장을 한다는 김(金)을 찾어 갈 심산이었든 것임으로 이리로 온지 수무 날만에 이제 그는 서울을 향하고 떠나는 길이었다—.

아름드리 소나무가 좌우로 갈러 선 산모랭이 길을 거르려니 생각은 다시 그때 학생 사건으로 드러와 감옥에서 처음 알게된 그 눈이 어글어글 하고

---

3 원문대로.

몹시 순결한 인상을 주는 김이란 소년이 눈앞에 떠오르곤 한다.

문듯 길이 협곡을 끼고 벋어 올랐다. "영"이라고 할 것까지는 못되나 앞으로 퍽 깔프막진 고개를 연상케 하였다. 이따금 다람쥐들이, 소군소군 장송을 타고, 오르내리락 작난을 치기에 보니, 곳곳에 나무를 찍어 송유(松油)를 받는 깡통이 달려있다. 원악 나무들의 장대한 체구요 싱싱한 잎들이라 무슨 크게 실 거 있는 것이 불의한 고문에나 걸리운 것처럼 야릇하게 안타가운 감정을 가저오기도 한다.

(저게 피라면 앞으렸다.)

근자에 와, 한층 더 마음이 여위어 어데라 닿기만 하면 상책이가 나려는지, 그는 침묵한 이 유곡을 향하여 일말의 칙은한 감정을 금할 수가 없었다.

고개를 넘어 노변에 자리를 잡고 그는 잠간 쉬기로 하였다. 얼마를 거러왔는지 다리도 앞으고 몹시 숨이 차고 하다.

담배를 부처 제법 한가로운 자세로 기—ㄹ 게 허공을 향하여 뿜어 보다 말고, 그는 문듯 당황하였다. 아무리 보아도 해가 서편으로 두 자는 더 기운 것 같다. 몰을 일인 게 그는 지금껏 무슨 생각을 하고 얼마를 거러왔는지 도무지 아득하다. 고대 막 떠나온 것도 같고, 깜아득히 먼 길을 숫하한눈을 팔고, 노닥어리며 온 듯도 싶으다. 이리되면 장인이 역전 운송부에 부탁하여 차ㅅ표를 미리 사 놓게 한 것 쯤 문제가 아니다. 앞으로 길이 얼마가 남었든지 간, 위선 뛰는 게 상책이었다.

그는 허둥지둥 담배를 문 채 이러섰든 것이다.

아까시아나무 밑 뻰취 우에 얼마를 이러구 앉어 있노라니 별안간 고막이 울리도록 크게 라디오 소리가 들려온다.

저—켠 운송부에서 정오 뉴—스를 트는 것이었다.

거진 한 달 동안을 라디오는커녕 신문 한 장 똑똑히 읽어보지 못하든 참이라, 그는 "소문"을 들어보구 싶은 유혹이 적잖이 이러났으나, 그러나 몸이 여전 신음하는 자세로 쉽사리 이러서지질 않는다.

뉴—스가 끝날 지음 해서야 그는 겨우 자리를 떴다. 무엇보다도 차ㅅ표를 알어봐야 할 필요에서였다.

마악 운송부 앞으로 가, 장인이 일러준 사람을 삐꿈—이, 안으로 향해 찾이려는 판인데 엇재 이상하다. 지나치게 사람이 많었다. 많어도 그냥 많은 게 아니라, 서고 앉은 사람들의 이상하게 흥분된 표정은 뭇지 말고라도, 그중 적어도 두어 사람은 머리를 싸고 테불에 업드린 채 그냥 말이 없다. 이리되면 차ㅅ표구 머구 무러볼 판국이 아닌 상 싶다.

그는 잠간 진퇴가 양난하였다.

이때 웬 소년 하나가 눈물을 뚝뚝 떠러트리며 밖으로 나온다. 그는 한거름 뒤로 물러서며 얼결에 소년을 잡었다.

소년은 옷깃을 잽히운 채, 힐끗 한번 치어다 볼 뿐, 획 도라서 저편으로 갔다. 그는 소년이 다만 흥분해 있을 뿐, 별반 적의가 없음을 알었기에 뒤를 따렀다.

소년은 이제 막 그가 앉어있든 뻰취에 가 앉어서도 순식껀 슬퍼하였다.

「웨 그래 응, 왜?」

보구 있는 동안 이 눈이 몹시 영롱하고, 빛깔이 힌, 소년이 이상하게 정을 끗기도 하였지만, 그는 우정 더 다정한 목소리로 말을 건넜다.

소년은 구태어 그의 말을 대답 할 의무에서라기보다도 이젠 웬만큼 그만 울 때가 되었다는 듯이

「덴노우 헤이까가 고—상을 했어요.」

하고는 쉽사리 머리를 들었다.

「…?」

그는 가슴이 철석하며 눈앞이 앗질 하였다. 일본의 패망, 이것은 간절한 기다림이었기에 노상 목전에 선연했든 것인지도 모른다 (그러나 이렇게도 빨리 올 수가 있었든가?) 순간 생각이라기보다는 거림자와 같은 수천 수백 매딤의 상염(想念)이 미칠 듯 급한 속도로 팽갭이를 돌리다가 이어 파문처럼 퍼져 침몰하는 상태였다. 그런데 이상한 것은 이것은 극히 순간이었을 뿐, 다음엔 신기할 정도로 평정한 마음이었다. 막연하게 이럴 리가 없다고, 의아해 하면 할수록 더욱 아무렇지도 않다. 그러나 이상 더, 이것을 캐어 무를 여유가 그의게 없었든 것을 보면 그는 역시 어떤 싸늘한, 거반 질곡(桎梏)에 가까운, 맹랑한 흥분에 사로 잡혀 있었든 것인지도 몰랐다.

「우리 조선도 독닙이 된대요. 이제막 아베 소—도꾸가 말했대요.」

소년은 부자연할 정도로 눈가에 우슴까지 뛰우며 이번엔 말하는 것이었으나, 그러나 발서 별다른 새로운 감동이 오지는 않는다.

(역시 조선 아이였구나.)

하는, 사뭇 객쩍은 것을 느끼며 잠간 그대로 멍청히 앉어 있노라니, 이번엔 고이하게도 방금 목도한 소년의 슬픈 심정에 작구 궁금증이 가는 것이다. 그러나 막연하나마 이제 소년의 말에, 무슨 형태로든 먼저 대답이 없이, 이 것을 무러볼 염체는 잠간 없었든지 그대로 여전 덤덤이 앉어 있노라니, 이 번엔 차츰 소년 자신이 싱거워지는 모양이었다. 그도 그럴 것이, 얼마나 벽 역 같은 소식을 전했기에, 이처럼 심심할 수가 있단 말인가?

소년은 좀 이상한 눈으로 그를 바라보며 말을 건넸다.

「기뿌잖어요?」

그는, 이, 약간은 짓궂은 우슴까지 뛰우며 말을 뭇는 소년이, 금시로 나 히 다섯 살쯤 더 먹어뵈는 것 같은, 이러한 것을 느끼며 당황하게 말을 받었다.

「왜? 왜—기쁘지! … 기쁘잖구!」

「….」

「너두 기쁘냐?」

「그러믄요.」

「그럼 웨 울었어?」

그는 기어히 뭇고 말았다.

소년은 좀 열적은 듯이 머리를 숙이며 대답하였다.

「징 와가 신민 또 도모니, 하는데 그만 눈물이 나서 울었어요. …덴노우헤이까가 참 불상해요.」

「덴노우헤이까는 우리 나라를 빼서갔고, 약한 민족을 사십 년 동안이나 괴롭혔는데, 불상허긴 뭐가 불상허지?」

「그래도 고—상을 허니까 불쌍해요.」

「….」

「…목소리가 아주 가엽서요.」

그는 무어라 얼른 대답할 말이 생각나지 않았다. 설사 소년의 보드라운 가슴이 지나치게 "인도적"이라고 해서 이상 더 (미운자를 미워하라) 고 "어른의 진리"를 역설할 수는 없었다. 그는 내가 약한 탓일까, 반성해보는 것이었으나, 역시 "복수"란 어른의 것인 듯 싶었다. 착한 소년은 그 스스로가 너무 순수허기 때문에 미차 "미운것"을 가리지 못한다, 느껴졌다.

「…넌 덴노우헤이까보다도 더 훌융허다.」

그는 소년의 머리를 쓰담고 이러섰다.

소년은 칭찬을 해주니까 좋은지,

「그렇지만 우리 회사에 사이상허구 긴상허고, 기무라상 가와지마상 이런 사람들은 주먹을 쥐고 야—야— 하면서, 막 내놓구 좋아했어요.—」

하고, 따라 이러서며,

「야— 긴상 저기 있다—」 하고는 인해 정거장 쪽으로 다라났다.

「…그 사람들은 너보다 더 훌륭하고….」

그는 소년이 이미 있지 않은 곳에 소년의 말의 대답을 혼자 중얼거리며 자기도 정거장을 향하고 거름을 옮겼다.

역시 아무렇지도 않은데, 다리가 약간 후둘 허는 게 좀 이상하다.

긴상이란 키가 작달막하니 퍽 단단하게 생긴 청년이었다. 방금 무슨 이얘기를 하였는지, 많은 사람들은 입 속에 기이한 외마듸ㅅ소리를 웅얼거릴 뿐, 얼이 빠진 듯 입을 담을지 못한다. 너무 긴장한 나머지의 얼골이라기보다는 기맥히게 어처구니없는 얼굴들이다.

「이제부터는 모도가 우리의 것이고, 모두가 자유이니 여러분 기뻐하십시오!」

이렇게 거듭 외우처 주었으나 장내는 이상하게 잠잠할 뿐이었다.

시간이 되어 차ㅅ표를 팔고, 석재가 운송부에서 표를 찾어오고 할 때에도 사람들은 별반 말이 없었다. 꼭 바보같었다—.

석재가 김이란 청년을 찾어온 지 사흘째 되는 날이었다.

아츰에 잠을 깨니, 여늬 때와 달러 먼저 머리에 떠오르는 건 "공산당"(共産黨)의 소문이었다.

눈을 크게 떠 그 놈을 붓잡고는 다시 한번 늣근거려 가슴 우에 던저보나, 그러나 그저 어안이 벙벙할 뿐, 알 수 없는 피곤으로 하여 다시금 눈이 감길 따름이다.

그는 허위대듯 기급을 하고, 벌덕 이러 앉었다.

조금 후 그는 몸이 허공에 둥둥 떠 있는 것 같은, 어떤 내부로부터의 심

한 "허탈증"을 느끼며,

　(나는 타락한 것인 아닌가?)

하고 스스로 무러보는 것이었다.

　사실 그는 팔 월 십오 일 후에 생긴 병이 하나 둘이 아니다. 이제 생각하면 병은 그날 그 아까시아 나무 밑에서부터 시초였는지도 모르겠으나 아무튼 그가 깨닷기론 김이란 청년을 맞나서부터다.

　그 날 차가 서울 가까히 오자 차츰 밖앝 공기만이 아니라 기ㅅ차 속 공기부터 달러지기 시작한 것이, 그가 역에 내렸을 때는 완연히 충치는 거리의 모습이었다. 세 사람 다섯 사람 수무 사람, 이렇게 둘레를 지어 수군거리는가 하면, 웃통을 푸러헷친 또 한패의 군중이 동떠러진 목소리로 만세를 외첬다. 그도 등다라 가슴이 두군거리고 마음이 솟구쳐 얼결에 만세도 한번 불러 볼 번하였다. 사뭇 곧은 줄로 뻐친, 김포로 가는 군용도로를, 만양 거르며, 그는 해방, 자유, 독닙, 이런 것을 아무 모책 없이, 천 번도 더 되푸리하면서, 또 일방으론, 열차에서 본 일본 전재민의 참담한 모양을 눈앞에 그리기도 하였다. 그것은 정말 끔직한 것이었다. 뚜껑 없는 화물차에다 여자와 아이들을 칸마다 가득히 실었는데 폭양에 몇일을 굶고 왔는지, 석탄연기로 환을 그린 얼골들이 영낙없는 아귀였다. 석박귀우는 열차에 병대들이 팡이랑 과자를 던젓다. 손을 벌리고 너머지고, 젖먹이 애를 떠러트리고… 그는 과연 군국주의 "전쟁"이란 비참한 것이라고 느껴졌다기보다도 그때에서야 비로소 일본이 젓다는 것을 깨닷는 것이었다.

　석재가 청년의 집에 당도하기는 밤이 꽤 느저서였다. 두 달 전에 왕래한 서신도 서신이려니와, 전날 친분으로 보아, 그 동안 아무리 거친 세월이 흘렀기로 설마 페로워야 허랴 싶어, 총총히 드러서는데, 과연 청년은 반색을 하고 그를 마저주었다.

「장성했구려―. 어룬이 됐구려―.」

아귀가 버는 손에 다시금 힘을 주며, 그는 대뜸 감개가 무량하였다.

이 때, 그의 간얄픈 손을 청년이 두 손으로 움켜 몇 번인지 흔들기만 하다가 끝내 말을 이루지못하고 그대로 어린애 처름 느껴 우는 것이였다. ―앗불사! 그는 일변 당황하면서, 자기도 눈시울이 뜨끈함을 느끼였으나, 그러나 다음 순간, 그것은 어데까지 그의 눈물이 아니요, 시방 청년이 경험하는 바, 크다란 감동에서 오는, 청년의 눈물인 것을 그는 알았다.

이날 밤 그는 잠을 이루지 못하였다. 무었인지 초조하여 견딜 수가 없었다. 반다시 울어야만 하는 것은 물론 아니었다. 그러나 아무튼 무슨 감동이든 한번 감동이 와야만 할 판이었다. 어찌하여 나에겐 이것이 오지 않을까? 언제까지나 오지 않을 것인가? 온다면 언제 무슨 형태로 올 것인가?

이튿날 그는 김을 따라, 마을 청년들의 외우침에도 석겨보고, 태극기를 단 수백 대의 자동차가 끊임없이 왕래하는 서울 거리로 만세를 부르며 군중을 따라보기도 하였다. 그러나 도라올 땐 또 하나 벽녁 같은 소식에 아연하지 않을 수 없었다. "공산당"이 생겼다는 소문이었다.

(최고간부의 한 사람이 기철이라 한다! … 이런 일도 있는가?)

그는 내부의 문제 외부적인 문제 일시에 엉컬려 헤어날 길이 없었다.

그러나 언제까지 이러구 앉어서 「나는 타락한 것이 아닌가?」―고, 주지박질을 해 본댓자, 무슨 소사날 궁기 생길 리도 없어, 석재가 마악 자리를 개키려는데, 이때 청년이 드러왔다.

「서울 않나가시렵니까?」

청년이 그의 상태를 알 리가 없었다. 그저 예나 지금이나 침착한 "동지"로만 믿는 모양인지, 앞으로의 계획 같은 것을 부단히 의론하였다. 이럴 때마다 그는

「암 그래야지. 흘란한 시기라고 해서 수수 방관하는 기회주의는 금물이니까. 허다가 힘이 모자라 잘못을 범할 때 범하드래도 위선 일을 해야지—.」

이렇게, 말은 하면서도,

「하로 집에 있어 쉬려오.」

하고, 누어 버렸다.

아침을 치르고 청년이 서울로 떠난 후 혼자 누어 있으려니, 또 잠이 오기 시작한다. 이 잠오는 건, 어제 드러 새로 생긴 병이다. 무얼 생각하면 할수록 점점 흘란하여, 갈피를 못 잡게되면, 차츰 머리가 몽농하여지고, 그만 조름이 오기 시작하는 것이다.

(바보가 되려나 보다—.)

그는 걷어차고 밖으로 나왔다.

거기는 옆으로 한강을 낀 펑퍼짐한 마을이었다. 섬같이 생긴 나지막식한 산들이 여긔 저긔 놓여 있다.

그는 모르는 결에 나무가 많고, 강물이 가까운 곳으로 가 자리를 잡었다. 멀—리 안개 속으로 서울이 신기루와 같이 얼른거리고, 철교가 보이고 "외인묘지"의 푸른 나무들이 보이고, 그리고 한강물이 지척에서 흘러가는 곳이었다.

잠간 시선이 어데가 머무러야 할지, 눈앞이 아리송송 한 게, 골치가 지끈지끈 아프다. 눈을 감었다. 순간, 머리ㅅ속에 독갭이처름 불끈 솟는 "괴물"이 있다.—"공산당"이었다.—그는 눈을 번쩍 떴다.

다음 순간 이 괴물은, 하늘에, 땅에, 강물에, 그대로 맴을 도는가 하니, 원간 찰거머리처름 뇌리에 엉겨붙어 도시 떠러지질 않는 것이었다. —생각하면 긴—동안을 그는 이 괴물로 하여 괴로웠고, 노여웠는지도 모른다. 괴물은 무서운 것이었다. 때로 억척같고 잔인하여, 어느 곳에 따뜻한 피가 흘러 숨을 쉬고 사는 것인지 알 수가 없었다. 그러나 귀 막고 눈 감고 그대로 절망하면 그뿐이라고, 결심할 때에도 결코 이 괴물로부터 해방될 수는 없었다. 괴물은 칠같이 어두운 밤에서도 화—ㄴ이 밝은 단 하나의 "옳은 짓"을 진이고 있다 그는 믿었다. —옳다는—이 어데까지 정확한 보편적 "질리"는 나쁘다는 —어데까지 애매한 율리적인 가책과 더부러 오랜동안 그에겐 크다란 한 개 고민이었든 것이다.

차츰 흐려지는 시선을 다시 강물로 던지며 그는 생각는 것이었다. —김 리 박 서 그 외 또 누구 누구…질서 없이 머리에 떠오른다. 모두 지하에 있거나 해외로 갔을 투사들이다. 그리고 지금 자기로선 보지도 못하고 일흠도 모르는 새로운 용사들의 환영이 눈앞에 떠오르기도 하였다.

그는 불현듯 쓸쓸하였다.

(다들 못였단 말인가?)

그러나, 이제 기철이 최고간부의 한 사람이라면, 이보다도 우수한 지난날의 당원들이 몇이라도 서울엔 있을 것이다.

(그럼 이 사람들이 "당"을 맨드렀단 말인가?)

그는 다시금 알 수가 없어진다. 문득 기철이 눈앞에 나타난다. 장대한 체구에 패기 만만한 얼굴이다. 돈이 제일일 땐 돈을 못으려 정열을 쏟고, 권력이 제일일 땐 권력을 잡으려 수단을 가리지 않을 사람이다. 어느 사회에 던저두어도 이런 사람이 불행할 리는 없다. 그러나 여긔 한 개의 비밀이 있었다. 이런 사람이 영예로워지면 질수록 흉악해지는 비밀이었다. 대체나, "겉"이 그렇게 충실허구야, "속"(良心)이 있을 리가 없고, 속이 없는 사람이란 외곽이 화려하면 할수록 내부가 부패하는 법이었다.

(목욕을 헌대도 비누허구, 물쯤은 준비해야 허지 않는가?)

다시 눈앞엔 다른 한 패의 사람이 나타났다. 어데까지 옹종한 주제에, 그래도 소위 그 "양심"이란 어금길에서 제 깐엔 스스로 고민하는 척 몸짓하며 살아 온 사람들이다. 이를테면 석재 자신 비젓한 축들이었다. 이건 더욱 보기 민망하다. 추졸하기 짝이 없다기보다도, 왼통 비리비리 하고, 메식메식해서, 더 바라다볼 수가 없다. 아무튼 통터러 대매에 종아리를 맞고도 남을 사람들이다.

(그래 이 사람들이 뭉여 "당"을 맨드렀단 말인가?)

물론 그럴 리는 없다 하였다.

그러나 다음 순간, 그는 얼골이 훗군 달어옴을 깨다렀다. 조금 전 기철이 최고간부라는데 앙앙하든 마음 속엔(그럼 내라도 될 수 있다)—엄폐된 자기 감정이 숨어 있지 않었든가?—그는 벌컥 팔을 베고, 앙천(仰天)하여 드러눗고 말었다.

얼마가 지났는지, 아히들 떠드는 소리에 눈을 떴다. 그런데, 웬일일가? 하늘이 이마에 와 닿어 있다. 실로 청옥같이 푸르고 넓은, 그것은 무한한 것이었다. 그러나 곳 그것은 하늘이 아니라 강물의 착각이었다. 순간 그는 이상한 흥분으로 하여, 소리를 버럭 지르고 이러 앉었다.

비로소 조금 전 산비탈에 누어 잠이 든 것을 깨닷는다. —어느 결에 석양이 되었는지 가을 같으다.

그는 다시 한번 크다랗게 소리를 질러본다. 그러나, 아무 의미도 없고 또한 아무 것도 의미하지 않은 비상히 큰 목소리는, 그대로 웅얼웅얼 허공을 돌다가, 다시 귀ㅅ전에 와 떠러진다. 저—아래 기를 든 아히들이 만세를 부르고 놀고 있다.

외로웠다. 사지를 쭉— 뻗어 땅을 안고, 잔디를 한 오큼 쥐어보니, 가슴이 메이는 듯 눈물이 쑥 나온다.

(나는 아직 젊다…나는 아직 젊다!)

조금 후 그는 연상 무엇인지를 정신없이, 헤둥 대둥 중얼거리고 있었다.

이튿날 석재는 청년을 따라 일직암치 집을 나섰다.

어제 그는 꽤 어둑어둑 해서야 산에서 내려왔든 것이고, 내려와 보니 어느새 청년이 도라와, 마치 기다리고나 있은 것처럼,

「어델 갔다 오세요?」

하면서, 그가

「발서 도라왔드랬오.」

하고, 대답할 나위도 없이 대뜸 큰일이 났다는 것이었다.

그는 이제까지의 자기 세계를 떠나, 이 씩씩한 후진에게 성의를 다할 임무가 있음을 깨다르며, 옷깃을 바로 하고 정색하여 마조 앉었다. 이얘기는 대략, 방금 일본인 공장주의 부도덕한 의도로 말미암아 모든 생산물이 홍수와 같이 가두로 쏘다졌다는 것, 이에 흥분한 종업원 내지 일반 시민들은 가장 파괴적인 방법으로 사리만을 도모하여, 영등포 등지, 공장 지대가 일대 수라장이 되었다는—이러한 것들인데, 아닌게 아니라 이얘기를 듯고 보니 난처하였다. 한 때 피치 못할 현상일지는 모르나, 이대로 방임해 두었다가는 이른바, 그들의 "개량주의 화"의 위기를 초래하여 올지도 모르는 적잖은 사태였다. 이리되면 그로서도 피안 화재시하고만 있을 수는 없었다.

「중앙에서 대책이 없읍듸까?」

「책상물림의 젊은이들이 몇 개인의 정열로 활동하는 모양인데, 너 나 없이 노동자라면 그대로 우상화하는 경향이 있어놔서, 일의 두서를 잡지 못허두군요.—」

「그래, 김은 어델 관게하고 있는 중이오?」

「조일직물과 一二三철공장인데 뭐보다도 기계를 뜯어 없애는데는 참 딱

해요. 대뜸—우리는 제국주의 치하에서 착취를 받았으니 얼마든지 먹어 좋다는 거거든요.」

「…"자계급" 이 승리를 헌 때라야 말이지. 또 승리를 헌 때라두 그렇게 먹는 게 아니고…. 아무튼 큰일났구려. …그러다간 노동자 출신의 뿌르조아 나리다—」

두 사람은 어이없이 웃었으나, 사실은 우슬 일이 아니었다. 뭘루 보나 노동자의 진지한 투쟁은 실로 이제부터라 할 것이었다. 지도자가 맥없이 노동자를 우상화한다거나, 그 경제적 이익을 옹호해야된다고 해서, 그들의 원시적 요구의 비위만을 맞추어 준다는 것은, 노동자 자신의 투쟁 역을 상실케 하는 것 이외 아무 것도 아니었다.

「자칫하면 앞으로 일하기 무척 힘드리다—」

물론 이야기는 이 이상 더 계속되지 않았으나 석재는 청년의 부탁이 아니라도 날이 밝으면 영등포로 나가 볼 작정이었든 것이다—.

곳장 신길정으로 가는 삼가람 길에서, 먼저 서울엘 들러 오겠다는 청년과 그는 난호였다.

혼자 一二三철공장을 향하고 거르려니, 또 뭐가 마음 한 귀ㅅ통에서 튀각 태각을 한다. (네가 이젠 공장엘 다 가는구나? 노동자를 운운허구…그렇지! 이젠 잡힐 염여가 없으니까…) 이렇게 고개를 들고 이러나는 것을, 그대로 욱박질러 처넣기도 하고 또 때로는(암 가야지. 반성이란 앞날을 위해서만 소용되는 것이니까. 과도한 자책이란 용기를 저상케 하는 것이고, 용기를 잃게 되면, 제이 제삼의 잘못을 또다시 범하게 되는 거니까…) 이렇게, 누구나 다 할 수 있는 말로다 뱃장을 부려보기도 하는 것이었으나 "용기"란 대목에 와서는 끝내 마음 한귀ㅅ통에서 (뭐? 용기?)하고는, 방정맞게 깔깔거리는 바람에 그만 그도 따라 허— 웃고 만 셈이다. 인차 길가든 사람이 저를 보는 것 같어서 우정 시침일 떼고 거르며, 그는 여전 지잖을 자세로 — (그래, 난 겁쟁이다. 그러나 본시 용기라는 말은 무서운 것이 있기 때문에, 직 그 무서운 것을 이기는 데로부터 생긴 말이라면, 또 달리는 가장 무서움을 잘 타는 사람이, 가장 용기 있는 사람이 될 수도 있다는, 역설이 나올 수도 있지 않은가⋯나도 이제부터 이기면 되잖나? 앞으로도 무서운 것은 얼마든지 있을 것이고, 나는 이겨 나갈 자신이 있다—) 이렇게 콩칠팔 새삼육으로 욱여대며 一二三철공장으로 드러섰다.

마악 정문으로 드러서려는데, 누가,

「김군 아닌가?」

하고, 손을 잡는다.

깜작 놀라 치어다보니 천만 뜻밖에도 그 사람은 민택이었다. 그와 같은 사건으로 드러갔을 뿐 아니라, 단지 친구로서도 퍽 신실한 데가 있는 사람이다.

「⋯이 사람아!」

그는 이 "이 사람아"를 되푸리 할 뿐, 손을 쥔 채 잠간 어쩔 줄을 몰랐다. 이런 순간에 민택이를 만나는 것이, 엇전지 눈물이 나도록 그는 반가웠다.

두 사람은 옆으로 둔대 우에 자리를 잡고 앉었다.

인차 그는 "당"의 구성이 역시 한 국내 있든, 합법인물 중심이란 것으로부터 방금 석재 자신에게도 전보로 열락[4]을 취하고 있다는 소식까지 듯게 되었다.

지금까지 그럴 리는 없다고 부정은 해오면서도 열에 아홉은 그러려니 했든 것이고, 또 이러함으로 이제 와서 뭘 새로히 놀랄 것까지는 없었으나,

---

4   원문대로.

그래도 그는 무엇인지 연상 어이가 없다.

「그래 이 사람아— "당"을— 허 그 참….」

이렇게 갈팡질팡하는 모양이 딱한지,

「허긴 그래. 허지만 당이 둘될 리 없고, 당이 됐단 바에야 어떻거나—」
하고, 민택이가 말을 하는 것이었다.

조금 후 두 사람은 신길정서 서울로 나가는 전차에 올랐다. — "공산당"
으로 가는 길이었다.

철교를 지나고 경성역을 도라, 차츰 목적한 지점이 가까워 올수록 그는
모르는 결에 가슴이 두군거렸다. 생각하면 일즉이 그 청춘과 더부러 "당"의
일흠을 배울 때, 그것은 실로 엄숙한 두려운 것이었다.

그가 전차에서 내려, 군데군데 목검을 집고 경계하는 "공산당" 층계를 오
르기 시작하였을 제는, 오정이 훨신 지난 때였다. —별안간 좌우에 사람이
물 끓듯 하는데, 이따금 「김동무!」—하고, 잡는 더운 손길이 있다. —모도
등꼴에 땀이 사뭇 차 얼골이 붉고 호흡이 가쁘다.

그는 왼 몸이 홧근하며, 가슴이 뻐근하였다. —얼마나 윽박질리고, 밟
이우든, 지낸 날이었든가? "당"이라니 어느 한 장사가 있어 입 밖엔들 냄즉
한 말이었든가?

그는 소년처럼 부푸르는 가슴 우에 일즉이 "당"의 일흠 아래 너머진 몇
사람의 친구를 안은 채, 이런 일도 있는가고 이렇게 백주 장안 네거리에서
"당"을 들고, 외우 뛰고 모로 뛰어도 아무도 잡어가지 않코, 아무도 죽이지
않는, 이런 세상도 있는가고, 사람이든 기생이든 나무토막이든, 무엇이든
잡고, 팔이 널치가 나도록 흔들며, 큰 소리로 외쳐, 뭇고 싶은 충동을, 순간
그는 어찌할 수가 없었다.

그는 뭐가 무엇인지, 어느 것이 옳고 그른 것인지, 한동안 전연 판단을

잃은 상태였다. 그저 웃는 얼골들이 반가웠고, 손길들이 따뜻할 뿐이었다.

복도를 지나 외인 편으로 꺾여진 넓은 방에서, 기철의 손을 잡았을 때에도 그는 전신이 얼얼한 것이 생각이 그저 띵―할 뿐이었다. 그러나,

「웨 이렇게 느젓나?」

「어찌 이리 늦소?」―하는, 똑 같은 인사를 한 대여섯 번 받은 후, 그가 열 번이나 수무 번쯤 받았다고 느껴질 때 쯤 해서, 그제사, 조금 정신이 자리 잡히는 상 부른데, 그런데 이 새로운 정신이 나면서부터, 이와 동시에, 마음 어느 구석에선지, 핏득

(내가 무슨 "뻐스"를 타려다 "참"이 느젓드랬나?)

하고, 딴청을 부리려 드는 맹낭한 심사였다.

이건 도무지 객적은 수작이라고, 허겁지겁 여겨 퇴박을 주었는데도 웬일인지 이후부터는 찬물을 끼언진 듯 점점 냉냉해지는 생각이었다. 그는 난처하였다.

잠깐 싱―글 해서 앉아 있는, 석재를 기철이는 아무도 없는 옆방으로 대리고 갔다.

그를 잘 알고 있는 기철은 먼저 "당"을 조직하게 된 이유부터 자상히 설명을 하면서,

「자넨 어찌 생각할지 모르나, 정치란 다르이. …지하에나 해외에 있는 동무들을 제쳐 두고, 어떻게 함부로 당을 맨드느냐고 할지 모르나, 그러나 이 동무들은 아직 나타나지 않고, 일은 해야 되겠고, 어떻건담, 조직을 해야지. 이리하여 일할 토대를 닦고 지반을 맨드러 놓는 것이, 그 동무들을 위해서 우리들의 떳떳한 도리가 아니겠느냐 말일세.」하고, 말을 끊었다.

기철은 조금도 꿀릴 데가 없는 얼굴이었다.

그는 뭔지 그저 퀭해서, 이얘기를 듣고 있노라니, 야릇하게도 이「동무」

란 말이 새삼스럽게 비위에 와 부듸친다. 참 히한한 말이었다. 어제까지 고루거각에서 별별 짓을 다 허든 사람도 오늘 이말 한마디만 쓰고, 손을 잡고 보면, 그만 피차간 "일등공산주의자"가 되고 마는 판이니, 대체 이 말의 조화ㅅ속을 알길이 없다기보다도, 십 년 이십 년, 몽땅 팽개쳤든 이 말을, 이제 신주처럼 들고 나와, 꼭 무슨 힘집에 고약이나 부치 듯, 철석 올려 부치고는, 용케도 넹큼 넹큼 불러대는 그 염체나 배ㅅ심을 도통 칭양할 길이 없었다. 물론 그는 십 년 전에 맛나나 십 년 후에 맛나나, 비록 말로 표현하지 못할 경우라도, 눈이 먼저, 맛나면 꼭 "동무"라고 부르는 몇 사람의 선배와 친구를 알고 있다. 그러나, 이들이 부르는「동무」는 조금도 이렇지가 않었다. 그렇기에 열 번 대하면 열 번, 그는 뭔지 가슴이 철석하곤 하였든 것이다.

그는 차츰 긴말을 짓거리기가 싫어졌다.

「잘 알겠네―.」

끝내 이렇게 대답하고 말었으나, 사실 기철의 이얘기는 옳은 말 같으면서 또한 하나도 옳지 않은 말이기도 하였다. 어덴지 대단히 요긴한 대목에 대단히 불순한 것이 드러있는 것만 같었다. 그러나, 어떻게 된 "당"이든 당은 당인 거다. 그는 일즉이 이 당의 일홈 아래, 충성되기를 맹세하였든 것이고… 또 당이 어리면, 힘을 다하여 키워야 하고, 가사 당이 잘못을 범할 때라도 당과 함께 싸우다 죽을지언정, 당을 버리진 못하는 것이라 알고 있다. 이러허기에, 이것을 꼬집어 이제 그로서 "당"을 비난할 수는 도저히 없는 것이었다.

잠간 그대로 앉어 있노라리 별안간, 기철이란 "인간"에 대한 어떤 불신과 염쯩이 혹―끼처 온다.

그는 모르는 결에 시선을 돌리고 말었다.

좌우간 이상 더 이얘기가 있을 것이 그는 괴로웠다.

「자네 바뿌지?…나 내일 또 들림세.」

그는 끝내 자리를 이러서려 하였다.

그러나 기철은 황망이 그를 잡었다.

「무슨 말인가? 안되네! 자네 같은 사람이 이렇거면 "당"이 누구와 손을 잡고 일을 헌단 말인가?」

순간, 그는 가슴이 찌르르 하였다. 생각하면 그 동안 부끄러운 세월을 보냈기는 제나 내나 매한가지였다. 가사 살인도모를 하고, 야간도주를 헌대도, 같이 하고 같이 죽을 일이었다. 뿐만 아니라, 이제 기철이 당의 중요 인물일진대, 기철을 비난하는 것은 곧 당의 비난이 되는 것이였다.

「앞에도 적(敵)이요, 뒤에도 적인 오늘, 이것이 허용된단 말인가?」

그는 제 자신에 미운 정이 드렀다. 이제 와서 호올로 착한 척 까다로움을 피우는 제 자신이 아니꼬왔다.

그러나, 결국 그는 사람 못 좋은 사람이었다. 조직부에 자리를 비워 두었다고, 거듭 붙잡는 것을 가진 말로다 물리친 후 위선 "입당"의 수속만을 밟어 놓기로 하였다.

그는 기철이 주는 붓을 받어, 먼저 주소와 씨명을 쓴 후, 직업을 썻다. 이젠 "계급"을 쓸 차례였다. 그러나 그는 붓을 멈추고 잠간 망사리지 않을 수가 없다.

투사도 아니요, 혁명가는 더욱 아니었고…공산주의자 사회주의자 운동자—모도 맞지 않는 일흠들이다.

마츰내 그는 "小뿌르조아"라고 쓰고 붓을 놓았다. 그리고는 기철이 뭐라고 허든 말든 급히 밖으로 나왔다.

거리에 나서니 서늘한 바람이 홋군거리는 얼골을 식혀준다.

그는 급히 정유장 쪽으로 거름을 옴겼다.

노량진 행 전차를 타고 섰노라니, 무엇인지 입 속에서 뱅뱅 도는, 맴쟁이가 있다. 자세히 알어보니 별것이 아니라, 고대 막 조히 우에 쓰고 나온 "小뿌르조아"라는 말이다.

「…흠…?」

그는 육 년 징역(懲役)을 받은 적이 있는 과거의 당원인 자신에 대하여 무슨 보복이나 하듯, 일종의 잔인한 심사로 무심코 피식이 고소를 하는 참인데, 대체나 신기한 말이다. 과시 탄복할 정도로 적절한 말이다. ─지금까지 그는 그 자신을 들어, 뭐니 뭐니 해 왔어도 이렇게 몰아, 단도대에[5] 올려놓고, 대ㅅ바람에 목을 뎅겅 칠 용기는 없었든 것이다. 그러나, 이제 막 피식이 고소할 순간까지도 차마 믿지 못한 이 "심판"아래, 이제 그는 고시라니 항복하는 것이었다.

─다음 순간 그는 몸이 헛전 하도록 마음의 후련함을 깨닫는다─ 통쾌하였다.

그러나 이와 동시에 무엇인지 하나 가슴 우에 외처, 소생하는 것이었다.

드듸어 그는 전후를 잃고, 저도 모를 소리를 정신없이 중얼거렸다.

(나는 나의 방식으로 나의 "小市民"과 싸호자! 싸홈이 끝나는 날 나는 죽고, 나는 다시 탄생할 것이다. …나는 지금 영등포로 간다, 그렇다! 나의 묘지가 이곳이라면 나의 고향도 이곳이 될 것이다…….)

별안간 횟횟증이 나도록 전차가 느리다.

그는 환─이 뚜러진 영등포로 가는 대한길을 두 활개를 치고 뛰고 싶은 충동에 가만이 눈을 감으며, 쥠ㅅ대에 기대어 섰다.

(『文學』, 1946. 7)

---

5 원문대로.

가을

　서쪽으로 티인 창엔 두꺼운 카—텐을 내려칫는 데도 어느 틈으론지 쨍쨍한 가을 볕살이 테불 우이로 작다구니를 긋고는 바둘바둘 사물거린다.

　분명 가을인 게, 손을 마조 잡고 부벼 봐도, 얼굴을 쓰담아 봐도, 어째 보스송하고 매낀한 것이 제법 상글한 기분이고, 또 남쪽 창가ㅅ으로 가서 밖앝을 내다 볼나치면, 전후좌우로 높이 고여올린 뻴딩 우마다 푸르게 아삼거리는 하눌이 무척 높고 해사하다.[1]

　오후 여섯 시다.

　사내에서 일 잘하기로 유명한 강군이 참다 못해 손가방을 챙긴다.

　「뒤에 나오시겠서요?」

　「먼저 갑시다.」

　뒤를 이어 김군도 따라 일어섰다. 마지막으로 여사원 은히가 나간 후 실

---

　* 『朝光』 목차에 이름이 池連河로 오식이 되어 있다.
　1 『朝光』, 1941. 11. 발표 시에는 이어 다음과 같은 문장이 이어져 있다. 「흔히 이런 하늘에서 사람들은 어쩌자고 잡초가 욱어진 들과 그 쇠잔하고 하염없는 풍경을 엿보는 것인지, 이리되면 처음엔 하잘 것 없는 생각이건만도 종차로는 돼 모지게 닷는데가 있는지도 모른다.」

내는 한층 더 호젓하다.

석재는 이제 막 강군의 「난 먼저 갑니다. ─」 해야 할 말을 「뒤에 나오겠오?」 하고 묻든 것이 역시 속으로 우수웠으나, 이 정당하고도 남는─「먼저 가겠다」는 말을 항상 똑똑이 못하는 강군의 성격에도 그는 전처럼 고지식이 우서지지가 않었다.

담배를 부처 문 채 테불 우에 펠처 있는 원고들을 정돈하고 있으려니 아츰나절 정예에게서 온 편지의 내용이 다시금 머리에 떠오른다.

역시 그리 유쾌치 못한 사실이다.

그러나 단순이 불쾌한 것이 아니라 불쾌한 감정 그 뒤에 오는 꽤 맹랑하고도 해괴한─야릇한 감정을 그는 어떻게 처리해야 할지 종내 망사리지 않을 수가 없다.

사실은 오늘 종일 그는 이것과 싱갱이를 했는지도 모른다.

정예라면 물론 안해와 제일 친하든 동무다. 뿐만 아니라 안해 생전에 이상한 처신으로 안해를 골란케 한 사람이고 또 석재 자신을 두고 말해도 이 여자로 해서 대단 난처한 경우는 겪었을망정 참 한 번도 이 여자의 행동을 즐겨 받어드린 적은 없다고 생각는다. 그리고 더욱 유감된 것은 이 여자의 그 후 행방이다.

듣는 바에 의하면 여자는 그 후 결혼을 했으나 곧 이혼을 했다는 것이고 이혼한 후엔 그 소위 「연애 관계」가 무척 번거러워서 그의 아는 사람도 여기 관계 된 몇 사람이 있다고 한다. 이리되면 이건 그로서 도저히 이해할 수도 없으려니와, 불쾌하다니 그 정도를 넘고도 남는다. 또 사람의 기억이란 꽤 야속하게 되어서 사랑하는 안해와의 모든 것도 삼 년[2]이 지난 오늘엔

---

2 『朝光』본에는 '이 년'으로 되어 있다.

지하련 전집

때로 구름을 바라보듯 묘연하거든 항차 정예란 여자와의 지난날이 지금껏 그의 머리ㅅ속에 자리를 잡고 남어 있을 턱이 없다.

이러한 오늘에 다시 편지를 보내고 만나자니—만나 소용없단 것을 이 편보다도 저 편이 더 잘 알면서 만나자니—이제 그에게 「여자」란 대상이 다시금 알 수 없어지는 것도 또 이 여자가 가지는 바 그 풍속(風俗)이 더욱 오리무중(五里霧中)인 것도 사실은 무리가 아닐지 모른다.

담배를 든 채 손이 따거워오도록 여전이 그는 망사리고 있었다.

마진 편에 걸린 시계가 어느새 일곱 시를 가르친다. 지금 곧 일어서 간다고 해도 삼십 분은 걸릴 것……. 그는 일종 초조한 것도 같고 헛전한 것도 같은 우수운 심사를 경험하는 것이였으나 여전 쉽사리 일어서려군 않는다.

점점 실내가 강감우레 해오고 뿜어내는 연기가 아삼아삼 가라앉는 것 같다.

그는 끝내 일어섰다.[3] 그러나 이렇다고 뭘 이제서야 정예를 만나려 가는 것은 아니다.

거리에 나서도 역시 황혼이고 가을이다. 아직 낙엽이 아니건만 가로수(街路樹)는 낙엽처럼 소군대고 행인들의 그림자도 어째 어설픈 것만 같다.

문득 죽은 안해가 생각힌다. —순간 그는 정말 안타가운 고독과 슬픔을 자기에게서도 안해에게서도 아닌 먼—곳에서 느끼며 총독부 앞 큰길을 그냥 걸었다.

바로 집으로 가자면 광화문통에서 효자정으로 가는 전차를 타야 했으나 그는 어쩐지 걷고 싶었다.

---

3 원문대로.

바람이 불되 오월의 바람처럼 변덕스럽지도 않고, 또 겨울 바람처럼 광폭하지 않아서 좋았다기보다 얼굴에 다어 조금도 차지 않으나 그러나 추억처럼 싸늘한 가을바람은 또한 추억처럼 다정하기도 해서 그는 정다웠다.

조금 후 그는 경복궁을 끼고 올러 걷고 있었다. 물론 이 길로 작구가노라면 오늘 정예가 약속한 장소가 나오는 것을 그는 모르는 배 아니나, 거진 한 시간 반이나 넘은 지금까지 여자가 기대리고 있으리라고는—더욱 자기로서 이것을 기대하고 이 길을 잡은 것은 결코 아니다. 거저 무료해서 지향 없는 발낄이었고, 또 소란한 길보다 호젓한 길을 취한 것뿐이다.

그는 되도록 담 밑으로 닥아 효자정으로 넘어가는 돌칭대를 밟으면서 다시금 자기 마음을 의심해 본다. 생각하면 이제 이대도록 지향없는 마음의 소치가 기실 정예에게 있는지도 모르기 때문이다.

하기야 정예가 안해와 가장 친했든 동무란 점에서 혹 정예로 인해 안해를 생각게 될 수도 있을 게고, 또 전에라도 그는 이렇게 안해를 생각게 되면 곳잘 지향 없어지는 것이 버릇이었지만 이렇다고 한대도 이제 정예로 인해 안해를 생각게 된 것이 정말이라면 어쩐지 그는 죄스럽다. 설사 이곳에 아무리 꺼림 없는 대답이 있다 친대도 그는 웬일인지 이것으로 맘이 무사해지지가 않는다.

생각이 이렇게 기울수록 그는 맘속으로 막연한 가책까지 느끼는 것이었으나, 그러나 알 수 없는 것은 이와 동시에 거이 무책임하리만큼 자꾸 어두어지려는 자기 마음이다.

마침내 그는 달리듯 칭대를 밟기 시작했다.

그러나 길이 차차 말숙한 신작노로 변해 왔을 때 역시 그의 눈은 자기도 모르는 사이에 경무대(景武臺) 쪽 솔밭 길을 더듬었다.

물론 정예가 있을 리 없다.

그는 처음부터도 그러했고 또 솔밭 쪽으로 눈을 가저갈 순간에도 그곳에 정예가 있으리라고는 아여 생각지 않았으나 순간 이상하게도 일종 열없은 정이 이제 막 칭대를 급히 달린 피곤을 한꺼번에 몰아 온 것처럼 그는 끝내 제법 잡초가 욱어진 솔밭에로 가 자리를 잡고 말았다.

이상한 피곤과 함께 일종 자조적(自嘲的)인 허망한 심사를 겪으면서 그는 담배를 꺼내 불을 붙었다.

벌서 사 년 전[4] 일이다.

어느 날 그는 모유(母乳)가 부족한대 돼지 발이 좋다는 말을 어떤 친구에게서 들었는지라 사엘 나오는 길로 곧 태평통을 들러 이것을 찾어 봤으나 마츰 있지 않았다. 그래서 돼지 발도 돼지고길 바에야 살렘인들 어떨게냐고 살고기 두 근을 사서 들고는 바른 길로 집으로 왔다. 그랬는데—마츰 안방에 손님이 온 모양 같어서 고기는 신부름하는 아이에게 준 후, 자기 방으로 들어오고 말았다.

곧 안해가 건너와서 그는 지금 온 손님이 바로 정예라는 여자인줄을 알었다.

그는 이 여자와 전부터 안면이 있는 건 아니다. 단지 평소 안해가 입버릇처럼 뭐고 칭찬을 많이 했고 또 흔히 부부간 말다툼이라도 있든지 혹은 뭐가 맛갓지가 않어서 짜징이라도 날 땐 곳잘

「나도 정예처럼 공부나 헐 걸.」

하고 애매한 말을 해서 정말 그의 골을 올여준 적이 한두 번이 아니었기에 그는 정예가 뉘집 딸인데 무슨 학교를 다니는 것까지 또 그 얼굴이 검고 힌

---

4 『朝光』에는 '삼 년 전'으로 나온다.

것까지 키가 적고 큰 것까지 적어도 안해가 전하는 바 그대로는 제법 살피살피 다 알고 있는 터이다.

그가 자기 방에서 혼자 저녁을 치른 후 신문을 들치고 있으려니 무슨 영문인지 제법 번거러운 우슴을 터놓으면서 안해가 문을 열었다.

웨들 야단이냐고 그가 무러 볼 나위도 없이—

「손님 오신대요.」

하고, 안해가 들어선다. 뒤를 따라 정예도 들어섰다. 그는 하도 안해가 자랑한 끝이라 어째 좀 당황하기도 했으나 또 달리는 하도 많이 칭찬을 했기에 더 침착하게 일어 맞인 셈이다.

과연 처음 보아 안해가 말한 그대로 별로 틀림이 없었다. 살빛은 그리 힌 폭이 아니었으나 무척 결이 고왔고 더욱 눈이 이상한 광채를 뿜는 것처럼 몹시 총명한 느낌까지 주었다. 단지 그가 상상한 바와 다소 어긋난 점이 있었다면—그는 막연하게 정예란 여자도 자기 안해처럼 섬약하고 천진해서 그저 귀여운 여자일 게라고 생각했든 것이 정예는 안해보다 훨씬 그늘이 있는, 뭔지 꽤 맹열한 일면이 있을 것 같은 것이 첫재 달렀고 또 조금도 천진하지 못한 느낌이었다.

그가 처음 받은 인상이 이러했고 또 이래서 그도 제법 옷깃을 염위어 정색하고 대한 때문인지는 몰라도 아무튼 두 사람은 터놓고 무슨 이얘기를 난우지는 않았다. 그저 몸이 편찮어서 귀향했다는 안해 말에—

「그 안됐습니다— 빨리 치료를 하셔야 지요—」

하고 그가 말을 받았을 정도였다.

이날 정예가 돌아간 후 안해는 그이 별미 적은 곳을 나무랬다.

「웨 그렇게 재미가 없대요. 그 애가 남의 남자하고 인사나 하는 줄 아우, 남 기껏 소갤 해 놓으니까 이얘기 한마디 없이 옆에서 딱하다니 난 첨 봤어, 이제 걔 우리 집에 다신 안 올 테니 난 몰루.」

하고는 거반 화를 내다싶이 했다.

처음 만난 사람하고 무슨 이야기가 그렇게 많아야 하느냐고 암만 말을 해도 안해는 영 듣지를 않았다. 이래서—결국은 별 대단치도 않은 동무 가지고 웨 야단이냐고, 짐짓 핀잔을 주게 되었고 이리되자니 안해는 뭐가 더 억울한 것처럼 더욱 자랑을 느러놓은 셈이다.

본시 여자란 이야기를 내놓기 시작하면 나중엔 흔히 제 바람에 넘어가기가 쉬운 것인지 안해도 처음엔 얌전하다느니 재주가 있다느니 또 몹시 다정한 사람이라는 둥, 그야말로 순전한 자랑만이든 것이 차차 웬만한 남자는 바로 보지도 않는다는 둥 가령 누구를 사랑할 경우라도 무사한 편보다는 까다로운 편을 택하는 성격이라는 둥 아무튼 본인을 위해 하지 않아도 좋을 말까지 삼갈 줄을 몰랐다. 이래서 그도 제법 코대답으로 듣긴 했으나 끝내,

「그 대단한 여자로군—」

하고 피식이 웃기까지 했다.

이 모양으로 기껏 안해의 자랑으로부터 새로히 얻은 지식이란 불행히 그에게 별 보람이 없어서 결국 그리 유쾌치 못한 취미를 가진 위태로운 여자로밖엔 별로 남을 게 없었다.

이런 일이 있은 후에도 안해는 이따금 그에게 탓을 했기에 나중엔 그도—

(정말 안 오나 부다—)

하고는 일종 우습게 섭섭한 것 같은 혹은 미안한 것 같은 생각을 가지기도 했으나 안해의 예상한 바와는 달리 그 후 메칠이 못 가 정예는 다시 왔든 상 싶다.

차차 신록이 짙어오고 꽃이 피고 할 때쯤 해선 그도 두 사람 틈에 끼여 제법 어깨를 나란이 하고 거리를 돌아다닌 적이 한두 번은 없지도 않으나

그는 역시 무심하려 했다.

정예는 처음 받은 인상과 같이 비교적 과묵한 편이었다. 조금도 명랑하지 않을 뿐더러 몸이 성찮어 그런지는 몰라도 이따금 이상하게 허망스런 얼굴을 가지기도해서 이것이 그의 일종 퇴폐적인 애착을 끌기도 했으나, 그러나 어쩐지 이러한 한까풀 밑엔 짙은 원색(原色)과도 같은 꽤 섬찍한 무엇이 꼭 있을 것만 같았다. 그가 우정 저편의 존재를 무시한 때가 정예에게서 이러한 것을 본 때이기도 하지만 아무튼 그는 이 분명이 무슨 허방이 있을 것 같은 근역엔 역부러 가까워지기를 꺼려했다고 지금도 생각한다.

어느 날 안해는 저녁을 치르자—

「요번 일요일엔 영화구경 갑시다—」

하고 그에게 말을 했다.

그는 안해의 이 말에서 안해가 또 정예와 같이 가자는 게라고 생각을 하면서,

「무슨 일로 줄창 거치 다녀야만 해.」

하고는 제법 안해 말에 퇴박을 주려니까 안해는 이 날도 뭔지 불평을 품은 채,

「그 거치 좀 다니면 무슨 지체가 떠러지우? 관두시구려 우리끼리 갈테니.」

하고 끝내 뾰르퉁했다. 이래서 안해는 우정 정예에게 엽서를 내는 모양이었으나 당아 온 일요일날 정예는 웬일인지 오지 않았다. 「얘가 웬일일까?」하고 기두리는 안해 말에 「그 잘됐군.」

하고 놀려 주면서 그도 이 날은 종일 집에서 해를 보낸 셈이다.

이튿날 그가 사엘 나가니 웬 낯선 글씨의 편지 한 장이 다른 편지들과 섞여 있었다. 다시 한번 살펴봤으나 역시 잘 모를 편지었다.

그는 우정 맨 나중으로 편지를 뜯었지만 편지는 그가 처음 막연이 예감

한 바 그대로 정예에게서 온 것이 분명했다. 그러나 내용은 별 게 아니어서 잠간 상의할 말이 있어 만나고 싶단 것과 몸이 불편해 찾아가지 못한다는 것을 말한 후 만날 장소와 시간을 알린 극히 간단한 편지였다.

처음 그는 대뜸 그리 유쾌치 못했다. 그러나 뭘 불쾌히 생각기엔 너무 수헐하게 말한 기탄 없는 편지였기에 차라리 까다롭게 생각하려는 자기 마음이 되려 쑥스러운 것 같아서 나중엔 자기도 여게 되도록 평범하려 했다.

이 날 집에 돌아와서도 그는 아무렇지 않은 양,

「당신 동무헌테서 편지 왔읍디다—」

하고 편질 내:놓으면서 마치 안해에게 온 편지나 전하듯 무심하려 했다.

안해는 자기에게 온 것이 아닌 줄 알자, 좀 의아한 듯이,

「무슨 일일까, 신병에 대한 이얘긴가?」

하고 의심쩍어 하는 것을 그가 우정,

「병에 대한 거라면 의사가 있지.」

하고 말을 받으려니까,

「아무튼 어쨰서 편질 했든지 그애로서 헐만해서 했을 테니까 가보시구려—」

하고 안해는 역시 동무의 편역을 드렀다.

이래서 그는 맘속으로 안해는 아직 한 사람의 여자로선 너무 어리다는 것을 느꼈고 또 이처럼 어린 안해의 순탄하고 단순한 맘씨를 이제 자기로 앉어 이대로 받어서 옳으냐 글르냐는 것은 둘째 문제로 아무튼 이날 그는 이렇게 되여서 정예를 만나려 간 것만은 사실이다.

그가 전차를 내려서 정예가 기다리고 있을 본정통 어느 차ㅅ집엘 들어섰을 땐 거진 여덜 시가 가까워서다.

정예는 들어가는 초엽 왼편에 자리를 잡고 앉어 있었기에 쉽사리 알어볼

수가 있엇으나 어쩐지 —처음 그래봐서 그런지는 몰라도—편지와는 좀 달러서 정예는 약간 당황한 듯이 인사를 했다.

그도 별 말없이 인사를 받았으나 기왕 왔을 바에야 설사 저편이야 어떤 태도로 나오든 자기만은 되도록 그야말로 기탄 없시 대해야 하겠다고 생각하면서 그는 먼저 몸의 형편을 물은 후 안해도 몹시 염여한다는 것과 그래서 오늘 같이 나오려다 못 왔다는 이얘기를 제법 무관하게 늘어놓은 셈이다.

이랬는데도 정예는 웬일인지 이러한 이얘기엔 별 흥미가 없다는 것처럼 그저 허트로 네—네—하고 대답할 뿐 무슨 이렇다는 이얘기를 먼저 끄내진 않었다. 이리되면 누가 만나자고 한 사람인지 알 수가 없어진다.

그가 차차 말을 잃고 거반 싸늘히 식은 차ㅅ잔에 다시 손을 가저 갈 무렵해서 여자는

「나가실까요?」

하고 별안한 말을 건넜다.

그는 얼결에

「네—」

하고 대답을 했으나 본정통 입구를 돌아 나오면서 그는 다시금 의아하지 않을 수 없었다.

그러나 이렇다고 뭘 내색할 수도 없었으므로 그저 지망을 잃은 채 덤덤이 여자를 따라 거렀다.

두 사람이 남대문통으로 해서 부청 앞 넓은 길을 잡고는 다시 광화문통을 바라보고 걷기 시작했을 때 그는 끝내,

「내게 무슨 얘기가 있었어요?」

하고 물어볼 수밖엔 없었다.

정예는 잠간 주저했으나 인차—

「얘기 없었어요.—」

하고 비교적 똑똑하게 대답을 했다.

두 사람은 다시 잠잣코 걷기 시작했다.

그는 속으로 다시금 이상한 여자라고 생각했다. 그러나 — 이러한 때 느껴지는 이상한 여자란 분명이 존경할 수 없었음에도 불구하고 이「이상한 여자」는 끝내 그의 이상한 호기심을 이르켰든 것이고, 또 이 호기심은 지금까지 가저온 그 마음의 어느 까다로운 일부분을 허러 버린 것처럼 그는 다시 말을 이었다.

「허실 말슴이 있다고 편질 내시고서….」

하고 짐짓 건너다보려니까,

「거짓말이에요.」

하고 대답하면서 여자는 태연했다. 이리되면 다음으로 무를 말은「웨 거짓말을 했느냐.」는 것이겠으나 그는 어쩐지 이 말을 얼른 무를 수가 없었다.

광화문통을 지나 거진 총독부 앞까지 왔을 때 전차를 타느냐? 고, 그가 무르니까 정예는 그냥 걸어가겠다고 대답했다. 효자정에 집을 둔 그는 가회정으로 가야 할 정예를 앞에 두고 잠간 망서리지 않을 수 없었다. 이것을 정예도 알었든지,

「전 산으로 해서 가겠는데 별일 없으시면 거치 산으로 해 가시지요—」

하고 말을 했다. 역시 전날 편지로 말할 때처럼 예사로운 투다.

그는 조금 전부터도 그러했지만 이 여자의 어떠한 태도에든 자기도 되도록 예사로우려고 하면서,

「그래도 좋습니다—」

하고는 쉽사리 대답했다.

경복궁 긴—담을 끼고 삼천동[5]을 들어 가회정으로 넘어가는 넓다란 길을 걸으면서도 두 사람은 별루 말이 없었다. 그는 이따금 우숩게 역해오는 감정을 느끼기도 했으나, 그저 하는 대로 두고 볼 작정이었다.

길이 변해서 가회정 쪽으로 기우러질 때쯤 해서,

「이젠 혼자 가도 괜찮읍니다—」

하고 정예가 돌아섰다.

그도 그저 그러냐—는 것처럼 따라 거름을 멈췄으나 한순간 이상하게 어색한 분위기를 느끼며 그냥 서 있으려니까,

「괘니 고집을 부려서 미안합니다—」

하고 정예는 그 약간 허망한 투로 말을 했다.

그는 잠잣코 있을까 하다가 이러한 경우에 「고집」이라니 생각할수록 하도 용하고 재미있는 말이어서

「웨 그런 고집을 부렸소?」

하고 우정 무러본다. 그랬드니—

「이상허세요?」

하고 정예가 다시 물었다.

그는 정예에게 배워서 자기도 일견 솔직한 체—

「네—」

하고 대답해 본다. 그러나 의외에도 이 말에 정예는

「나뻐요.」

하면서 거반 쏘아보듯 그를 처다봤다. 그는 이 애매한 말에서 히한하게도 지금 정예가 자기를 나쁜 사람이라고 비난한단 것을 곧 알어챘으나 얼결에

---

5 원문대로.

자기도 모를 말을─

「글세올시다─」

하고는 눙치지 않을 수가 없었다.

지금 생각해도 이때 정예에게 당한 꾸지람은 참 억울한 것이다─.

그는 이날 밤 돌아와 자리에 누어서도 정예와 주고받은 말이 좀체 사라지지 않았다. 아무튼 이상한 여자인 게 제 말을 비처서 본다면 결국 석재로 인해서 정예 자신이 어떤 박해를 당코 화를 입고 말 것이라는 것인데─ 이처럼 모든 것을 미리 잘 알 바에야 뭣허러 이런 방식으로 구지 제 손으로 함정을 팔 게 없다. 얼른 생각해서 무슨 성격이 이런 성격이 있을 것 같지도 않고, 또 작난이라면 이건 너무 정도를 넘어 고약하다.

(두고 보리라─)

그는 결국 이렇게 생각한 후 이런 형태로 내달은 여자라면 응당 머지않어 다시 말이 있으리라 짐작했다.

그러나 그후 정예에게선 웬일인지 일체 소식이 없었다. 한 주일이 지나고 한 달이 지나고 해도 전연 소식이 없었다.

그는 이상하게 궁금해지는 심사를 격지 않는 바도 않았으나[6] 역시 두고 볼 일이었다.

일 년이 지나갔다.

그 동안 두 부부는 정예가 결혼을 하고 다시 이혼을 했다는 소식을 들었으나 그런 일이 있은 댐부터는 그도 안해도 정예 이얘기를 꺼내진 않았다.

그랬든 것이 단 한 번 안해가 죽기 전 어느 비오는 날 밤에 안해는 별안간,

6　원문대로.

「정예 못 봤어요?」

하고 무른 적이 있다. 이 때 그는 어쩐지 맘이 몹시 언잖었다.

　여지껏 한 번도 그에게 묻지 않은 것을 봐서 안해에겐 제일 묻고 싶었든 말인지도 모르고 또 그처럼 끄리는 말을 이제 하게 되는 것이 어째 불길한 증조 같기도 해서 그는 우정 안해 옆으로 가까이 가,

「보다니 어데서 봐?」

하고 됩데 무러보면서

　「봤으면 내 얘기 않었을라구—」

하고는 우서 보였다.

　「혹 길거리에서라도 못 봤나 해서—」

하고 안해도 따라 우섰으나, 이 때 그는 뭔지 안해에게 몹시 잘못한 것 같은 생각이 앞을 서서,

　「그깐 이얘기를—무슨 그따위를….」

하고는 자기도 몰을 말을 중얼거렸다. 그리고는 창 옆으로 가 담배를 집었다. —밤은 옷칠한 듯 검고 비는 쉴새없이 나리고…이따금 동병실로 가는 간호부들의 바뿐 거름이 더 기맥히게 싫은 밤이었다.

　안해는 그가 뭐라고하든, 정예와 커난 여러 가지 그리운 기억을 혼자 속삭이듯 도란도란 이얘기하면서,

　「그래도 걔 착한 데 있다우— 다음 만나건 다정이 허세요—」

하고 말을 해서 그는 끝내 화를 내고 말었다.

　거진 땅거미가 잽힐 때쯤 해서 그는 풀밭을 일어섰다.

　어떤 일본인[7] 노인이 손자뻘이나 되는 어린애를 앞세우고 제바람에 꼬리

7　『朝光』에는 '내지인'이라고 되어 있다.

를 물고 달리는 점백이 삽살개를 놀리며 저리로 가는 게 보인다.

그는 어린아이의 뒷모양에서 지금쯤 라디오 가게 앞에서나 우체통 앞에서 할머니를 따라 놀고 있을—아들 영이를 생각하면서 그대로 걷기 시작했다.

그러나 이 날 따라 영이는 라디오 가게 앞에도 우체통 앞에도 놀고 있지 않았다.

그가 새로히 아버지다운 불안을 안은 채 총총이 집엘 드러서려니 의외에도 어머니가

「애 손님 오셨다—」

하고 마조 나왔다.

뒤를 따라 정예가 영이를 안은 채

「이제 오세요?」

하고 인사를 한다.

그는 한동안 어이없은 채, 그저 보구만 있었으나, 옆에 어머니 역시 어리둥절해 있는 것을 느끼자

「여길 오셨군요— 언제 오셨서요?」

하고 그도 인사를 한 셈이다.

두 사람은 어머니와 영이를 사이에 두고 가치 저녁을 먹고 이슥도록 놀았으나 정예가 어머니와 안해의 이얘기를 했을 뿐 별로 말을 난우진 않었다.

마츰내 어머니가 영이를 재우겠다고 안방으로 건너가신 후 방안은 더욱 거북한 분위기에서[8] 그는 뭐고 말을 난우고도 싶었으나 대체나 할 말이 없

---

8   원문대로.

었다.

정예 역시 이러했든지 결국 이야긴 그가 먼저 꺼낸 셈이다.

「낮에 편질 받고 마츰 급한 일이 생겨서 미안하게 됐읍니다. 이살 해서 집을 모르실 텐데 어떻게 찾었읍니까?」

하고 무러봤드니 정예는 —어제서야 죽은 안해의 소식을 듣고 그 전집으로 갔었다고 하면서

「걔가 어떻게 그렇게…무슨 일이 그런 일이….」

하고는 석재가 먼저 무슨 말이든 꺼내기를 기대렸다는 것처럼 정예는 제 말을 시작했다. 어데까지 띠금띠금 끝을 맺지 못하는 정예 말에서 그는 지금 정예가 안해의 주검을 대단 슬퍼한다고 생각하면서 자기도 말을 잃은 채

「글세올시다—」

하고만 있으려니까,

「오늘도 관둘가 허다가….」

하면서 여자는 눈물이 글성한다.

그는 자기도 어쩐지 맘이 언짢어지려구 해서 그저 잠잣고 있었다.

조금 후 정예는 죽은 사람이 뭐고 제 말을 하지 않드냐고 물었다. 그래서 했노라고 대답했드니 뭐가 몹시 언짢은 것처럼 정예는 끗내 울고 말었다. 소리를 내여 우는 것도 느끼는 것도 아닌 그저 무릎을 세우고 앉인 채, 잠잣고 울었다. 다행이 그는 정예의 이마를 고인 두 손이 눈을 가렸기에 맘 놓고 여자의 얼굴을 바라볼 수 있었지만 지금껏 그는 이처럼 막우 쏘다지는 눈물을 본 적이 없다. 그러나 턱으로 뺨으로 함부로 쏘다지는 눈물에 비해, 손끗 하나 움직이지 않는 싸늘한 태도가 어쩐지 여자의 아지 못할 운명 같기도 해서 부지중 그는 얼굴을 돌리고 말었다.

과연 여자의 울음은 단지 벗을 잃은 슬픔만은 아닌 듯 했다.

지하련 전집

그는 뭔지 자기도 점점 어두어지는 마음을 그저 잠자코 있을 수밖에 도리가 없었으나 다른 한 편으론 이러고 앉어 있는 동안 그는 일즉이 가저 보지 못한 이 여자에 대한 야릇한 불만과 비난의 감정을 어떻게 수사해야 좋을지를 몰랐다.

　다음 순간 그는 어떻게 됐든 좌우간 안해로 인해 울기 시작한 이 여자의 우름을 이대로 두고 오래 당하기는 정말 견듸기 어려운 노릇이었다. 이래서 생각한 남어지,

「너무 언잖어 마십시요…소용없는 일을 그보다도 그간 뭘 하고 계셨기에 그처럼 뵐 수가 없었읍니까?」

하고 말을 해 봤다. 그랬드니 과연 이 약간 조소적인 말의 효과는 적실해서

「시굴 가 있었어요―」

하고 대답하는 정예는 그처럼 몹시 울지는 않었다.

「그래 시굴서 뭘 허셨기에…서울엔 언제 오셨오?」

하고 그가 다시 무러봤드니 여자는 그저 시무룩이 우슬 뿐 잠잣고 있었다. 순간 그는 자기의 이러한 무름에 능히 우서 대답할 수 있는 그 맘의 상태가 좌우간 싫었다. 그는 끗내 이상한 미움을 느끼며

「그간 이야기나 좀 들읍시다.」

하고 짐짓 건너다봤다. 그랬드니 여자는,

「다 아시면서….」

하고 여전 같은 태도다. 이래서 그는 끗내 몹시 타락한 여자라고 생각을 했고 또 이렇게 생각이 들었기 때문에 차라리 이 여자에게 너그러우려고도 했으나 그러나 어쩐지 이보다는 뭔지 불쾌한 감정이 앞을 서서 그는 자기도 모르게,

「하도 호사스런 얘기가 돼서 원….」

하고는 제법 피식이 웃고 말았다.

과연 정예는 많이 변했었다. 첫재 빛갈이 햅숙한 정도로 히여졌고 성격도 훨신 달러진 것 같아서, 전처럼 과묵한 인상을 주지도 않았다. 그대신전보다는 사뭇 품위가 없고 무게가 없어 보였다.

한동안 말을 잃은 채 앉어 있었으나 다음 순간 그는 우연이도 눈이 정예와 마조치고 놀라지 않을 수 없었다.

여자는 두 손을 무릎 우에 올려놓은 채 그냥 눈이 꿩해서 마진편 벽을 보고 앉어 있었으나 여자의 이 버릇 같은 허망한 얼굴이 만일 전날의 것이 일종 건방저서 사치한 것이었다면 지금의 것은 이것과는 훨신 달러서 어쩐지처참했든 것이다.

인차 정예는

「가겠어요ㅡ」

하고 일어섰으나 그는 역시 말을 잃은 채 덤덤이 앉어 있었다. 그러나 조금후 안방으로 건너가 어머니에게 인사를 하고 잠이든 영이를 디려다보고 할 때의 정예 얼굴은 그가 의아하리만큼 조금 전과는 사뭇 달러서 일견 명랑해 보이기까지 했다.

그는 다시금 불쾌했다. 조금도 성실치 못한 그저 경박하고 방종한 성격의 표현같기만 해서 일종 증오에 가까운 감정이 없지 않었으나 역시 좀체로 사라지지 않는 것은 조금 전 그 알 수 없는 얼굴이었다. 뭘 후회하는 얼굴이라면 좀더 치사해야 하고, 이것도 저것도 아니라면 훨신 더 분별이 없어야 한다.

(후회하지 않는 얼굴ㅡ싸늘한 밝은 눈으로 행위했고, 그 눈으로 내일을 피하지 않는 얼굴)

그러나 이렇기엔 좀더 순뙤게 절망해야 할 것 같았다.

그는 여전 갈피를 잡지 못한 채 정유장까지 정예를 따라나온 셈이다.

그러나 전날처럼 여자가 굳이 이끈 것도 아닌—오히려 정예는 몇번 사양까지 했으나 그역 뭘 그렇게 모지게 굴 흥미도 없어서 그저 먼 곳에 와 준 손님을 대접하듯—만일 여자가 전일처럼 산으로 해서 가겠다면 태반 바래다라도 줄 셈으로 그대로 경무대 앞길을 들어 걷기 시작했다.

차차 길이 호젓해 올스록 정예는 방안에서보다 훨신 말이 많아졌다. 이따금 기탄 없는 태도로 지내온 이야기를 하기도 하고 또 때로는 제법 가벼운 기분으로 제가 생각하는 바를 토로하기도 해서 흡사히 그것이 죽은 안해가 생전에 자기를 대하든 그 솔직하고도 단순한 태도 같기도 해서 그는 오히려 싫은 생각이 들기도 했다.

그러나 나종 정예는 점점 꽤 못 할 말까지 삼갈 줄을 몰랐다.

「연앨 많이 하는 여자는 사실 한 번도 연앨 못해 본 여자일지도 몰라요—」
하고 말을 하는가 하면 또

「단 한 사람의 자기 사람을 잃어버린다는 건 큰 약점이에요—」
하고는 얼른 들어 상구 몰을 말을 그대로 소군거리기도 해서 꼭 딴 사람 같었다.

그가 듣다가 못해서

「그렇다고 숫한 연애를 헐 건 뭐요?」
하고 무러봤드니 여자는 더 뭔지 하염없는 태도로

「쓸쓸하니 말이지…사랑허기만 하면 백 년 천 년 보지 않아도 된다는 건[9] 거짓말이었어요.」

---

9 『朝光』에는 이 문장에 이어 '그건 자랑이 있어야 해요. 하지만 자랑은 커녕 되려 치욕을 느끼게 될 때…'로 되어 있는데 창작집에서는 '거짓말이었어요'로 고쳐져 있다.

하고 잠간 말을 끊었다가는 다시

「참는단 건 자랑이 있는 사람의 일일 께고, 또 자랑이 없는 사람은 외로
워서 쓸쓸할 게고 그 쓸쓸한 걸 이겨 나갈 힘도 없을 게고…그러니까 결국
아까 말한 그런 약점이란 어리석은 여자에겐 운명처럼 두려운 것이에요.」
하고는 혼자ㅅ말처럼 사분거리기도 했다.

그는 「쓸쓸하니 말이지…」하고 말하는 여자의 음성에서 이상하게 일종
칙은한 정을 느끼며 그냥 잠자코 있으려니까

「사람을 진정 좋아하는 마음이란 그리 수헐치가 않아서 무작정 보구 싶
으니 말이지…이게 거역하자면 저를 상칠 밖에 도리가 없으니 말이지.」
하고 정예는 여전 같은 태도로 이야기를 계속했다.

그는 여자의 이러한 대담한 이야기가 일종 징하게 늦껴졌다거나 반대로
무슨 감동을 주었다기보다도 흔히 서양여자들에게 많다는 무도병(舞蹈病)
이란 병처럼 이 여자에게도 무슨 고백병(告白病)이라는 게 있지나 않나 싶
어서 차라리 의아할 정도였으나 역시 한편으론 언젠가—걔는 제가 남을
사랑할 때라도 무사한 편보다는 까다로운 편을 취하는 성격이래요—하든
안해의 말이 생각나서 어쩐지 한 소녀의 당돌한 욕망이 이보다는 훨신 사
나운 현실에 패한 그 폐허를 보는 듯 해서 싫었다.

얼마를 왔는지 길이 삼가람으로 된 곳에 이르자

「이리로 해서 전차를 타겠어요.」
하는 정예 말에 그는 비로소 얼굴을 들었다. 그러나 의외에도 눈물에 마구
저진 여자의 얼굴에 그는 다시금 놀라지 않을 수 없었다.

정말 생각지 못한 일이다. 그는 처음부터 여자가 울면서 이야기를 했다
고는 암만해도 믿어지지가 않았다. 그는 여자가 새로히 알 수 없어지는 한
편 이상하게도 맘이 무거워짐을 늦겼다.

두 사람이 피차 말을 잃은 채 경복궁 긴 담을 끼고 거진 반이나 내려왔을 때다.

정예는 다시 말을 이었다.

「인생이란 어떤 고약한 사람에게도 역시 소중하고 고귀한 것인가 봐요 — 아무리 가혹한 운명이라도 이것을 완전이 뺏지는 못하나 봐요 — 죽기 전 꼭 한번 뵙고 싶었어요. 뵙고는 젤 고약하고 숭없는 나의 이얘기를 단 한 분 앞에서만 하고 싶었어요 —」

하면서 역시 아까와 같은 어조로 도란도란 이얘기했다.

그는 머리를 숙인 채 맘속으로 지금도 정예가 울면서 이얘기를 할 게라고 생각했다. 뭔지 더 참을 수가 없었다. 당장 손이라도 쥐고 숫한 이얘기를 하고도 싶은 이상한 충동을 순간 느끼는 것이었으나 역시 뭐라고 표현할 말이 없었다.

그는 끝내

「얘기 관둡시다…내가 고약한 사람일 거요. 그리고 당신은 숭없지도 아무렇지도 않소.」

하고는 뭔지 자기도 모를 말을 중얼거렸다. 그리고는 비로소 처음으로 여자의 얼굴을 정면으로 바라보았다.

그러나 여자는 그의 말을 조금도 믿지 않았다. 믿지 않는 것을 그는 여자의 얼굴에서 보았다.

길이 거반 끝날 때쯤 해서 두 사람은 꼭 같은 말로 —

「또 뵙시다.」

「또 뵙겠어요.」

하고 마지막 인사를 주고받았으나 전차가 떠날 때쯤 해서 어쩐지 그는 다시 정예를 못 볼 것만 같았다.

그는 자기도 모르는 사이 초조한 거름으로 몇 발자국 앞으로 내다르며 제법 크다랗게 여자를 불러봤다. 그러나 이미 정예가 알택이 없었다.

마츰내 그는 오든 길을 향하고 발길을 도르켰다. 정말로 지루한 거름이었다. 이날 들어 발서 세 번째 오르나리게 된 꼭 같은 길은, 그 나가자뻐진 꼴하고 천상 엄흉하기 짝이 없었다.

그가 여전 참끼 어려운 역정을 품은 채 돌칭대를 반이나 올라왔을 때다 드디어 그는 맘속으로—

(정예는 제 말대로 흉악할지는 모른다. 그러나 거지는 아니다. 허다한 여자가 한껏 비굴함으로 겨우 흉악한 것을 면하는 거라면 여자란 영원이 아름답지 말란 법일까?)

하고 중얼거렸다.

그러나 다음 순간 눈앞엔 어느 거지 같은 여자보다도 더 거지 같은 딴 것이 싸늘한 가을 바람과 함께 그의 얼굴에 부디쳤다.[10]

(『朝光』, 1941. 11)

---

10 『朝光』에는 '싸늘한 가을 바람과 함께 그의 얼굴에 조수처럼 몰아쳤다'라고 되어 있다.

지하련 전집

결별(訣別)

　어제 밤 좀 틔각거린 일도 있고 해서 그랬든지 아무튼 일부러 달게 자는 새벽잠을 깨울 멋도 없어 남편은 그냥 새벽 차로 일직암치 관평을 나가기로 했던 것이다.

　형예(亨禮)가 눈을 떴을 때 제일 먼저 머리에 떠오르는 것은 어제밤 다툰 일이다. 하긴 어제밤만 해도 칠원관평은 몸소 가 봐야 하겠다는 둥 무슨 이 사회가 어떠니 협의회가 어떠니 하고 길게 늘어놓는 남편의 이얘기가 그저 좀 지리했을 뿐 별것 없었다면 그도 모르겠는데 어쩐지 그게 꼭 「이러니 내가 얼마나 훌륭하냐」는 것처럼 댓듬 비위에 와서 걸리고 보니 형예로서도 가만이 있을 수 없어 자연 주고받는 말이란 것이 기껏

　「남의 일에 분주헌 건 모욕이래요.」

　「남의 일이라니 웨 결국 내일이지.」

　이렇게 나오지 않을 수 없었고 이렇게 되고 보니 판 집으로만 났을 뿐 아직 한집안일뿐 아니라 큰댁에서 둘째 아들을 더 힘 믿는 판이고 보니 하긴 남편의 말대로 짜장 그렇기도 한 것이 형예로선 더 노끌스럽게 된 판에다가,*

　「여자가 아무리 영니해도 밖앝 일을 이해 못험 그건 좀 골난해.」

하고 짐짓 판대리에서 거드름을 부리는 것은 더 견디어 낼 수가 없어서 이래서 결국 형예 편이

「관둡시다 관둬요—」

하고 덮어버리게 된 이것이 어제ㅅ밤 사껀의 전부고 그 내용이지만 사실은 이런 따위의 하잘 것 없는 말을 주고받은 것 뿐으로 그저 그만이어도 좋고 또 남편이 이따금 이런데서 그 소위 거드름을 부려봐도 그리 죄 될 것 없는 이럴테면 안해의 단순한 트집이어서도 좋을 경우에 형예는 곧잘 정말 화를 내는 것이 병이라면 병이다. 더구나 형예로선 암만 생각해 봐야 조금도 다정한 소치에서가 아닌데도 노상 정부더리는[1] 제가 도맡어 놓고 하게 되는 결과가 노여울 뿐 아니라 항상 사태를 그렇게만 이끄는 남편의 소행이 더할 수 없이 능청맞고 괫심할 정도다.

간밤에도 물론 이래서 잠이 든 것이지만 막상 아츰에 깨고 보니 결국 또 손해본 사람은 저뿐이다. 지금쯤 분주히 관평을 하고있을 남편에게 비해서 이렇게 오두마니 누어 천정 갈비만 헤이고 어제ㅅ밤 일을 되푸리하는 제가 너무 호젓해 해서인지는 모르나 아무튼 일즉 일어났대ㅅ자 별루 할 일도 없고 또 일즉 일어나기도 싫어서 그냥 멍충이 누어 있으려니 어듸난 거미줄 한나불이 천장 복판에서 그네질을 한다. 형예는 어쩐지 그곳에 몹시 마음이 쓰이려구 해서 일어나 그걸 떼 버릴가 생각는 참인데

「여잔 웨 관평을 하려 다니지 않을가?」

하는 우순 생각 때문에 문듯 실소하려던 마음 한 귀퉁에서 별안간 야단이 난다.

---

* 『文章』 발표 분에서는 인명이 한자로 표기되어 있다. 亨禮, 貞熙.

1 원문대로.

「그깐 일—」

하고 발칵 하는 것이다. 다음 순간 형예는

「웬일일가? 내가 이렇게 비위를 잘 상우게 되는 것은 그를 대수롭게 넉이지 않고 사랑하지 않기 때문이 아닐까?」

하는 제법 맹낭한 생각이다. 하지만 그로서는 또 뭘 그렇게 치우쳐 다 잡어 볼 것 없이 그저 남편을 사랑한다구 밖엔 도리가 없는 것이, 이러지 않고는 사실 일이 너무 거창해서 인지도 모른다. 정말 이래서 그는 그저 인망이 높다는 남편의 좋으듸 좋아 뵈는 그 눈자위가 각—금 비위를 상해줄 뿐이라고 생각해 버리는지도 모른다.

뭘 별루 생각하는 것도 없이 그저 이렇궁 저렇궁 누었으려니

「아지머니 웃말 댁에서 놀러 오시라요—」

심부름하는 아이가 말을 전한다.

형예는 얼른 이불을 거딧고 일어났다.

웃말 댁이라면 그저께 정희(貞熙)혼인이 있은 집이고 정히는 먼 촌 시뉘라기보다 더 많이 여학교 때부터 절친한 동무다. 제바람에 가 볼 주제는 없었지만 아무튼 꽤 궁금하던 판이라 부리낳게 세수를 한 후 그는『서울신랑』그 걸패 좋다는 청년을 함부로 머릿속에 넣어 보면서 어느 때보다도 조심껴 화장을 했다.

「저녁에 아저씨가 오셔도 웃말 댁에 갔다고 엿주고 집안 비이지 말어라.」

형예는 문밖을 나섰다.

너무 맘 써 치장한 때문인지 언제라도 입을 수 있는 한 반호장저고리에 옥색치마가 쨍—한 가을 볓살에 눈이 부신다. 어째 햇박을 쓴 것처럼 분이

너무 많이 발린 것도 같고 입술이 주홍처럼 붉은 것도 같아서 뒷둑뒷둑 얼울한 판인데

「아이갸, 새댁 나들이 가나베, 잔칫집에 가요—」

하고 마을집 노인이 인사를 한다.

「네—」

하고 그저 인사를 받는 둥 마는 둥 하려니, 어쩐 일로 그 노인이 꼭 얼굴만 보는 것인지……. 그는 귓밑이 확근하다.

「망할 노인네, 속으로 무슨 흉을 잡으려구—」

형예는 괘니 이런 당찮은 속알치를 부리고, 역부로 얼굴을 쳐들다싶이 하고는 황황이 큰길을 나섰다.

큰길 옆 음식점 앞에선 무던이 키가 적고 다부지게 생긴 엿장사가 어느 우대ㅅ사투리론지 엿판을 치며 얼사녕을 빼고 있다. 그 옆에 우무룩한 애들, 손자를 앞센 노인, 뒷짐을 짓고 괘니 주춤거리는 얼주정꾼, 이렇게 숫한 사람이 서 있었다. 암만 생각해봐도 어쨌든 그 앞을 지내칠 용기가 없을 상 싶어서 형예는 수째 되돌쳐서 좁은 길을 잡었다. 좁은 길로 가면, 학교 뒤 긴—담을 돌아서도 논뚝길로 큰 길 두 배나 가야 하고, 그보다도 길이 험해서, 앨써서 보투 신은 보선발에 흙알이 들어가면 낭패. 그는 뉘집 사립가엔지 죄 없이 하늘거리는 몹시 노란 빛깔을 한 채송화 폭이를 일부러 잘근 밟으며 짜징을 냈지만, 아무튼 굳이 이 길을 잡은 그 사람 됨됨을 비록 스스로 자조한다 친대도, 영 갈 수 없었든 것은 의연 갈 수 없었든 것으로 어찌 할 수는 없다.

형예가 좁은 길을 거진 다 빠져나려구 했을 때다. 마침 고 삼가람 길에서 그는 공교롭게도 명순(明順)이와 마조쳤다. 명순이는 몹시 호사를 하고 사내아이도 그 남편도 이 지방에서는 잘 볼 수 없는 값진 옷들인 상 싶으다.

「어데 가니?」

「어디 가니?」

「나 온천에 좀 가.」

대답하는 명순이는 밝고 다정한 얼굴을 해서 어느 때보다도 아름다웠다.

두 사람은 인차 헤졌다.

학교 뒤 긴―담을 돌아 나오려니

「저런 게 행복이라는 걸가―」

하는 야릇한 생각에 썬듯 걸린다.

생각하면 형예는 전부터 명순이 같은 애들이 그리 좋지 않은 폭이다. 명순이만 두고 말해도 처음 시집 갈 땐 그렇게 죽네 사네 싫다든 아이가 시집 간지 얼마가 못 되서부터 혹 동무들이 찾아가도 조금도 탐탁해 하지 않는 대신, 날로 살림 잘한다는 소문이 높아 가는 것부터가 싫기도 했지만, 그보다도 개개 두고 볼라치면 학교 때 공부 못하고 빙충맞게 굴던 군들이 시집 가선 곧잘 착한 말 듣고 잘 사는 것이 참 이상하고 알 수 없는 속내이기는 했지만, 아무튼 그걸 부럽게 역일 맘보다는 일종 멸시하고 싶은 생각이 더 컸든 상 싶다. 하지만 웬일로 이제 이렇게 긴―담을 끼고 호젓이 생각하노라니 그 귀엽고…곻은 생각을 담옥 담옥 지녔던 죽은 숙히라든가, 남편과 이혼을 하고 지금은 진남포 어디서 뭘 하는지도 모른다는 지순이라든가 또 계봉이나 이제 형예 저 같은 사람보다도 명순이 같은 애들이 훨신 대견하고 그저 그만이면 그만으로 어째 훌륭한 것 같은 생각이 들기도 한다.

다음 순간 그는 맘속으로 가만―이

「지순이는 뭘 하고 있을가 무슨 빠―엔가 차ㅅ집에 있다는 소문이 정말 이라면 그건 명순이처럼 곧 남편이 좋아지지 않은 죄고, 음악이 취미라고 해서 축음기판을 무수이 사드리고 오―케ㄴ지 뭔지 하는데서 가수들이 오

는 날이면 숫한 돈을 요리값으로 없새곤 하든, 그 남편을 끝내 싫어한 죄일
가—」

하고 생각해 본다. 그러나 어쩐지 이런 생각이 채 끝나기도 전에 이보다 몇
배 더한 이상한 노여움을 어찌 할 수가 없다. 발아래 폭삭폭삭 밟히는 흙알
을 한 줌 쥐어 누구의 얼굴에고 팩—끼얹고는 그냥 돌쳐 서고 싶은 야릇한
분만이다.

마침 성호천이란 냇ㅅ물을 끼고 내리 거르면서 그는 맘속으로 페 받듯
숫한 말을 중얼거렸다. 무슨 소린지 한참 중얼대고 나니까 어째 맘이 헛전
한 것이 이상하게 쓸쓸한 정이 든다.

쟁평하니 남실거리는 여울물이 보였으나 그는 죄ㄱ고만한 돌맹이로 파
문을 긋고 싶은 마음도 없이 그저 휘ㅅ청 휘ㅅ청 걸었다.

어듸난 대사를 치른 마당이라고 색기나부랭이 조이 쪼각 떡 부스레기 이
런 것들이 어수선이 널렸는데도 그게 상가나 무슨 불길한 마당과는 달러서
어쩐지 풍성풍성하고 훈훈한 김이, 어데서고 당홍치마를 입은 신부나 귀밑
이 파르란 신랑이 꼭 나타날 것만 같아서 짐짓 대청 앞을 피하고 샛문으로
해서 정히가 거처하는 방 쪽으로 가만가만이 가려니까 아나다르랴 정히
가 뛰어나온다.

「요런 깍쟁이 고렇게 새ㅅ침일 띤담, 그래 모시러 보내지 않었드면 안 올
번 했지?」

정히는 야속다는 듯이 눈을 흘긴다.

형예는 정히 태도가 하도 신부답지 않다기보다도 너무 전날 그대로여서
어떻게 보면 그게 더 공와 뵈는 것 같기도 했지만 또 한편 이상한 감을 주
기도 해서 어쩐지 얼굴이 달았다.

형예가 정히에게 이끌려 마루로 올나서려니 여지껏 아랫목에 앉아서 두

사람의 수작을 보구 있던 퍽 해맑게 생긴 사나이가 밖으로 나온다. 형예는 속으로「저게 뭐니 뭐니 하는 이 집 사위로구나—」했다.

정히는 그저 얼떨떨해 있는 형예에게 자리를 권할래 이얘길 건널래 뭘 또 채려오게 하고, 한참 부산하다.

「애 덥단다. 내가 웨 시집왔니, 아랫목으로만 밀게—」

형예는 도무지 적당한 말이 없어 곤란하던 차라 아랫목으로 앉힌 것을 다행으로 아무렇게나 말한 것인데

「너 시집 좀 와 보렴!」

하고 정히가 말을 받고 보니 영문 없이 또 귀밑이 확확하다. 하긴 정히의 이런 말버릇이 이제 처음도 아닌 게고 또 뭘 이대도록 무안을 탈 것도 없지 만 어쩐지 그는 왼편 바람벽 쪽으로 얼굴을 돌리고 말았다. 그랬는데—하 필 그곳엔 체취가 풍기도록 고대 벗어 건 것만 같은 넥타이가 끼여진 와이 샤쓰며 양복이 걸려 있어 여지껏 정히가 처녀였다는 사실과 이상하게 엉크 리져 그는 또 한번 당황하지 않을 수 없었다.

「그래, 얼마나 즐거우냐.」

그는 급기야 애꾸진 정히를 놀리고 만 셈이다.

「너 이러기냐?」

하는 듯이 정히는 고 초랑초랑한 눈으로 작난꾼이처럼 잠깐 형예를 처다봤 으나 인차 무슨 맘으론지

「애, 너 서울가서 살잖으련?」

하고 생글생글 웃으며 묻는 것이다.

「너이 서울엘 내가 뭣하러……」

「언젠가 웨 너이 신랑 서울로 취직된다드니 그것 정말이냐.」

정히는 제 말을 계속한다.

「쉬—갈지도 모루지만 아마 그이 혼자 가게 될 거다.」

「건 또 무슨 자미람, 그래 너이 신랑이 혼자 가서 있겠다든?」

「그럼 넌 혼자 가질 못해서 가려는 게로구나—」

「요런, 내가 내 이얘길했어, 내가 간댔어?」

하고 정히가 대바질이다.

결국 형예가

「얘 관둬라, 듣기 싫다.」

하고 말을 끊었지만 그는 정히와 오래두록 앉아서 이런 이얘길 주고받을스록 어쩐지 맘이 수수하다.

정히의 잉어처럼 싱싱한 청춘이 말과 동작으로 되어 눌리는 것²처럼, 설사 그게 주책없이 뵌다구 한대도 아무튼 이상한 힘으로 압박함을 느끼지 않을 수는 없다.

형예가 한동안 그저 흥을 잃고 앉았으려니

「너 내가 시집간다니까 처음 생각이 어떻디?」

하고 정히가 말을 건다.

「어떻긴 뭐가 어때, 그저 가나부다 했지!」

「어뜬 사람에게로 가나 했지?」

「그래 어뜬 사람에게로 갔단 말이냐!」

이래서 정히는 첨「그이」와 알게 되던 이야기, 연애를 하던 이야기, 결혼하기까지의 실로 숫한 이야기를 들려준 셈이다.

형예는 정히가 은연중에 결혼을 늦게 하는 사람은 으레 의지가 강하고 이상이 높다는 자랑을 하는 것 같아서

---

2 『文章』 발표 분에 '눌너는 것'으로 되어 있는 것으로 보아 '누르는 것'의 뜻으로 쓰인듯.

「그야 좋은 연애를 해서 결혼 하는 게 가장 리상일진 몰라두 연애라구 다 좋을 수야 있나—」

하고 잣칫하면 불쾌해지려는 감정을 자—긋이 경험하면서도 왼일인지 또 한편 부끄러운 생각이 들었다.

학교를 맞추던 해 정히와 도망갈 약속을 어기든 일, 별로 맘이 내키지도 않는 것을 어머니가 몇 번 타이른다고 그냥 시집갈 궁리를 하든 일, 생각하면 아무리 제가 한 일이래도 모도 지랄같다.

그는 역부러 사과 한 쪽을 집고

「너 언제 시댁으로 가니?」

해서 생각을 돌리려구 한다.

「아직 잘 몰라—」

정히는 윈통으로 있는 사과를 집는다.

「나 않 먹는다. 목이 마른 것 같아서…….」

「그럼 식혜 가저오랴?」

「아—니.」

「대체나 아인 까다롭기두 해—」

「까다롭긴 네가 까다롭지 뭐—」

「내가 뭐가 까다뤄.」

「여태 골랐으니 말이다—」

「못된 거 같으니라구 어디서 말재주만 뱄어?」

형예는 조금도 맘에 있어 계획한 말도 아니면서 정히 말맛다나 결국 말재주로 놀려주게 된 것이 우습고 또 어째 미안한 생각이 들기도 해서 다시 뭐라구 말을 건늬려는데 별안간 밖에서 떠드는 소리가 난다.

「그 술상 하나 내오소 온…아니 서울사위를 보문 다 이른가? 그 서울사위

이리 좀 나오게 그려. 내 좀 보세 그래—」

하고, 정히 끝에ㅅ 당숙이란 양반이 술이 거울거울해서는 익살을 부리는 판이다.

이통에 정히가 듣다가 혹 신랑이 노여할 말이나 하지 않을가 맘이 켜지는지 그만 초조한 얼굴로

「풍속이 다르니까 이해야 허겠지만서두 사람들이 너무 무관하게 구는 통에 불안해요. 더구나 떠드는 건 질색인데—」

하고 낯빛을 어둡힌다.

「아인 승겁기두, 그이가 질색인데 네가 웨 야단이냐 글쎄.」

그는 정히 말을 받아서 이렇게 허트로 놀리기는 했어도 정히가 어느새 이처럼 참견하려드는 그 맘이 암만 생각해도 이상할 뿐 아니라 객적으리만치

「정히는 반했나보지, 제 말맛다나 사랑하면 반하게 되나 보지. 제가 반하는 것은 남이 저헌데 반하는 것 보담 어떨가?」

하는 우수운 생각이 드는 것이다.

「너 웨 잠작고 있니, 내가 수선을 떨어 불쾌허냐?」

「미쳤어—」

그러나, 정히는 뭘 별루 더 의심하려는 기색도 없이 그저 작난감을 감춘 소년처럼 또랑 또랑 형예를 처다보며

「참 우리 인사헐가, 그이허구.」

하고 묻는다.

「싫다, 애—」

어리둥절해서 거절을 했을 때, 정히는 몹시 섭섭한 얼굴을 했다. 결혼하기 전부터 이야길 많이 했고 그때부터 소개할 것을 약속했다고 하면서 사람을 잘 이해한다는 것과 과히 인상이 나뿌지 않으리라고까지 말을한다.

형예는 제가 거절한 것이 무엇으로 보나 정말이 못될 뿐 아니라 응당 알고도 시침이를 띈 이를테면 저보다는 깍쟁이 같은 속인 줄은 조금도 모르고, 그저 안되하는 정히에게 일종 죄스런 생각이 들기도 해서

「그렇게 자랑이 하고 싶다면 내 인사헐테니, 작작 고만 두잤구나 애.」

하고 쉽사리 대답해버렸다.

두 색시가 저녁상를 받고 앉았는데 정히 어머니가 들어왔다.

많이 먹으라는 둥, 혼인날 웨 안왔느냐는 둥, 인사치레 허랴, 딸 걱정, 사위자랑 허랴, 갈피를 못 잡는 주인마나님의 부산한 이얘기를 귀ㅅ곁으로, 형예는 제 생각에 기우렀다. 고 좀체로 우슬 것 같지 않은 모습이 제법 무심하게, 별루 말도 없이 그저 인사만 하든 신랑의 태도가 어쩐지 이상한 불쾌와 더부러 굄물을 도는 맴쟁이처럼 뱅뱅 머리ㅅ속을 떠나지 않는다.

정히 어머니는

「이제 시집이라고 훌 가버리면 그만인데, 자주 놀로 오게이, 있다가 밤참 먹고 오래 놀다 가게이—」

하며, 쉬 큰방으로 올라갔다.

어머니가 나가자 정히도 따라 숫갈을 놓으며

「웨 고만 먹니?」

하고 쳐다본다.

「넌 웨 고만 먹니?」

둘이는 우섰다.

별 의미도 없는 그러나 몹시 다정한 우슴을 우스면서도 어쩐지 형예는 점점 맘이 편칠 못하고 자꾸 어두워지려구 해서 곤란했다. 그런데다 정히

가 멋모루고 자꾸 이 얘길 꺼내 놔서 더욱 딱하다. 그래서 그만 이ㅅ빨이 쏜다고든지 두통이 심하다고든지 해서, 피해 볼가도 생각해 봤으나, 그러나 그럴 수도 없을 것 같아서

「한번 보구 그런 걸 어떻게 아니―」

하고 말을 받었다.

「깍정이 같으니라구…….」

「그럼 꼭 좋단 말을 해야헌단 말이지, 그래 참 좋드라.」

말이 떨어지자 형예는 도두세고 앉인 종아리를 사정없이 얻어 맞었다.

「아이 아퍼. 너 막 셀쓰누나, 난 갈 테다―」

하고 형예는 종아리를 만진다.

그는 비단 작난엣 말로뿐 아니라 정말은 조금 전부터 그만 갔으면 하는 생각이 들기도 했다.

「노했니, 맘놓구 때려서 아푸냐?」

눈이 핑―해서 잠자코 앉었는 형예를 보자, 미안한 듯이 정히가 말을 건넨다. 그는 속으로 또 괘니 딴대리를 잡누나 하면서

「쑥스릅다 애, 허지만 네 기쁨에 내가 공연한 히생을 당헌 셈이니 사관해야 허지 않어?」

하고 되도록 다정한 낯빛을 한다.

정히가 거진 방바닥에 닿도록 절을 하고 서로들 웃고 하는 판에

「새댁들이 뭘 이리 크게 웃나?」

하고 정히 큰 오라범댁이 문을 연다. 일가집 젊은 댁들이 뫼서 신랑신부 데려오라구 야단이 났으니 빨리 큰방으로 가자는 것이다. 먼저 오라범댁을 보낸 후 정히는 웨 오늘따라 오랬느냐고, 짜징을 내다싶이 하는 형예를 졸랐다.

「다들 몽여서 논다는데 빠지면 섭섭할 것 같애서 그랬지 뭐, 하긴 나두 별루 가구 싶은 건 아냐, 하지만 안가면 또 뭐니뭐니 말성이 구찮지 않어? 그리고 그이들허구 놀아 보면 구수헌 게 의외로 재미있다 너—」

하고 정히는 은근이 형예의 그 타협하지 못하는 곳을 나무라는 것이다. 형예는,

「그래, 내 혼인노리라는데 아무렇기로니 네가 빠져야 옳단 말이냐?」 하고, 짐짓 챗치는 정히 말이 아니라도, 아무튼 가야 할 것만 같아서 일어나 긴 했지만, 대소가 젊은이들이라면 모두 형예와는 동서빨이거나, 아지머니 빨이겠는데, 어쩐지 그는 전부터도 이 사람들을 대하기가 제일 거북했다. 따지고 보면 자기네들도 다 소학교라도 마친 사람들이고, 이보다도 나들이 갈 때라든가 무슨 명일날 같은 때 볼라치면 공은 옷은 더 잘 입는 것 같은 데도, 어째 형예만 보면 연상 살금살금 개웃동거리는 것만 같고, 암만 애를 써도 그 사람들과는 도저히 어울리질 않는 것만 같아서, 오히려 완고한 할 머니들을 대하기보다도 더 힘이 들고 싫었다.

「암만해도 난 그만 둘가 봐—」

형예는 한번 더 주저한다.

「아인, 뭐가 그리 무셔냐—」

정히는 갑작이 어룬티를 부리고 말하는 것이다.

전에도 이런 경우엔 일수 정히에게 야단을 맞는지라

「무섭긴, 누가 무섭대?」

하고, 그는 일부러 나지막한 대답을 하려는데,

「그럼 뭐냐, 너 그것 결국 못난 거다!」

하고, 정말 야단을 하는 것이다.

형예는 정히가, 너무 욱박질르려구만 하는 것처럼 자칫 노여운 정이 들

려구도 해서,

「못나두 헐 수 업지 뭐—」

하고 말해버린다.

「글세, 그렇게 말험 그건 또 딴 게지만, 아무튼 가야 해요. 고대 잘 놀다가 뭐가 무섭다구 도망한 것처럼 되면 그 화나지 않어?」

정히는 두 손을 한데 뭉고

「자, 갑시다, 제발 가 주시옵소서—」

하는 듯이 비는 흉내를 한다.

형예는 하는 수 없기도 했지만, 그보다도 정말 오라버니처럼 친절한 것이 오늘따라 더 가슴에 와서

「아인 극성이기두 해—」

하고 따라 나왔지만, 축대를 내려서면서 그는 맘속으로,

「누구에게나 귀염을 받을 수 있는 사람, 되따에 갔다 놔도 사귀고 살 수있는 사람은 결국 맘이 착한 사람이 아닐가—」

싶어저서, 어쩐지 외로운 정이 들었다.

두 색시가 들어서려니,

「야, 이 신부는 본대 이리 빗사냐? 자넨 또 언제 왔는가?」

하고, 형예에게도 인사를 할내, 모두 왁자껜하다.

「신부는 신랑 옆으로 가고, 자넨 이리 오게—」

그중 나이 지긋한 정히 종숙모가 농을 섞어가며 자리를 치워 준다.

「신부는 신랑 옆으로 가라니께, 온 신식 신부도 부꺼럼을 타나?」

이래서 방안은 한바탕 짜글—했고, 형예는 도모지 태도가 얼울해서 낭감했다. 함부로 웃고 떠들 수는 세상엔 없고, 그렇다고 가만이 있으려니 뭘

대단히 뽑스리기나[3] 하는 것처럼 주목이 오잖을가 조바심이 난다. 하지만 사실은 이것보다도 정히와 나란이 앉은 때문인지, 신랑이 자꾸만 보는 것 같아서 영 곤란했다.

이여 방안엔, 한참 공론이 분분하다.

「뭘 해서라두 오늘밤엔 좀 단단이 턱을 받어야만 할 겐데 화투를 하자니 사람이 많고, 우리 윷으로 나서 볼가?」

「장가청에 웬 윷슨—」

「아— 워낙 신식이거든—」

정히 종숙모가 사람 좋게 익살을 부려서 형예도 우섰다.

「어쩔고? 신랑 편 신부 편, 갈나서 판을 짤가?」

「그리다가 신부가 지면 어짤라고.」

「그게사, 절양식, 중양식이라고, 아무가 진들 누가 아리, 우리는 그만 한 턱만 받으면 되는 판 아닐까서—」

이래서, 방안은 또 끓어올랐고, 윷판은 버러진 셈이다.

「윷이야!」

하고 손벽을 치기도 하고,

「모야! 모면 모개에 있는 놈, 개로 잡고 방으로 들거라!」

이 모양으로, 웬일인지 점점 신부 편이 우세를 취해 가는데, 형예는 다행히 신부 편이어서, 줌이 사뭇 버는 윷가락을 잡을 차례가 또 왔다.

「자—요번에 자넨 뭐보다도 윷이나 도로 해서 윷길에 있는 두 동백이 놈을 먼저 잡고 가야 하네—」

형예는 어쩐지 진작부터 가슴이 두근거리고 팔이 후둘후둘해서, 그냥 아

---

3 원문대로.

무렇게나 던진다고 던진 것이 하필 걸로 나, 이미 걸낄에 가 있는 신부 편 말을 쓴다면, 뒷길로 도에 가 있는 신랑 편 말이 죽는 판이고, 그 도에 가 있는 말은 또 공교롭게도 고대 막 신랑이 보내놓은 말이다. 별안간 와―소리를 치는 손벽이 일어났다.

여지껏 별루 흥겨워하는 것 같지도 않고, 굳이 승부를 다투려구도 않던 신랑이, 판국이 이리 되고부터는 약간 성벽을 부려보려는 자세었으나, 결국 웃길에 가 있는 신부 편 말을 놓치고 승부는 끝이 났다.

손벽을 치랴 신랑을 놀리랴 방안은 한참 부푸렀다.

「초장부터 졌으니 누가 쑥인구―」

「아이갸, 곧은 눈섭 잡고는 말도 못한다지.」

이렇게 웃고 떠드는 통에 요리상이 들어오고 신랑의 노래를 청하고, 한참 신이 난다.

형예는 더운 체하고 정히와 훨신 떨어져 문 옆으로 와 앉았다. 그랬는데도, 노래는 여자가 하는 법이라고, 견양을 정히에게로 돌리려는 신랑의 눈과 그는 또 한번 마조쳤다.

그러지 않아도 속으로,

「정히가 내 말을……혹시 여학교ㅅ 때 이야기라도, 긴찮은 말이나 하지 않었나―」

하는, 객적은 생각 때문에 꽤니 초조한데다가, 덥처서

「잠깐 봐두 노래 잘할 분이 퍽 많은 것 같은데, 첨 온 사람 대접할 겸 좀 듣게 하십시오―」

하고 신랑이 말을 해서, 그는 더욱 당황하다. 그랬는데 다행으로 신랑의 말이 떨어지자

「저 실랑, 그라나믄 한양랑군 아닐진가, 웨 저리도 약을고.」

하고, 벅작건 하는 통에 형예는 겨우 곤경을 면했다.

대체로 신랑이 그리 재미있게 굴지 않는 폭인데, 정히도 그저 허트로 노는 판이라, 처음부터 뭐가 그리 자잘치게[4] 재미로울 게 없는 상 보른데도,[5] 사람들은 그저 신랑이고 신부란 생각 때문인지 무척이나 유쾌한 모양이다.

사람들은 꼭 신랑의 노래를 들어야만 하겠는지, 장가온 신랑은 본시 닭도 되고 개도 되는 법이니 못하면 닭의 소리도 좋고 개소리도 좋다고 떠들어댄다.

그러나 이 통에도 셈센 아지머니라구 정히 숙모가,

「아이구, 노래는 무슨 노래, 신랑눈치 보니께 저녁내 싱갱이 해도 노래할 것 같잖구만, 그만해도 많이 놀았을 바야 백죄 장성한 신랑신부한테 궁뎅이 무겁다는 욕먹지 말고 어서 먹구 일찍암치들 가세. 가─」

하고, 익살을 부려서 사람들은 또 한판 우섰다.

혜져가는 사람들 틈에 껴서 형예도 가려구 하는 것을 정히가 굳이 잡았다.

「오늘밤엔 선생으로 뫼실 테니 더 좀 놀다가라 애─」

하고, 어리광을 피고 졸라서

「그래 자별하니 선상 노릇 좀 하고 놀다 가게, 그래─」

하고, 정히 어머니도 정히 편을 들고 모도들 웃는 통에 형예는 어쩐지 몹시 무안을 타서

「얘가─괘니 자랑을 못다 해서 이러는 것이래요.」

하고, 말하려던 것도 그만 못 허고, 그냥 끌려서 정히 방으로 들어오고 말

---

4 원문대로.

5 『文章』에는 '바른데도'로 되어 있다.

었다.

「아인 첨 봤어, 있다가 어떻게 혼저 가니?」

「아이 무셔 쌀쌀둥이, 이뿐 눈 가지고 누깔이 그게 뭐냐 글세, 누가 너더러 혼자 가래? 있다가 내 어런이 대려다 줄라구—」

「싫다 애—」

「싫건 그만 두렴.」

이렇게 정히가 싱글싱글 껑충대서 결국 둘이는 웃고만 셈이다.

주위가 차차 조용해가자 정히는 또 이얘길 꺼내 놓는다.

「얘 넌 이기는 게 좋으냐, 지는 게 좋으냐?」

대리를 쪽—뻗고 마조 앉아선, 발끝을 요롱요롱 하고, 정히가

묻는 말이다.

「건 또 무슨 소리야—」

「아—니, 넌 신랑헌데 이기냐, 지냐, 말이다.」

형예는, 정히의 언제나 버릇으로, 앞도 뒤도 없이 톡—잘라 내놓는 말이라든가, 어린애 같은 그 표정이 우습다기보다도 어쩐지,

「결국 끝에 가선 저이 신랑얘기를 헐 게다!」

하는 생각이 드자[6], 이번엔 방정맞으리만치 폭—소꾸려논 우슴을 참어야 할 판이다. 이래서, 형예는 간신이 짓는다는 게 너무 지내치게 점잖을 정도로,

「그래, 난 잘 모루니 너부텀 말해 보렴—」

하고, 정히를 본다.

「깍정이 같으니, 그래 난 지는 게 좋다 일부러래두 지려구 해, 어떠냐?」

「그럼 되우는 좋아하는 게지—」

---

6   원문대로.

「그래 좋아하기두 해, 허지만 그보다도 이기구 보면 영 쓸쓸할 것 같구 헛전할 것 같어서 그런다, 너—」

정히는 눈섭을 째긋—이 하고 아주 진실하다.

「그럼 행복이란 널 위해서 준비됐게?」

「아인 남의 말을.」

하고 정히는 때리려는 시늉을 한다.

「아니고 뭐냐, 좋아해서 지고 싶고, 지면 만족하고, 설사 그곳에 어떤 희생이 있대도 즐겨 희생하는 곳엔 고통이 없는 법 아냐?」

「너 웨 이렇게 막 뻐기니, 무섭다 얘 관두자.」

이번엔 정히가 얻어맞일 번한다.

형예는 뻐기는 것까지는 좀 거짓말일지 모르나, 아무튼 너무 정색한 것을 깨닫자,

「그럼 너만 뻐기련?」

하고 어름어름 우스면서도 어쩐지 부끄러웁다.

정히는 아닌게 아니라 제가 지는 것으로 해서 조금도 자존심이 상할 리 없다는 설명과 지고도 만족하다면 그 사람은 행복할지 모른다는 것을 말하면서—「그이」를 오라고 해서 같이 이얘기하고 놀았으면 좋겠다고 한다.

형예는 웬일인지, 거이 폭발적으로 콱—터져 나오는 우슴을 참을 수가 없다.

「나 온 그렇대도, 글세 누가 너이 신랑을 못 봤다구 이렇게 야단이냐 말이다—」

형예는,

「이른 심뽀하고는 전 소라통이야 웨—」

하고, 토라지려는 정히 말을 듣는 둥 마는 둥

「소라통이 아니면 뭐냐 그럼―」

하고는 그저 우섰다.

　조금 후에 형예는, 전에 달러 별 댓구도 없이 그저 시무룩해 있는 정히를 발견하자, 흠칫,

「너무 심히 굴지 않었나?」

하는 후회가 난다.

　제가 슬플 때라던가 기쁠 땐, 꼭 어린애처럼 순진해지는 정히ㄴ 것을 누구보다도 잘 아는 형예로서는, 정히가 하는 노룻을 단지 자랑으로만 볼 수는 없다.

　형예는 속으로,

「제가 좋아하는 내가, 제가 좋아하는 그이와 친했으면…제가 좋아하듯 서로 좋아했으면…하는, 이를테면 정히다운 맘씨가 아닐가?」

　싶어서 더욱 짓궂게 군것이 미안해진다.

「너 노했니?」

「……」

「못났다 애, 어쩜 그렇게 생판이냐―」

「뭐가 생판이야?」

「어린애란 말이다―」

「어린애래두 좋아―」

　한순간 둘이는 이상하게 부끄러운 어색한 분위기에 싸였으나, 그러나 인차 정히는 훨신 명랑해져서,

「이따굼 난 네가 몰라져서 쓸쓸탄다―」

하며 트집까지 부린다.

　전에도 이런 경우엔 맡어 놓고 정히가 해결을 지워줬지만, 형예는 진정

마음으로 이날처럼 고마운 적은 별루 없다. 그리고 또 이날처럼 그걸 모른
척 해 본 적도 없다.

「모루긴 뭘 몰라?」

하고, 형예는 되도록 남의 말처럼 무심하려는데,

「그럼 대려오랴?」

하고 낙구쳐서, 그는

「너두, 참—」

하고 당황한 우슴을 웃지 않을 수 없었다.

자정이 훨신 넘어서야 형예는 정히 집을 나섰다. 혼자 가도 괜찮다고 사
양을 했지만, 결국 세 사람은 가까운 길을 버리고 해안통을 나란이 걸었다.

중앙잔교를 지나서 떼ㅅ목으로 만든 긴—나루ㅅ가엘 나서려니 조그막
식한 산들이 병풍처럼 둘러있어, 언제보아도 호수 같은 바다가 안전에서
찰삭거린다.

「웨 안개가 끼려구 할가—」

뽀얀 안개가 산에고 바다에고 김처럼 스려 있어 조금도 가을 같지가 않다.

「웨 안개가 낄가?」

이번엔 신랑이 묻는다.

「혹 비가 오려면 안개가 낀대지만—」

정히는 말끝을 맺지 않고 하늘을 본다.

신랑도 따라, 그저 은하수를 헬 것만 같은 하늘을 처다봤다. —아지랑이
가 꼈든, 안개가 꼈든, 유리알처럼 영농한 하늘이 사뭇 높아서 하늘은 아무
리 봐도 가을하늘이다. 그러나 그게 조금도 북방하늘처럼 쇄락한 감을 주
지 않는 것이 더욱 연연한 정을 주지 않는가? 음산한 가을비가 오다니, 모

를 말이다.

정히는 이제 여름밤을 보라고, 연성 자랑이다. 정히 말을 들으면 비가 오려구 하는 전날 밤과 비가 개인날 밤이 여름밤치고도 제일 곱다는 것이다.

「그렇게 하눌만 곻은가?」

고, 신랑이 우승엣말로 정히 말을 받으며 힐긋 형예를 봤다.

형예는 잠잫고 있기가 어쩐지 거북해서

「첨이세요?」

하고, 그저 얼핏 나오는 말을 한 것이지만, 제가 생각해 봐도 대체 뭐가 첨이냐는 것인지 모를 말이라, 더욱 어색했다.

정히는 신랑이 이제 첨 와 본다는 것과, 대단히 좋은 곳이라고 형예 말에 인사를 하자, 더 신이 나서, 섬으로 낙시질을 가 조개를 캐고 소라를 따는 이야기, 섬의 밤은 무척 꺼머코 이심이가[7] 산다는 바윗돌이 무섭다는 이야기를 했다. 또 신랑이 짐짓

「바닷가 색시들은 사나울 게라ㅡ」

하고 말을 해서 형예도 우섰다.

「웨 바다가 얼마나 좋은데 그래, 우린 되우 슬푸거나 외롤 땐 갑재기 바다가 그리워지고, 풍낭이 몹시이는 바다에 가서 죽고싶대요ㅡ」

「건 또 웬일일가, 물귀신의 넋일가ㅡ」

하고, 신랑이 웃고 정히 말을 받으며

「이러다간 내일 도망하게[8] 되리다」

해서, 색시들은 자지라지라고 우섰다.

---

7   원문대로.
8   『文章』에는 '동하게'로 되어 있다.

정히는 신랑이, 그 큰소리로 웃지들이나 좀 말라고 하는 것이 더 우습고 재미있다는 듯이 남해서 배를 타고 여수로 가려면 바다에 나간 남편을 기다리다 죽은 원귀가 있는 섬이 있는데, 혹 비가 오려는 날 어선이 그곳을 지나노라면, 아주 구슬픈 울음소리가 들린다는 이야기, 또 옛날에 어떤 총각이 돌치라는 아주 조고만 섬에 가서 고기를 낚고 살았는데 하로는 달밤에 고기를 낚누라니 아주 먹음어 빼친 듯한 처녀가 홀연이 나타나서 밤마다 놀다가는 꼭 새벽이면 눈물을 흘리고 물속으로 들어갔단 이야길 작난꾼이처럼 재질대며,

「알고 보니 그게 봐루 인어였대요―」

하고 사부랑거린다.

「정말 인어라는 게 있을가?」

형예는 싫도록 들어온 이야기지만 어째 이상한 생각이 소굿이[9] 들어서 정히 보구 말한 것인데

「그럼 있지 않구요―」

하고 신랑이 말을 받었다.

「내 보기엔 당신네들로부터 수상한 것 같수다―」

하는 것처럼 색시들의 얼굴을 보며 웃는 것이다.

형예는 전에 없이 아름답고 즐거운 밤인 것을 확실이 느낄수록 어쩐지, 점점 물새처럼 외로워졌다. 저와 상관되고 가까운 모든 사람이 하낫 이방인처럼 느껴지는 순간, 그는 저와 가장 멀리 있고, 일즉이 한번도 사랑해본 기억이 없는 허다한 사람을 따르려구 했다.

형예는 머리를 숙인 채,[10]

---

9 『文章』에는 '소룻이'로 되어 있다.
10 『文章』에는 이 대목이 '별안간 눈물이 쑥―나오려고 한다. 그는 정히가 볼가봐서 머리를 숙인 채'라고 되어 있다.

「몇 시나 됐을까?」

하고 말을 건넨다.

「글세—」

　조금 후 일어나는 색시들을 따라, 신랑도 일어서면서 웨들 물 속으로 들어가지 않느냐고 해서, 셋이는 모두 우섰다.

　세 사람이 새로된 매축지를 거진 다 돌아나려고 했을 때 어듸서 길다란 기적이 아삼푸레 들려왔다.

「정말 날씨가 구지려나 보지?」

　정히가 혼잣말처럼 사분거린다.

「무슨 증조로 자꾸 비가 온대는 거요?」

하고, 신랑이 물어서, 이제 막 들리는 기적소리가 바로 날이 구지렬 때 들린다는 것과, 그게 바루 낙동강을 지나는 열차의 신호라구, 정히가 설명을 한다.

　형예는, 이 야심하면 흔히 들을 수 있는 기적소리가, 이제 웬일로 칼날보다도 더 날카롭게 별똥보다도 더 빠르게 가슴에 오는 것인지, 별 까닭도 없고 어데 논지할 곳도 없어 더 크고 깊은 억울함에, 그냥 목놓아 통곡하고 싶은 감정을 자긋—이 깨물며, 머리를 숙인 채 잠잫고 걸었다.

　세 사람이 거진 형예집 앞까지 왔을 때,

「미안합니다. 괘니 이렇게—」

하고, 형예가 그 뒷말을 몰라 하는 것을

「또 뵙겠습니다—」

하고 신랑이 얼른 말을 받아 주었다.

　형예는 꼭 지처진 대문을 열고 들어서선, 빗장을 꽂고 다시 고리를 걸었

다. 남편은 벌서 돌아와서 잠이 들었든 모양으로,

「새도록 무슨 마을인가?」

하고, 제법 농을 섞은 꾸지람을 했다.

형예가 자리에 누을 제쯤 해서, 남편은 담배에 불을 뎅구며,

「뭘하는 사람이래?」

하고 말을 건넨다.

「그냥 공부하는 사람이래요—」

하고, 형예가 말을 받으니까, 남편은 짐짓 좀 피식이,

「아 여태 학굘 대녀?」

하고 묻는다.

「꼭 학굘 단녀야만 공불허나?」

좀 생파르게 대답하는 안해의 말이 있은 지 얼마 있다가, 남편은 일부러
푸—푸—소리를 내고 연기를 뿜으며, 혼잣말처럼,

「공불 허는 사람이다? 좋은 팔자로군—」

하고 흥청거린다.

형예는 남편의 이러한 태도가, 어쩐지 마땅찮었다.

자기도 역시 그 나잇 또랜데도 무슨 자기보다는 훨신 어린 사람의 이야
기나 하듯 오만한 그 표정이 어쩐지 비위에 거슬린다. 그래서 짐짓

「건데 여간 침착한 사람이 아니야요.」

하고 말을 해봤다. 그랬드니 남편은 역시 무표정한 얼굴로

「옹— 얼굴도 잘나구.」

하며 맞장구를 치는 것이다.

이때 형예에겐 쏜살같이

「내 마음을, 내가 뭘 생각고 있는지를 그는 자기대로 짐작 헌 게다. 그래

서 이것이 그 노염의 표정인 게다!」

　이렇게 생각이 드자, 또 뒤밑쳐서

「이런 때 남편의 표정이 이래야만 하는 것일가?」

하고 생각이 든다. 형예는 알 수가 없었다. 웬일인지 분하다.

「웨 동무 남편임 좋건 좋다고 허는 게, 뭐가 어떻고, 웨 나뿌담―」

하고, 형예는 그만 미리 덜미를 잡으려는 시늉이다. 그런데, 웬일인지 이
렇게 말을 시작고 보니, 뭘 한번 억척같이 버티어 보구 싶은 애매한 충동이
느껴졌다. 그래서

「말해봐요. 내일 광골 써 붙이든지 세상 밖으로 쫓쳐내든지, 한번 맘대로
해 보세요. 허지만 난 당신처름 거짓말은 헐 줄 몰라요…」

하고 허벅 지벅, 저도 알 수 없는 말을 한다.

　사실 형예는 한번 불이 번쩍 하도록 맞닿고 싶었다.

　그리면은 차라리 뭔지 후련할 것 같았다. 그러나 남편은 형예가 하는 말
을 어떻게 들었는지

「내가 뭐랬다구….」

하며, 거이 당황해서 일어앉는다.

「당신은 번뜻하면 날 잡구 힐난하려 들지만, 온 허 그 참, 그래 내가 어쨋
단 말이요. 웨 남이라구 좋단 말 못 허란 법 있나? 그리고 또 당신이 뭘 그
리 좋단 말을 했기에, 내가 어쩐다구 이러우? 자―그리지 말래두 그래, 괘
니 평지에 불을 일궈 튀각태각하면, 그 모양이 뭣 되우, 그저 당신은 아무
것두 아닌 것 가지고 이러지 말우에, 내 암말두 않으리다―」

하고, 괘니 쉬―쉬―한다.

　형예는 자리에 누어서도

「아무것도 아닌 것 가지고… 내 암말도 않으리다―」

　　　　　　　　　　　　　　　　　　　　　　　　지하련 전집

하고 남편이 하던 말을 되푸리해 본다. 암만 생각해도 이게 아닌 상싶다. 맞장구를 치는 것도 이게 아니고, 당황해 하는 것도 이거여서는 못쓴다. 아무튼 도통 이런 게 아닌 것만 같다.

얼마 후 형예는

「내가 아주 괴승한 짓을 할 때도 그는 역시 모양이 뭐 되우, 내 암말두 않으리다. 할건가?」

싶어진다. 이렇게 생각고 보니 어쩐지 정말 꼭 그러할 것만 같다. 동시에

「이렇게 욕 주고 사람을 천대할 법이 있느냐?」

는, 윗침이 전광처럼 지나간다. 순간, 관대하고 인망이 높고 심지가 깊은 「훌륭한 남편」이 더헐 수 없이 우열한 남편으로 하낱 비굴한 정신과 그 방법을 가진 무서운 사람으로 형예 앞에 나타났다. 점점 이것은 과장되어 나종엔

「그가 반다시 나를 햇치리라―」

는 데서 그는 오래도록 노여웠다.

웬일로 밤이 점점 기울수록 억머구리떼처럼 버러지들이 죽게 우르댄다.

(저 길다랗게 끼록끼록 하는 것은 지렝일 테고, 낏득 낏득 하는 것은 귓두램일 테지만, 저 솨르르 솨르르 하고 쪽쪽쪽 하는 벌레는 대체 어떤 형상을 한 무슨 벌레일가? 웨 저렇게 몹시 울가?)

싶으다. 갑작이 밀물처럼 고독이 온다. 드디어 형예는 완전히 혼자인 것을 깨닫는다.

（『文章』, 1940.12)

산(山) 길

신발을 신고, 대문께로 나가는 발자취 소리까지 들렸으니, 뭘 더 의심할 여지도 없었으나, 순재는 일부러 미다지를 열고 남편이 잇나 없나를 한번 더 살핀 다음 그제사 자리로 와 앉았다.

앉어선 저도 모르게 호—한숨을 내쉬였다.

생각하면 남편이 다른 여자를 사랑한다는, 이 거치장스런 문제를 안고, 비록 하로ㅅ밤 동안이라고는 하지만 남편 앞에서 내색하지 않은 것이 되려 의심쩍을 일이기도 하나 한편 순재로선 또 제대로 여기 대한 다소간이나마 마음의 준비 없이 뛰어들 수는 없었든 것이다.

아직 단출한 살림이라 아츰 볕살이 영창에서 쨍— 소리가 나도록 고요한 낮이다.

이제 뭐보다도 사태와 관련식혀 자기 처신에 대한 것을 먼저 정해야 할[1] 일이었으나, 웬일인지 그는 모든 것이 한껏 부피고 어지럽기만 해서 막상 머리에 떠오르는 생각이라는 것이 기껏 어제 문주와 주고받은 이야기의 내용

---

1 『春秋』에 실린 작품 「山길」은 현재형으로 씌어 있어 함축된 작가의 긴박한 호흡이 느껴진다.

지하련 전집

이었다.

　바로 어제 이맘 때 일이다.

　일요일도 아닌데 문주가 오기도 뜻밖이거니와, 들어서는 참으로 그 난처해 하는 표정이라니 일즉이 문주를 두고 상상할 수는 없었다.

　학교는 어쩌고 왔느냐고 순재가 말을 건너도 그저

　「응? 엉—」

하고 대답할 뿐, 통이 그 말에는 정신이 없었다. 그러더니 별안간

　「너이분 그동안 늦게 들어오지 않었니?」

하고, 불숙 묻는 것이다.

　순재는 잠간 어리둥절한 채

　「그건 웨 묻니?」

하고 물어볼 수밖에 없었다.

　「그래 넌 조금도 몰랐니.」

　문주는 제 말을 계속한다.

　「모루다니, 뭘 몰라?」

　「연히 허고 만나는 걸 말이다.」

　「연히 허고?」

　순재는 뭔지 직각적으로 가슴이 철석했다. 그러나 너무도 꿈밖이고 창졸간이라 어찌 된 셈인지 종시 요량키가 어려웠다.

　「발서 퍽 오래 전부터래—」

　문주는 처음 말을 시작느라 긴장했던 마음이 잠간 풀려 그런지, 훨신 풀이 죽어 대답했다.

　「누가 그러든?」

　다시 순재가 무른 말이다.

「연히가 그랬다.」

「연히가?」

「그러믄.」

순재는 한순간 뭐라고 말을 이를 수가 없었다.

문주가 말을 꺼내기도 벼락으로 꺼냈거니와, 너무도 거창한 사실이 그야말로 벼락으로 앞에 와 나자빠진 셈이다.

말없이 앉아 있는 순재를 보자

「어떻게 얘기를 꺼내야 할지 잘 엄두가 나지 않아서 주저했지만, 언제까지 모를 것도 아니고, 그래서 오늘은….」

하고, 이번엔 문주가 말을 시작했다.

「그래 오늘에서야 알리러 왔단 말이냐?」

순간 그는 여지껏 막연했든 남편에 대한 분함과 연히에 대한 노여움이 한꺼번에 쏟아진 것처럼 애꾸진 문주를 잡고 어성을 높였다.

「나무랜대두 헐 말은 없다만, 사실은 너 때문에 만이 아니고 연히 때문에도… 저야 무슨 짓을 했건 나를 동무로 알고 이야기하는 것을 내 바람에² 말할 순 없지 않니?」

문주는 처음과는 달리 훨씬 말이 찬찬해졌다.

「연히만이 동무냐?」

순재는 여전 말소리가 어지러웠다.

「혹 너가 먼저 알고 무러봤다면, 연히 말을 너헌테 못하듯 나는 너를 속이지도 못했을지 모른다.」

「지금은 무러봐서 얘길 허니?」

---

2 원문대로

이번엔 순재도 비교적 침착했다.

「너가 묻기 전 먼저 연히가 부탁했다.」

「나헌테 알리라구?」

두 사람은 잠간 동안 말이 없었다.

「나헌테 알리란 부탁까진 난 암만 생각해도 잘 알 수가 없다. 연히헌테 가건 장하다구 일러라—」

순재는 끝내 페밭듯 일어섰으나, 다음 순간 어디로 가서 뭘 잡아야 할지 얼울한 그대로 다시 자리에 앉고 말았다.

「이런 것을 혹 운명이란 것에 돌린다면 누구 한 사람만 단지 미워할 수는 없을거다.」

조금 후 문주가 건닌 말이다.

순재는 얼른 대척이 없었으나, 이 순간 그에게 이것은 분명히 역한 수작이었다. 사실 그는 몹시 역했기 때문에 훨신 침착할 수 있었는지도 모른다.

제법 한참만에서야 순재는

「뉘가 미워한다디?」

하고 말을 받었다.

「이따금 몹시 미우니 말이다.」

두 사람은 다시 말이 없었다.

순재는 평소에 문주를 자기네들 중 제일 원만한 성격으로 보아 왔었다. 그렇기에 누구보다도 공평한—때로는 어느 남성에게도 지지 않을 좋은 판단과 이해력을 가졌다고 믿어 왔었다. 그러나 어쩐지 이 순간만은 이것을 그대로 받을 수가 없었다. 이제 자기를 앞에 두고 홀로 침착한 그 태도에 감출 수 없는 적의(敵意)를 느낀다기보다도 점점 안존해지고 차근차근해지는 말투까지가 더 할 수 없이 비위를 거슬렀다.

「얘기 더 없니?」

급기야 순재가 건넨 말이다.

「혼자 있고 싶으냐?」

문주가 도로 물었다.

순재는 뭔지 더 참을 수가 없었다.

「가거라!」

지극히 별미적은 말이였으나, 문주는 별루 아무렇지도 않은 양, 가만이 우섰을 뿐이었다.

그 우슴이 결코 조소가 아닌 것을 알수록 그는 웬일인지 거듭 더 참을 수가 없었다.

책상 우에 턱을 고인 채 순재는 여전 몽총하니 앉어 있었다.

문듯 창 넘어로 앞산이 메이기³ 이마에 내려질듯 가까웁다.

순재는 전일 이렇게 앉어서 보는 산이 그리 좋지가 않었다. 뭐보다 그 너무 차고, 쇄락한 것이 싫었다. 그러나 이제 이러구 앉었는 동안 웬일인지 산은 전에 달러 뭔지 은윽하고 너그러운 것 같기도 해서 다시 이것을 잡고 한번 더 바라다보려는 참인데 핏득 마음 한 귀통을 슷치는─산은 사람보다도 오랜 마음과 슷한 이야기를 진였을께다─하는 우수운 생각과 함께 별안간 덜미를 쥐고 덤비는 고독(孤獨)을 그는 한순간 어찌할 수가 없었다.

조금 후, 그는 처음으로 남편이 자기와 관련되어 머리에 떠오르는 것이었으나, 역시 모를 일이다. 평소 남편을 두고는 도저히 상상할 수도 믿을 수도 없는 일이다.

---

3 『春秋』본에는 '미기'로 되어 있다.

그러나 생각하면 이제 순재로서 믿기 어렵다는 뜻은 남편으로서 그런 짓을 해서는 못쓴다는 의미도 될지 모르고, 또 이것은 두 사람의 마음의 평화한 요구(要求)이고, 거래(去來)일지도 몰랐다. 허지만 가령 이 믿을 수 없는 사실이 그실 믿어야만 할 사실일 때는 두 사람은 발서 그 마음의 거래를 달리 할 수밖에 없다. 이러기에 만일 이것이 정말이라면 그는 지금 스스로 감당해야 할 노여움이라든가 곤란한 감정도 그 실은 군색하기 짝이 없는 것이어서—첫째 노여움의 감정이란 또 하나 구원(救援)의 표정이기도 하다면! 이제 그로서 남편에게 뭘 바라고 요구할 하등의 묘책이 없는 것이다.

생각이 점점 이렇게 기울스록 그는 무슨 타산(打算)에서 보다도 아직 흐리지 않은 젊은 여자의 자존심으로 해서도 연히에게는 물론, 남편에게까지, 뭘 노하고 분해할 면목이 없고 염체가 없을 것만 같다.

순재는 그대로 앉인 채 여전 생각을 번거럽히고 있었다.

별루 어머니가 그리운 것도 같은 야릇한 심사를 겪으면서 우정 죽은 벗이라든가, 알른 벗들의 쓸쓸한 자취를 더듬고 있었으나, 역시 그리 간단치 않고 만만치 않은 것은 남편이었다. 설사 순재로서 —그분은 「남편」인 동시 「자기」였던 것이고, 연히는 내 동무인 동시 아름다운 여자였다고—마음을 도사려 먹기쯤 그리 어려울 것도 없었으나 문제는 이게 아니라 이제 남편에게까지 이 싸늘한 이해(理解)라는 것을 하지 않고는 당장 저를 유지할 수 없는 사정이 더헐 수 없이 유감되다기보다도 야속하기 짝이 없다.

순재는 자기도 모르는 사이

(저를 의지하려는 마음이 남을 의심할 때보다 더 괴로운 이유는 대체 어데 있는가?)

하고 가만이 일러 보는 것이었으나, 생각이 예까지 미치자 그는 웬일인지 몹시 피곤해서 암만해도 뭘 더 생각해 나갈 수가 없었다.

벼개를 내려 베고 뭘 꼬집어 생각하는 것도 없이 멍충이 누어 있으려니

「아지머니 점심 채려 와요?」

하고 심부름하는 아이가, 문을 연다. 그는 관두라고 하려다가,

「그래 가저 온.」

하고 대답했다. 그러나 쪼루루 저편으로 가든 아이가 되도라 오면서, 누군지

「김순재씨가 댁예요?」

하고 외치는 소리가 들린다.

어데 난 용달이다.

그는 편지를 손에 든 채 잠간 주저했으나, 뜻밖에도 연히에게서 온 것을 알자, 놀라지 않을 수 없었다.

남편이 사랑하는 여자가 연히인 것을 어제 문주에게 들어 처음 알기는 했으나, 근근 두 달 동안이나 무단이 소식을 끊고 궁금함을 끼치든 연히를 두고는 참이 믿기 어려웠든 것처럼 그는 다시금 아연해질 뿐, 미처 두서를 잡을 수가 없었다.

(무슨 까닭으로 편지는 했을가?)

그는 겉봉을 찢으면서도 종을 잡을 수가 없었다.

그러나 편지는 지극 간단해서 「街」라는 차ㅅ집에서 기다릴 테니 네시 정각에 꼭 좀 만나 달라는—이것이 그 전부요 내용이었다.

쭈볏이 서있든 심부름꾼이

「가랍니까?」

하고 회답을 재촉했을 때야 비로서 그는,

「전했다고 일르시오.」

하고 방으로 들어왔다.

마악 자리로 와 앉으려구 하는데, 이번엔 객적으리만치

「네니 내니 하고 어려서부터 자라온 동무는 아니래두 그래도 친했댔는
데….」

하는, 당찮은 생각 때문에 한동안 그는 모든 것이 그저 야속하기만 했다.

「친했음 었저란 말야.」[4]

그는 다시 중얼거려 보는 것이었으나 역시 무심해야 할 일이었다.

순재는, 좌우간 아직 시간이 많이 남은 것을 다행으로, 아까만양 벼개를
베고 드러누었다.

오두마니 천장을 향한 채—어제 문주는 무슨 이야기를 하려고 했든가?
혹 문주는 여기서 바로 연히에겔 갔는지도 또 오늘 연히가 만나자는 것은
어제 문주를 만났기 때문인지도 모른다는, 이러한 생각을 한참 두서없이
느러놓고 있는 참인데 웬일로 눈앞에 연히가 별안간 뛰어드는 것이다.

허둥 허둥 연히를 좇아 다름질 할 수밖엔 없었다.

아무리 보아도 그 시원스런 눈하고 뭔지 다겁 할 것도 같은 이뿐 입모습
이라성, 대체 그 어느 곳에 이처럼 비상한 용기와 놀라운 개성(?)이 드러 있
었는지 암만 생각해도 모를 일이다.

그는 여전 이 당돌하리만큼 정면으로 닥어서는 아름다운 여자를 눈앞에
노치려군 않었다.

하긴 지금 순재 앞에 있는 이 짧은 편지로도 능히 시방 연히가 무엇에도
누구에게도 조금도 구해(拘碍)받고[5] 있지 않단 것을 알어내기엔 그리 어렵
지가 않을뿐더러, 만일 연히로서 아무런 질서(秩序)에도 하등의 구속 없이
있을 때[6] 순재로서 군이 완고하단 건 어리석은 일이다. 설사 순재의 어떤

---

4 『春秋』본에는 '상관이 뭐람'으로 되어 있다.

5 원문대로.

6 『春秋』본에는 구속 없이 '한갓 폐로움이 있을 따름일 때'로 되어 있다.

고집한 비위가 만나기를 꺼려하는 경우라고 한대도 연히로서 만일―저편이 노한 것이라고, 생각을 한다면 이건 당찮은 손이다.

순재는 발서 노하는 편이 약한 편인 것을 잘 알고 있기 때문이다.

―거진 한 시간이나 앞서, 순재는 자리에서 일어났다.

화장도 하고, 일부러 장 속에 있는 치마까지 내어 입었다.

그리고 한번 더 거울을 본 다음에 집을 나섰다.

그러나 부핀 거리만은 그래도 싫었든지, 광화문통에서 내려 황금정으로 가는 전차를 바꿔 탔다.

타고 가다가 어디서고 길이 과히 어긋나지 않을 지점에서 어느 좁은 길로 해 찾아갈 요량이다.

봄날이라고는 해도 고대 한식이 지났을 뿐, 더욱 해질 무렵이라 그런지 아직 겨울인 듯 쌀쌀하다.

두 여자는 여전 말을 잃은 채 소화통(昭和通)으로 들어, 다시 산길을 잡았다.

순재는 조금 전 차ㅅ집에서도 그러하였거니와, 이제 거듭 보아도 연히는 그동안 놀랄만치 이뻐진 대신, 또 놀랄만치 자기와는 멀어진 것만 같으다.

단 두 달 동안인데 그처럼 가깝든 동무가 대체 무슨 조화로 이처럼 생소하냐고 스스로 물어본댔자 그저 당장 기이할 뿐이다.

첫째 만나면 손이라도 잡고 반겨해야 할 사람이 제법 정중이 일어선 채 깎듯이 위해 인사하는 품이, 비록 순재로 하여 얼굴이 붉어지는 쑥스러움을 느끼게 했다고는 할 망정 웬일로 자기 역시 전처럼 대답할 수 없었든 것도 이 기이함에 하나였거니와, 이러한 종잡을 수 없는 느낌이 한데 뭉쳐 점점 어두워지고 무거워지는 마음 우에 급기야 모든 것이 한껏 너절하게만

지하련 전집

생각되는—보다 먼 곳에의 고독감도 결국 이 순간에 있어 기이한 현상의 하나였다.

한동안 그는 아무 것에도 격하고 싶지 않은 야릇한 상태를 겪으며 잠자코 걸었다.

어듸를 들어왔는지 두 여자는 수목이 짙은 좁다란 길을 잡고 개천을 낀 채 올려 걸었다. 방금 지나온 곳이 유달리 번화한 거리라서 그런지 바로 유곡인듯 호졌다.

「나 인제 새로히 뭘 후회하고 있진 않읍니다. 단지 여태 잠자코 있어 괴로웠을 뿐예요!」

하고, 비로서 연히가 말을 건닌다.

순재는 여전 쑥스러운 채,

「잘 압니다.」

하고, 연히 말에 대답을 했으나, 뭘 잘 안다는 것인지 스스로도 모를 말이다.

「날 비난하시려건 맘대로 하세요.. 허지만 이제 내게도 말이 있다면 그 분을 사랑했다는 것—사랑 앞에서 조금도 거짓말을 하지 않았다는 것입니다.」[7]

연히는 다시 말을 이었다.

순재는 연히가 전에 달러, 몹시 건방진 것 같아서, 그것이 가볍게 비위를 거스리기도 했으나 이보다도 뭔지 그 말에서 느껴진 절박감 때문에

「네, 잘 알어요.」

하고 똑같은 말을 되푸리했다.[8]

---

7 『春秋』에는 '이것으로 내일 지옥엘 가도 그건 내가 몰라 좋을 겁니다'라는 말이 덧붙여져 있다.

8 위 두 행 대신에 『春秋』에는 '지옥엔 천사가 있다는데, 어딜 간들 뭐라겠어요' 하고

그러나, 이 약간 조소적인 말에도 연히는 별루 돌아 볼 배 없이

「그분을 사랑하고 싶은, 그분이 사랑하는 단 한 사람이고 싶은 마음 때문에 나는 아무 겨를도 없었읍니다, 허지만 역시 그분 앞에 아름다운 여자는 당신이었어요—」

하고, 똑바로 앞을 향한채 혼자 말하듯 가만가만 이야기를 계속했다.

순재는 힐끗 연히를 처다봤으나 그 깍가 낸 듯 선이 분명한 칙면 어느 곳에서도 전날 이쁜 눈이 그저 다정하기만 하든 연히를 찾어 낼 수는 없었다.

그가 잠간 대답을 잊은 채 걷고 있는 동안 연히는 다시 말을 이었다.

「혹 이것이 내 최후의 감상(感傷)일지도 또 나보다 아름다운 사람에 대한 노여움의 표현인지도 알 수 없으나 아무튼 꼭 한번 뵙고 싶었읍니다.」

「만나 무슨 이야기를 하려구요?」

비로서 순재가 물어본 말이다.

두 사람은 처음으로 눈이 서로 마조쳤으나 웬일인지 피차 강잉하게 무심한 표정이려구 했다.

「글쎄요. —결국 당신이 이겼다는—내가 졌다는 이야기를 하려구 했는지요.」

하면서, 연히는 뭔지 가벼이 우섰다.

순재는 별안간 얼굴이 확근 다라왔다.

「그럴 리가 있나요?」

하고 우정 눙치면서도 애꾸지 빨칵하는 감정을 어찌는 수가 없었다.

「이제 우리 두 사람을 나란이 세워 놓고 누구의 형상이 숭 없는가 한번 바라다보십시오. 내 모양이 사뭇 고약할 테니.」

---

¹ '짐짓 천천히 말을 받었다'로 되어 있다.

연히는 여전 같은 태도로 말한다.

「안해란 훨씬 늙고 파렴치한 겁니다.」[9]

순재는 결국 그 노염을 이렇게 표현할 수밖엔 없었으나, 말이 맞자 연히의 표정 없는 얼굴이 무엇엔지 격노하고 있는 것을 놓질 수는 없었다. 과연 모를 일이다. 이제 막 순재가 한 말은 순재로서 대단 하기 어려웠든 말일뿐 아니라 또 어느 의미로 보아선 정말이기 때문이다.

「두 사람의 관계가 이미 삼자로선 상상 못할 정도로 깊어졌다면 어쩌겠어요?」

잠자코 있든 연히가 별안간 건닌 말이다.

아무리 호의로 해석한대도 이 말까지는 않아도 좋을 말이다. 순간, 그의 머리를 숫치는―연히는 내가 얼마나 비겁한가를 자기류로 시험해 보구 싶은 게다―하는, 맹낭한 생각 때문에 그는 끗내

「깊고 옅고간 결국 같을 겁니다.」

하고, 자기도 모를 말을 중얼거렸다 .

그러나, 이 애매한 말을 연히가 어떻게 들었는지

「그야 그렇겠지만, 난 그것보다도 그분을 얼마나 사랑하는가를 무른 겁니다.」

하고 다시 건너다봤다.

순재는 마치 덜미를 잽히고 휘둘리는 사람처럼 당황한 얼굴이기도 했으나 역시,

「당신헌테 지지 않을 겁니다.」

하고 대답할 수밖엔 없었다.

---

9 『春秋』에는 '더 자랑을 가지세요!'가 덧붙여져 있다.

머리를 숙인 채 잠자코 거르면서도 그는 일이 맹낭하기 짝이 없다. 조금 전까지도 오히려 쑥스러움을 느낄 정도였으니 무엇에 요동할 리 없었고 또 연히를 만나기까지도, 물론 저편이 연히라 다소간의 봉변은 예측한 바로 친대도 기실 은연중 곤경에 빠질 사람은 연히라고 생각했기 때문이다. 뭐보다도 불쾌한 것은 점점 평온하지 못한 자기 마음의 상태다.

순재가 마음속으로 다시 조금 전 연히가 한 말을 들치고 있으려니,

「다른 건 다 이겨도 그분을 사랑하는 것만은 나헌태 이기지 마세요, 여기까지 지게 되면 나는 스스로 타락할 길밖에 도리가 없습니다.」

하고, 뭔지 훨신 서글픈 어조로 연히가 말을 이었다. 그리고는 인차 순재가 뭐라고 대답 할 나위도 없이

「그분은 누구보다도 자기 생활의 질서를 소중이 아는 사람입니다. 설사 당신에 비해 나를 더 훨신 사랑하는 경우라도 결코 현실에서 이것을 포현하지는 않을 겁니다.」

하고, 제 말을 계속했다. 이제야 이야기는 바른길로 드러섰다. 결국 이 한 말을 하기 위해, 연히는 순재를 불러낸 것인지도 몰랐다.

이리되면 세상 못할 말이 없다. 순재는 이젠 당황하기보다도 대체 무슨 까닭으로 이런 말을 하는지가 알 수 없다. 그러나 불행히도 그는 이 욕된 경우에 있을 말의 준비가 없었다. 평소 남편의 사람됨을 보아 방금 연히가 한 말이 정말일지도 모르기 때문이였다.

순재가 의연 잠자코 있는 것을 보자 이번엔,

「안해인 것을 다행으로 아세요?」

하고 연히가 다시 채쳤다.

순재는 더 참을 수가 없었다.

「꿈에두요!」

「정말요?」

「네—」

「웨요?」

「당신과 같은 위치에 나란이 서 보구 싶어서요.」

「자유로운 선택이 있으라구요?」

「네—」

별루 천천이 말을 주고받는 두 여자의 얼굴은 꼭같이 핼숙했다. 연히는 한동안 가만이 순재를 바라보고 있었다. 아무 표정도 없었으나 결코 무표정한 얼굴은 아니었다.

순재는 자기도 모르게 얼굴을 떠러트렸으나 순간 굴욕이 이 우에 더 할 수가 없었다.

조금 후

「무서운 사람이에요, 가장 자신 있는 사람만이 능히 욕을 참을 수 있는 겁니다.」

하고 연히가 혼자ㅅ말처럼 중얼거렸다.

순재는 거반 지저 그대로 입을 담을고 말었으나 연히야말로 무서운 여자였다. 단지 간이 큰 여자가 아니라, 어데까지 자기를 신뢰하는 대담한 여자다, 인생에 있어 이처럼 과감할 수가 없다. 도저히 그 체력을 당할 수 없어 순재로선 감히 어깨를 견울 수가 없었다.

—어디를 지나왔는지, 문듯 넓다란 산길이 가로 놓였다.

차차 어둠이 몰려와, 근역이 자옥했다.

신부름 하는 아이가 우정 크다란 목소리로,

「아지머니 이제 오세요?」

하고 마조 나오는 품이 돌아온[10] 모양이었다.

　이제 막 문 밖에서 다짐받든 마음과는 달리, 별안간 두군거리는 가슴을, 그는 먼저 부엌으로 들어가,

　「발서 오셨구나! 진지는 어쨋니?」

하는, 허튼 수작으로 겨우 진정한 후 그제사 방으로 들어왔다.

　남편은 두 팔을 벤 채, 맨 방바닥에 그냥 번듯이 드러누어 있었으나 웬일인지 안해가 들어와도 모른 척 그냥 누어 있었다.

　순재가 바꿔 입을 옷을 꺼내들고 나올 때쯤 해서, 그제사 남편은—

　「어딜 갔었오?」

하고 돌아다봤다.

　순재가 다시 들어오려니, 이번엔 철석 엎어저 누은 채 뭔지 눈이 퀭—해서 있다가.

　「어딜 갔었오?」

하고, 한번 더 묻는 것이다.

　「연히가 만나재서 갔댔어요.」

하고 안해가 대답을 했으나, 남편은 여기 대답 대신 이번엔 훅닥 일어 앉어 담배를 붙였다. 그러더니

　「연히가 당신을 뭘 허러….」

하고 혼자말처럼 중얼거리면서,

　「그래 만나서 뭘 했오?」

하고 물었다.

　순재는 뭐든 잠자코 있어선 안 된다고 생각하면서도 뭔지 지금껏 욱박질

10 『春秋』엔 '남편이 돌아온~'으로 되어 있다.

렸든 감정이 스스로 위태로워 얼른 말을 꺼낼 수가 없었다.

안해가 잠자코 있는 것을 보자,

「괘니 당신헌태꺼정 이런저런 생각을 끼치기도 싫었고 또 나 혼자서도 충분히 해결지울 자신도 있고 해서 잠자코 있었으나 결국 사람의 의지란 한도가 있었나 보. 생각하면 대단 유감스런 일이지만 이미 지나간 일이니 이해하시오——」

하고, 남편은 별루 천천이 말을 시작했다.

순재는 말을 할라면 한이 없었으나, 결국 할말이 없어, 역시 덤덤이 앉아 있으면서도, 이제 남편의 말과 연히의 말을 빚어 두 사람의 관계의 끝 간 데를 알기는 그리 어렵지가 않았다.

「사실은 당신으로서 이해하기가 어려운 게 아니라 이해를 암만해도 무사해지지 않는「마음」이 어려운 거지만 사람은 많은 경우 힘으로 불행을 막을 수 없는 대신 닥처온 불행을 겪는데 지혜가 있어야 할 거요.」

하고 남편은 다시 말을 계속했다.

조금도 옳지 않은 말이나, 역시 옳은 말이기도 한 것이 딱했다. 그는 끝 내 참기 이려운 역정으로 해서, 자기도 모를 당찮은 말을

「많이 괴로워요?」

하고, 배상바르게 내던지고 말았다.

남편은 제법 한참만에서야

「괴롭다면 어찌겠오?」

하고 되물었다.

「괴롭지 않을 방도를 생각하셔야지.」

「괴롭지 않을 방도란?」

「그걸 내가 알게 뭐예요——」

여전 배상바른 말씨다.

　조금 후 남편은

「당신 실수라는 것, 생각해 본 일 있오?」

하고 다시 물었다.

「없어요—」

「연애란 건?」

「……」

「있을 수 있읍디까?」

　남편은 채처 물었으나, 그는 잠자코 있었다. 어쩌면 둘 다 있을지도 모루기 때문이다. 그러나 다음 순간 그는 끝내,

「그래 실수를 했단 말예요?」

하고 물어볼 수밖엔 없었다.

　이 훨신 조소적인 말을 남편이 어떻게 받는 것인지

「그럼 연애라야만 쓰오?」

하고 마조 보면서, 이번엔 훨신 혼자ㅅ말처럼

「아무 것이고 해서는 못쓰는 겁니다.」

했다.

「못쓰는 일을 왜 했어요?」

「그렇게 사과하지 않소—」

「사과를 해요?」

「마젔오—」

　순재는 뭔지 더 참을 수가 없었다. 그는 무슨 까닭으로 이 순간 연히를 생각해 냈는지

「연히가 걔가 무슨 봉변이겠어요…당신 걔헌태도 나헌테도 나뿐 사람이

에요.」

하고는 허둥 허둥 모를 말을 중얼거렸다

남편은 뭔지 한동안 물끄럼이 안해를 보구 있더니,

「그래 마졌오. 당신 말이—」

하고 대답하는 것이다.

「뭐가 마졌어요. 그런 법이 어데 있어요?」

하고, 거반 대바질을 해도, 남편은 역시 같은 태도다. 그러드니, 별안간

「사과 할 길밖에 도리 없다는 사람 가지고 웨 작구 야단이요? 웨 따지려구만 드오, 따저선 뭘 하자는 거요? 당신 날 사랑한다는 것 거짓말 아니요? 웨 무조건하고 용서할 수 없오?」

하고는 벌컥 하는 것이다.

이리 되면 이건 언어도단이다. 너무도 이기적이라니 그 정도를 넘는다. 그러나 알 수 없는 일은 지금까지의 어느 말보다도 오히려 마음을 시원하게, 후련하게 해주는 것이 스스로도 섬찍하고 남을 일이었다.

밤이 이식해서 두 부부는 벗처럼 벼개를 나란이하고 여선 이야기를 주고 받었다.

차차 남편은 웃음의ㅅ말까지 하는 것이었으나, 순재는 여전 뭔지 맘이 편칠 못했다. 이것은 밤이 점점 기울스록 더 날카로워만 갔다.

생각하면 남편은 역시 훌륭하다. 가만이 곁눈질을 해 보아도 그 누어 있는 자세로부터 말하는 표정까지 그저 늠늠하기 짝이 없다. 만사에 있어 능히 나무랠 건 나무래고 옹호할 건 옹호하고 살필 건 살피고 뉘우칠 건 뉘우처서, 세상에 꺼리낄게 없다. 어느 한곳에도 애여 남을 괴롭필 군색한 인격이 들었든 것 같지 않고, 팔모로 뜯어봐야 상책이 한 곳 나있을 것 같지 않

다. 단지 전보다 또 하나의 「경험」이 더했을 뿐 이제 그 겪은 바를 자기로서 처리하면 그뿐이다.

「연히 보구 싶지 않우?」

별루 쑥스럽고 돌연한 무름이었다. 그러나 남편은 이미 객쩍은 수작이라는 것처럼 시무룩이 웃어 보일 뿐, 굳이 대답하려구도 않는다.

「어째서 그렇게 무사하냐 말이에요.」

하고, 한번 더 채치려니, 이번엔 뭐가 몹시 피곤한 것처럼 얼굴을 찡긴 채,

「사랑하는 사람을 두고 또한 여자를 사랑한다는 건 한갓 실수로 돌릴 수밖에. 당신네들 신성한 연애파들이 보면, 변색을 하고 돌아설찐 모루나, 연애란 결코 그리 많이 있는 게 아니고, 또 있대도 그것에 분별 있는 사람들이 오래 머물 순 없는 일이거든. 본시 어른들이란 훨신 다른 것에 많은 시간이 분주해야 허니까.」

하고, 제법 농쪼로 우스면서,

「내가 만일 무사할 수 있다면 그것은 당신 덕택일거요. 하지만 이것보다도 다른 사람들 같으면 몇 달을 두고 법석을 할텐데, 우리는 단 몇 시간에 능히 화해할 수 있지 않소.」

하고, 행복해 하는 것이었다.

순재는 뭔지 기가 맥혔다. 세상에 편리롭게 되었다니, 천길 벼랑에 차 내트려도 무슨 수로든 다시 기어 나올 사람들이다. 그는 그저 잠자코 남편의 이야기를 듣고 있었으나, 다음 순간

(평화란 이런 데로부터 오는 것인가? 평화해야만 하는 부부생활이란 이런 데로부터 시작되는 것인가?)

하는, 야릇한 생각에 썸뜩 걸린다. 문득 좌우로 무성한 수목을 헷치고 베폭처럼 히게 버텨나간 산길을 성큼 성큼 채처올라가든 연히의 뒤ㅅ모양이 눈

앞에 떠오른다.

역시 총명하고, 아름다웠다.

누구보다 성실하고 정직했다.

(『春秋』, 1942.3)

체향초(滯鄕抄)

삼히(三熙)가 친가엘 갈 때면 심지어 이웃사람들까지 더 할 수 없이 반가히 맞어 주었다.

물론 여기엔, 아직 어머니가 살어 게시는 윗딸이란 것도 있을지 모르고, 또 그의 시집이 그리 초라하지 않다는 이유도 있겠지만, 아무튼 이러한 대우가, 그의 모든 어렷을 적 기억과 더불어, 고향에 대한 다사로움을 언제까지나 그에게서 가시지 않게 하는 것인지도 몰랐다.

그랬는데, 이번엔 어머니를 비롯해서, 어린 족하들까지,

「아지머니―」

하고는 그냥 말이 없을 정도다.

이럴 때마다, 삼히는 거의 무의식적으로 그 홀쭉해진 뺨이나 턱에 손을 가저가지 않으면, 빠지지하고 진땀이 솟는 이마를 쓰담고 애매한 우슴을 지어 보거나, 또 공연히 무색해 하는 것이 버릇처럼 되었다.

이래서 그가 친가로 온 후 수일 동안은 그를 너무 알른 사람으로 극진히 해주는 고마운 마음들이, 되려 그를 중병자로 만든 세음이다.

「이게 웬일이냐 글세―」

하고는 미기 우름을 참는 시늉으로 손을 잡는 숙모(叔母)들이라든가,

「어 그 젊은 애들이 무슨 병이람—」

하고, 연상 한약을 권하는 숙부(叔父)들이라든가, 이밖에 연일 문병차로 드나드는 친척 지지들, 또 조석으로 곁에 와서 울멍 울멍 간호하려 드는 어머니의 얼골, 이러한 것에 삼히는 거반 지친 바 되어, 사흘재 되든 날 아츰, 끝내 산호리(山湖里)로 옴기게 했든 것이다.

어머니께는 결코 이처럼 중병이 아니라는 것, 너무 알는 사람 대접 하는 것이 되려 나쁘다는 것, 산호리는 조용해서 거처하기 가장 적당하다는, 이러한 것을 말슴 드린 후, 곳 산호리 오라버니께 의논하려 했든 것인데, 오라버니께서는 삼히가 말하기 전, 자기가 먼저 권하려 했다고 하면서, 대단히 기뻐하였다.

산호리에 있는 오라버니는 삼히가 어렸을 적 유난히 따르든 오라버니일 뿐 아니라, 형제들 중 제일 몸이 약한 분인데다가 한때 불행(不幸)한 일로 해서, 등을 상우고, 그래서 지금은 이렇게 시가지(市街地)와 떠러진 산 밑에서 나무와 김생들을 기르고 날을 보내는 셈이다. 이러고 보니[1] 어쩐지 이 오라버니에게 대해서는 상구도 그의 감상벽(感傷癖)이 가시지를 않고, 그 어덴지 차고 잠잠한 것 같은 생활표정(生活表情)이 이상하게 그의 마음에 언잖음을 가저다 줄 뿐아니라, 그 언잖은 마음은 또한 어렸을 적 그가 따르든 것과는 달리, 별다른 의미의 관심을 가지게 해서, 이래서 이제는 그의 다정한 고향 바다와, 산과 들을 생각할 때마다, 먼저 나무와 꽃이 욱어지고, 양(羊)과 도야지와 닭들이 살고 있는 양지바른 산호리, 그 축사(畜舍)와 같은 적은 집에 살고 있는 얼골 흰 오라버니를 잊을 수는 없게 되었다.

---

1 『文章』에는 '전에라도'가 삽입되어 있다. '전부터 지금까지'의 뜻으로 쓰려 했던 듯하다.

아무튼 그의 마음이 이러했기에[2] 그랬든지, 그가 이리로 옮겨 왔을 때[3] 오라버니 뿐 아니라, 올케까지도 그를 즐겁힐 것이면 무엇이든지 하려구 하였다. 가든 날로 도배를 말장히 했고, 뜰에 놓인 나무토막이라든가, 철사나 부랭이도 죄다 치이게 하고, 또 삼히를 위해서 광선(光線)의 드라듦이 가장 알맞고 바다가 잘 보히고 하는 이러한 좋은 조건을 가진 방을 그에게 주었었다.

처음 이 방에서 삼히는 정말 즐거웠다. 어찌면 오월(五月)이 이처럼 오월다울 수가 있고, 어쩌면 구름이 이처럼 한가할 수가 있단 말인가?[4]

그런데 하나 이상한 것은, 이리로 온 후 날이 갈스록 그는 웬일인지, 점점 오라버니의 마음이 알 수 없어졌다. 전에 그렇게 상냥하든 오라버니가, 어쩐 일로 몹시 까다롭고, 서먹서먹해 갔다.

생각하면 두 남매는 퍽 어렸을 때 난호인 세음이다. 그때 오라버니가 수물넷 나든 해였으니까, 삼히가 사뭇 소녀시절이다.

그 후 오라버니가 없는 동안 삼히는 자라서 시집을 온 폭이고, 오라버니가 다시 도라왔을 때 그는 애기를 가진 셈이다. 물론 그 동안 친가에를 온 적이 한두 번이 아니지만 유코[5] 아버지 제사ㅅ 때라든가, 동생이 장가갈 때라든가, 하는 이러한 때 왔었기 대문에, 말하자면 그 동안 수년을 격(隔)한 세월(歲月)을, 서로 말하고 알려줄 기회는 없었든 것이다. 그래서 보지 못한 그 동안의 오라버니와 누이가 서로 알려지는 형태가 이러한 것인지도,

---

2　『文章』에는 '이런 터전이라'로 되어 있다.

3　『文章』에는 '처음 그가 왔을 땐'으로 되어 있다.

4　『文章』에는 이 다음에 '그는 왼 종일 어린애처럼 서상대고, 사브랑거렸다'가 삽입되어 있다.

5　원문대로.

특히 두 사람에게 있어서는 이렇게 까다롭게 나타나는 것인지도 모르나—
아무튼 삼히로 앉어 생각하면 몹시 유감되고 섭섭할 일이었다. 오라버니는
지금도 어렸을 때 오라버니어서 좋았기 때문이다. 그래서 이따금 역부러
가벼운 마음을 가지고, 오라버니에게 말을 건너 볼 때도 있었지만 암만해
도 전날 오라버니 같지는 않었다.

　어느 날 오후였다.
　삼히는 뒤곁 층층대를 올라, 축사에를 들러서, 멋모르고 도야지 스물 주
는 박아지를 들었다가, 별안간 꽥꽥 소리를 치고 덤비려는 돼지들에게 혼
을 떼우고 쪼껴 내려오니까 오라버니가 온실(溫室)옆에서 배차스닢 같은 선
인장(仙人掌)을 모래판에 심고 있다가,
　「너 돼지헌테 혼난 게로구나—」
하고, 여전 모래판을 본 채 말을 했다.
　삼히는 겁을 먹은 그대로
　「오라버니 그 웨 그래요? 왜 돼지가 나보구 야단이래요?」
하고 무렸다.
　그랬드니
　「돼지ㄴ 본대 하이칼라를 보면 그렇게 덤비는 거란다—」
하고는 역시 모래판을 본 채 말을 했다.
　마츰 그 옆 샘가에서 물을 긷고 있든 올케가 듯다가 우스면서, 돼지는 사
람이 옆에 가면 먹을 것을 달라고 그렇게 야단이란 것과,
　「그 박아지를 건듸렸다니 여북했을라구—」
하는 말을 듯고,
　「응—그래?」

하고 일방 신기해 하면서도, 삼히는 어쩐지 조금 전 저를 하이칼라 라고 하든 말이 깨림직하니 불쾌한 감정을 이르켰다.

그는 오라버니 바로 옆, 온실 유리창에 기대어 선 채, 제법 눈을 간조롬이 하고는, 무수한 상록수와 백일홍과, 또 그 우이를 날러 단이는 새들과, 바다와 산과 들을 바라보면서,

「오라버니 자랑스러 하네—」

하고 말을 해봤다.

「뭘루?」

「이렇게 사는 걸루요—」

「그런 걸까?」

「내 보니께 그렇데요. 괘니 남이 해도 될 걸 손수 허고, 헐 땐 지나치게 열중해 뵈구…」

「그게 자랑이란 말이지?」

「그러믄요—」[6]

오라버니는 모래판으로부터 손을 떼고 삼히를 보았다.

삼히는 전부터 곳잘 말을 하다가도 남이 저를 바라보면은 괘니 귀가 먹먹한 것이, 무슨 말을 하는 것인지 죄다 이저버리기가 십상이었다. 이래서 그는 모르는 결에 얼굴을 돌리고 머뭇거렸으나, 그러나 또 한편 속으로, 이제는 나도 나이를 먹을만치 먹은 어른이라는 생각이 용기를 주기도 해서,

「자기가 하는 일에 열중한다는 것은, 남의 간섭(干涉)이나 침범(侵犯)을 거절하는 것이고, 또 이것이 생활태도라면, 거기엔 반다시 어떤 긍지가 있을 것 같애서요—」

---

6 『文章』에는 이 대답이 없다.

하고는 무슨 연설이나 하듯 딱딱한 태도로 된 둥 만 둥 말을 했다.

그랬드니, 오라버니는 웬일인지 제법 소리를 내고 우섰다.

이래서 삼히는, 제가 한 말이 오라버니의 우슴꺼리가 되었다는 불쾌감보다도, 오히려 제가 한 말이, 오라버니가 평소에 자긍하든 그 무엇의 급소를 찔른 것이라고, 즉 방금 오라버니가 웃은 것은 말하자면 뭐라고 헐 말이 없어 웃은 것이라고, 이렇게 생각이 들고 보니, 오라버니가 웃은 것이라든지, 또 저를 보고 하이칼라라고 하던 그 태도라든지가 새삼스럽게 비위를 상해 주었다.

그래서

「그건 일종의「태」라는 거에요, 오라버니든 누구든, 아무리 훌륭한 분이래도 그 생활에서 태를 부리기 시작하면, 보는 사람이 얼굴을 찡기는 법예요―」[7]

하고는 발칵했다.

「그래 네가 말하는 그 태라는 게 나도 싫어서 이렇게 일을 허는데도, 말성이니 그럼 어떻게야 헌담―」

오라버니는 혼자ㅅ말처럼 중얼거리며 여진 일을 계속했나.

「그것도 별게 아니거든요―불쾌하다니께요―」

하고, 삼히도 여전 대거리를 했다. 그랬더니, 이번엔 사뭇 훗―둑 해서 한참 누이를 보고 있었다. 그리드니, 거반 싱거우리만치 쉽사리

「그래 마젔다, 네 말이―」

하고, 말하는 것이었다.

---

7 창작집에 실린 이 판본의 문장은『文章』본의 것에 내용이 변함이 없는 채 많은 퇴고가 가해져 있다.

삼히는 제가 꺼낸 말이면서도, 오라버니가 정말 불쾌한 생활을 한다고는 어느 모로 보든지, 위선 제 마음이 허락하기 어려운 일이었다.

그래서

「왜요?」

하고는, 아니라는 말이 나오기를 바라는 것처럼, 오라버니를 보았다. 그러나 오라버니는 다시 모래판으로 손을 가저 가며,

「나는 네가 보는 것처럼 내 생활에 자랑을 느낄 수도 없고, 또 태일군(泰日君)처럼 내 생활을 완전히 무시할 수도 없기 때문이다―」

물론 삼히는 지금 오라버니가 말하는 태일군이 누구인지, 웨 이 사람이 오라버니 생활을 무시하는 것인지 알 수가 없었다.

이것을 오라버니도 알었든지

「태일군? 내가 요즘 아는 사람 중에선 제일 똑똑한 친구지―」

하고 혼자ㅅ말처럼 말을 했다.

삼히가 처음 말을 시작기는, 오라버니의 이러한 생활태도에 오히려 존경이 가는 것을 전제로 한 후, 이를테면 저를 하이칼라라고 한, 오라버니에게 저도 한번 성미를 부려 보자는 심산에 불쾌했든 것이다. 그러나 의외에도 오라버니의 말이 그에게 뜻하지 않은 쓸쓸한 정을 가저다 주어서 한동안 말을 잃고 그대로 서 있으려니까,

「태일군 같은 사람은 너허군 다르지만, 아무튼 나를 거짓으로 산다고 한다. 하지만 내가 큰집 사랑에서 단지 나 혼자 누어만 있든 때와는 달러서, 이리로 와서부터는 첫재 나와 상관되는, 내가 간섭하지 않으면 안될 내 소유물(所有物), 즉 내게 따른 것들이 있으니, 내게도 생활(生活)이라는 게 있을 것 아닌가? 그래서 이 나의 "살림"의 모습이 이제 네게 "태"라는 것으로 느껴진 모양인데, 이러한 "태" 직 "자세"라는 것이 보는 사람에게 불쾌를 줄

정도라면, 아무튼 나로서는 네가 말하는 그대로를 듯고 있을 수박게 어데 다른 도리가 있니?」

오라버니는 이것도 저것도 아닌, 무심한 얼골로 삼히를 보았다.

그리고는 다시

「내가 태일군 말을 옳게 역이는 것은 첫재, 내게 아이가 없고, 또 흙에 소문(所聞)이 없고, 인간(人間)이 있지를 않으니까, 말하자면 이건 생활이라기보다도, 단지 내가 살어 있다는 것뿐이겠는데 본시 이러한 곳엔 아까 네가 말한 그런 "자랑"이란 건 있지 않을 게고, 또 자랑이 없는 사람이란, 흔히 마음이 헛불 수도 있어서, 가령 뭘 헛부게 생각하면서도, 죽지 못해 알른격으로 그런 "태"를 부리고 산다는 건 그리 유쾌할 일이 못될 거니까, 결국 네가 한 말이 꼭 마젔지 뭐냐―」

하고 말을 마친 후 오라버니는 모래판을 들고 이러섯다.

온실 안으로 드러가려는 오라버니를 발견하자, 삼히는 당황이

「애기를 가지면은요?」

하고 말을 건넜다.

「거기엔, 사람에 의한 사람의 생활이 하나 시작될 수 있기 때문에… 사람에겐 그러한 길도 있을 테니 말이다.」

오라버니는 곳 온실 안으로 드러갔다.

그 후 사오 일 동안 삼히는 오라버니와 이야기 할 기회를 갖지 못하였다.

삼히가 식 후, 모종밭에 서 있을 때라든가, 또 종일 방에 누어 있을 때라든가, 이러한 때에 오라버니가 삼히의 거취를 모를 리 없을 것인데도, 오라버니는 대체로 무심하였다.

기껏 해서

「열이 있니?」

라든가,

「거기서 뭘 허니?」

가, 고작이였다.

　물론 삼히도 이러한 무름으로 해서 쉬 이야기가 이루워질 수 없으리만치, 차차 오라버니에게 무심하려 하였지만, 그러나 마음속으로는 오라버니의 일거 일동을 노치지 않고 바라보았다기보다도, 점점 이상한 흥미를 가지게 꺼림 되었다.

　볼라치면 오라버니는 종일 일을 하는 때도 있었다. 진흙이 말러서 다시 몬지가 되어, 누른 빛깔을 한층 더 짙으게 한, 염천(炎天)에서는 보기만 하여도 숨이 맥힐 것 같은, 노동복을 입고는, 김매고, 모종하고, 또 식목을 분으로 옴기고, 순 잘르고, 돼지ㅅ물 닭의 모이까지 챙긴 후, 물통을 들고 온실 식물에 물을 줄 때면은, 거반 하로해가 다 가는 때이다.

　이렇게 일을 몹시 하는 날이면 오라버니는 더욱 말이 적었다.

　쉴새 없이 손등으로 떨어지는 땀을 수건으로 한번 씻는 법도 없고, 애를 써 그늘을 찾으려구도 않았다. 또 이러한 때는, 삼히가 일즉이 보지 못했든 이마 복판에 일자로 내리벋은 어데난 혈맥이 서 있어, 이것이 무서운 인내(忍耐)나 아집(我執)을 말할 때처럼 일종 이상하게 섬직한 인상까지 주었다.

　삼히가 이상한 적의(敵意)를 느끼고 제 방으로 도라올 때가 흔히 이러한 때이기도 하지만, 아무튼 이러한 때의 오라버니는 어딘지 횡폭한 데가 있었다. ─이상한 자기 주장이 반다시 남을 해ㅅ치거나 남을 간섭하는 것이었다.[8]

　어느 날 삼히는 흔히 하는 버릇으로 저녁을 마치자, 곳 모기를 내어 쫓고

────────────

8　『文章』에서는 '간섭하거나, 남의 세계를 헝클어 놀 것이다'로 되어 있다.

는 얼른 철망을 친 창문을 닫았다. 그리고는 팔을 베인 채 그냥 누어 있었다.

그랬는데,

「뭘 허니?」

하고, 의외에 오라버니가 문을 열었다. 삼히는 이날 낮부터 또 하나 이상한 감정을 오라버니에게 가지고 있었을 뿐 아니라, 전에라도 이렇게 자리에 든 후 오라버니가 온 적은 통이 없었기에, 그는 좀 당황해서 이러났다.

삼히가 이러나는 것을 보자, 오라버니는

「누었었구나―」

하고는 별루 말도 없이, 그냥 가버리었다.

인해 오라버니 방에서는 낯선 음성의 이야기 소리가 들려오고, 오라버니의 낮은 우슴소리도 들려오고 하였다.

삼히는 다시 자리에 누으며

「손님이 온 모양인데… 무슨 일로 왔을까?」

하고, 생각해보면서도, 한편 머리ㅅ속에는 문듯 낮엣 일이 떠올랐다.

이날도 오라버니는 종일 일을 하였다. 일이 거반 끝날 무렵, 오라버니는 사무실 옆에 의자를 놓고 잇어서 담배를 피우고 있었다. 몹시 파아란 얼골을 하고는, 전신에 맥이 확 풀렸을 때처럼, 아무 표정 없는 얼골인데, 일즉이 삼히가 잘 보지 못하든 얼골에 하나였다.

이때 웬 청년 둘이, 젊은 녀자들을 대리고, 마즌 편 백일홍 나무께서, 머뭇 머뭇 하며 이리로 왔다.

삼히는 그 중에 한 청년이, 그년에[9] 죽은 동무의 동생이요, 이 시가지에서는 제일 큰 지주(地主)의 아들인 것을 곳 알았다. 그리고 젊은 여자들도

---

9 『文章』에는 '예년에'로 되어 있다.

여염집 여자들인 것을 곳 알었을 뿐 아니라, 또 그는 속으로

(저 여잔, 저 사람의 부인인 게고, 또 저 여자는 고대 혼인한 사촌이거나, 일가ㅅ집 동생일 게고, 저 흰 저고리 입은 여자는 그 여자의 동생일 게고, 그리고 저 남자는 새 실랑인 게다―)

하고, 객적은 생각을 해 보고 있는데, 그리자, 오라버니도 담배를 문 채, 별루 이렇다 할 아무 것도 없이 그저 인사를 받었다.

그런데 이 청년이 웨 그리도 못나게 수접어하는 것인지, 오기는 무슨 화초를 사려 온 모양인데, 무었을 사려 왔다는 말도 잘 못할 정도로 주변이 없었다.

오라버니는 한참 동안 멀―건이 앉어서, 흡사 청년의 거동에 미기 실소(失笑)라도 할 듯한 얼골이드니, 또 무슨 마음에서인지, 곳 몹시 상냥한 얼골을 하고 이러서는 것이었다.

그리고는 연상 무슨 설명을 하고, 또 함께 온실 안으로 드러가고 하였다.

얼마 후에 청년은 분에 심은 화초를 꽤 여러 개 산 모양인데, 엇재, 그것을 또, 손수 들고라도 가겠다는 것인지, 오라버니가 뭘 굿이 말유를 했고, 그리고는, 또 오라는 말, 고맙다는 인사까지 하는 것이었다. ―오라버니는 일즉이 어떠한 훌륭한 사람이 왔을 때에도 이러한 전예가 없었다.

오라버니가 다시 의자에 와 앉었을 때는 역시 아까와 같은 짓친 표정으로 도라갔으나 엇전지 삼히 눈에는 그것이 우수운 피에로의 모습 같었다기보다도, 하낫 음침한 인간에게서 받는 일종 흉물스런 인상을 엇지 할 수가 없었다.

(오라버니는 자기가 완전히 주장될 때 비로서 양보(讓步)하는 거다―)

삼히의 이러한 것은 꽤 노골적(露骨的)인 적의(敵意)로 나타났기 때문에, 그는 곳 자긔 방으로 도라오고 말었다. ―

삼히가 이러한 생각을 되씹고 있을 동안 심부름하는 아이가, 등잔에 석유를 넣어 왔다. 불을 켜지 않은 것을 아이는 석유가 없는 것으로 알고 드러온 모양이었다.

그는 물론 아이가 드나드는 것을 아득히 몰랐다.

「불을 켜요?」

하고 물었을 때 비로서 그만 두라고 한 후, 무슨 마음에서인지 그는 곳 올케 방으로 건너갔다.

올케는 무슨 책인지 들고 누어 있었다. 그러나, 었전지 그에겐 시방 올케도 책을 보고 있는 것이 아니라, 그양 뒤적이고만 있는 것처럼 생각이 되는 것을, 역부러

「성 공부 허우?」

하고, 무러봤다.

둘이는 한참 동안 나란히 누어 있었으나 별반 말은 없었다. 만일 이때 삼히로서 말을 건넜다면

「성 쓸쓸하지 않우?」

하고, 뭇고 싶은, 꽤 주책 없는 말이었을지도 모르나, 삼히가 이런 말을 하면 올케가 몹시 불쾌히 넉일 것 같어서, 그는 그저 잠작고 있었다.

올케도 이러한 침묵이 거북했든지,

「저이 누군 줄 알우?」

하고, 오라버니 방에 있는 이를 가르켜 말을 했다.

이래서 삼히는 그 사람이 바로 전일 오라버니가 말하던 태일(泰日)이란 분인 것을 알았고, 삼히는 새로히 이분에 대한 궁금한 생각이 더해가는 것을 느꼈다

그래서,

「그 사람 뭘 허는 사람이우?」

하고, 무러도 보고, 또

「아직 젊은이래지?」

하고, 말을 건너도 보았으나, 올케가 전하는 바, 촌(村)에서 이사온 부자ㅅ집 아들이라는 것, 또는 학교를 나온 후 별반 하는 일이 없다는 것, 보기에 예사로운 사람이 아니겠드라는—이러한 이야기로서는 삼히의 방금 죽순처럼 벋어 나가는 맹낭한 호기심을 만족식힐 수는 없었다.

「그분 얘기 오라버니헌테서도 들었다우?」

「뭐라구?」

「분명한 사람이라구… 그리면서 이 댐 오거든 한번 보라나—」

삼히는 말을 마치자 엇전지 제풀에 얼골이 붉어지려구 해서, 힐끗 올케를 보았다.

다행이 올케는 벌루 아무런 표정도 없이,

「보라구 했지만 어떻게 봐? 문구멍을 찢고 보나?」

하고 우섯다.

삼히도 따라 우스며, 속으로—아까 오라버니가 온 것이 혹 이분과 인사를 식히려고 왔든 것인지도 모른다는, 이렇게 생각이 드니까, 또 영낙 없이 이래서 온 것 같기도 하였다. 이래서 그는 이상 더 무었을 헤아릴 것 없이, 곧 오라버니 방으로 갔다.

문밖에 서서는 서문 없이

「오라버니 무슨 일로 왔댓서요?」

하고, 시침이를 떼고 무러보았다.

「무슨 일로 오셨나, 해서…」

한번 더, 그 온 이유를 밝히려니까,

그제사

「응—별 것 아니다—」

하고 대답을 했다.

삼히가 갑잭이 몹시 얼울한 정이 들어 뒤도 도라보지 않고 도라서려구 했을 때다. 별안간 문이 열리며,

「놀다 가렴—」

하고, 오라버니가 말을 했다.

삼히는 웬일인지 더 뭐라구 말도 하기 싫어저서,

「일 없어요—」

하고는 그냥 도라섯다. 그랬는데 또 모를 일은,

「놀다 가래도—」

하고 오라버니가 거듭 잡는 것이었다.

삼히는 덥처서 난처하기까지 하였으나, 또 한편, 이러한 때 이런 얄궂은 제 기분만 쫓는 것이 더 쑥스러울 것도 같어서, 그는 끝내 오라버니가 하라는 대로 조금 후에 올케와 같이 오라버니 방으로 건너갔다.

삼히가 태일이라는 사람에게서 처음 느낀 것이 있다면, 그것은 이분에 비하여, 오라버니는 훨신 편협(偏狹)하다는 것이었고, 또 이것은 삼히의, 그리 사람 좋지 못한 눈으로 본다면, 이분에 비하여 오라버니는 훨신 설양(善良)하다는 것도 되는 것이었다.

처음 삼히는 저보다 나이 적을지도 모르고, 또 남편과도 면식이 있다기에, 제법 애기 어머니연 의젓하게 대했섰다. 그랬는데, 무슨 자기보다는 나이 사뭇 어린 녀학생을 대하 듯, 외람이 구는 폭이란 도모지 가당치도 않았다. 굿이 바라다 볼 배도, 말을 건널 배도 없이, 오라버니와의 이야기를 계

속하는 모양인데, 이따금 오라버니보다도 훨신 나이 들어 보였다.

조금 후에 청년은 삼히에게 온 지 얼마나 되었느냐고 물었다. 그래서 삼히가 잘 모르겠다고 대답을 했드니, 청년은 우섰다.

오라버니와의 이야기는 다시 청년의 친구되는 김군이란 사람에게로 옮겨 갔다.

이 사람의 이야기가 나오자, 오라버니는

「당신 그 김군이란 사람과 친한 것은 난 암만 생각해 봐두 모르겠읍디다―」

하고, 거반 신경질적으로, 말을 가로채었다.

청년이 우스며,

「왜요?」

하고, 도로 무르니까,

「어떻게 친해지냐 말요. 아무튼 불쾌하게 된 사람인 것이, 하낫 부량자거던 파렴치했으면 그뿐이지, 그렇게 비굴할 건 또 뭐겠오?」

하고, 오라버니는 청년을 보았다.

이야기를 듯고 있든 청년은 여전 별루 이렇다 할 표정도 없이

「그 비굴이란 것이 대체 어떤 것이오?」

하고 무렀다.

오라버니는 잠간 피우든 담배 토막을 부빈 후

「글세, 그렇게 말하면 또 별거겠지만 아무튼 옳은 건 옳고, 글른건 글른 것 아니겠오―」

하고, 말을 받었다.

잠깐 침묵이 있은 후, 청년은 다시 말을 이었다.

「비굴한 사람보다도, 사람을 비굴하게 만드는 사람들이 더 비굴할 것이

요—」10

하고, 비교적 "사람"이란 말에 억양을 넣어 말을 하면서, 이번엔 훨신 롱쪼로,

「형이 그 사람을 몰라 그렇지, 그 사람 참 좋은 사람이요. 제일 본받기 쉬운 어린애의 마음이 제일 아름답다는 크리스도의 말에 빛처 본다면, 그 사람 천사 같은 사람일 거요.」하고 우섰다.

오라버니도 끝내 따라 웃고 말었으나, 대체로 청년의 말이 맛당찮은 모양이었다. 그래서, 청년도 이것을 알었든지,

「형이 어느 의미로선 고인(古人)일지 모르나, 그러나 형 같은 좀 이상한 고인보다는 우리 김군이 솔직하기로나, 설양한 폭으로나 훨신 우일 것이요—」하고, 여전 우스며 말을 하였다.

마츰내 오라버니도 손을 젓고 우스며,

「그만 둡시다. 당신 험구(險口)아니요?… 우리 그만 둡시다—」

하고, 말은 하면서도, 일종 불쾌한 감정을 없애든 않었다. 그러나 이번엔 청년이 제법 낙궈채는 형식으로

「날 험구란 것은 편벽된 말인 것이, 형이 이군을 좋은 사람이라고 하기나, 내가 김군과 친하기나 일반인 것 아니겠오?」

하고, 오라버니를 건너다보았다.

이군이 바로 오늘 꽃을 사 간 청년인 것을 삼히는 곧 알었다.

오라버니가 약간 후ㅅ둑해서

「내가 이군을 좋은 사람이라고 하는 것 말이지?」

하고 말을 했을 때,

---

10 『文章』에서는 '비굴'을 '우열'이라고 쓰고 있다.

「이군이 못낫기 때문이요?」

하고, 청년이 물었다. ―청년은 이마가 드높은 꽤 이뿐 얼골을 한 사람이라고 삼히는 생각했다. 웃지 않으면 꽤 엄숙한 얼골이면서도, 우스면 퍽 순결해 보이는 것이 거반 얼골에 특증이었다.

청년이 도라간 후, 야심해서까지, 삼히는 청년을 두고 여러 가지로 생각을 해 보았다.

그런데 생각을 해 볼수록 청년이 꼭 겹으로 된 사람 같았다. 한 겹을 벳기면 또 속이 있고, 또 벳기면 속이 있어 어떠한 사람이고, 사태(事態)이고 간에 그 겹겹에서, 능히 허용(許容) 될 수 있고 받어드릴 수 있는―또 달리는 어떠한 사람과도 어떠한 사태와도 그 스스로가 허하지 않는 한, 결코 타협(妥協)할 수 없는―가장 독닙(獨立)한 인간(人間)[11]으로 생각되었다. 그래서, 이것이 이중성격이니, 표리부동이니, 하는 상식적인 어의(語意)의 한계(限界)를 넘어서, 진정한 사람의 "깊이"를 말하는 것이라면, 이 청년은 장차 제법 걸물(傑物)일 거라고까지 생각을 해 보았으나, 그러나, 다른 한편으로 이러한 제 모양이 어째 수다한 것 같은 인상을 주기도 해서, 삼히는 곧 벽을 향하여 도라눕고 말었다.

어느 듯 오월도 지나, 유월이 제격으로 드러섯다. 산호리엔 일로부터 비교적 일이 적어졌다. 아츰에 밭에 심었든 화초를 끊고, 청대콩 오이 이런 것들을 따서 저자로 내어 보내는 것, 봄에 이식해 둔 식목에 조석으로 물을 주는 것, 또 온실에 있는 식물을 태양에 조절식혀 주는 것, 봄에 꽃을 본 초

---

11 『文章』에서는 '독한 인간'으로 되어 있다.

화의 구근(球根)을 말리는 것, 이밖에 가축(家畜)을 살피는, 그리 힘들지 않는 일 뿐이였다.

그런데 삼히가 이리로 온 후부터는, 그리고 삼히의 병이 그리 중하지 않다는 것을 안 후부터는, 이 산호리엔 비교적 젊은 여자들의 출입이 자졌다. 그의 사촌이라든가, 이해 정월에 결혼한 동생의 댁 같은 사람은 거이 격일로 오다싶이 하였고, 또 이러한 그의 동무들이 올 때만은 어쩐지 오라버니는 별루 좋아하지 않았다.

오라버니가 밭에서 일을 하는 것을 여자들은 자못 이상하게, 또는 신기하게 바라다보았고, 또 오라버니는 이렇게 보아주는 것이 더 싫은지, 이따금 몹시 까다로운 얼골을 하였다. 그리든 것이 요지음에 와서는 물론 일이 적어지기도 하였지만, 설사 일이 있는 때라도, 여자들이 와 있을 때면, 밖에 잘 나오지 않았다.

오라버니 방에는 숫한 책이 있었지만, ─또 오라버니는 이러한 때가 아니라도 종일 방에만 있는 때가 흔히 있었지만, 심히는 오라버니가 특별히 무슨 "공부"를 하는 것을 보지 못하였을 뿐 아니라, 혹 이런 말이 나오면은

「공부는 무슨 공부를…」

하고, 그냥 말을 끊어 버리었기 때문에 그는 이따금 속으로,

(공부도 않으면서 종일 무었을 할까?)

하고, 기맥을 살핀 때도 있었지만 아무튼 이렇다 할 무슨 "공부"를 하지 않는 것만은 사실이었다.

이래서

「오라버니가 얼마나 지독히 공부허기에 되우?[12] 지난 겨울에도 전집(全

---

12 원문대로.

集) 한 길[13]을 옥편 놓구 밤새어 가면서 다 떼었다우—」

하는, 올케 말을 잘 믿을 수가 없었다.

이날도 낮에 끝에올케랑 사촌이랑 찾어왔섯다. 또 이날은 순재(順宰) 문주(文珠)까지 합처서, 그러니 륙칠 인의 젊은 여자들이 한곳에 뭉킨 셈이었다. 그래서, 이 여자들도 처음 삼히가 이리로 왔을 때처럼, 공연이 흥분하고, 괘니 모도 신기해하였다. —더러는 잣나무에 기대어 서도보고, 더러는 맥없이 선인장에 손을 찔리고 앞어하기도 하였다. 또 삼히처럼 돼지에게 혼을 떼우고 쪼처 내려오기도 하였다.

삼히는 돼지에게 혼이 난 순재가, 제가 오라버니한테 무른 말과 꼭 같은 말을 저한테 뭇는 것이 하도 우수워서,

「돼진 본시 하이칼라를 보문 그런 단다—」

하고, 오라버니가 말하든 그대로 순재에게 옴겨봤다.

그랬드니,

「나보다 돼지가 하이칼라든데—」

하고, 말을 받어서 둘이는 우섯다.

해가 떠러질 무렵해서 더러는 가고, 더러는 밤까지 남었었다. 문주는 아직 시집가지 않은 "선생님"이니, 말할 것 없고, 순재는 발서 아기가[14] 커다란 부인네라, 저물면 도라가야 할 법도 했지만, 밥 짓는 아이도 있었고, 또 단 살림이라, 삼히에게 왔다가 하로 저녁 느젓다기로 그리 야단할 것 같은 남편도 아닐 상 싶어서 삼히가 굳이 잡은 셈이다.

여자들은 달이 하늘 복판에 올 때까지 밖앝 문께서 놀앗다. 밤에 찬 이슬

---

13 원문대로.
14 원문대로.

을 맞으면 몸에 해롭다고 해서, 그는, 한번도 밤늦게는 밖을 나오지 않았었다. —얼마나 곻은 밤인가? 산은 아련하고, 바다는 호수처럼 다정하였다.

삼히는 거반 변으로 황홀해 하였다.

「순재야, 너 오래 살구 싶니?」

삼히는 순재에게 말을 건넛다.

고, 강감우레 하니 이쁜 눈을 아래로 내리뜨고는, 풀닢으로다 무었인지 손작난을 치고 있는, 순재가 삼히는 무척 아름다워 보였다. 그래서, 오래 살면서 이러한 밤을 맞어 주어야 할 사람 같은, 우서운 생각이 들기도 해서, 무러본 말이었는데,

「오래 살구 싶지 않어—」

하고, 정갈하게 우스며 순재는 삼히를 보았다.

삼히는 어쩐지 쓸쓸하였다.

「넌 오래 살구 싶니?」

조금 후 순재가 도로 물었다.

「난? 그래 오래 살었으면 싶다—」

하고 삼히가 대답을 하려니까,

「나두 오래 살었으면 해, 뭐니뭐니 해도 살고 볼 일이지, 죽으면 그 뭐야!」

하고, 짜장 문주가 삼히 말을 옳다고 하는 것이다. 삼히는 이 만년을 명낭하기만 한 귀여운 "선생님"의 말에 어쩐지, 우슴이 나서,

「그래 네 말이 맞었다 맞었어—」

하고, 우섯다.

「넌 네가 오래 살지 못할 것을 꼭 아니?」

하고, 순재가 제 말을 계속하였다.

「웨 뭇니?」

「오래 살어 봤으면 싶다니 말이다―」

삼히는 얼골에 남은 우슴을 지우고 잠간 순재를 건너다보았으나, 어쩐지 이러한 말이 가저오는 분위기가 그는 싫었다. 그래서,

「네가 오래 살기 싫다니 헌 말이지 뭐―」

하고, 말하면서도

(사람이 누구에게나, 무엇에나, 가장 성실해 보구 싶은 순간이 있다면, 그건 가장 성실할 수 없는 것을 안 순간이 아닐까)

하는 생각이 드러서, 어쩐지 외로웠다.

「문주 노래 하나 하렴. 있지 웨, 네가 잘하는 거―」

삼히는 짐짓 우스며, 말끝을 돌렸다.

이래서 문주가 노래를 하고, 또 가치들 따라 하기도 하면서, 여자들은 이슬에 축축해진 얼골을 샘가에서 씻고, 훨신 이슥해서야 헤어진 셈이다.

동무들을 보낸 후, 삼히가 자기 방으로 드러오니까, 뜻밖에 오라버니가, 마치 삼히를 기대리고나 있은 것처럼, 댓듬,

「내일 월영으로 가거라―」

하고, 말을 했다.

월영이란 어머니가 게시는 월영동 큰집을 말함이다.

삼히는 오라버니의 너무 돌연한 말에 멀―숙해서, 더욱 서먹서먹 자리에 앉었다.

「넌 알른 사람이 아니니까, 놀템 월영동 집이 훨신 좋을 거다―」

하고, 오라버니가 다시 말을 했다.

삼히는 조금 전 샘가에서부터, 코 밑이 확확하고, 몸이 오슬오슬하던 것이, 방 안에 드러오자 갑작이 떨려 오기도 하였지만, 사실은 이것보다도,

이러한 오라버니의 말이 몹시 섧고, 또 한편, 야속하기도 해서, 뭐라고 말을 하려고 했으나 도모지 잘 생각이 나지를 않고, 별루 얼골에 찬 기운이 쏴 ―하고 오는 것 같아서, 벽에 기대어 앉인 채, 그는 잠간 머리를 뒤우로 떠러트렸다.

이때 오라버니가 좀 당황해 하면서 가까이 오는 것을 그는 알았으나, 역시 뭐라고 말을 할 수는 없었다.

삼히는 이상 더 정신을 일었으나,[15] 자리에 누어서도 오래도록 그는 영문없이 울었다.

이래서 그후 오륙 일 동안 그는 감기로 누었었고, 이러는 통에 두 남매는 이상하게도 비교적 정다워진 셈이다.

어느 날 삼히가 안마당 등나무께다 의자를 놓고 앉어 있으려니까, 오라버니가 사무실 바로 앞에서, 밖앝 문께다가 백묵으로 동그램이를 그리고는 새총으로다 그걸 맞치노라고, 아주 정신이 없었다. 수없이 되푸리하는 총알이 우이고 아래로 또 옆으로 헛터저서 좀체 동그램이를 맞칠 상 싶지 않었으나, 오라버니는 그저 겨우기에 정신이 없었다.

대낮이 납뎅이처럼 내려앉어, 바람 한 점 새 한마리 얼신하지 않었다. 이상한 정적(靜寂)이 마치 준령(峻嶺)을 넘을 때처럼 괴로웠다.

삼히는 끝내 오라버니에게로 달려가며,

「오라버니 그 뭐예요?」

하고 무러봤다.

오라버니는 부자연할 정도로 얼골에 긴장을 풀며

---

15 『文章』에는 '이 이상 더 정신을 잃지는 않었으나'로 되어 있다.
  * 내용이 달라지지 않은 윤문의 수준인 경우에는 이후 문장이 바뀌었더라도 각주를 하지 않는다.

「응—심심해서…」

하고 말을 했다.

심심해서 하는 노릇이라는 바에야, 삼히로서도, 더 뭘 무러볼 말도 없고 해서, 그냥 잠작고 뒤우로 가 서려니까.

「너두 한번 놔 바라. 재미있을 테니—」

하고, 알을 재운 채, 총을 삼히 앞으로 내밀었다.

삼히는 얼결에 총을 받으면서도, 오라버니의 기색을 살피었으나, 역시 이날도 전에 달리 몹시 단순한 그저 유쾌한 얼골이었기에, 삼히도 지극 가벼운 마음으로, 오라버니가 시키는 대로 견양을 조심해서 쇠를 다렸다.

이 모양으로 몇 번을 거듭했으나, 물론 맞쳐질 리가 없었다. 나종에는 의자를 가저다 놓고 그 우에다 총때를 걸친 후 놔 봤다. 그랬드니 훨신 힘이 들지 않았다. 그랬는데, 참 히한한 일은, 어쩐 일로, 그 동그램이를 삼히가 마친 것이다.

이래서 오라버니도 용타고 칭찬했거니와, 삼히는 그만 신기해서, 당장 날포수가 된 것처럼, 이번에는 정말 새를 잡어 보겠다고, 식목 밭으로 갔다. 오라버니도 우스며 곁으로 와서 그가 하는 양을 보고 있었다. 그러나 의자를 놓치 않고는 도저히 새를 잡을 가망이 없음을 곳 알었음으로, 뒤곁 감나무에 까치가 앉은 것을 보고는 그는 종내 오라버니게 총ㅅ대를 돌리고 말었다.

파아란 매실(梅實)이 올망졸망한 매화나무 밑에 서서, 까치와 총 끝을 번갈라 보며 이마에 듯는 땀을 씻으려니까, 그제사 숨이 맥힐 것 같은 더위와, 팔이 후둘후둘하는 피곤을 깨다렀다.

조금 후 하도 더워서 잣나무께로 나와 볼까하고, 돌아섰을 때다. 마츰 그 뒤에 태일이라는 오라버니 친구가, 언제 왔는지, 멍—하니 서 있었다. 삼히는 가슴이 철석하도록 깜작 놀랐으나, 지나칠 정도로 공손히 절을 한 후 태연히 앞을 지나려구 하였다. 그랬는데, 청년은 거반 삼히가 면목 없을 정도로 그의 인사를 받는지 마는지, 그저 번—히 보구만 있었다. 또한 그 태도가 한가닭으로만 보혀지지가 않어서, 이 편을 힘껏 무시한 것도 같은— 또는 한껏 신뢰(信賴)한 것도 같은— 또 달리는, 무엇에 몹시 항거(抗拒)하는 것도 같은— 이상한 것이었기 때문에 아무튼 어느 것이든 삼히로서는 당황하지 않을 수 없었고 좌우간 거슬렸다.

삼히가 잣나무 께로 나와, 숨을 내쉴 때쯤 해서, 핏득 머리ㅅ속에 청년의 얼골이 지나갔다. 그의 자존심은 또 한번 발끈하지 않을 수가 없었다.

그래서

(도모지 되지 않었다—)

고, 거듭 마음에 이르는 것이었다.

인해 오라버니가 청년과 이야기를 주고받으며, 이리로 왔다.

삼히는 한번도 그 편을 보지 않었으나,

「뭐든 적중(適中)한다는 것은—마친다는 것은—분명히 유쾌하리다—」

하는, 청년의 말을, 조금 전,

「좋은 작난입니다—」

하든 말과 함께, 한 마듸도 놓치든 않었다.

오라버니는 삼히와 가까워지자,

「네가 저걸 마첫다니까, 이분이 거짓말이랜다—」

하고, 우섰다.

삼히는 잠잣고 오라버니 편을 향하여 돌아섰으나, 좀 당돌하리만큼 정면으로 잠간 청년을 바라다보았다.

청년은 조금 전 삼히가 가졌든 총을 집고 서서, 역시 무표정한 얼골로 시

선을 받으며

「다시 한번 놔 보십시오—」

하고, 가마니 총을 내밀었다.[16]

　조금 후 오라버니가 낙시질을 좋아하느냐고 물으니까 청년은 좋아하지 않는다고 하였다. 다시, 장기나 바둑을 좋아하느냐고 물으니까, 청년은 좋아한다고 하였다.

　「그럼 낙지질도 좋아할 거요.」

하고, 오라버니가 말을 하니까,

　「그 온 각갑해서…」

하고, 청년이 말을 받았다.

　「재미를 몰라 그렇지, 아무튼 일등 가는, 도박입넨다. —아—주 홀린다니까.」

　「그럼 강태공이 노름꾼이 된 셈이게?」

　두리는 제법 소리를 내고 우섯다.

　삼히는 저도 모르게 얼골을 찡겼다.

　무슨 "징"이 울릴 때처럼 소란하고, 이상하게 일종 송구한 정이 들어서, 후지 부지 인사를 한 후 곳 제 방으로 도라오고 말었다.

　이날 저녁 삼히는 오라버니와 오래도록 이야기를 하고 놀았다. 아까도 말했지만 두 남매는 삼히가 수일을 알른 동안 훨신 의가 좋아진 셈이어서, 아무튼 요지음 오라버니는 조금도 까다롭지 않았다. 언젠가 삼히가 이것을 오라버니께 무러보았드니,

---

16 『文章』에는 '삼히는 웬일인지, 등에 송충이가 든 것처럼 징하고, 무슨 까닭인지 또 몹시 역해져서 잠잫고 오라버니 옆으로 가섰다'가 덧붙여 있다.

지하련 전집

「가사 "너"라는 "녀자"를 "내"가 이제 처음 맛나는 거라고 한대도, 너는 역시 내 동생일 게고, 또 이제 너는 단지 병을 알을 재주밖에는 없으니까 말이다―」

하고 우섰다.

이날 저녁에도 오라버니는 삼히의 뭇는 말이 자기의 내면(內面)과 상관되지 않는 한 다 받어 주었을 뿐 아니라, 조만간 지금의 생활을 그만 둘지도 모른다고 하면서,

「역시 태일군 같은 사람이 살어 있는 사람일지두 몰라―」

하고 말하였다.

삼히는 이분의 말이 나오자 거반 까닭 없이 역해오는 감정을 경험하면서도,

「살어 있는 사람이라니요?」

하고, 제법 무심하게 물어보았다.

「"자랑"을 가졌으니까 생명과, 육체와, 또 훌륭한 "사나히"란 자랑을 가졌으니까―」

하고, 오라버니는 혼잣ㅅ말처럼[17] 말하는 것이었다.

삼히는 오라버니의 이러한 말에 진작 대척이 없이, 속으로 "사나이", "생명" "육체"하고, 되푸리해 보았으나, 그렇다고 이것이 그에게 별다른 감동을 주지는 않었다.

오라버니는 다시

「그는 저와 상관되는 일체의 것을 자긔 의지(意志)아래 두고 싶은 야심을 가졌으면서도, 그것을 위해 조금도 비열하지도 않고, 아무 것과도 배타(排

---

17 『文章』에는 '혼잣ㅅ말처럼'이 없다.

他)하지 않는, 이를테면 풍족(豊足)한 성격일 뿐 아니라, 이러한 성격이란 본시 "남성"의 세계(世界)이니까—」

하고, 말하면서,

「그러기에 이러한 사나이의 세계란, 가령 어떠한 사정(事情)이나 환경에서 패(敗)하는 경위[18]라도 결코 "비참"한 형태는 아닐거다—」

하였다.

삼히는 오라버니의 이러한 말이 전부 맛당하게도, 그렇다고 전연 맛당찮게도 들리지 않았으나, 또 한편, 그 분을 두고 오라버니가 너무 두둔하는 것도 같고, 또 이것은 오라버니로서, 자기 약점에 대한 일종의 반발 같기도 해서,

「내 생각엔 너무 과장해서 생각는 것 같은데…아무튼 난 잘 모르겠서요—」

하고 말을 끊었다.

그랬드니, 오라버니는

「잘 몰라?」

하고 되집흐면서,

「모르겠으면, 알구 싶지 않니?」

하고, 이번에는 제법 놀리듯 바라보는 것이었다.

물론 삼히로선 이러한 오라버니의 말이나 태도가 저로서 조금도 당황해 할 것이 못된다는 것을 모르는 바가 아니지만 이것을 알면 알스록 거반 성미가 나도록 얼골이 확확했다.

그래서,

「과장이란 본시 유치한 감정일 것 같애요—」

---

18 원문대로.

하고는, 정말 성미를 부리고 만 셈이다.

어느 날 오라버니는 낚시질을 간다고 했다. 삼히도 올케도 그의 동무들도 다 좋아하는 낚시질이다. 섬에 나가 조개를 잡고 멱을 뜯고 고기를 낚는 것은, 바다ㅅ가 사람들의 고향처럼 그리운 노리다. 달마다 보름이 되면, 바다ㅅ물은 만조가 되고 이것을 "한시"라고 해서 한시가 되면 조개도 고기도 잘 잽힌다.

이날 삼히도 동무들과 함께 포구 앞 방파제로 낚시질을 갔다. 고기가 더 잘 잽히고 더 신명이 나는 섬을 버리고 이곳을 정하기는, 물론 삼히를 위해서이지만, 고기 낚기에는 본시 "날물"과 "들물"이 있어, 이들 일행도 오정이 지나자 달려온 셈이다.

삼히는 물을 대하자 꽤니 숭얼대고, 바다처럼 활작 자유로우려는 마음을 간신이 걷어잡은 채, 낚시ㅅ대를 던졌다. 바다ㅅ물이 사뭇 줄어, 길길이 뻗은 미역 풀 사이로 고기들이 놀고, 그것이 거울 속처럼 드려다 보이고 하면, 사람들은 그만 애들처럼 즐겁기만 하고, 한껏 천진해진다. 그러기에 아무리 모르는 사이라도, 크고 묘한 고기를 낚그면 마치 형제간이나 된 것처럼, 머리를 맞대이고 즐기는 것이 낚시터에 풍속이다.

오라버니도 삼히 편에서 고기를 낚거 올리면, 쫓어와서, 낚시도 빼어 주고, 「얼마나 큰가?」고, 무러도 주고 하였다. 또 오라버니 친구되는 분도 이러하였고, 삼히 편에서도 이러해서, 큰 고기ㄹ때에는, 물에 담거도 보고 하였다.

일행은 날이 거반 저물고 또 비도 올 것 같은 날세였지만, 끝내 도라가지 않고, 선창 가에 있는 조그마한 음식점에서 생선국을 먹고는 다시 물가로 나왔다. 하늘이 흐려서 충충하고 시ㅅ꺼면 바다가 기선이 지날 때마다, 비눌이 도쳐서, 괴물처럼 꿈틀거렸으나, 사람들은 조금도 무서운 줄을 몰랐다.

밤이 점점 제 격으로 들어설수록 고기는 작구 물렸다. 주위는 낮에 말이 많은 것과는 달리 점점 말이 없어지고 이상하게 긴장해 갔다. 밤에는 떠들면 고기가 오지 않는다는 이유도 있었겠지만, 또한 사람들이 제풀로 말이 없어지기도 하였다.

　삼히는 진작부터, 오라버니가 준 웃옷을 입고 앉았는데도, 차차 바람이 싫고, 자꾸 피곤해지려구 해서, 한번도 자리를 갈지 않은 때문인지, 그의 가까이는 아무도 사람이 있지 않았다. 그는 끝내 낚시질을 그만두고, 방파제가 문허진 움텍이를 찾어 가 앉았다.

　삼히가 이렇게 얼마를 앉어 있는데 누가 뒤에서

「차지 않어요?」

하고, 말을 건너는 사람이 있었다. ―태일이라는 청년이었다.

　그가 추운 것이 아니라는 듯이, 조금 풍성히 앉으면서 괜찮다고 말을 했드니, 청년은 삼히의 이러한 말에는 별루 대답도 없이, 그와 조금 떠러진 축대로 와 앉었다. 그러드니

「바다를 좋아합니까?」

하고, 불숙 무러보는 것이었다. 그래서, 삼히가 좋아한다고 했드니, 자기는 별루 좋아하지 않는다고 하면서

「나는 산을 더 좋아합니다」

하고, 말을 했다.

　조금 후에 청년은 역시 서문 없는[19] 태도로,

「내가 어떻게 뵈요?」

하고, 다시 말을 건넸다. 대단히 난처한 질문이었다. 이때 삼히는 정말 비위를 상해도 좋을 법 했다. 그러나 그는 웬일인지, 제법 친숙한 사람에게

19　원문대로.

　　　　　　　　　　　　　　　　　　지하련 전집

말하듯 약간 롱쪼로,

「좋은 분이라고 생각합니다—」

하고, 대답했다. 그랬드니, 청년은 그저 멍뚱이 앉인 채 가마니 우슬 뿐이었다.

얼마 후에 청년은 다시 생각난 듯이

「날 어떻게 보십니까?」

하고, 굳이 무렀다. 이리되면 난처한 일인 게 아니라, 세상에 염치없고 무레한 질문도 분수가 있다. 삼히는 뭐가 노엽다기보다도 어쩐지 우숨이 나려구 해서, 그러니까, 반 작난 삼아, 외인부대(外人部隊)같다고, 했드니,

「오라버니는요?」

하고 다시 무렀다.

삼히는 더욱 뭘 따저볼 배 없이,

「오라버니두요…」

하고 대답했다. 그랬드니, 청년은 의외로 삼히의 이러한 말을 꽤 심각하게 듯는 모양이어서, 한동안 잠쫗고 앉어 있기만 하드니, 별안간 머리를 들며,

「싫은 일이올시다!²⁰ 어째서 그런 생각을 했읍니까?」

하고 삼히를 보았다.

삼히는 웬일인지, 저를 보는 청년의 시선이 거창하게 느껴졌다. 그래서 모르는 결에 얼골을 피하며, 또 한편 이러한 곳에서 남의 사람보고 "외인부대"니 뭐니 하고는 힛득 퍽득 번거룹게 구는 제 모양에 스스로 싫은 생각을 이르키며 가마니 이러섰다. 청년도 따라 이러났다.

이때, 마진 편 등대의 불빛이 청년의 힌 이마에 싸늘히 쏟아졌다. —청년

---

20 『文章』에는 '무서운 일이 올시다'라고 되어 있다.

은 곳 바다를 향해 돌아섰다. 약간 머리를 숙인 채, 언제까지나 다시 돌아서지는 않았다. 순간 상히는 그가 몹시 훌륭해 보였다. 불현듯 한껏 보드라운 마음으로 그 도라 선 얼골이 보고 싶어졌으나, 그는 끝내 오라버니가 있음즉한 왼편 쪽 길을 걷기 시작하였다. 문득 바다가 설레고 바람이 거치러진 것처럼 가슴에 오는 야릇한 위압을 느끼며, 삼히는 역부러 소리를 내어

(그만 돌아갔으면 좋겠다—)

고 중얼거렸다.

어느 날 아츰이었다.

삼히가 채 이러나기도 전에, 오라버니 방에는 진작부터 태일이라는 청년이 와 있었다.

두 사람은 아츰을 먹은 후, 오정이 되도록 오라버니 방에서 이야기를 하고 놀았고 겸심을 치른 후에도 뒤ㅅ산 잔디밭에서, 해가 떠러질 무렵까지 있었으나, 청년도 삼히도 오라버니도 아무도 아른 척 하지는 않았다.

청년이 도라간 후 저녁을 먹은 후에도 오라버니는 이날 따라 자기 방에만 있었다.

삼히는 끝내 오라버니 방에를 가 보앗다. 오라버니는 책상에 턱을 고이고 앉인 채 연필로다 뭘 정신없이 껀직대고 있었다. 그 앉은 모양이라든가, 얼골 표정으로 보아, 시방 오라버니가 뭘 마음드려 하고 있지 않다는 것을 곳 알았다.

미닫이를 닫고 드러서면서 삼히는 한번 더

「오라버니 뭐 허우?」

하고, 짐짓 속삭이듯 물어보았다.

오라버니는 연신

「웅? 어─」

하고, 그저 입으로만 대답했을 뿐, 통이 이리로는 정신이 없었다. 삼히는 고개를 길다랗게 하고 책상 우에 있는 조이쪽과, 오라버니가 끈적이고 있는 것을 번갈어 살펴보았다. 조이쪽은 연필로 그린 누구의 초상인 듯 해서, 자세히 보니까 어느 강물을 빗겨 비옥한 평야를 배경으로 아무렇게나 앉어 있는 거창한 청년이, 바로 태일이었다. 청년은 머리칼이 거칠고 수염이 짙어 눈이 더욱 빛나 있었다. 그러나 힘없이 거두어저 있는 얼마나 징한 조화를 잃은 큰 손인가?

삼히는 얼골을 찡기며, 다시 오라버니 앞에 놓인 조이쪽을 보았다. 이번에는 아무 배경도 없이 그냥 백파에다가 지독히 안정(安定)을 잃은, 초라한 남자를 앉혀 놓았다.

그는 볼수록 초라한 이 청년을 꼭 어데서이고 본 것만 같어서 찬찬이 바라다 보노라니까, 과연 이 머리ㅅ박이 유난이 크고 수족이 병신처럼 말라빠진 우서운 사나이가 영낙 없는 오라버니가 아닌가?

삼히는 한편 놀라면서도, 웬일인지 터저 나오는 우슴을 참을 수가 없었다. 이래서 삼히가 소리를 내고 우섯을 때, 놀라 도라다보든 오라버니도 그만 소리를 내고 따라 우슨 셈이다.

얼마를 이렇게 웃고 낫는데도

「오라버니 그 나 온 참……」

하고, 삼히는 작구 우섯다.

조금 후에 두 그림을 나란히 하여 일부러 멀직암치 들고는

「그래, 어떠냐? 잘 그렸지?」

하고, 오라버니는 물었다.

「잘 그리고 뭐구 무슨 사람들이 그렇대요?」

하고, 삼히가 여전 웃고 있으려니까

「내 것은 내가 그린 거고, 이것은 태일군이 그린 건데, 태일군 다시 동경(東京) 가겠다구 그래서, 말하자면 그 자화상(自畵像)을 내게 준 셈이다.」

오라버니는 그림을 든 채 약간 작난 쪼로 설명을 했다.

삼히가 오라버니를 잠깐 흘겨보면서

「이따금 오라버니들은 꼭 어린애 같어—」

하고 말을 했드니, 오라버니는 그림을 놓고, 삼히 편을 보고 도라앉으며

「어린애? 그래 어린애지. 하지만 그 어린애인 곳이, 혹은 어리석다는 곳이, 이를테면 지극히 넓은 것, 완전이 풍족한 것과 통하는 것이라면?」

하고, 말하면서

「이런 건 다—너이들 "적은 창조물"들이 알 수는 없을 거다—」

하고, 여전 롱쪼로 우섯다.

삼히는 어쩐지 싫은 생각이 들었다. 무슨 모욕을 당했을 때처럼 불쾌하였다기보다도 오라버니에 대한 이상한 의심이 일종 야릇한 불쾌를 가저왔다. 그르려니 해서 그런지는 몰라도 어째 얼골이 히고 몸이 간얇인 거라든지, 손발이 이뿐 것까지 모두가 의심쩍었다.

그래서

「지극히 어진 이가 그 어진 바를 모르듯 오라버니도 응당 몰라야 할 것을 이미 안다는 것은 어찌된 일예요?」

하고, 그도 짐짓 롱쪼로 말을 해 보았다. 그랬드니, 오라버니는 거반 싱거울 정도로 쉽사리

「그럼 나도 그 "적은 창조물"의 하나란 말이지?」

하면서

「그럴지도 몰라—」

지하련 전집

하고, 말하는 것이었다.

조금 후에 삼히가 자기 방으로 도라오려니까 머리ㅅ속에 핏득, 오라버니의 이상한 모습이 떠올랐다.—이른바, 거인(巨人)도 죽고 천사(天使)도 가고 없는 소란한 시장(市場)의 아들로 태어나 한 올에도 능히 인색한—그러면서도 상기 고향(故鄕)을 딴데 두어 더욱 몰꼴이 사나운 형상으로 나타낫다.

어느 날 오후였다.

그 동안 태일이라는 청년은 일절 오지 않았기 때문에, 오라버니도 이따금

「떠나기 전, 한번은 들릴 텐데……」

하고, 기대리었고, 삼히도 어쩐지 궁금했었다. 그랬는데, 이날 족하 아이를 통해서 태일이란 청년이 어느 싸흠을 말리다가 머리에 중상을 내고 방금 입원해 있다는 것을 알었다.

족하는 오라버니가 뭇는 말에

「총순집 아들이 술이 취해서 권투선수하고 싸우는 것을 말리다가 얻어마젓대요—」

하고 대답했다. 총순집 아들이란 일전에 말하든 그 "김군"이란 사람인 것을 삼히는 곧 알었다.

오라버니가 다시

「태일이란 사람도 같이 먹다 그랬다듸?」

하고, 물으니까, 족하는

「네—」

하고, 대답을 했다.

마츰 고 옆에서 올케가 듯다가

「되잖은 군들하고 몰려다니다가 예사지—」

하면서

「그 챙피하게, 피하지 못하구, 모양이 뭐람—」

하고는

「당신도 그 사람 쪼처다니다간 큰코다치리다—」

하는 것처럼, 이번엔 오라버니를 건너다보았다. 이 얌전하고 초졸[21]한 부인네가 적잖이 불쾌를 느끼는 모양이었다.

오라버니는 잠잖고 곳 밖으로 나갔다. 오라버니가 병원으로 가는 게라고, 생각을 하면서 삼히는, 또 한편으로

(오라버니는 올케에게 무심하다—)

는, 이런 것을 생각하고 서 있노라니까

「그저께 동무 집에 들렸드니, 그 사람 보구들, 그만한 학식과 그만한 인물 가지고 웨 일즉암치 자리 잡어 앉지 못하고 괘니 흥청 벙청 다니느냐고 말들입듸다—」

하고, 올케가 다시 말을 이었다.[22]

삼히는 잠잖고 들으면서도

(어저께까지, 예사로운 사람이 아니겠드라고 칭찬하든 올케 마음과, 지금의 것을 어떻게 얽어 봐야 하누?)

하는, 우스운 생각이 드러서, 짐짓

「옛날부터 남의 싸흠 가로채면 의리 있는 사람이라는데—」

하고, 말을 해 보았다. 그랬드니

「그따위 의린지 뭔지 나 같음 돈 주고 허래도 안 하겠네—」

---

21 '초졸'의 오식인 듯.
22 『文章』에는 '올케가 말하는 「그 사람」이란 물론 태일이란 사람이다'라는 문장이 덧붙여져 있다.

하고, 여전 왼 고개를 치는 것이었다.

오라버니가 도라오기는 훨신 저물어서였지만 의외에도 오라버니와 함께 태일이란 청년도 왔었다. 어저께 퇴원했다는 것이었다.

청년은 머리에 붕대를 동인 채, 얼골이 조금 수척했을 뿐, 여전 한 모양이었다. 삼히도 전에와 달리 좀 어리둥절해서 바라다보았고, 올케도 얄궂이 맨숭 맨숭 처다 보았으나 청년은 비교적 예사였다.

오라버니가

「그 아무튼 일수 사나웠서……」

하고, 말을 하니까, 청년은 좀 어색한 우슴을 지으며, 천천이 말을 시작했다.

「그만 돌아왔을 건대, 뒤에서 김군이 작구 부르니, 그 혼자 죽어라고 그냥 두고 올 수도 없고, 그래서……」

「그래서, 한판 첫단 말이지?」

「판이나 첫음 좋게―」

두 사람은 소리를 내어 우섰다.

삼히 역시 우슴을 참고 도라서면서

(어리석은 사람이 저분이라면, 그럼 약은 사람은 올케 같은 사람인가?)

하는 생각이 다시금 실소하려는 마음을 걷어잡은 채 얼른 자기 방 미닫이를 닫었다.

그 후 삼히는 오라버니를 통하여, 청년이 떠낫다는 소식을 들었다.

어느 날 삼히가 제 방에 놓았든 종여죽 대신, 다른 것을 가저올 양으로, 온실 앞으로 갔을 때다. 오라버니가 사무실에 앉어서 꽤 길다란 편지를 읽고 있다가

「태일군이 너헌테 안부하랬다―」

하고 말하는 것이었다. 삼히는 맥없어 무안을 탓다기보다도, 정말 턱없이

가슴이 철석해서, 그대로 온실 안으로 드러가고 말었으나, 그러나 곧 그는 이러한 제가 도무지 되잖은 것 같은 생각이 들기도 하고, 또 다른 한편 뭐 보다도 역력한 것은 궁금한 생각이여서,

　결국

「그분 뭘 헌대요?」

하고, 물어보지 않을 수가 없었다.

　오라버니는 삼히의 묻는 말에, 별루 싱글 싱글 웃으면[23]

「그분? 아직은 놀고 있지—」

하였다.

「그럼 장차는요?」

「장차는? 연구실로 드러가든지, 그게 맛당찮으면 사관학교(士官學校)를 다니겠대—」[24]

「그렇게 잘 들어갈 수 있어요?」

「들어갈 수야 있겠지 허지만 웨 그렇게 꼬추 묻니?」

　이번엔 정말 놀리듯 건너다보는 것이었다.

「사관학교는 좀 걸작인데요—」

　삼히는 짐짓 피식이 말하면서, 되도록 무심한 낫빛을 하였다.

　그랬드니 오라버니는 까닭 없이 벌컥해서

「너 그런 태도가 하이칼라라는 거다. 모든데 어떻게 그렇게 조소적(嘲笑的)이고, 방관적(傍觀的)일 수가 있니?」

하고 나무라는 것이었다. 삼히는 첫재 억울하기도 하였지만 너무도 의외

23　원문대로

24　『文章』에서 '그 사람 중학교 때부터 장교가 젤 좋았다니까'가 덧붙여져 있다.

꾸지람이라 한동안 말을 않고 서 있었으나

　(자기의 약점을 남에게서 발견하고, 노한다는 것은, 너무 부도덕(不道德)하지 않은가?)

싶어저서, 삼히야말로 노여웠다. 그래서, 그는 오라버니가 뒤에서 부르는 것을 못 들은 척 곳 자기 방으로 돌아오고 말았다.

　조금 후에 오라버니가 와서

　「노했니?」

하고, 묻는 것을 삼히가 별 대척을 않으니까

　「너 이렇게 노하기를 잘 하는 것도 하이칼라라는 거다—」

하고, 농을 하면서

　「그래 내 잘못했으니 관 두자—」

하였다. 삼히가 다시 빨큰해저서

　「오라버니만 조소적이요, 방관적일[25] 수 있고 남은 그렇거면 못쓴단 거지요?」

하고, 말을 하니까. 오라버니는 잠잖고 있드니, 한참만에서야

　「그게 좋은 거면 모르지만 나쁘니 말이다 난 내게 있는 약점을 남에게서 발견하면 아주 우울허다—」

하고, 말하는 것이었다.

　삼히는 오라버니의 심정이 잘 알 수 있는 것 같았다. 그래서 어쩐지 마음이 언짢었다. 역시 오라버니는 몰꼴이 사나웠다. 그러나 그는 이렇게 방황(彷徨)하는 오라버니의 모습에 오히려 동정[26]이 가는 것을 어찌할 수 없었다.

---

25 『文章』에서 '바라다 보구'로 되어 있다.
26 『文章』에는 '동정'이 '존경'으로 되어 있다.

칠월 잡아들면서부터, 조석으로 서늘한 기운이 돌기 시작한 것이, 요지음은 제법 나뭇잎이 바시락거렸다.

삼히는 진작부터 가을이 오면 도라갈 것을 생각고 있은 때문이기도 하지만, 아무튼 그는 날로 아이가 보구 싶고, 집이 그리웠다. 이따금 아츰에 일즉이 이러나 얼골을 정갈이 씻고는 크림을 바르고, 연지도 찍어 보고 하였다. 생각하면 어머니가 있고, 오라버니가 있고, 그가 자라난 하늘과 바다와 산과 들이 저와 함께 있는데도, 삼히는 대체 무엇을 그려, 어느 고향을 따르려는 것인지 알 수가 없었다.

어느 날 삼히가 샘물 가에 그저 망연이 앉어 있으려니까, 오라버니가 옆으로 오면서

「너 언제 가니?」

하고, 물었다.

「쉬 가거라―」

「왜요?」

「이제 가을이 왔으니 가야지―」

두 남매는 우섰다.

삼히는 끝내 추석 전에 따나기로 하였다. 마중을 가도 좋타고 하는, 남편의 호의를, 가서 만나면 더 반가울 거라고, 그만두게 한 후 그 대신 삼포령까지 오라버니가 배웅해 주기로 하였다. 떠나기 전 몇일 동안을 어머니가 게시는 월영동 집에 와 있었기 때문에 이날은 가족을 한테 몽은 단락한 오찬이 있은 후 삼히는 오후 네 시차로 고향을 떠났다.

차가 서면을 지나 진포를 잡어들 때까지 두 남매는 별루 말이 없었다.

이때 마츰 오라버니와 삼히가 앉어 있는 마진 편에 젊은 여자 한 사람과,

한 육십 남짓해 보이는 노인 한 사람이 와서 앉았다. 두 사람은 무슨 송사엘 갔다 오는 것인지, 앉기가 바쁘게 젊은 여자가 노인을 모라 세웠다. 그 말하는 거취를 보아서 분명히 여자는 노인의 딸인 모양인데, 아무리 보아도 딸치고는 참 기가 차게 망난이었다.

「그리 축구 노릇 하믄 사람값만 못 가지지, 글시 웃지한다꼬 오늘도 돈을 못받았노?」

「그렇기 말이다, 참 무서운 놈의 세상도 있제─」

「와 세상이 무섭노? 이녘이 축구지─」

하고 딸이 골을 내어도, 노인은 그저

「그렇기 말이다─」

라고만 하였다.

삼히는 속으로

(이 노인이 "그렇기 말이다"라는 말밖에는 할 줄 모르는 게 아닌가?)

하면서, 보고 있으려니까, 과연 딸은 똑똑하게 생겼다. 그 얼골하고 옷 입은 맵시랑, 아주 조약돌처럼 달아서 반드랍기 할량이 없었다.

(저렇게 똑똑하게 되자면, 그 "마음"이 얼마나 해ㅅ침을 입었을까?)

하고 생각을 하니, 어쩐지 그 일거일동, 그 말하는 내용까지가 모도 폐해(弊害)받은 상처 같기도 해서, 그는 모르는 결에 얼골을 숙였다.

노인은 다음 역에서

「어서 오라캉께!」

하고, 주정질을 치는 딸의 뒤를 따라 내려갔다.

두 남매는 뭐라고 말을 건너려구 했으나, 여전 잠잫고 있었다.

어느덧 어둠이 짙어 왔다. 마침 차가 지나는 서쪽으로 멀─리 낙동강(洛東江)이 흐르고 있었다. ─강물이라기에는 너무 망망한 물결이었다.

「너 강물을 좋아하니?」

오라버니는 누이의 대답을 기다릴 것 없이

「나는 참 좋다—」

하고 말을 했다.

강물은 점점 가까이 와 드듸어 안전에서 늠실거렸다.

강물은 징하고 끔직했다.[27] 그러나 질펀한 평야를 뚫고 잠잠히 흐르는 강물은 또한 얼마나 장한 풍족(豊足)한 모습인가?

두 남매는 차가 삼포령을 지날 때까지 아득히 머러지는 강물을 보고 있었다.

(『文章』, 1941. 3)

---

27 『文章』에서는 '대맹이 지날 때처럼, 징하고 끔직했다'고 되어 있다.

종매(從妹)

— 지리한 날의 이야기

석히(奭熙)가 집으로 도라온 지 한 반 달쯤 되었을까, 어느 날 그는 숙모(叔母)가 전하는 종매(從妹) 정원(貞媛)의, 편지를 받었다. 더욱 의외인 것은 방금 병을 몹시 알른 어떤 화가(畵家)와 함께 운각사(雲閣寺)라는 절에 나와 있다는 사연이었다.

그가 편지를 읽는 동안

「얘야, 어떻게 된 일이냐? 종히가 것봉을 보구 어느 절간에서 낸 편지라구 하니 그 무슨 일이냐?」

하고, 참다 못해 숙모가 말을 건넸다.

「운각사라는 절에 나와 있는 모양인데, 무슨 일로 어떻게 나와있단 말은 통이 없고, 절 보구 곳 좀 와 달라는, 오면은 뭐구 다 알 거라는 말 뿐예요—」

그는 편지를 접으며 우정 천천이 조용조용 대답을 했는데도 숙모는 펄적하였다.

「온 별일두, 그래 몇 년만에 만나는 오라범인데, 당장 뛰어 못 오구 앉어서 오라범보구 오라니 그런 버르쟁이가 어딧단 말이냐—」

그는 딸의 허물을 이렇게 말하는 숙모 마음이 어쩐지 정다웠다. 여기엔 어려서 어머니를 여인 그로서 원의 어머니인 숙모의 따뜻한 마음을 받고 자라온 소치도 있겠지만 아무튼 시방 숙모의 말이 의미하듯, 석히는 속으로 은 근이 자기가 나오기 전 먼저 원이 귀국하여 기대려주리라 믿었었고, 또 이러한 기대가 어그러졌을 때, 몹시 섭섭했든 것도 사실이나 그러나 이제 이렇게 편지를 읽고 보니, 이런 저런 론의할 것 없이 대뜸 그리 유쾌한 일이 아니었다. 첫재 사정이야 어떻게 되었든 간, 과년한 처녀가 방학하면 곧 집으로 올 일이지, 더군다나 절간 같은 데서 이런 종유의 편지를 내고 달코 하는 것이 도대체 신통치가 못하였다. 그러나 신통치가 못하든 어찌든, 이를테면 신통치가 못하기 때문에 더욱 그로서는 이대로 앉어 누이의 소행을 가만이 보고 있을 수는 없는 것 같은, 이상하게 갈래진 심사를 겪으면서, 그는 끝내

「제가 일간 가 보기로 하겠습니다. 그 대신 자근어머니는 누구 보구도 암 말슴 마십시오.」

이렇게 잘러서 말을 하였든 것이다.

석히는

「글세 말을 허긴 어데다 대구 헌단 말이냐…. 너이 삼촌께서 아시는 날엔 큰 거조가 날거다—」

하고, 무얼 먼저 나서 쉬쉬하는 숙모에게, 위선 집안에서들 이상하게 생각지 않도록 이번 방학엔 시험 때문에 나오지 않는다고 일르라는— 이런 종유의 몇 가지 부탁을 더 드린 후 돌려보낸 셈이다.

집안에서는 진작부터, 큰형석건 어느 조용한 절로 가 몸을 쉬라는 부탁도 있었고 해서 그가 운각사로 간댓자 아무도 의심할 사람은 없을 것이었다. 이래서 숙모가 돌아간 후 그는 곧 형수에게 내일 길 떠날 채비를 부탁한 후 그대로 번—듯이 누은 채, 어데가 닿는 아무런 관연도 없이, 그저 막연하게 "연애"(戀愛)란 것에 대하여, 찌금찌금 생각을 굴리고 있는 참인데

「되련님 옷, 녀름 것만 챙겨요?」

하고, 둘재 형수가 드러왔다.

「아무렇게나 하슈―」

그러나 형수는 바로 나가는 게 아니라, 옆으로 와 앉으며

「안의ㅅ댁 처녀 되련님 보셨소?」

하고, 은근히 무렀다.

그가 약간 어리둥절해서 바라다보려니까

「신식 처녀래두 참 얌전하대요. 미인인데도 요즘 색시들과는 다르대요―」

하고, 건너다 보는 것이었다.

석히는 형수가 꼭 원의 일을 눈치 채인 것만 같아서 싫었을 뿐 아니라, 필경 이런 말을 나오게 한 것이, 방금 자기가 무료히 누어 있은 때문일 거라고 생각이 되자, 이러한 형태로 나타나는 가족들의 호의가 어쩐지 거반 느끼할 정도로 싫었다.

「그러니 그 색시가 어쨌단 말이오?」

이렇게 무뚝뚝한 대답을 하는데도 이 사람 좋은 형수는

「또 괘니 이러시지. 삼십을 바라보는 총각이 그럼 색시 이야기가 싫단 말요?」

하고, 이번엔 제법 농쪼로 말을 받는 것이었다.

그는 더 참을 수가 없었다. 물론 색시이야기가 싫치 않을지도 모른다. 허나 문제는 시방 말을 하는 사람과, 그 말을 받어드려야 할 사람과의 극히 미묘한 심리적인 어떤 거리(距離)에서 오는 야릇한 불쾌감[1] 때문에, 마츰내 그는 눈을 감은 채 자는 척 해 버릴 수밖에 도리가 없었다. 형수가 나간 후 그는 정말 자고 싶어저서 자리를 펴고 드러누었으나, 그러나 정작 자려니까

---

1 '불쾌감'의 오식인 듯.

또 잠이 오지 않았다. 머릿속엔 두서없는 생각이 함부로 떠올랐다. ─생각하면 석히가 집을 떠나 있는 동안 현실과 차단된 그 어두운 생활에서 이따금 마음속으로 제일 다정하게 만난 사람이 있었다면 그건 누이 원이였고, 누이와 자라난 고향의 기억들이었다.

어느 여름이었다. 내년에 서울 학교를 가야할 시험준비를 게을리 한다고, 중형에게 종아리를 마진 후 화나는 판에 또 무슨 마음이 내켯든지 적은 댁엘 가서 원이를 대리고 강까로 나온 적이 있었다. 그때 원이는 얼골도 이뻣고 또 무남독녀이고 해서, 참 귀염을 받었다.

석히는 아무리 화가 날 때라도 강까로 나와 천어(川魚)새끼를 쫓고 모래성을 쌓고 하면 그만이었다.

원이를 강변에 앉힌 후 죄고만식한 돌을 주서다가 앞에 놓아 주면서

「오빠가 올 때까정 이것 가지고 놀믄 착하지─」

하고, 제법 으젓한 수작을 하다가 제 바람에 열적었든지, 다시 선머슴이 된 채 물 속으로 뛰어 드러갔다. 얼마 동안 곤두백이도 하고, 뒤집어뜨기도 하면서, 한참 재주를 부리는 판인데, 핏득 원이 생각이 나서 그 편을 보았을 때다, 웬일일까? 원이가 있지 않었다. 단걸음에 뛰어나와, 고이춤을 염이는 듯 만 듯, 사면을 둘러보았으나 보이지 않었다. 별안간─원이가 물에 빠졌다─는 생각과 함께, 그는 그만 으악 소리를 치고 울었다. 뒤미처 방금 물 속에서 죽으려구 하는 모양이 보이고, ……아무래도 그냥 둘 수는 없었다. 석히는 옷을 입은 채 물 속으로 드러가면서, 작구 너머졌다.

「게 누구 없어!」하고, 구원을 청하여 한 번 더 사면을 둘러봤을 때다. 앗질앗질 어지러워서 잘 분간할 수는 없었으나, 까마득한 모래밭 저편, 바로 뚝 밑에서 새ㅅ감한 머리ㅅ박이 아런거리는 것 같었다. ─원이었다.

원이는 제대로 꾐 물에서 작란을 치누라고, 생쥐처럼 젖어 있었다.

「너—너—여긔 있었니? ……여게 있었구나!」

그는 영문을 몰라 처다보는 원이를 잡고, 작구 흔들며 안어 주엇다.

도라올 때, 오라범은 원이가 벌서 엎여다닐 나히도 아닌데, 죄고만 한 도랑이 있어도 업고 건넛고, 또 도랑이 아니래도, 작구 업고 갔으면 싶었다. 또 이날 저녁에는 제가 가졌던 좋다는 것인란[2] 죄다 원이를 주고 하였다.

그 후 자라갈스록 두 남매는 의가 좋았을 뿐 아니라 원이 동경으로 오든 해, 불행히 석히가 동경을 떠나야 하던 해였고 보니, 지난 삼 년 동안 석히로서는 원이를 두고 염녀한 것이 하나둘이 안였든 것이다.

*

차가 은주(銀州)에 닿기는 오정이 훨신 넘어서였다. 여기서 원이 있는 운각사까지 가려면 다시 자동차로 세 시간 가량이나 가야했다.

그는 별루 시장하지는 않았으나 다소 갈증이 나는 것도 같았고 또 이왕 겸심을 먹을라면 이곳에서 치르는 것이 좋을 것 같아서, 역전 큰길 옆으로 화양요리라고 쓴 누르께하게 생긴 이층집으로 드렀다.

그랬는데 내부는 밖알과는 사뭇 달러 식사를 하는 곳이라기보다는 훨신 더 술을 마시는 곳 같았다.

그가 되도록 구석지로 가 앉으려니까, 마진 편 테불에서 술을 마시고 있는, 눈이 변으로 툭 나온 남자의 시중을 들고 있든 여자가

「게—짱 오갸꾸 사마—」하고, 손님이 온 것을 알리었다. 인해 이 칭으로부터 인기척이 나드니 콧노래와 함께 게—짱이란 여자가 나타낫다.

---

2 '것이란'의 오식.

그는 여자에게 맥주를 청한 후 담배를 붙이고 앉아 있는데, 조금 후 여자가 술을 가저와 따러 놓고는 옆으로 와 앉었다. 그런데 여자가 무척 철따구니가 없어 보였다기보다도 입을 호—벌린 채 앉아 있는 모양 석건, 꼭 제정신 빼어 매달아 놓고 사는 사람 같었다. 그는 거듭 잔을 비우며 너무 말이 없는 것에 쑥스러운 생각이 들어, 그러니까 쉬운 말로다, 술을 먹을 줄알거든 먹어라는 격으로, 병과 잔을 여자 앞으로 미러주었다. 그랬는데 여자가 지금 취했노라고 대답을 해서, 이래서 그는 여자가 역시 취했든 것이라고 생각하면서 식전부터 무슨 술이냐는 것처럼 싱겁게 우섯다. 그랬드니 여자는 속알치도 없이 해죽해죽 웃으면서

「모르겠어요, 그저 먹어 버렸서요—」하고는 때글때글 우섯다. 이것은 그의 우슴에 대한 비상히 적절한 대답이었다.

석히는 여자의 놀랄만큼 민감한 것을 느끼며, 일방 이렇게 식전부터 술을 먹는 여자가 보매에 결코 흉악한 느낌을 주지 않는 것이 오히려 이상하여 여자의 헤일빠즌 말에 연해 실소를 먹엄은 채 그대로 앉아 있었다.

조금 후에 그는 별다른 의미도 없이, 그러니까 지나가는 말로다 고향이 어덴가 물어보았다. 그랬드니 그저 먼 데라고만 할뿐 잘 말하려 들지 않었다.

그는 마음속으로 싱거운 수작이라고 생각하면서

「먼 고향에서 멀허러 여기까지 왔오?」

하고, 다시 물어봤다. 그랬드니

「그렇게 되고 이렇게 되서, 그만 여기까지 왔어요—」하고는, 그것도 어느 유행가의 곡조 같은 그대로를 함부로 재질대면서, 이번엔 변덕쟁이처럼 호—한숨을 내쉬었다.

석히가 겸심 대신 맥주를 마시고 돈을 치를 무렵해서

지하련 전집

「고향이 어듸세요?」

하고, 여자가 도로 물었다.

석히는 순간 이상하게 귀찮은 생각이 들기도 해서

「나도 고향을 잘 몰루—」

하고, 대답한 후 곧 밖으로 나왔다.

신작노의 손님은 늘 부핀 모양인지, 자동차는 잠뿍 만원이었다. 뒤칸에
는 옆으로 학생복에 파나마를 쓴 젊은이가 앉고, 고 옆으로 역시 학생 같은
여자가 앉고, 또 그 옆으로는 삼십 오륙 세쯤 나 보이는 여자가 앉고, 이렇
게 한 칸에 네 사람식, 차 안은 용납할 틈이 없었다. 그런데 석히는 차가 은
주를 떠날 때부터

(저 젊은 여자가 나히 먹은 여자와 동행이 아니었으면…)

하고는, 공연히 초조해 하였다. 스스로 참 오지랖이 넓다고 퇴박을 주었으
나, 그러나 이러 할스록 마음은 작구 그리로 닥어 가, 모르는 결에 고개를 길
다랗게 하고, 연성 나이 먹은 여자 편을 살피곤 하였다. 아무리 보아도 이 여
자는 천상 뚜쟁이가 아니면 그런 종유의 무엇이다. 그 능청맞고 혜변득스런
얼골 표정이라든가, 짙게 화장한 솜씨라든가, 또 살빛이 푸르고 기골이 장
대한 것까지 모두가 하나같이 빈틈이 없었다. 더욱 이상한 것은, 비단 이 여
자 앞에 내려진 이 여자의 생애를, 이 여자의 방식으로 살어 온, 어느 "욕된
세월"이 끼치고 간 흉한 흔적뿐만이 아니라 이 여자에게는 어떤 천래의 망칙
한 혈유가 있는 것만 같았다. 그러나 십 분 이십 분 한 시간, 이렇게 올 때까
지, 뒤 칸에 앉인 네 사람은 또 변으로 아무와도 말을 나누지는 않았다.

차가 질령재라는 고개를 타고 쏜살같이 내다랐을 때, 비로소 청년이 젊
은 여자에게 말을 건넜다.

석히는 모르는 결에 숨을 내쉬며, 차창으로 얼골을 돌렷다.

차는 어느새 고개를 넘어 이젠 아득한 평야를 헷치고 다러났다. 들로 가득한 자운영을 바라보며 그는 한번 더 입가에 싱거운 우슴을 지었다.

「서울 가 다으면 먼저 어듸로 가야 해?」

이번엔 젊은 여자가 말을 건넛다.

「내 하숙으로 가야지—」

여자는 더욱 적은 목소리로 다시 뭐라고 말을 건넛으나

「그래도 먼저 그렇게 할 수바께…」

하는 청년의 목소리 이외는 아러 드를 수가 없었다.

석히는 여전히 들을 내다보며

(서울을 가자면 어듸로 이리를 해 가나?)하고, 객쩍은 생각을 해보는 것이었다.

두 젊은이는 뭔지, 저이들이 저질른 일이 아직 힘에 너무 크고 벅차다는 것처럼, 기를 펴지 못한 채 작구 딱딱해저서 뉘가 보아도 모르는 사이 같었다.

거반 운각사로 가는 길목이 얼마 남지 않었을 때쯤 해서 두 사람은 다시 말을 건넛다. 무얼 여자가 언짢어 하는 기색이라도 있었든지

「작구 그러믄 난 엇저라구?…」

하면서

「이제 가면 동무도 있고, 뭐구 다 일없어—」

하고, 청년이 말을 했다. 순간 청년의 얼골엔 몹시 순뙤고 간절한 데가 있었으나 두 사람은 다시 아까와 같이 말이 없어졌다.

어느새 해도 지고… 소를 몬 마을 애들의 걸음이 빠를 때다. 마을도 산 그림자도 한껏 적막하고, 어슬프기만 해서, 바로 나들이 갔든 애들이 불현 듯 집이 그리울 때다. 석히는 청년에게 뭐라구 말을 건너 보구 싶어졌으나,

결국 잠잫고 말었다.

　책이 든 적은 가방은 손수 들고 간다 치고도, 큰 것은 부득이 사람을 식혀야 했으나, 원체가 외딴 곳이어서 적당한 사람이 없었다. 좌우간 짐은 주막에 부탁하는 한이라도, 먼저 길을 떠나기로 하였다.

　오리ㅅ목이라는 데서 운각사까지는 다행히 그리 머지 않었으나, 길을 아르켜 주든 주막집 노인이

　「원 길이 험해서⋯⋯어데 혼자 가겠는가요?」

하고, 염여해 주었다. 그가

　「뭘요―괜찮읍니다―」하고, 말을 하니까

　「어데요, 안입네다. 잘못하다간 초행에 욕볼 겝네다―」하고, 노인이 거듭 말유했다. 또 그로서도 길이 헷갈려 괜한 욕이라도 본다면 부질없는 고집일 것 같은 생각이 없지도 않어서 그대로 우물쭈물하려니까

　「내라도 가지요―」하고, 선듯 노인이 따라나섰다.

　석히는 연상 막걸리 냄새를 풍기는 맘씨 좋아 보이는 이 노인이 처음부터 싫지 않었을 뿐 아니라 더욱 이렇게 동행을 해주는데는 엇쟀든 고맙지 않을 수가 없었다. 그가 미안하다는 뜻으로 말을 하니까, 노인은, 절 아래 여관집 주인도 아는 터전이고 또 중들 가운데도 친지가 있어서, 자고 내일 아츰에 와도 된다는 것과, 전에라도 심심하면 곳잘 절로 올러가 놀다 올 때도 있다고 하면서

　「어데 몸이 불편해서 가십니까, 공부를 하려 가십네까?」하고 물었다. 그래서 몸도 좀 쉴겸 구경도 할겸 왔다고 했드니

　「그 좋습니다, 각처에서 해마다 많이 옵네. 한 여름만 예서 나시면 가실 땐 딴사람이 될 겝네다―」하고, 연상 자랑을 했다.

두 사람이 꼬불꼬불한 논길과 언덕길을 돌아서 큰 느틔나무가 서 있는데서부터 별안간 물소리가 들리고, 좌우로 산을 낀 은윽한 골짝으로 길이 뚫어졌다. 초행이라 그런지 고작 오리 남짓하다든 길이 십리가 실히 되고도 남는 것 같었다.

석히는 바른 편에 시내를 낀 둥살길을 바위ㅅ벽에 색여진 부처들의 일흠과 염불을 뇌혀보며, 잠잫고 걸었다. 차차 골이 깊고 물이 맑어 그런지, 이상하게 생각이 외고질로³ 쏠리는 것 같었다. 문듯 누이의 일이 생각힌다. 뒤미처, 저 시ㅅ검은 산고비만 돌아가면 원이가 있다는 것과, 자기는 오라지 않어 누이를 만난다는 사실이 똑똑이 알어진다. 그러나 산 모랭이를 돌아가면 또 산이 가려있고, 이 모양으로 절은 좀체 잘 나오지 않었다.

「금년에도 손님이 많이 왔습니까?」

「녜—금년엔 아직 별루 없읍네다—」

노인은 이 편을 보지 않은 채, 깨진 담배통에 석양을 그었다.

「그래 한 사람도 없어요?」하고, 그가 물어볼 판인데, 그제사, 노인은

「일전에 웬 학생이 알른 사람을 대러고⁴ 올러갔지요—… 남매간인 모양인데, 그 원 부모나 있는지,…」

하고, 혼잣말처럼 중얼거렸다.

그는 (왔구나—)하고, 생각하면서 한편 남매간이란 말이 어쩐지 유쾌하지 못하였다. 그러나 이것을 노인 앞에 내색할 수도 없고 해서

「병인이 아직 젊은 사람입듸까?」하고 예사로히 말을 건넜다.

「아 젊고 말고요. 새ㅅ파랗게 젊우신네가 인물도 준수하고 아주 얌전하

---

3 원문대로.
4 '대리고'의 오식인 듯.

든데요—」

　노인은 묻지 않는 말까지 전해주면서, 뎁더 웨 그렇게 자세히 묻느냐는 것처럼 바라다보았다. 그는 우정 건너편으로 시선을 옮기며, 잠잣고 걸었다.

　점점 어두어저서, 근역을 잘 분별할 수 없었으나 차츰 길이 넓어지고, 수목이 짙은 것을 보아, 절이 얼마 남지 않은 것을 알 수 있었다.

　과연 몇 발걸음 가지 않아서 불빛이 보이고 인기척이 나고 하였다.

　석히는 먼저 절 아래 있는 음식점에 들려, 술이랑 저녁을 노인에게 대접한 후 얼마간 노자를 주고 큰절을 올라왔다.

　그는 누이와 만난 후 방을 정하고, 짐을 헤치고 하여, 부피게 굴 것을 피하려고 먼저 중을 찾어 거처할 방부터 정하기로 하였다.

　어린 중이 방을 쓸고 훔치고 할 동안(원이가 혹 뜰에 나와 있지나 않나?) 싶어서 그는 몇 번 주위를 살피고 하였다.

　중이 다소곳한 합장으로 편안히 쉬라는 인사를 하고 나간 후, 여구를 푸러 제자리에 놓고 그는 잠깐 그대로 앉어 있었다. 고대 막 황혼이였건만 주위는 야심한 듯 적요하였다. 석히는 웬일인지, 이 밤으로 누이를 찾어 볼 흥이 나지 않었다.

　그는 곳 이러나 요를 펴고 다시 벼개를 바로 한 후 역부러 손을 가슴 우에 단정히 얹고는 눈을 감었다.

　아직 창살이 뿌연 새벽인데도 절간으로선 그렇지도 않은지, 오래 전부터 늙은 중의 염불 소리가 법당에서 지쳐 나왔다.

　뭘 질정한 것도 없이, 석히는 밖으로 나왔다.

　정면으로 대웅전을 끼고 사방 입구ㅅ자로 된, 절간이 어제ㅅ 밤 볼 때처럼 그리 웅장하지도 않었고 또 마당도 그리 넓은 폭은 아니었으나, 바른 편

담장 넘어로 대밭이 장관이었다. 그는 절문을 나서 기억자로 꺾어진 정갈한 축대를 밟고 있었다. 상긋한 약초 내음새를 풍기는 일은 아츰 공기가 콧날이 찌릿 하도록 맑었다.

차차 안개가 걷치고 바른 편으로 적은 길이 보였다.

그는 풀섶을 쫓아 조그마한 석탑에 기대어 잠깐 걸음을 멈췄다. 마진 편 하늘이 연자홍으로 밝고, 머리 우에 파르르 적은 새들이 날를 때마다 작구 손등으로 이슬이 굴러 떠러졌다. ―이 때였다― 마진 편 언득 밑으로, 바로 길역에 있는 우물가에 원이 세수를 하고 있는 것이 보였다. 이번엔 수건으로 얼골을 훔치고, 다시 머리를 풀어 매만지고 하였다.

원이는 삼 년 전에 볼 때나 별루 다를 게 없었다. 여전 목이 가느다랗게 여위 뵈고 서먹서먹 사람을 보는 그 눈이 어듸론지 지향없는 것 같었으나, 아직 짙은 색 봄옷을 입고 있어 그런지 얼골이 몹시 히게 보였다.

석히는 여전 움직이지 않은 채, 극히 가라앉은 목소리로 누이를 불러 보았다. 그러나, 원이 이 얕은 음성을 가려내지 못한 채, 마지막 축대를 올라섰을 때다.

「원아―」

그는 크다랗게 누이를 불렀다.

사흘째 되는 날 아츰, 석히는 누이가 말유하는 것을 물리치다싶이, 도로 자기 방에서 식사를 했다. 철재라는 화가 방에서 원이와 함께 먹는댓자 다 같은 절밥이지만, 그저 한자리에서 먹자는 것이 두 사람의 히망이었고 또 자기로서도 구지 이것을 거절할 아무 것도 없어서, 그저 되는대로 버려 둔 것이었으나, 그러나 누이와 철재라는 사람의 사이가 어떠한 관게이든, 이 두 사람이 지금껏 가지고 온 그 분위기를 자기로서 건듸리기가 어쩐지 껴름직했다. 이래서 결국,

「번번이 가고 오고, 그 귀찮어서 어듸……」하고, 말을 끊었든 것이다.

청년과 원의 사이는 지난 사흘 동안 보고 느낀 바로는 좀체 요량하기가 어려웠고, 요량하기 어렵기 때문에 더 난처해지는 자기 처신인지는 모르겠으나, 아무튼 아이 중이 밥상을 내어간 후, 가방 속에 그냥 드러 있는 책들을 꺼내여 여기저기 놓으면서, 이를테면 얼마를 이곳에 있게 되든지 있을 동안은, 자기 생활의 질서를 세워야 하겠다고 마음먹은 것이었다.

바로 원이 드러왔다.

그는 여전 책을 들치면서

「어―ㅇ―」그저 애매한 대답을 하는데,

「오빠―」하고, 원이 다시 불렀다. 그런데 이번엔 그 불르는 소리가 어째 간절한 데가 있는 것 같어서 그는 책을 놓으며 누이를 보았다.

원이는 그와 가까이 하느라고 굽혔든 자세를 약간 바르키며, 오라버니를 바라보았다. 이것은 전부터 원이 항용 사람을 대하는 눈이었다. 이상하게 인정에 부다치면서도, 몹시 서어한 듯 서먹 서먹 보는 것이 원의 눈이었다. 그러나 이 전일과 조금도 다르지 않은 눈자욱에서 그는 무턱대고―원이 나를 의심하는 것이라고, 직 제가 한 바 그 행위를 내가 비난한다고 생각하는 눈이라고―이렇게, 대뜸 넘거짚으면서,

「너 언제부터 날 의심하니?」

하고, 툭 잘러 뭇고 마렀다.

사실은 이제 누가 의심하는 것인지 몰을 일이나, 지금까지 그는 아무리 마음을 짚어 본대도, 참 한번도 누이의 소행을 비난한 적은 없다고 생각는다. 이건, 자기가 삼촌이 아닌 이상, 뭘 도덕적으로 비난할 끈덕지도 있지 않었든 것이고, 또 누이란 의례 자라서 제 갈대로 가는 법인 바에야 가사, 어머니나, 오라버니가 제일이든 그때 누이가 아니라고 해서, 구지 불평을

품을 모책도 없는 것이었다.

그러나 이제 이렇게 연덕 없는 말을 별미적게 쑥—내놓고 보니 흡사, 지금껏 애매하였든 어느 마음 귀퉁이에 불만이 한꺼번에 쏘다진 것처럼 그는 다시,

「네가 무슨 짓을 하든, 나를 의심하란 법은 없지 않어?」하고, 자기도 모를 말을 중얼거렸다.

원이는 눈이 퀭—해서 오빠를 보고 있더니, 이번엔 그 서먹서먹한 눈에 눈물이 글성해서 얼골을 떠러트렸다.

그는,

(대체 얘가 웨 이렇게 잘 우느냐?)는, 지금까지와는 다른 갈래로 생각을 짚어보면서,

「웨 우니?」하고, 무렀다.

「.................」

「말을 해야지 않어?」

그가 한번 더 채쳤을 때, 원이는 이 말에 대답 대신,

「그분 좋은 이애요—」

하고, 말하는 것이었다.

「좋은 이라니? 그래서 운단 말이냐?」

「아무튼 그분 보면 맘이 언짢어요—」

「왜?」

「가엽서요—」

석히는 잠잫고 물러 앉어 담배를 부쳤다.

원이에게 이른바 그 정신적인 데가 있었다기보다도 말하자면 그리 건전치 못한 감상(感傷)이 있는 것을 그는 전부터 잘 알고 있다. 이래서 이것이 이제

한 사람의 불우한 청년 우에 전쩍으로 표현된 것뿐이라고 한다면, 이러한 감상이 주관적으로는 어느 만한 높이의 것이든, 말든, 아무튼 어느 모로 보나 원이보다는 어룬이어야 할 철재로서, 이것을 아무 고통 없이 받어드릴 수 있은 점에 대하여 그는 내렴(內念) 가벼운 비난의 감정을 가저 보는 것이었다.

잠깐, 그대로 앉어 있노라니, 이번엔 맹낭하게도 핏득, 뇌리를 숫치는—내가 설량(善良)하지 못한 사람이라는, 생각이 꽤 매됨저 모지게 부딪는 것이었다. 이제 만일 누이와 청년의 사이가, 그 소위 연애관계가 아닌, 단순한 동정에서나 혹은 한 소녀의 "감상"이 얼거 놓은 사이라면, 이러한 동정이나 감상이, 반다시 "소녀의 세계"에만 있으란 법도 없는 것이며, 또한 제가 누이를 사랑할 바에야 누이가 동정하는 사람을 저도 동정해서 못쓰란 법도 없다. 뿐만 아니라 만일 이제 철재라는 사람이, 누이로 인연해서가 아니라도 능히 그와 친해질 수 있는 사람이라면, 구지 누이와 친하다고 해서 그와 못 친하란 법도 없다.

석히는 여태껏 옆에 가까이 가, 말 한마듸 다정히 건너본 적이 없는, 철재라는 화가의 여윈 얼골을 눈앞에 그려보았다.

그리고는,

(이렇게 몹시 알른 사람 앞에, 이렇게 냉정할 수가 있단 말인가—)

하고, 생각해 보는 것이었다.

좌우간 다 그만두고, 방금 원이 가엽다 생각하면 제일 간단했다. 만일 이러한 것을 "리해"라고 한다면, 이제 집안에선 자기 이외 아무도 원이를 리해하고 도아줄 사람은 없지 않은가 싶었다. 이래서, 결국 그는,

「아무튼 지금 집에선 야단들 났다. 허니까 넌 기회 보아 집에 단여 오기로 하고 그리고 병인은 내가 간호해 보마—」

하고, 잘러 말을 해 보았다.

그랬더니, 원이는 아주 날를 것처럼 좋아하면서, 병인도 대단히 기뻐할 것이라고 했다.

「남의 총각하고 산 속에 와서 울고 하는 색시, 무슨 색시가 그런 색시가 있어?」 이리되면 그는 우정 우서 보일밖에 별도리가 없었다.

석히가 철재 방으로 옮아 온 지도 발서 여러 날 되었다. 밤에 물을 떠오고 우유를 끄려 멕이고 하면서, 그는 몇 번인지,

(이게 위선이라는 게 아닌가?)

하고, 생각해 보는 것이었다. 아닌 게 아니라 어찌 생각하면 위선인 것도 같았다. 첫재 그가 이러로⁵ 온 후 제일 처음 느낀 것이 있다면, 그건 거반 역정이 나도록 거치장스러 보이는 철재의 인생사리었다. —가족도 없고 돈도 없고, 병만 죽어라고 앓고, 세상 이렇게 폐로운 생애가 있을 수 없었다. 이리되면 결국 이 사람이 살어가기 위해서는, 사람 상호 간의 지어지는 일정한 부담의 정도를 지나서, 반다시 어떤 타(他)의 희생이 필요할 것이며 또 이건 결코 그리 용이한 일이 아니었다.

그러나 이제 석히는 모든 것을 이렇게 따저 보려는 자기에게 어쩐지 싫은 생각이 드렀다. 이렇게 까다로운 자기가 역시 못 좋은 사람 같은 일종의 강박관념이 앞을 서기도 해서다. 이래서, 그저 쉬운 생각으로 병자란 보아주는 사람이 없으면 골란한 법이고, 또 자기의 이러한 것이 남의 골란한 때를 살펴주는 마음이 될지도, 또 이러한 마음이란 사람에게 있어 그저 조건 없이 좋은 마음에 속하는 것이라면, 이제 저라고 세상에 낫다가 좋은 일 한번 해서 못쓰란 법도 없었다. 그리고 또 하나 용기를 주는 것은 철재가 싫은 사

---

5 '이리로'의 오식인 듯.

람이 아닌 것, 석히 자신 당금에 별루 할 일이 없는 사람이라는 것이었다.

어느 날 밤이었다. 석히는 벽을 향하고 누은 채, 이번엔 철재의 마음을 더듬어 보기 시작하였다. 자기가 이방으로 왔을 때, 철재는 물론 좋아하였다. 그러나 암만해도 이것만으로 그의 마음이 무사하지는 않았다. 그래서 이런저런 생각을 들치고 있는 참인데, 이 때 철재도 자지 않는 모양인지 여러 번 몸을 뒤척이고 하는 것이었다.

그는 잠을 자지 않는 상대방이 암만해도 꺼름직해서, 끝내 웨 자지 않느냐는 것처럼 돌아다보았다. 철재도 그가 깨어 있는 것이 반가운 것처럼 마조 보았다. 그런데 그 웃는 얼골이 극히 단순하고, 설량하였다기보다도 완전이 히게 느껴지는 어떤 순수한 고독의 그림자가 순간 이상하게 심정에 와 부닫는 것이었다. 이래서 그도 따라 시무룩이 우스며 웨 자지 않느냐고 무러보았다. 그랬드니, 병인은 늘 이렇다는 것을 말하면서, 지금까지는 잠이 아니 올 때라도 자는 척 해야 했기 때문에, 이 잠 아니올 때 자는 척이란 여간 골란한 일이 아니드라고, 말을 하는 것이었다.

석히가 잠잫고, 그저 그렇겠노라는 얼골을 하고 있으니까,

「이젠 형도 옆에 게시고, 또 열도 차차 좋아지고 하니까, 어떻게든 꼭 낮게 하겠읍니다―」

하고, 다시 말을 하는 것이었으나 석히가 생각할 때, 이런 종유의 말이란 혼자ㅅ말이 아니라면, 완전이 저 편을 신뢰할 때 있는 말이었다.

그는 역시 조금 전 철재의 웃는 얼골에서와 같은, 이상한 것을 마음으로 느끼며,

「그래, 얼른 낮게 합시다―」

하고 말을 받으면서, 일변 좀 더 다정한 말이 있을 것도 같아서, 잠간 머뭇거리고 있는 참인데, 별안간 어색하였다. 이래서, 별생각도 없이, 그저 얼

결에 옆에 놓여진 손을 잡어 보았다. 그러나 다음 순간 그는 난처하였다. 물론 처음부터 이렇다는 격조로 잡은 것은 아니지만, 막상 잡고 보니, 철재와의 이러한 교섭은 지금이 처음일 뿐 아니라, 그는 본시 누구와도 이러한 경우에 이런 행동이 잘 있을 수 없는 위인이었다.

다음 순간 이것을 철재도 아렸든지, 그의 손을 드러 제 손과 비교해 보면서,

「내손보다 더 여윕니다─」

하고 우섰다.

두 사람은 이상 더 말을 건너지는 않었으나, 석히는 철재가 좋게 생각되었다. 자기 병에 대해서 절대로 무관심한 그 태도도 좋았거니와, 또 하나, 이렇게 마음이 거래될 때 볼라치면 전연 알른 사람 같이기[6] 않었다. 자기보다도 오히려 침착하고 초연한 데가 있어 보였다.

마츰내 그는 사람이 병을 앓른다는 게 참 재미있을 것 같었다. 눈감고 가슴에 손 얺고 무작정 누어서, 귀찮어지면 죽을 것을 궁리하고, 그 반대일 경우엔 또한 살 것을 궁니해 보고……얼마나 인생에 대한 유한 배포이냐 싶었다.

이래서 그는 어데가 닿는 말인지도 모를 말을,

「사람이 병을 앓른다는 건 분명히 편하고 유쾌하지 않소?」

하고 툭 잘러 무러보았다. 그리고는 제바람에 흠칫했다. 무슨 생각에서 이런 말이 나왔든지 간에, 방금 앓른 사람에게 들리는 말로는 좀 가혹한 말이었기 때문이다.

그러나 철재는 극히 평범한 얼골로,

「허지만 사람이 건강하다는 건 훌륭한 자연을 몸소 느끼고 만저 보듯 즐

---

6 원문대로.

거운 일일 겁니다—」

하면서,

「역시 사람은 앓지 말어야지요—」

하고, 우섰다.

어느 날 세 사람이 점심상을 받고 앉었는데, 늙은 중이 목기에다 산딸기를 치면이 갖이고 와서,

「이게 우리 절에선 한철 유명한 겁네다. 병인에게도 썩 좋지요. 체할 염녀가 없게스리 수건에 짜서 물을 먹으면 음식이 아주 잘 내립네다.」

하고 말을 했다.

중이 돌아간 후에 딸기를 먹고 앉었는데, 원이 버쩍 뒷산으로 딸기를 따려 가자는 것이었다. 산에는 독사가 있고 길이 험해서 도모지 갈 데가 아니라고 타일렀으나 끝내 고집을 부렸다.

마츰내 원이를 주저앉힐 도리가 없어서, 석히는 누이를 따라 뒷산으로 올라갔다. 산은 별루 높지 않었으나 수목이 짙고 질번—해서 배후에 태산을 낀 풍모였다.

딸기는 나무가 많고, 칙넝쿨 다래넝쿨 이런 것들이 무성하데[7] 많이 있는 게 아니라 돌너드랑 쪽으로, 혹은 잔디밭 쪽으로 많이 있었다.

딸기가 많어질스록 원이는 정신이 없었다.

석히는 돌너드랑에 걸터 앉인 채 누이의 하는 양을 보고 있었다. 그러노라니 핏득, 지금껏 한번도 똑똑히 무러본 일이 없는, 또 원이로서도 구태여 설명하려구 않은 (원이 같은, 이를테면, 못난 성질로서 어떻게 처음 철재와

___
7 '무성한데'의 오식인 듯.

알게 됐을까? 혹은 어째서 이리로 같이 오게꺼정 되었을까?)하는, 말하자면 그 마음의 자초지종에 대한 궁금한 생각이, 머리를 드는 것이었다.

「원아—」

그는 먼저 누이를 불렀다.

누이가 볕에 얼골이 빨개서 도라다봤을 때,

「유쾌허냐?」

하고, 무럿다. 원이는 대답 대신 고깻짓으로 우서 보였다.

「저번엔 울기만 하드니—」

「저번엔? 오빠꺼정 오핼 하니까 그랬지—」

「오해라니?」

「사람들이 생각하는 것처럼 그렇게만 알거든……」

「웨 그렇지 않단 말 못했서?」

「그런 걸 말해서 되나. 말하게 꺼정되면 발서 오해한 건데—」

「뭘루 그렇게 잘 알었니?」

「오빠가 뭇지 않는 걸루—」

말을 마치자 원이는 잠간 오라버니를 건너다보았다.

「철재 언제부터 알게 됐었니?」

그는 끝내 뭇고 말었다.

원이는 한번 더 오라버니의 기색을 살피면서,

「동경서 지난겨울에 첨 알었어요—」

하고, 대답했다.

석히는 누이의 말투가 약간 존칭으로 변하는 것을 보아, 긴장하는 것을 곧 알었을 뿐 아니라 전부터도 이렇게 태도가 딱딱해지기 시작하면 원이는 말을 잘 못했다. 이래서 그는 되도록 정면으로 보기를 피하며, 짐짓 농쪼로,

「그래, 내라도 뭐헐텐데 네게 그런 좋은 교우가 있었다니……」

하고 우스면서,

「이를 게 아니라 우리 딸기 따면서 이야기 좀 하잣구나—」

하고, 이러섰다.

이 모양으로 시작된 원의 이야기는 그리 간단치 않아서, 정히라는 학교 동무를 통하여 알게 되었다는 것으로부터, 처음엔 유망한 화가라는데 호기심이 갔고 다음엔 중한 병을 앓른다는 데 놀랐고, 이래서 가보기꺼정 되었다는 것인데, 그런데, 한번 가 본 후로는 도저이 그냥 모른 척하고 있을 수가 없었노라고 하면서,

「아무튼 의사도 그대로는 살지 못한다구 했으니까—그리고 옆에 누구 한 사람 있어야 말이지—」 하고, 말하는 것이었다.

「친구도 없디?」

「있었는데 오빠 같은 일로 다들 가고 없었어요—」

「여긴 어떻게 해서 오게 됐니?」

「여긴? 의사도 귀국하라고 했고 또 병인도 이 절로 오구 싶어서, 그래서 생각해보니까 마츰 하기휴가고, 집에 나가는 길에 여기 들렸다 가면 될 것 같아서 나왔지—」

「철재가 이 절을 어떻게 알고?」

「중학 때 지리산엘 가면서 들렸섰대—」

「그럼 그는 그렇다하고, 웨 집엔 오지 않았니?」

「오느라고 병이 더해져서 갈 수 있어야지. 꼭 죽는 것만 같은데. 그래서 오빠 와 달라고 집에다 편질 했지—」

석히는 누이의 이야기를 들으면서 몇 번인지 실소를 했다. 세상 철을 몰라도 푼수가 있었다.

「집에서 알면 큰 야단이 날 걸 몰랐니?」

「알긴 알았어—하지만 아니면 그뿐 안냐?」

「아니면 그뿐이라? 그래 마젔다, 네 말이……」

석히는 끝내 웃고 말었다.

원이 "아무 것도 아니면 그뿐 아니냐"고 큰 소리하는 것과는 달리, 철재와 원의 감정은 그 시초부터 결코 아무 것도 아닌 것은 아니었다. 단지 죽는다는, 혹은 죽을 사람이라는, 이 크다란 사태 앞에, 두 사람은 조금도 옆을 돌아볼 여유가 없었든 것뿐이고, 결국 "아무 것도 아닌 것"으로 밖에 표현되지 못한 것뿐이었다.

이것은, 앓른 사람의 병이 점점 차도가 있어 감을 따라, 반대로 차차 머러지는 두 사람의 관계를 보아 잘 알 수가 있었다. 요컨대 이것은 "산다"는 데서, 비로소 "죽는다"는 사실 앞에 양보한 "자기"들을 각기 찾으려는, 어떤 잠재한 의식의 표현 같기도 했다.

날이 점점 더워저 성한 사람도 나릿 할 때가 많었으나, 신기할 정도로 철재는 날로 차도가 있었다. 무엇보다도 열의 상태와 수면의 시간이 월등히 좋아져서, 아츰이면 제법 자기 손으로 세수를 할 수도 있었고, 또 유독 기분이 좋은 날은 아츰이 아니라도 곳잘 이러나, 이따금 우수운 얼골들을 그려서는 사람들을 유쾌하게 만드러 주기도 하였다. 또 원이는 원이 대로 마음이 내키면 곳잘 공부도 하고, 이따금 얼골이나 몸치장을 할 때도 있어서, 제법 오라버니를 따라 산간에 와 있는 "누이"의 모양을 가출 때도 있었다.

어느 날 석히는 주막집 노인이 은주에 가서 사흘이나 묵고 사온, 등의자를 제일 전망이 좋고 통풍이 잘 되는 절 문 밖 은향나무 밑에다 갖다 놓은 후 철재를 대려다가 앉히고는 아주 만족해하였다. 정말, 병인이 오래간만에 "자연"을 대하고 신기해하는 거라든지, 만족해하는 것은 또 유별란 것이어서, 그도 덩다라 괘니 웃고 떠들고 하였다. 이때 누가 뒤에 섯는 것 같은 인기척이 있었음으로 두 사람은 모르는 결에 뒤를 돌아다보았다. 그랬드니 그곳엔 원이가 별루 시―ㅇ글 해서 꺼―뚝 서 있는 것이었다. 그 서 있는 모양이 하두 우수워서,

「웨 그렇거구 있니?」

하고, 오빠가 무러보았다. 그랬는대도 원이는 이 말엔 별 대척도 없이, 이상하게 쭈볏쭈볏 두 사람을 번갈아 보고 하드니, 그대로 드러가 버리고 말었다.

이 날 저녁에도 원이는 별로 말이 없을 뿐 아니라 전 같으면 방도 치워주고, 수건에 물도 축여왔을 게고, 또 직접 철재에게도, 뭐구 제게 시킬 일이 없느냐고, 무러도 보고 했을 텐데, 일절 이런 일없이 그냥 제방으로 가 버렸다.

원이 나간 후 석히는 문장을 치면서,

「곤할테니 오늘은 일직 잡시다―」

하고, 자기도 누었다.

조금 후 철재가 불숙,

「육친이란 어떤 거요?」

하고 무렀다.

「글세―」

석히는 위선 애매한 대답을 하면서, 철재의 기색을 살폈다. 그리고는

「원이 처음엔 육친 같였는데[8], 이젠 좀 달러젔단 말 아니요?」

_____

8 원문대로.

하고, 도로 무러보았다. 그랬드니, 철재는 이 말에 대답 대신 그저 시무룩이 우슬 뿐이었다.

석히는 요지음 「나보담도 오빠가 더 동무지 뭐—」 하고, 곳잘 말하는 원이를 생각하면서,

「남성끼리는 친하면 혹 당신 말대로 육친이란 걸 느낄 수 있을지 모르나 이것이 이성일 땐 좀 다르리다—」
하고, 짐짓 피식이 우스며 건너다보았다.

철재도 여겐 별반 말없이, 그저 그렇겠노라는 듯이 듯고 있드니 조금 후에
「아무튼 당신 말대로 하면 이성과의 사귐이란 너무 편협해서 그 어듸……」
하고, 말하는 것이었다.

「허나 사나이들의 사귐이 편협해지지 않기 때문에, 편협한 이성과의 사귐 보단 훨신 평범한 것이 아니겠오?… 아무튼 당신은 그림쟁이니까, 나보다 더 잘 아리다—」

석히가 짐짓 농쪼로 말을 받어서, 두 사람은 제법 소리를 내고 우섰다.

어느 날 절에는 재가 든다고 벅작건 하였다. 그곳에서 한 사십 리가량 되는 연성 사람의 재라는데, 이 근역에선 제일가는 지주일 뿐 아니라, 금년 수물 일곱에 난 아들이 죽은 제사라고 해서, 아무튼 이 절로선 드물게 맞는, 대사였음으로 몇일 전부터 절엔 중들이 득신그렸다.

물론 석히로서도, 알른 벗을 위하여 염여하지 않은 바가 아니었으나, 마츰내 철재가 도저히 이 소란통을 큰절에 앉어서 격거 낼 수는 없다고 야단을 해서, 더욱 난처하였다.

이렇다고 갑작이 딴 데로 갈 수도 없는 판이고, 또 이것을 철재로서도 응당 알고 있음즉도 한데, 이처럼 심한 불평으로 옆에 있는 사람을 불안하게

하는 것이 한편 미흡한 생각이 들기도 하고, 또 사실 성가신 일일지도 몰랐으나, 또 달리 생각해보면, 철재로서 이만한 체면쯤 직힐라면 훌륭이 지킬 수 있을 것임에도 불고하고, 정말 "육친"인 것처럼 믿고, 조그만한 마음의 불평도 숨겨두지 않는, 그 버릇이라고 할까, 병인다운 고집이라고 할까—아무튼 자기로서 이런 것을 좋게 받을라면 얼마든지 좋게 받을 수 있는 일일 것도 같아서, 이래서 생각한 남어지 평소 비교적 친숙히 군, 우담이란 대사를 찾어 상의해 보았던 것이다.

그랬드니, 대사는 그 뒤 암자에 빈방이 있을 것이라고, 다행이 주선을 해주었다.

이래서 석히는 내일 구경을 보겠다고 발서부터 몰려와 웅성대는 사람들 틈으로 철재를 대리고 암자로 옮아왔다. 암자는 큰절 왼편으로 죽림(竹林)을 끼고 더 산 속에 있어, 한적한 폭으로는 큰절에 비길 바가 아니었다. 더욱 늙은 보살이 암자를 지키고 있었음으로, 오히려 편리로운 점이 많았다.

저녁상을 받고 앉어서 두 사람은 약속이나 한 것처럼 옆에 원이 없는 것을 느꼈다.

「큰절보다 저녁이 일르지?」 철재가 먼저 아른 척을 하니까,

「원인 저녁을 먹나?」

하고, 오빠가 말을 받어서, 두 사람은 멋없이 우섰다.

이때 간둥 간둥 층게를 밟으며, 원이 드러섰다.

「호랭이도 제 말하면 온다드니……」

오빠가 제법 반가히 맞이려니까, 원이는 이 말엔 별 대척도 없이, 방금 큰절에는 사람이 어떻게 많이 왔는지 물끌뜻 설레인다고 하면서,

「사흘동안이나 게속한대—」

하고, 말을 했다.

과연 원의 말마스다나, 그 후 큰절에 재는 굉장한 것이었다.

재가 끝나는 날 밤 원이는 일즉부터 오빠를 찾어와 구경을 가자고 졸랐다. 밤중에 바라를 치고, 늙은 중이 념불을 외우고, 또 옆에 죽은 이의 아름다운 안해가 죽은 이로 더부러 슬피 우는 모양은 어째 신비하기까지 하다고 하면서, 작구 떼를 쓰는 통에 석히는

「그래 영혼이 뵈이듸?」

하고, 누이를 따라 이러섰다.

두 남매가 죽림을 끼고 좁은 길을 지나려구 했을 때다.

어린 중이 웬 청년을 대리고 이리로 오다가,

「손님 오셨삽내다—」

하고, 앞으로 달려왔다.

그는 얼른 생각해서 자기를 찾어 올 사람이 없었을 뿐 아니라, 발서 어둠이 짙고 또 오래 보지 못한 벗이라, 종내 태식인 것을 알어보지 못한 채, 오는 사람을 보고 있었다. 이때, 청년은 그의 앞을 닥어서며

「날세—얼마나 고생을 했었나?」

하고, 손을 잡었다. 석히는 그제사

「아—자네든가? 난 누구라구—」

하면서, 거듭 반가워하였다.

태식이는 그가 동경에서 사긘 친구다. 얼핏 보아 그 성격이나 취미가 정반대인 편이었으나, 어쩐지 두 사람은 친한 폭이었다. 석히가 주변이 없고 비교적 내성적이어서 좀 침울한 성격이라면, 태식이는 이따금 웅변이요 개방적이어서 화려한데 속하였고, 강한 자기 주장이 있으면서도 표현에 있어 그리 강경하지 못한데 비해서도 반대일 뿐 아니라, 심지어 말소리가 번화하고 취하면 놀기를 좋아하는 것까지 서로 맞지 않었으나, 석히에게 침울

한 일면 어데지 화려한 곳이 있었고 또 태식이에게도 어데이고 석히의 일면이 있은 것처럼 두 사람은 이를테면 서로 반대되는 곳에 이상한 애착이 있었는지도 모른다.

아무튼 오래간만에 만난 그리든 친구라, 이야기가 그리 간단할 수 없었다. 석히는 처음, 도로 암자로 갈까 생각하였으나, 태식이와 철재는 면식이 없을 뿐 아니라 모르는 사람 앞에서 수작을 하고 또 모르는 사람의 수작을 보고 할, 어색한 분위기를 두 벗을 위해 피하고 싶었든지, 그냥 큰절을 향하고 거렀다.

태식이는 일방 길을 걸으면서, 그가 나온 소식을 듯고 곳 집으로 찾어갔드란 이야기를 하면서,

「역시 동경 시절이 제일 좋았서… 그때 기억이 젤 남는 것을 보면―」
하고 우섰다.

절 문 가까이 이르자 등촉이 낮과 같이 밝었다. 석히도 따라 우스며, 자조 버의⁹ 얼골을 보았다. 오래간만이라, 처음은 잠간 눈설어 보였으나, 얼골이 홀―죽해 보이고 꺼―칠한 것이―어덴지 장년티가 나 보였다.

석히는 이 빛깔이 히고 끼끗하게 생긴 벗의 얼골이 지금도 보메 흡족한지,

「자네도 좀 여웟나?… 역시 그때가 좋았지?」
하고, 새ㅅ빠진 소리를 하면서, 마악 절문을 드러서려고 했을 때다.

뒤에서 원이 오빠를 불렀다.

그는 비로서 원이와 약속하고 나온 길임을 생각해 낸 듯이,

「어―ㅇ너?」
하고, 돌아다보았다, 그러드니 이번엔 청년을 향하여,

---

9 '벗의'의 오식.

「내 누일세—」

하면서,

「나와 친한 분이다—」

하고, 말을 했다.

　이날 밤 석히는 태식이와 큰절 원이 방에서 자고, 원이는 암자로 가 보살 노인과 함께 잤다.

　문득 요란한 바라소리가 뚝 끝인 법당으로부터, 외질로 찬찬한 념불소리가 호젓이 들려왔다. 석히는 밤이 이식해진 것을 깨다르며, 지금쯤 아무 영문모르고 자기를 기두르고 있을 철재를 생각하며, 이러섰다.

「자네 곤하지? 나 이뒤 암자에 잠간 단여 옴세—」

　석히가 말을 하니까, 암자에 누가 있느냐고, 태식이 무렀다. 그래서 어떻 알른[10] 친구와 같이 있노라고 대답을 했드니, 태식이는 별루 고개를 꺼떡이며,

「아—그런가? 어— o, 그래?」

하고, 그 말의 억양과는 달리, 아주 무심한 얼골로 대답을 했다.

　조금 후 석히는 죽림을 끼고 암자로 향해 거르면서,

　（그만 아까 이리로 올 것을…）

하는, 막연한 후회를 하였다.

　석히가 암자로 드러서니까, 이번엔 철재가 제법 어리둥절해서 이 편을 보았다. 그 얼골이 꼭 「대체 누가 왔길래 웨 이렇게 왔다 갔다 부산하냐?」는 것 같어서, 그는 모르는 결에 어색하게 우슴을 띈 채,

「나허구 친한 사람인데… 원이에게 얘기 들었지? 하도 오래간만이라 그

―――――――――

10 '어떤 알른'의 오식.

동안 얘기도 좀 하고, 그럴라니까, 이리로 오면 당신헌테 언짢을지도 모르고 해서……」

하고, 길다랗게 말을 느려놓았다.

얼마 후에, 그는 별 표정 없이 그저 좋도록 하라는 철재를 두고, 다시 큰절로 오면서, 한번 더

(그만 처음부터 저리로 갔으면 좋았을걸―)하는, 아까와 같은 막연한 후회를 하였다.

그랬는데 이번엔 그가 방엘 드러서자 댓듬,

「알른 사람이란 누군가?」

하고, 태식이 말을 건넜다. 이래서, 그는 되도록 간단하게, 그리고는 좋게스리 이야기를 하면서, 거게다 또 군덕지까지 붙쳐서,

「자네도 보면 곧 친해질 걸세―」

하고, 건너다보았다.

그러나, 이 말에는 별 대답이 없이,

「자네 매씨와 친한 분인가?」

하고, 태식이는 제 말을 계속하는 것이었다.

어듸로 어떻게 옮든지, 아무튼 석히는 철재와 같이 있어야 한다고 생각을 했으나, 그 후 큰절에 재도 끝나고, 방도 있고 했지만 어찌된 셈인지, 철재와 원이는 암자에 있게 되었고, 석히는 태식이와 큰절에 있게 되었다. 하긴 철재가 암자를 좋아했기 때문에, 구지 그가 철재와 같이 있을라면, 태식이도 암자로 오든지, 혹은 원이와 태식이가 큰절에 가 잇어야 할 판이었다. 하지만 그는 태식이를 대리고 암자로 오길 끄으릴 것보다도 더 원이를 큰절로 보내기 주저했기 때문에 그냥 그대로 눌러 있은 셈이었으나 그러나,

사정이야 어떻게 되었던, 그는 철재에게 때로 미안한 생각이 없지 않어서, 이래서 큰절에서는 잠만 잤을 뿐이지, 낮의 대부분은 암자에서 지나는 셈이었다.

물론 태식이도 석히를 따라 곳잘 암자에 왔고, 또 철재로서는 뭘 까다롭게 대하려구는 않었으나, 어쩐지 두 사람의 교우(交友)는 웬일인지 이곳에서 한거름 더 드러서지는 않었다.

이 날도 그는 암자에 갔다가 오정이 넘어서야 큰절로 도라왔다.

마츰 태식이가 있지 않음으로 방 한가운데 퇴침을 베고 누은 채 낮잠을 자볼까 생각을 하다가 방안이 이상하게 답답하고 무더운 것 같어서, 도로 밖으로 나와 은향나무께 앉어 바람을 쏘이고 있었다. 이때 저 아래서 태식이가 싱글벙글 우스며 올라왔다. 이지음 태식이는 그가 암자에 가 있는 동안 이렇게 절 근방을 곳잘 돌아 단이는 모양으로, 윗도리는 그냥 샤쓰 바람인데다 집행이까지 짚어서 젊고 건강한 모습이 더한층 눈에 띄었다. 태식이는,

「뭘 그렇게 정신을 놓고 않어 있나[11]?」

하고, 가까이 오면서,

「혼자 어데를 단이나?」

하는 그의 말엔 별 대답이 없이, 저—편 내ㅅ가에 원이와 철재가 있드란 말을 전하면서

「집행이가 아니면 연성 쓰러질 것 같어서 옆에 서 있는 정원씨가 다소 가여웠지만, 먼데서 보기엔 제법 성한 사람 같으데」하고, 말을 하면서 우섰다.

석히는 약간 조소적인 벗의 말과 태도가 뭔지 몹시 싫었으나 이것보다도 이젠 철재가 거러단일 수 있다는 것이 반가웠을 뿐 안이라, —연성 쓰러질

---

11 원문대로.

것 같다―는 말에 어쩐지 고소가 나기도 해서 그대로 따라 우스며 두 사람은 큰절로 도라왔다.

　얼마 후, 마악 겸심상을 물리려는데,

「오빠 좀 오래―」

하고, 원이 드러왔다.

　그는 철재가 물가에서 자기를 부르는 것을 짐작하면서, 이러나 밖으로 나오니까,

「나도 곧 감세―」

하고, 태식이가 말을 했다.

　그러나 절 문 밖 우물 께를 돌아 나오면서 여러 번 뒤를 돌아다보았으나, 태식이는 그만두고라도, 웬일로 원이까지 나오는 기척이 좀체 보이지 않었다.

　석히는 나온 지 한참 만에서야, 원이와 태식이 내ㅅ가로 나왔다. 그런데 하나 이상한 것은, 가령 태식이와 철재 이 두 사람의 사이는 이렇게 직접 서로들 맞나면 제법 좋은 얼골들이어서 태식이도 비교적 무관하게 이야길 하고 또 이따금 노래도 부르고 했거니와, 철재도 그저 하는대로 보고 있어, 웃고 즐기고 하는데, 그런데 원이와 태식이 사이는 이것과는 훨신 달렀다. 석히가 볼 때 두 사람은 결코 싫은 사이가 아닌 것 같음에도 불고하고 기실 서로들 대할라치면 이상하게 태식이는 태식이대로 뻣뻣하고, 원이는 원이대로 팩팩했다.

　지금도 이 두 사람은 뭘 다투기나 한 사람들처럼, 태식이는 별라게―흥! 하는 얼골이고, 또 원이는 원이대로 뭔지―되잖다!는 표정이다.

　두 사람이 가까이 오자 석히는 짐줏 화한 목소리로,

「이리 와 자네 그 "먼―싼따루치아"나 좀 듯세 그려―」

하고 우서 보였다.

「노래는 무슨 노래를—」

이렇게 태식이도 따라 우스며, 뭐가 열적은 것처럼 우물 쭈물 옆으로 와 앉았으나, 그렇다고 뭘 구태여 사양하려는 눈치도 아니었다.

본시 노래란 장소에 따라선 웬만치만 불러도 즐거워지는 모양인지, 노래가 끝났을 땐 석히도 철재도 다만 격찬했을 뿐인데, 따로 원이만이 배식이 앉은 채 잠잦고 있었다.

석히는 남의 앞에 이처럼 반짓바른 누의[12] 태도를 이제 처음 보는 것처럼 잠깐 아연하였으나, 그러나 태식이는 짐짓 피식이 우슬 뿐,

「얼마 안가 내 생일인데—」

하고, 화제를 돌였다. 그리고는 그날 단단한 턱을 받어야 하겠다는 석히 말에,

「암 턱이 있어야지—」

하고 대답하면서, 다시 농쪼로 우섰다.

태식이는 큰절로 가고, 석히는 철재를 대리고 원이와 함께 암자로 왔다.

먼저 철재를 눕게 한 후 한동안 방 가운데 우두머니 앉어 있었으나, 냇ㅅ가에서 서늘하게 있다 온 까닭인지 방안이 더 무더울 뿐 아니라, 아직 저녁때도 엇빠르고 해서 원이를 대리고 다시 물가로 나왔다. 그러나 따지고 보면 일부러 나온 셈이기도 해서, 그는 아래로 제법 큰 여울물이 돌아 내려가는 넓다란 반석 우에 가 앉기가 바뿌게,

「너 웨 태식이 앞에서 그런 태도 취하니?」

하고 누이를 바라보았다.

원이는 뭔지 —난 모른다는— 태도로

---

12 '누이의'의 탈자.

「그럼 어떻거라고?」

하면서 뎁더 건너다보았다.

「어떻거다니?」

「─그 사람 이상한 사람이예요─」

「이상한 사람이라니?」

「.........」

「뭐가?」

「아무튼 싫은 사람이예요─」

그는 기가 맥혔다.

조금 후 오빠는 되도록 느릿 느릿 말을 시작하였다.

「가사 그 사람이 이상한 사람이건 싫은 사람이건, 네가 그 사람으로 해서 이상한 사람이 될 필요는 없지 안니?」

원이는 여전 같은 태도로, 그러나 약간─내가 뭐가?─라는 듯이, 오빠를 보았다.

「보니까 요지음 너 이상하든데. 있지 웨, 네가 싫어하는 여자. 난 이따금 네게서 이런 여자가 발견될 때 참 섭섭하더라─」

그는 여전 속삭이듯 가만 가만이 말을 했다.

원이는 역시 잠잫고 있었다.

「너 집에 가고 싶니?」

원이는 가고 싶다고 대답했다.

「웨 가고 싶니?」

「.........」

「그럼 내일이라도 가게 할까?」

「싫어요─」

두 남매는 다시 말이 없었다. 그러나 석히는 이 가기 싫다는 이유 속에는 자기도 철재도 들어 있지 않다는 것을 잘 알았다. 분명히 태식이라는 횡폭한 청년(원이는 이렇게 느끼는 것이었다) 앞에 도망하기 싫다는, 지기 싫다는 꽤 강경한 고집인 것을 그는 곧 알았다.

—쟁평한 여울물 위로 알록알록한 산새 한 마리가 나지막히 날러갔다.

「어떠한 경우에라도 "내" 마음에 무리가 있어서는 못 좋다고 생각는데……가령 무리란 원체가 어떤 약점 우에 서는 것이기 때문에 말이다—」

그는—네가 태식이라는 청년을 싫어하는 게 아니라 오히려 좋아하지 않느냐?—는 물음을 이렇게 원방으로 돌려 구구한 형태로 물어보면서, 누이의 기색을 살피었다.

원이는 여전 잠잫고 있었으나 인차 제법 으젓한 태도로 말을 받었다.

「오빠 말대로 그러한 마음의 무리가 있어 좋다는 게 아니라, 내 말은 단지 옳지는 않으나 있을 수 있단 것뿐예요—」

그러나, 그는 이 순간 누이의 얼골에서 이상하게 노한 표정을 보았기에 얼른 말을 계속하지 않었다.

조금 후 두 남매는 산기슭에 미끄러지듯 쩨레렁—하고, 멀어지는 저녁 종소리를 들으며, 물가에서 절로 들어오려면, 도토리 나무가 성히 서 있는 적은 길로 걷고 있었다.

「이제 막 네가 옳치는 않으나, 있을 수는 있단 말을 했는데, 가령 그렇게 된다면 그 마음의 곤욕을 어떻게 격나? 그리고 또 몹시 골란하다는 것은 몹시 괴롭다는 말도 될 수 있어서, 이 괴로움이란 정도를 넘으면 되돌처 반항으로 변하기도 쉬운데, 그러나 이러한 종류의 반항이란 항시 밝은 사람의 것은 아닐 거다—」

그는 여전히—네가 무엇이고 실수할까 무섭다—는 말을 이렇게 장황한

말로다 조심 조심 건너는데도 누이는 그의 말이 떠러지자, 거반 신경질적으로,

「밝음으로 해서 사람의 어려운 경우를 완전히 피할 수가 있다면, 세상엔 "불행"이나 "고통"이란 말들이 소용없게…?」

하고 역정을 내였다. 그는 속으로—앗차! 하였다. 분명히 이 말은 어떤 반항의 태세임에 틀림이 없었다.

「네 말대로 한다면, 돌뿌리를 밟은 사람은 다 넘어저야 한다는 격인데, 이렇구서야 어데 세상에 장한 것이나, 귀한 것이 있겠니? 그리고 "인생"이란 네 말과는 반대되는 의미에서 좀 더 엄숙한 것일지도 모른다—」

오라버니도 여기엔 잠깐 어성을 높였다.

다음 순간 잠잫고 있는 누이를 발견하자 그는 이상하게 언짢은 생각이 들었다. 지금까지의 그 천진하든 원이는 어데를 가고, 극히 침울한, 어데까지 무표정한 얼골 전체가 무슨 크다란 질곡을 격는 것처럼 차웠다.

(역시 원이는 현대(現代)에 살고 있는 거다!)

그는 드되어 마음속으로 중얼거렸다. 거진 길이 암자와 큰절로 난호일 무렵해서, 원이 말을 건넜다.

「내가 말한 것은 단지 그렇게 말할 수도 있다는 것뿐이고, 또 나보구 요즘 이상해졌다지만, 난 어쩐지 그분이 좋지가 않어서, 그렇게 빗는지도 모른다우—」하면서,

「퍽 좋은 분이래도 사람에 따러선 흔히 싫어하는 수도 있잖우, 웨—」

하고는 우정 우서 보이기까지 하였다.

그는 누이가 지금 자기 앞에서 조금도 정직하지 못한 것을 알었으나 잠잫고 누이를 따라 그저 우서 주었다.

더위의 한 고비를 넘어들면서부터 산간에는 비가 잦았다.

석히는 근자에 들어 비교적 혼자인 시간을 갖고 싶어하였다. 물론 이렇다고 해서 갑작이 철재에게 대한 성의가 줄어진 것도, 또 뭘 태식이에게 떠비한 정을 느낀 것도 아니었으나, 말하자면 철재가 점점 나어 감을 다라, 「남」을 위해 열중해 보려는 마음의 긴장이 푸러진 소치인지도, 혹은 철재의 병으로 하여 이루워졌든 어떤 공동한 생활 분위기로부터 이젠 각기 자기 처소로 돌아가야 할 때가 왔기 때문인지도 몰랐다. 그러나 불행히도 이 두 사람의 "자기 처소"란 햇빛 하나 드리우지 않는 몹시 어둡고 서글픈 곳이었든지, 이렇게 혼자인 시간을 갖고 싶어 한 이후부터, 두 사람의 얼골은 날로 우울해 갔다.

단지 태식이만은, 좀 더 보람있는 인생사리를 해 보려는 심산이었으나, 어쩐지 그의 눈엔 다 하나같이 너절하게만 보였다.

석히는 종일 책에 몰두할 때도 있었다. 그러나 결국 허무하기 짝이 없었다. 이러할 때마다, 그는 무엇이고 "산 문제"에 한번 부딪처 보구 싶은―이렇게 하기 위해선 살인이라도 감당할 것 같은―고약한, 그러나 이상한 저력으로 육박해 오는 야릇한 "의욕" 때문에 머리ㅅ속은 다시금 설레기 시작하였다.

이날 밤도 그는 혼자이고 싶었다. 옆에 태식이가 귀치 않다기보다도 무어라고 말이 있을 것이 주체스러워서 눈을 감고 돌아누은 채, 아츰나절 철재와의 얘기를 들쳐 보고 있었다. ―별루 마음이 내키지도 않는 것을, 어제ㅅ저녁 들르지 않은 것이 꺼름직 해서, 그는 일직암치 암자로 갔었다. 식전까지도 보슬비가 나리는 날시라 여전 골작엔 뽀얀 구름이 아득히 서려 있었지만, 오랫동안 비에 가쳤든 마음이 울적하다는 것처럼, 철재는 혼자 뜰에 나와 축대에 심어진 초화들을 무심히 보고 있었다.

「뭘 그렇게 보고 있오?」

철재는 대답 대신 우섰다.

자리를 나란히 한 후 한참만에,

「가을엔 우리 막우 돌아단입시다—」

석히가 건넨 말이다.

철재는 그저 시무룩이 우슬 뿐 잠잫고 있드니

「밖앝엔 다녀 뭘하겠오」

하고, 여전 시무룩이 우스며 건너다봤다.

「하긴 그래—」

그도 우정 농쪼로 따라 우섰으나 결코 농이 아닌 것은 두 사람의 맥없이 어두어지는 마음이었다.

이야기는 단지 이것 뿐이었으나 돌아올 때 그는 철재도 자기처럼 가슴 속 어느 한 곳에 무엇으로도 메꿀 수 없는 크다란 구멍이 하나 뚜려저 있는 것이라고 생각하였다.

—얼마를 이렇구 있는데, 건너편에 앉어서 제법 머리를 동이고 뭘 쓰고 있던 태식이가

「자나?」

하고, 별안간 말을 건넜다.

석히는 대답 대신 이편으로 몸을 돌렸다.

「자네 언제까지 여게 있으려나?」

「글세 가을까지나 있어 볼까—」

석히는 웨 뭇느냐는 듯이 건너다보며,

「웬만하면 한 십 년 있어도 좋고……」

이러한 실없은 대답을 하며 옆에 있는 담배를 집어 불을 뎅겼다.

「자네 몸이 약해진 까닭도 있겠지만 아무튼 전보다는 많이 달러졌서—」

「뭘 보니까?」

「아무렇기로 자네가 산 속에서 십 년을 살아서야 어데 쓰겠나—」

「쓰다니 어데다 써?」

「그럼 못쓰야 허나?」

그도 태식이를 따라 웃고 말었으나, 태식이는 곧 다시 말을 이었다.

「아무튼 나는 곧 서울로 가기 작정했네. 그래서 한번 세상과 싸흠을 해 볼 작정일세—」

「돈을 한번 뭉아 보겠단 말이지?」

「마젔네. 위선 내가 먼저 살어야 한다고 생각했네.」

「타락할걸세. 관두게나—」

「아니야, 자신이 있어—」

「자네 어리석어이.」

「내가 우물이란 말이지?—」

태식이는 담배를 집어 불을 뎅구면서,

「그럼 자네는 뭐겠는가?」

하고, 건너다보았다.

「나? 난 "악한"이구……」

태식이는 거진 폭발적으로 우슴을 터티렸다.

조금 후 석히는, 결국 자유를 위한 용기가 아니거던 치우치지 말 것을 역설하였으나, 태식이는 좀체 숙으러지지 않었다. 심해서는 석히의 이야기를 허영이요, 도피요, 자기 못난 것에 대한 합리화라고까지 말을 했다.

야심한 후에도 석히는 쉽사리 잠을 일우지 못하였다. 자기의 이러한 마음의 상태가 태식이 말대로 단순한 건강의 소치라면 또 모르겠는데, 만일 그렇지 않은 것이라면 두 사람의 생각은 너무도 거리가 먼 것이었다. 가령 옳든 글르든, 한 사람은 정열과 희망을 갖이려는 대신, 같은 시간과 같은 하늘 아래 살면서 오히려 따로 절망하는 마음이 있다면, 이것은 어찌할 수 없는 하나의 두려운 사실이었다.

지루하든 장마도 끝이고, 어느듯 칠석도 지나갔다.

석히는 태식이 생일날 몇 잔 마신 술의 여독으로 이튿날 왼종일 누어 있었다. 허긴 몇 잔이라고 하지만 기실 톡톡히 취했든 것이, 처음 생일 턱을 시작기는 암자에서였는데 또 이 날 따라 맥주가 웨그리 독했든지, 채 서너 병도 못 가서 그는 부산을 피었다. 결국 자기 손으로 철재를 높게 한 후,

「당신은 자야지. 자야 허니까……」

하고는, 자라고 주지박질을 한 후 술병을 처안고 큰절로 와, 자정이 넘도록 남은 술을 다 치운 폭이 되고 보니, 몇 잔이란 도무지 당치않은 말인지도 모른다.

그날 밤 물론 철재도 석히의 주정을 즐겨 받었을 뿐 아니라, 취한 사람들을 염녀하여 원이를 보내기까지 하였다. 그러나 석히는 웬일인지 종일 암자가 궁금했다. 공연히─철재가 뭘 불쾌하지나 않었나─하는, 이러한 생각으로 해서

(저녁엔 가 보리라─) 했든 것인데, 막상 저녁을 먹고 보니 다시 몸이 푸러지고 작구 눈이 감기려구 해서, 그는 끝내 자리에 눕고 말었다.

얼마 후에 그는 심한 갈증으로 해 눈을 떴다. 마츰 태식이가 있지 않음으로 아이 중을 불러 냉수를 떠오라고, 마신 후 멍뚱이 천장을 향한 채, 조금 전 잠결엔지 꿈결엔지 원이 온 것도 같어서, 그것을 더듬고 있는데, 문듯 어제 술을 먹든 장면이 기억났다. ─정말 눈앞이 아리송송할 무렵, 원이

드러오든 일, 무슨 생각으로인지 원이 보고 가라고 별미적게 소리를 질렀을 때 태식이가 원이를 잡어 앉히든 일, 태식이가 원에게 술을 권하든 일, 원이 노하든 일, 두서없이 낱아났다. 그런데 이제 석히로서 두 사람의 말의 내용을 가려낼 수는 없다 치드라도, 아무튼 태식이의 그 한껏 순조롭지 못한, 무례한 거동만은 역녁히 알 수가 있었다—.

석히는 다시 눈을 감었으나, 잠이 올 것 같지도 또 그냥 누어 있기도 거반 실증이 나서 끝내 이러나 밖으로 나왔다.

아직 초저녁인지 밖앝엔 두련두련 사람들이 서성대고 있었다.

그는 대밭을 끼고 올러가면서 핏독

(태식이가 암자에 있나?)

하는 생각과 함께, 이상한 불안을 느끼며, 거름을 빨리했다.

그러나 역시 태식이는 암자에 있지 않었다.

석히가 방으로 들어가니 죄꼬만한 가위로다 뭘 졺이고 있든 철재가 아주 반가워하였다.

「그양 누어 있이우—」[13]

했드니,

「난 괜찮오. 당신 누우—」

해서, 둘이는 우섯다.

조금 후 철재가, —원이는 뭘 하느냐—고 물어서 —큰절에 있노라— 대답한 후,

「그런데 태식이 여기 오지 않었오?」

하고, 도로 물으면서 다음 순간 그는 이 히한한 거짓말에 스스로 실소하지

---

13 원문대로.

지하련 전집

않을 수가 없었다.

「꽤 오래 전에 혼자 나간 모양인데 어델 갔을까? 또 전 모주가 되어 넘어지지나 않었나?」

—이리되면, 거짓말은 여반장이었다.

「나 저 아래 주막에 가 보고 오리다—」

석히는 곳 밖으로 나왔다.

초여드래 달이 제법 달밤의 모습을 가추고 근역을 빛이었다.

그는 가르마ㅅ살 같은 도토리밭 길로 무턱대고 두 사람을 찾어 나온 셈이나, 문듯 자기의 이 착하지도 악하지도 않은— 단지 어릿광대 같은 모양을 누가 옆에서 본다면 얼마나 우수울가 하는 생각과 함께, 가사 이제 두 사람이 자기의 예감한바 그대로라 한대도

(대체 뭘 하려 누구를 찾어 가느냐?)

는, 생각에 부딪자, 그는 끝내 가든 거름을 멈추고 고개를 들었다.

바로 이 때였다—일전 자기와 누이가 앉어 있든 반석 우에 역시 두 사람이 앉어 있었다.

비교적 가까이 앉어 있었으나, 별로 무슨 이야기를 하는 것 같지는 않었다.

그는 도토리 나무에 기대어 선 채, 종시 자기태도를 망사리고 있었다. 하긴 그냥 털고 들어서서 —무슨 이야기들이냐?—고 한다면, 또 그것으로 그뿐일지도 모르고, 혹은 두 사람의 자유로운 의사로서의 처결을 꼭 바라고 싶은 욕심이라면, 그대로 버려 두고 돌아와도 좋을 것을 그가 여전 뭘 결단하지 못하고 주저했을 때, 잠잫고 앉어 있든 태식이가 말을 건녔다.

「그건 결국 내가 정원씨 앞에서 무례하게 구렀다는 말인데, 글세 올시다 어떻게 예의를 지켜야 하는 것인지, 나는 잘 알 수가 없었든 모양입니다—」

다분이 조소적인 말이었으나, 극히 얕은 침착한 음성이었다.

「아무튼 나로서도 말을 헐라면 할 말이 있는 게, 정원씨는 처음부터 나를 싫어했을 뿐 아니라, 나도 아여 좋게 생각하리라고 믿지 않았기에, 가령 내게 대한 당신의 친절한 태도에서도 나는 우롱을 느껴왔든 것입니다—」

말을 마치자 태식이는 정면으로 원이를 보았다. 그러나 이 말엔 원이도 가만있지 않았다.

「우롱을 당한 사람은 나예요—」

역시 낮은 음성이었으나 싸늘했다.

「혹 내 성격에 약점이 그렇게 보였는지는 모르겠으나, 난 꿈에도 정원씨를 농락했다고는 생각지 않습니다」

두 사람은 잠깐 말이 없었으나, 원이는 끝내,

「……제가 태식씨 앞에 겁을 먹고 도망을 가든지, 혹은 전연 분별을 않게 되었드라면 통쾌하실 것을, 결국 그렇지 않은 것이 괫심하단 말슴이겠는데, 허지만 저는 조금도 무섭지가 않았읍니다—」

하고, 꽤 차근차근 말하면서 이러났다.

청년은 뭘 더 말하려구 들지는 않았다. 그러나 다음 순간, 극히 맹열한 형세로 원의 어깨를 안았다. 결코 애정의 표시가 아닌 더 많이 미움에 가까운 심히 조폭한 그 고집을 원이 페밭듯 뿌리쳤을 때, 석히는 방금 청년이 녀자에게 따귀를 맞인 것이라고 착각하며 망연히 서 있었다.

곧 원이는 이편으로 오고, 조금 후엔 청년도 웃길로 해서 큰절을 향하고 천천히 거러갔다.

석히는 원이 암자로 가자면 자기가 서 있는 길목을 지나갈 것을 알었으나, 여전 도토리나무에 기대선 채 움직이지 않았다. 또한 원이 역시 그가 서 있는 것을 모를 리 없을 것인데 구지 옆을 도라볼 배도 거름을 멈출 배도 없었다.

석히는 누이의 뒤를 따라 서서히 발길을 옮겼다.

문득 눈앞에 원의 얼골이 떠올랐다. 역시 간얇흐고 맑은, 서먹 서먹 사람을 대하는 눈을 갖인 얼골이다. 그러나 다음 순간, 얼마나 고약한 또 하나의 모습인가? ―인색하다기보다는 훨신 탐욕적인 그 용모는 아모리 보아도 숭없었다.

그는 끝내 얼골을 찡기고 돌아섰다.

그는[14] 사오 일 동안 석히는 누이와 별루 말이 없이 지났다.

뭐라고 구지 건닐 말도 없었거니와, 또 원이, 방에만 꼭 들어 있어 잘 나오지 않았기에, 더욱 말이 있을 수 없었는지도 모른다.

이 밖에 철재는 철재대로 통이 이런데는 둔해 보였고, 태식이도 뭘 내색하지 않았음으로, 네 사람에 절간 생활은 겉으로 보기엔 전과 그리 다를 게 없었다.

어느 날 오후였다. 태식이도 낮잠을 자고, 또 별로 암자엘 가고싶은 생각도 없어서, 그는 혼자 샘 가엘 나와 세수를 한 후, 뭘 질정한 것도 없이 아래를 향하고 걷고 있었다. 이때 문득 바른편으로 잡초를 갈르고 빤―히 뚜러진 적은 길이 보였다.

길이 뚜러저 딴 곳으로 연한 데가 없는 것을 보아서도, 이 으젓한 반석이 놓여 있는 늙은 홰나무 밑이 이 절에서는 꽤 한 목을 보는 모양이었으나, 석히는 이 절로 오던 첫날 아츰 우연이 이 곳을 드러와 보았을 뿐, 그 후 한 번도 이 길을 걸어 보지는 않았다.

---

14 '그 후'의 오식.

그는 홰나무 밑까지 와서 거름을 멈추었다. 그리고는 좌우에 밀집한 나무들과 무성한 잡초들을 언제까지나 보고 있었다. 얼마를 이러구 있었든지, 뒤에서 누군지 이리로 오는 기척에, 그는 비로소 머리를 돌렸다. ─오든 사람은 원이었다. 언제 그의 옆으로 왔든지 바로 뒤에서 서먹서먹 오라버니를 건너다보고 있었다.

「오빠!」

석히는 반석 우에 걸터앉으며 여전 잠잫고 있었으나, 그가 대단히 좋아할 누이의 이러한 눈을 이제 그로서 어떻게 대해야 할지, 딱이 엄두가 나지 않았다기보다도, 한편 이상하게 페로운 남어지 그는 얄궂은 역정이 나기도 해서,

「왜? 웨 그래?」

하고, 약간 거치런 대답을 했다.

「나 집에 갈래요─」

「왜?」

「………」

「안 가겠다드니 웨?」

그는 다소 어성을 높였다.

「이젠 갈래요─」

「……이젠?」

그는 누이를 한순간 정면으로 바라보았으나 그러나 드듸어 잠잫고 말었다. 원이 수일 래로 드러나게 파리해진 얼골이라든가, 더 상글하니 까풀이 진 눈이라든가, 까시시 마른 입술이 이상하게 언짢은 마음을 가저왔다기보다도 그는 갑작이, 뭐가 몹시 귀찮어저서, 끝내 더 말 할 흥미를 잃고 이러났다.

—바로 이 때였다— 별안간 건너 숲에서 요란한 쟁투가 이러났다.

수풀 속이라 잘 분간할 수는 없었으나, 무엇인지 쫓고 쫓기우는 기세만은 분녕했음으로 두 사람은 모르는 사이에 그 곳을 향하고 긴장했다.

이윽고 한 놈이 오색 빛깔로 찰란히 긴을 치며 쫓기든 놈을 박차고 호기있게 날렀다— 장끼었다.[15]

그러나 남은 한 놈은 아무리 기다려도 다시 수풀에서 나오지는 않았다. —정말 어데가 그대로 죽은 것처럼 영 기척이 없었다…….

「언제 가니?」

「………」

「내일 가거라—」

조금 후에 두 남매는 각각 헤어졌다.

석히가 우물 앞까지 왔을 때, 문듯 절 종이 울려왔다. 늘 들어오든 종소리에서 그는 새삼스럽게 싫은 음향을 가려내며 잠잫고 걸었으나 그러나 점점 멀어질스록 그것은 기맥히게 싫은 소리였다.

웅얼 웅얼, 허공에서 몸부림치다가, 어느 먼 산기슭에 머처지는 육중한 음향은 마치 대맹(大蟒)이 신음하듯, 어둡고 초조한 그런 것이었다.

순간 그는 마음속으로 당황히 손을 저어 철재를, 혹은 태식이를, 그외 누구누구 황망히 찾어보았으나, 그러나 아무도 —내로라! 대답하는 힘찬 손길은 있지 않었다.

점점 눈앞엔 어둠이 몰리고, 산이 첩첩하여 오로지 절벽이 천지를 닫은 것만 같었다.

(創作集, 『도정』1948, 白楊堂)

---

15 원문대로.

양(羊)

　노가리로 있는 국화를 분오로[1] 옮겨 심다 말고 성재(聖在)는 방으로 드러왔다. 오래 햇볕을 받고 있은 때문인지, 별랗게 방안이 어둡고 또 변으로 조용하기까지해서 한동안 눈앞이 아리송송하고, 귓속이 왱—하니 울린다.

　퇴침을 집어 들고 되도록 구석지로 가서 벽을 향하고 드러누은 것은, 이러한 때 빛이란 어둠보다도 더 어둡기 때문이다. 그는 두통이 나는 것도 같고 조름이 오는 것 같기도 해서 일부러 눈을 감았으나 그러나 쉽사리 잠이 오는 게 아니다. 먼저 머리에 떠오르는 생각은 요 몇칠 래로 바짝 더 번거럽게 구는 정래(晶來)와의 교우관게다. 허기야 가족들의 심한 반대에도 불구하고 끝내 정래와 손을 맞잡고 수무ㅅ골 산비탈로 올러와 김생과 화초를 키우고 살어보기로 작정한 것만 보드래도 두 사람이 얼마나 가깝고 친하단 것을 알기는 그닥 어렵지가 않다. 그러나 친하면 그저 친했지 뭘 이대도록 번거러워하고 피로워하는 것인지 단지 알 수 없는 것은 이 점이다. 이래서 그는 이따금—뭐고 꼭 틀린 게 있을 거라고……그 올개미를 잡고 풀지 않

1　'분으로'의 오식.

고는 백 년을 사귀ㄴ대도 헛것이이고[2] 또 단, 하로를 마음을 놓을 수가 없을 게라고—생각지 않은 바도 아니었으나, 첫재 어느 모를 뚜르고 헤처야 그 올개미가 나올른지 그에겐 종시 엄두가 나지 않았을 뿐 아니라 또 이렇게 닥어서 생각을 정하려 들면은 이번엔 어쩐지 모든 게 한껏 부피고 귀찮게 느껴지는 생각이 먼저 용기를 빼서 가기도 해서 이래서 결국 그양 저양 오늘까지 미러 온 셈이다.

원악 구석지에 머리를 박고 드르누은 때문인지 모기 한 마리가 제법 풍경을 잽히고 볼따귀에 내려앉는다. 그는 모르는 결에 철석 뺨을 한번 갈기고 눈을 떴다. 빠굼이 손바닥을 디려다보니 그놈의 형체는 거의 간 곳이 없고 오디빛이 나는 피만 한 덩이 나딩군다. 그는 무슨 더러운 것이나 씻어버리듯 그것을 진흙이 더덕더덕 묻은 바지에다 썩썩 문질러 버린 후 다시 손을 겨드랑에 꽂았다. 아까와는 달러 방안이 무척 밝다. 밝아도 이만 저만 밝은 게 아니라 아주 소란하고 허술해서 어디 붙일 곳이 없도록 밝다. 그는 몸을 좀더 오구려 바싹 벽에 닥아 누으며 다시 눈을 감었다. 그리고는

(무엇이 틀렸든, 뭐가 얼켰든, 아무튼 그 올개미를 잡고 좌우간 해결을 지어야지)

하는, 이러한 생각을 오래도록 되푸리하고 있었다.

얼마를 이러구 있었든지 문 듯 아래ㅅ축사에 있는 양을 무엇이 물어놓은 바람에 그는 새로이 정신이 번쩍 났다. 자세히 보니 애목을[3] 아주 구멍이 빵—뚜러지도록 물어 놓은 것이다. 그 옆에 정래가 덤덤이 앉었다가 이러나며

2　'헛것이고'의 오식.

3　원문대로.

「필시 범이 문거요. 아니고야 요충 애목을 요 모양으로 작살 낼 놈이 어디 있겠오.」

한다. 하도 억색해서 한동안 그대로 서서 보구 있노라니, 그놈이 평소에도 유독 빛깔이 히고 키가 성큼하니 커서, 그저 어리석어만 뵈이든 놈이 덜컥 애목을 물리고 휘둘려 놓았으니 이젠 아주 정신머리 다 빠진 놈처럼 눈을 번—이 뜬 채 피만 퍽퍽 쏟고 있다. 시가지에 내려가 의사를 데리고 온대도 두 시간은 걸릴 것, 이놈이 그 때까지 지탱하리라고는 명을 하늘에 매었대도 바랄 수 없는 일, 성재는 그만 가슴이 메이도록 애연하고 기가 찬다.

「천치 같은 놈이, 그래 백주에 끽소리 한마듸 못지르고……」 그는 양의 잔등에 덥석 손을 언진 채 어찌할 바를 몰랐다. 기왕 죽을 테면 얼마나 아푼지 소리나 좀 질렀으면 차차리 시원할 것 같다.

마츰내 그는 애꾸지 그놈을 잡아 흔들며 뭐라고 소래껏 고함을 치다가 그만 잠을 깨었다—.

눈을 떠, 멍—하니 천정을 향한 채, 그는 거듭 신기하다. 꿈은 분명히 꿈인데 아무렇기로니 세상에 이처럼 시원하고 다행한 일이 있을 수가 없다. 방금 그 끔직하든 사실이 단박에 이처럼 무사할 수가 있다니, 참 용케도 된 노릇이다. 허나 다음 순간 그는 맥없이 느껴지는 그놈에 대한 불안한 생각 때문에 끝내 이러나 밖으로 나오고 말았다. 좌우로 떼짱이 깔리고 고넘으로 백합 스이스도삐 아네모네 이러한 초화들이 하늘거리는 가르마ㅅ살 같은 마당길이 대낮을 받어 조으는 듯 고요하다. 문턱에서 졸고 있는 수탉이 깃을 치고 이러나는 바람에 그는 맥없이 놀라며, 온실 앞까지 나오려니까 조금 전에 옮겨 심어 놓은 국화분에 볓이 쨍이 드러있다. 그는 속으로—(김군이 어디를 갔기에 저것을 그대로 두었을까)—하는, 이러한 생각을 하며 그것을 그늘 밑으로 드려다 놓은 후 마악 축대를 밟으려는 참인데, 핏득 옆으로 나무의 순을 잘르다 말고 나지막식한 향나무 그늘을 시렁 삼아 앙천(仰天)하고 잠을 자는 정래가 눈에 띄인다. 이래서, (역시 정래도 피곤했든 게라)—고 문듯 실소하려는 그의 눈에 이번엔 실로 고독하고 고집스런 또 하나의 모습이 커다랗게 나타난다.

마츰내 그는 이 잠자는 벗의 얼굴로부터 야릇한 압박과 불안을 느끼며 급히 충대를 밟기 시작했다.

늘 외로이 축사를 직히고 있는 젊은 양은 주인을 보자 짐짓 외면을 하며, 애물 애물 풀을 색이고 있다. 역시 아무 일도 없었든 거다. 그는 잠잫고 가까이 가 앞에 그득히 놓인 크로바를—그 중에서도 제일 난들 난들하고 맛있어 보이는 대목을 골라 가만이 입가에 대어 주었다. 그리고는 싱겁게 볼기를 한 번 툭툭 쳐 주고는 물러선다. 헌데, 이놈은 무슨 버릇인지 멀리서 보면—가령 모종밭에서 칫처다 볼 때라든가 저편 밭뚝에서 건너다 볼 때라든가—이러한 때는 곳잘 저도 제법 귀ㅅ전을 치며 마조 보아주면서, 이렇게 가까이 와 되려다만 볼 양이면, 영무가내로 외면이다. (무슨 까닭일까?)—그는 한 손을 호주머니에 꽂고, 어정어정 우에ㅅ축사로 가면서도 여전히 알 수가 없다. 그러나, 그가 우에ㅅ축사로 와서 웅기중기 설레고 있는, 숫한 면양들을 되려다보고 있었을 때는, 발서 그놈의 생각은 머러진 때다. 그런데, 뭐보다도 오늘따라 이곳이 꼭 돼지우리ㅅ간 같아서 그는 이상하다. 옆으로 몸을 구부정이 하고 한참 동안 그것들을 보고 섯노라니, 이번엔 모견듸게[4] 싫은 생각이 마츰내 덜미를 잡고 닥어 선다.

면양이란 원체 배때기가 부르고 다리가 짧어 털이 긴 놈도 볼품이 그닥

---

4 '못 견디게'의 오식인 듯.

시원치 못한데다가 항차 엊그제 털을 깎어 낸 놈의 그 누덕누덕 고약을 발른 꼴이란—그렇거고는 도라 단이고 풀을 먹고 하는 형상이란 참말 괴이쩍고 우수깡스럽다기보다도 차라리 무안쩍은 불쾌를 금할 수 없다.

조금 후 그는 뒤결 산림(山林)쪽으로 거름을 옴기면서

(면양은 죄다 팔어 버려야지—)

하고 마음먹는 것이다.

정오에 가까운 숲 속은 더욱 그늘이 짙다. 역부러 고개를 지처본댔자, 쉽사리 해빛을 볼 수 없는 무척 잡목이 짙은 산림이다. 그는 몸에 추위를 느끼며, 옆으로 굼테기가 몹시 패인 소나무가 서있는 바위 턱까지 와서는 그곳에 자리를 잡었다. 그리고는 그 앞에 성히 돋아 있는 고비풀이 신기한 것처럼 그것을 이모저모로 만저보고 또 뒤쳐보기도 하면서, 이런 종류의 남국 식물을 연상하고 있었다. 그러노라니 그것은 어느 잡초들 틈에서도 쉬 가려낼 수 있는 윤이 흐르고 살찐 것이어서 그는 새로이 신기하다.

이따금 마을 색시들이 이리로 드나드는 것을 그는 보았고 산채를 꺾으려니 생각기도 했으나, 이곳에 고비가 나는 줄을 몰랐다. 그러나 이러구 보니, 이곳이 꽤 깊은 곬작이기도 하려니와, 곬 안에는 「오장군」의 고총이 있어 수목이 짙기로도 유명하다.

성재는 그대로 앉인 채 잠깐 주위에 밀집한 수목을 우러러본다. 그리고는

(내가 뭣허러 이것을 샀을까?)

하고 다시금 생각해 본다. 사천 육백 평이나 되는 울창한 삼림을 아무 짝에도 소용이 없이 그저 좋아서 샀다는 것은 말이 안되고 설사 말이 된대도 이건 결코 그리 떳떳지 못한 이유임에 틀림이 없다.

(웨 이렇게 모든 것이 도시 떳떳지가 못한 것일까?)

그는 못내 서글픈 생각이 들기도 한다.

뒤에서 무슨 인끼척이 나는 것 같아서 성재는 그곳을 버리고 이러섰다. 잠깐 주위를 둘러보았으나, 다시 아무런 기척도 없다. 그러나 외인편 풀섶을 쪼차 몇 거름 내딋지 않아서 그는 마진편 답싸리 밭에 정래가 있는 것을 보았다. 정래는 웬일로 삼ㅅ처럼 촘촘이 드러선 싸릿목을 헤치고 나는 듯이 다러나고 있다. 멀리서 보아도 눈에는 안광이 돋는 것 같고 왼몸이 긴장하여, 그것은 꼭 무슨 김생 같은 모습이었다. 드디어 정래는 보이지 않고 어데서인지 꽝—하는 총 소리가 들려왔다. 총은 본시 형이 쓰든 것으로 이리로 온 후 작난삼아 가지고 노는 것이었으나, 그는 순간 야릇한 흥분으로 해서 모루는 결에 그편으로 다름질첬다. 가까이 이르자 그는

「뭐요? 어떻게 됐오?」 하고 가뿌게 무렀다. 정래는 그제사 긴장을 풀고 도라서며

「꿩이 앉은 것 같아서 와 봤드니 도무지 날러야지」 하고, 시무룩이 우섯다. 정래 말을 드르면 꿩은 날러야 잡기가 쉽지 기면 어렵다는 것이다. 성재는 저도 따라 숨을 도르키며 이번엔 객적게—자기보다 두 살 아래인 나이로는 훨신 노숙해 보인다고—땀에 저진 약간 검고 기름한 얼골이 몹시 아름답다고—생각하는 것이었다. 정래는 멍뚱이 서서 저를 보고 있는 성재가 이상한지 수건을 내어 땀을 씨스며

「참 손님이 왔든 것을……」 하고 말했다. 그리고는 누가 왔드냐고 물어볼 틈도 주지 않고 발서 저마큼[5] 앞서 걸었다. 그런데 무척 거름이 빠르다. 기척도 없이 그저 성큼성큼 걷는 거름인데 휫바람이 나도록 빠르다. 그는 저도 일부러 빨리 거러 보았으나 암만해도 따를 수가 없었다.

---

5   원문대로.

조금 후 그는 제풀에 아까보다도 더 천천이 내려오면서 이젠 보이지도 않는 그 뒷모양을 다시 한번 눈앞에 그려보는 것이었다.

아랫 축사에 들러 그는 한번 더 그놈의 등을 쓰다듬어 주었다. 아모리 보아도 착하고 귀하게 생긴 놈이다. 그러나 하도 먼 곳에 고향을 둔 놈이라 그런지, 어덴지 몹시 쓸쓸한 데가 있어, 흡사 외로움이 찌드러 흰빛을 더한 것도 같다. 그러나 이러한 부질없는 생각이 스스로 쑥스러웠든지 마악 발낄을 돌리려는 참인데 마츰 봉아가 깻득깻득 웃고 올러온다.

「오빠 뭐허우?」하고 닥어서면서

「아버지가 오빠 오랬어. 꼭 와야 헌대. ……나더러 꼭 대리고 오랬어—」하고 뭐가 몹시 재미있는 것처럼 횡설수설 덜렁댄다.

「아버지가—왜?」

그는 일방 의아해하면서도 여학교 삼 학년에 단이는 재종매의 상기된 두 볼을 향해 놀리듯 우서준다.

「몰라—몰라— 아무튼 오빠 오랬서.」

봉아는 뒷짐을 지고 고개를 살레살레 저어, 시침이를 떼면서도 여전 뭘 해죽해죽 웃고 있다.

그는 봉아를 대리고 축대를 내려오면서 (무슨 일일까)하고 중얼거려 보는 것이었으나, 부르면 갔지 별수가 없다. 집안에 어른이라고는 어머니 당숙밖에 없을 뿐 아니라 어머니께서 무슨 일이든 당숙과 의논하고 처단하는 터이었음으로 당숙이 부른다면 곧 집에 무슨일이 생겼나 짐작한다.

「큰댁 아즈머니께서 어듸가 편찮으시듸?」

그는 마당을 드러서면서 한번 더 무럿다.

「아니야—그런 것 아니래두」

봉아는 여전히 해룽댄다.

하긴 요즈막에 와서 어머니나 당숙의 태도가 다소 달러진 건 사실이다. 전처럼 성재가 이런 산마룩에 와서 고생(고생이라고 했다) 하는 것을 몹시 반대하는 남어지 무슨 역정으로 해서 불러 내리는 게 아니라 이를테면 백 살을 먹어도「장가」를 가지 않으면 어린애라고—성재의 이런 철따구니 없는 짓을 막기 위해 작구 장가를 가라고 졸랐다. 허나 이곳엔 그로서 지란 한 일이 한두 가지가 아니어서 뭐보다도「선」을 보라고 닥드리는 데는 딱했다. 본시 위인이 되기도 그렇게 할 주제가 없거니와 또 그「선」이란 것을 보고는 암만해도 장가가 잘 가지지 않을 것 같아서, 그는 결국 귀찮어지고 만다. 이래서— 보지 않어도 좋으니 아무데고 정하라고—말을 했다면 이건 참 그로서 큰마음 먹고 한 흔껏나는[6] 승락인데도 웬일인지 이렇게만 되면 집안에선 맥없이 겁을 먹고 파혼을 시켰다.

그는 일할 때 입는 양복바지를 다른 것으로 박궈 입을까 하다가 위선 귀찮기도 하려니와, 옆에 봉아도 있고 해서, 그냥 그 우에다 잠바를 걸치고 댄추를 잠그면서 (혹 또 장가 말이 나올지도 몰라)하는 이러한 생각을 하고 있는 참인데

「아이 숭해라 저게 뭐야—」

하고 별안간 봉아가 핀잖을 준다.

「숭없긴…… 뭐가?」

「꼭 군밤장사 같으네—」

봉아는 찌징[7] 오라범의 복색을 까탈하는 것이다. 성재는 그제사 제 모양

---

6   원문대로.
7   원문대로.

양(羊)   237

을 굽어보며

「이만했으면 됐지, 숭업긴⋯⋯이댐에 너이 실랑이나 모양내 줘라―」

하고 놀여주었다. 그랬드니

「오빤 꼭 저런 말만 하지―」 하고는, 아주 눈을 째―지게 흘기면서

「오빤 어떤데 그래. ⋯⋯ 가마니 있으니께루, 아―주 좋아서⋯⋯」 하고
는 뭔지 조소하듯 배식이 웃는 것이다. 이래서 그는 역부러 시침이를 떼고

「내가 어떻긴 웨? 너처럼 시집간댔니?」

하고 지릿 떠봤드니 아니나 다를까, 봉아는 아주 발칵해서

「내가 언제 시집간댔어, 거짓뿌렝이. ⋯⋯지금 색시가 기두르고 있는 사
람은 누군데 그래?」 하고, 바로 직통을 내뿜는 것이다.

성재는 이상 더 뭘 무러볼 흥미도 그렇다고 딴말을 끄낼 멋도 잠깐 나지
않어서 한동안 방 가운데 그대로 멍청이 서 있었다.

봉아는 차츰 제가 무슨 잘못이나 저지른 것처럼 뭔지 불안한 얼굴로 변
해갔다. 하도 우수워서

「난 안 간다―너 혼자 가거라!」 하고 말을 했드니, 봉아는 정말 낭패하면
서, 나는 모른다고―어떻게 할까부냐고, 뎀벼드렀다.

나종에 이야기를 자세 듣고 보니, 봉아는 극 비밀리에서 성재를 꼭 대려
올 것과, 무슨 수로든지 옷을 가라입게 할 것 그리고 될 수만 있으면 면도
라도 하게 맨들라는 실로 중대하고 어려운 사명을 띄고 왔다는 것이다.

조금 후 그는

「그래 수단이 짜장 고것 뿐이었구나」

하고, 봉아를 놀리면서도 봉아가 시키는 대로 옷을 입은 후 같이 집으로 내
려왔다.

열 시가 훨신 넘어서야 성재는 산으로 도라왔다. 혼자만 집에 가서 식사를 하게된 것이 정래에게 미안해서 닭복기와 포도주를 사서들고 올라왔다.

옆으로 침정 동백 이러한 나무들이 열을 지어 서있는 밖알문께를 드러서자 그는 먼저 정래 방에 불이 켜진 것이 눈에 띄인다. (혹 손님이 왔나?) 하고 지음하면서 그는 마당으로 드러섰다. 요즈막엔 성재 방에서 두 사람이 거처했기 때문이다.

가까이 이르자 힐끗 방안에 동정을 살펴봤드니, 과연 손님이 오긴 왔는데, 다른 사람이 아니라 바로 정래 누의 지안[8]이다. 두 남매는 다소 머리를 숙인 채 무엇인지 꽤 흥분된 얼골로 가만 가만 이야기를 논우고 있었다.

성재는 먼저 그리로 드러갈까 하다가 도르켜 자기 방으로 드러오고 말었다. 방안은 횡덩그레하니 냉기가 돌고 불도 없이 두었으나 그는 별로 불을 켤 생각도 없이 그대로 아무 곳에나 몸을 던졌다. 그는 다소 피곤했다. 색시 선을 본다는 극히 평범하고 또 아무 것도 아닌 행사가 그에겐 몹시 페로웠든 셈이다. 첫재 그 "당사자"라는 사람들을 무슨 목탁처럼 앞에 놓고 그 주위에서 몇 번 오락가락 설레다가는 나종 무슨 리유로 해서든 용케 빠저나가 버리는 대목으로부터 곰곰이 생각을 해보면, 참말 요절을 할 일이 한두 가지가 아니다. 아무튼 언제 누가 이런 기묘한 법을 생각했는지는 모르나, 대단히 천덕스런 노릇임에 틀림이 없다.

옆에 방에서는 여전히 이야기를 계속하고 있다. 무슨 말인지 몹시 얕은 음성이어서 잘 분간할 수 없었으나, 그 말의 억양이라든가 분위기로부터, 내용이 다소 어렵고 복잡하다는 것을 그는 곧 알 수가 있었다. 이리하야 이번엔 조금 전 창넘으로 엿본 정인이란 색시의 얼골을 그는 더듬기 시작했

---

8 '정인'의 오기인듯.

다. 물론 그는 정인이란 색시가 구두를 신는 것을 일즉이 본 일이 없다. 길다랗게 머리를 따어느린 채 검정치마나 쪽빛치마에 힌저고리를 즐겨 입었기에 그의 머릿속에는 단지 옛날과 함께 있어 온 "처녀"이외 아무 것도 아닐지 모른다. 그러나 (여학교도 나온 모양인데 무슨 취밀까?)하고 그가 실없이 무시해 버리기엔 지나치게 흥미를 끄으는 처녀였다. 시방도 그는 몹시 신선한—다정한 곳이 있는 것도 같어 그 곳을 헤치고 드러다보노라면, 이번엔 극히 배타(排他)하는 어떤 거항(拒抗)에 부딪처 어지러웁다.

성재가 등잔에 불을 켤 때쯤 해서 정래가 건너왔다.

「언제 오셨오?」하고 드러서면서

「그래 어떻게 되셨오?」하고, 뭇는다. 그러나 성재가 뭘 흥없어 하는 낌피를 채자, 곧 말끝을 돌려

「형도 어서 장가를 드시고, 정인이도 빨리 시집을 보내야지……」하면서 훨신 농을 섞은 혼잣말투로 중얼거린다.

성재가 잠깐 어리둥절해서

「무슨 말이요?」하고 무르니까

「아니, 정인이헌테도 좋은 실랑이 나섰다니 말이요—」한다.

성재는 어쩐지 이 말에 대답을 미처 못했으나, 다음 순간 엉뚱하게도, 지금 제가 무엇에 꼭 조롱을 당코 있다는 이런 당찮은 생각으로, 마츰내 몹시 불쾌했다. 정래는 곧 밖으로 나가 누이를 대려다 주려고 그 채비를 하는 모양이다 채비가 다 되었는지

「내 잠깐 단여오리다」하고 정래가 문을 연다. 성재는 그렇지 않어도 두 남매에 대한 맹낭한 반발이 소꾸치든 판이라 무슨 턱에 닷는 말인지 도시 요령부득인 말로다

「그 뭘 그렇게 유별랗게들 구료? 아무데서나 어때서—지금이 몇 신

데……어째서 모두 그렇게 까다롭다는 거요?」

하고, 마치 뭘 페받듯 내던지고 말았다.

정래는 한동안 어처구니가 없는지 그대로 잠깐 서 있더니 문을 닫고 자기 방으로 건너가면서 이번엔 지나치리만큼 크다란 그러나 무척 사람 좋은 목소리로

「정인아! 너 그만 예서 자거라」

하고 말하는 것이다. 그리고는

「너무 느저서 온…… 너 예서 자면 내일 고비도 꺾고 재미있을 게다—」

이런 말도 하는 것이다. 허지만 이건 생트집을 받아주는 것도 분수가 있지, 아무리 늦기 아니라 우밤중이래도 처녀가 집으로 도라가지 않고 남의 총각이 살고 있는 산마럭에 와서 밤을 새다니 온당치 못하다. 정말 친구의 말을 쪼처도 분수가 있다. 그러나 성재는 천정을 향해 턱을 고이고 앉어 생각을 하니 일이 난처하기 짝이 없다. 만일 두 사람이 승부를 따지고 본다면 이건 자기가 저도 뭐 이만저만 진 게 아니다.

마츰내 그는 못견듸게 불쾌한 감정으로 해, 한동한 어찌할 바를 몰랐다.

이튿날 아츰 성재는 외톨 소나무가 비스듬이 서있는 마진편 잔디밭에 엎드려 오랫동안 무엇을 주저하고 있었다.

지난밤에 정래는 누의를 자기 방에서 자게한 후 곧 성재 방으로 건너왔고 와서도 정말 아무렇지도 않은 양, 먼저 자리를 편 후 성재보구도 고단해 보이니 빨리 자라고 권했다. 그는 여전 뭐가 찜찜해서 도시 유쾌하지가 못했으나 그러나 이 이상 역정을 내기는 더 싫은 일이어서 그저 권하는 대로 자리에 든 셈이다. 그리고는 가지고 온 술을 나누어 마시기로 했다. 원체 성재는 술을 좋아했으나 정래는 그닥 좋아하지 않았음으로 찻종으로 두 잔

을 마시드니 제법 얼굴이 붉었다. 성재는 정래가 평소 과묵한 대신 취하면 훨씬 다변한 것을 안다. 이래서 남아 있는 한잔을 정래에게 권하며 이번엔 장차 있을 이야기에 대한 기대와 흥미를 가만―이 가져보는 것이었다.

　조금 후 정래는 과연 말이 많아져서 나종엔 그의 수 없는 여정(旅程) (정래는 이 말을 즐겨 썼다)에서 만난 아름다운 여자들의 이야기까지 하는 것이었으나 기실 지금 성재가 기다리고 있는 근처엔 쉽사리 가려구 않는다. 그는 거반 진력이 나는 것을 지긋이 참는 일방, 방금 이야기가 모다 처음 듣는 이야기임에 다소 놀라며

「당신은 이야기를 얼마나 진었오?」

하고, 무러봤드니, 정래는 이 말에 대답은 없이 다못 소리를 내어 조금 우슬 뿐이었다. 성재는 그 웃는 얼골이 몹시 아름답다고 생각 하며, 이번엔 그곳에 야릇하게 끌리고 있는 자기를 발견했다. 그는 전에라도 이렇게 가깝게 접근하게 되면 늘 무엇인지가 불안했다. 이것은 끝내 저편에 대한 경계를 새롭히든 것이다.

　잠간 건너다보고 있든 정래가

「뭘 생각소?」하고, 무르면서 이번엔 제법 정색으로

「우리 이런 일 이젠 관둡시다」―한다.

「어찌된 말이오?」하고, 성재가 무르니까

「당신은 내게 작구 속는 것 같은 일종의 공포가 있지 않오, 이건 나도 꼭 같읍니다. 요컨대 자기 이외 아무 것도 신뢰하지 않는 사람들이 "남"과 접촉을 가진다는 것은 대단 워태로운[9] 일일 거요―」

하면서, 성재 말에 대답이라기보다도 자기 생각을 말하는 것이었다.

9　'위태로운'의 오식.

「신뢰 없이 친한 법도 있오? 우리는 누가 보아도 가까운 사이가 아니요?」

성재는 일방 말을 하면서 정래의 기색을 살폈으나 정래는 이 말에도 대답은 없이, 그대로 제 말을 계속했다.

「이런 사람들에게 제일 두려운 일은 역시 "애정의 문제"인데……가령 이 사람들이 누구를 사랑해 보구려, 얼마나 진력이 날 노릇인가—」

말을 마치자, 정래는 가벼이 우섰다. 성재는 모르는 결에 정래 말을 가뿌게 쪼츠며

「진력이 날 노릇이라니, 웬 말이요?」

하고 마조 보았다.

「당신은 나보구 무턱대고 믿으라고 명령하지 않소? 그리고는 화해하라고, 타협하라고 명령하지 않소? 허지만 그처럼 고집하는 당신을 내가 어떻게 믿고 화해허냐 말이요—」

역시 성재가 무러본 말과는 다소 동떠러진 대답이었으나, 그는 한순간 기가 맥혔다.

이것은 바로 정래에게 하고 싶었던 자기의 말이었기 때문이다.

「내가, 뭘 고집했기에 허는 말이요—」

성재가 어이없어 이렇게 무렀는데도 정래는 조금도 주저하는 빛이 없이

「"고독"이요. 어떠한 평화도 욕망도 정열까지도 이곳에 드러오면 사러나지 못하는 고독이란 괴물이요」—하면서

「사람이 감동하지 않는단 건—아무 곳에도 격하지 않는다는 사실은 실로 두려운 일일 겁니다.」—하였다.

성재는 한동안 잠잘고 있었다. 역시 잘 연락이 닿지 않는 말들이다. 허나 다음 순간 그는—누구보다도 잘 감동할 줄 아는 사람들이 아무 곳에도 격하지 않는다는 사실은 얼마나 차단된 고독한 상대인가— 싶었다기보다도

지금껏 자기가 제일 싫어하고 괴롭게 여긴 것이 정래가 고집하는 이 "고독"
이 아니었든가 싶다. 그러나 이것을 지금 정래도 자기에게서 꼭같이 느낀
다고 한다. 만일 이렇다면 아무 것도 살어나지 못한다는 이토록 무서운 고
독을 두 사람은 어찌자고 이처럼 고집해 온 것인지 ― 그는 한순간 하나는
동으로 오고, 하나는 서으로 와, 어느 십자로에서 훅닥 튀어나와, 맞서게
된 두 개의 독갑이를 보는 것도 같은, 이상하게 섬찍하고 싫은 생각에 눌려
여전 말을 잃고 누어 있었다.

「이러한 것은 정인이에게 있어서도 꼭 같을 겁니다」

별안간 정래가 다시 건닌 말이다.

「그분에게 있어서도 꼭 같다니?」

「아―정인이가 당신을 좋아했기 하는 말이요―」

그러나, 이건 더욱 어려운 말이다. 잘 믿어지지 않는 말이나, 만일 이것
이 정말이라면 조금 전 그를 위해 좋은 실랑이란 누굴 두고 한 말이며, 꼭
같단 건 또 뭐가 꼭 같다는 말인가? 종시 요령부득이다. 그러나 이렇게 갈
팡질팡하는 자기를 저편에 보이기가 어쩐지 싫어서, 그는 우정 느릿느릿한
말투로

「그야 어찌됐든 아까 실랑이 나셨다고 했는데 그 사람은 누구요?」하고
무러봤다.

「당신도 알지 않소 웨. 삼각정에서 양품점 하는 박이라는 청년 말이요―」

정래는 조금도 거침이 없다.

모든 것을 오리무중으로 돌린다면 그뿐이겠으나. 그는 웬일인지 이 말을
듯자 황망이 박이란 청년을 기억 속에서 찾고 있었다. 하긴 제법 해구찮을
데가 있는, 꽤 똑똑하게 생긴 청년이다. 그러나 어딘지 상뙤고 비속한 데가
없지 않어 정인이란 색시의 배우자로는 암만해도 부족한 데가 있었다.

「그래―그 사람을 매씨가 좋아헌단 말이지?」

지나치게 가라앉인 말소리다. 그러나 정래는 무표정한 우슴을 띄운 채

「잘 알 수 없단 말 아니요?」

하고 도로 무르면서

「정인이가 그 사람을 좋아한다면 그건 단지 그 사람이 하천(下賤)한 사람이라는 것, 그래서 안심할 수 있다는 것 이것 때문일 거요―」하고, 말했다.

일이 이렇게 되었다면, 가사 성재로서 오래ㅅ동안 정인이를 연모해온 터이라 해도, 더 뭐라고 할말이 없겠꺼럼 된 셈이다. 그러나 다음 순간 그는 이처럼도 고집하는 두 남매를, 이대로 영원이 노쳐 보낼 수는 도저이 없었다. 이건 무슨 애정이나 미련에서라기보다도, 횔신 자조에 가까운 역시 그 "고집"에 서다. 마츰내 그는 어떻게 해서든지, 정말 무슨 수로 해서든지 꼭 잡어 보고 싶은 꽤 조폭하고 끈기 있는 욕망에 괴로웠다.

「내가 당신헌테 요구한 것을 당신이 나헌테다 요구를 해서, 내가 그것을 완전히 드러줄 수 있다면, 일이 어찌 되겠오?」

조금 후 성재가 건넌 말이다. 이 말을 듯자, 정래는 시무룩이 우스며,

「그런 명령이야 나도 당신헌테 많이 했지 않소―」―하고 대답하는 것이었으나 역시 조금도 요동이 없는 싸늘한 말이다. 마츰내 성재는 몸을 이르키며

「정말은 내가 매씨를 사랑하고 있었다면, 그리고 매씨가 "안심" 할 수 있는 그러한 "하천"한 사람이 될 수도 있다면, 일이 어떻게 되겠오?」

하고, 다잡었다.

「잘 믿지 않을 거요―」

성재는 이 말을 듯자 이상하게 괴로웠다. 사람과 사람끼린데, 더구나 이렇게 사랑하는 사람끼린데, 무엇이 이처럼 여지없는 장벽을 가저왔나 싶다.

「여보! 이건 지옥이요!」

마츰내 그는 자기도 모르는 말로 벗을 바라다보았다. 순간 정래도 뭔지 괴로운 얼굴이다. 그러나 역시 그 이왼 아무 것도 아니었다.

성재는 도로 자리에 누었다. 몹시 피곤하였다.

조금 후 정래는 극히 낮은 목소리로

「정인이에게 대한 이야기는 형이 직접 무러보시요」—하면서 이번엔 사뭇 혼잣말투로

「우리 훨신 늙거든 어데서고 만납시다. 그래서……그곳에서……우리도 그 "승천(昇天)"이란 것을 하게 합시다」

하고 말하는 것이었다.

외톨 소나무가 서있는 산빗탈에 오래두록 누어 있는 성재는 마츰내 산림을 향하고 걷기 시작했다. 한거름 내닫기 시작하자 웬일인지 그는 옆도 뒤도 도라보지 않고 다름질치듯 수풀을 헤치고 깊이 작구 깊이로만 드러갔다. 단 몇천 평밖엔 되지 않는 산림 속이 수천만 평이나 되는 대 산림 속인 것처럼 어지러운 착각을 이르키며 그는 집요히도 정인이란 색시를 찾어 방황했다. 그러나 그 처녀는 결코 그리 어려운 곧에 숨어있지는 않었다. 전일 성재가 머무렀든 바위 턱에 오둑하니 앉어 어데론지 먼 곳을 바라보고 있었다.

성재는 잠깐 거름을 멈추었으나 곧 다시 걷기 시작하였다. 이젠 바로 한 거름 앞에 있다. 그러나 웬일인지 처녀는 그가 오는 줄을 조금도 모른다. 최후였다—그는 드디어 일흠을 불렀다. 그것은 결코 그리 큰 음성이 아니었으나, 놀라리만큼 그것을 크게 느끼며 그는 한번 더

「정인씨—」—하고 불렀다.

정인이는 성재로부터 일흠을 불리우고 곧 이러섰다. 처녀는 다소 놀라는 표정이었으나 그것은 극히 히미한 춘시의 것이었고……그리고는 전과 조금도 다름없이 그저 겸손하고 다정한 얼굴이었다.

성재는 별로 얼굴에 찬 기운을 느끼며, 그 굼테기가 몹시 패인 소나무에 기대인 채, 잠깐 정인이의 눈을 직히고 있었다. 그러나 그 다정한 눈은 역시 그에게 생소한 것이었고 타인의 것이었다.

다음 순간 그는 심한 현기로 하여 잠깐 눈을 감았으나 그러나, 신기하게도 눈 안에는 아무 것도 없었다. 가사 지금 이 한까풀 밑에 또 하나 다른 정인이의 눈이 초조히 성재를 기두리고 있대도 그는 이 이상 어떻게 더 행동할 도리는 없었다.

조금 후 그는 앞에 다소굿이 서 있는 여자가 무서웠다기보다도, 제 자신이 무서웠다. 이처럼 아집하고 거절하는 사람들을 그는 일즉이 상상할 수가 없었든 것이다.

그는 몸을 바르켜 각까스로 한거름을 닥어서며

「무슨 나물을 뜯씁니까?……고비는 저 아래 많이 있든데―」

하고, 빈 우슴을 지었다. ―만사는 끝이 난 셈이다. 여자도 따라 꼭 같은 우슴을 지으며 나물을 잘 알거든 아르켜 달라고 말했으나, 웬일인지 그는 이 말에 대답을 잘 못하리만큼 심한 두통과 역기를 느끼며 그대로 서 있었다.

마츰내 그는 그곳을 떠나, 조금 후엔 지향없이 산 속을 걷고 있었다. 어디를 드러왔는지, 문듯 길이 맥히고 앞에 높은 언덕이 가로 놓였다. 잠깐 망사리고 있노라니 어데서인지 솔방울 하나가 잡목 틈으로 바시시 굴러 떠러진다. 하도 나무닢같이 날르는 것이라 집어봤드니―, 그것은 마치 적년의 것인 듯 좀이 먹고 거미줄이 얼킨―가볍기 헛갭이 같어서, 완전히 썩은 것이었고, 죽은 것이었다. 꼭 딱쟁이 같었다. 이미 저 거대하고 오만한 체구엔 손톱만치도 필요치 않은 무슨 종기에 딱쟁이와도 같은 그러한 것이었다.

성재는 손에 묻은 거미줄과 좀틔를 털고 도라섰으나, 다시 사방은 죽은 듯 고요하고⋯ 목을 졸르는 듯 닥어서는 애매한 초조 때문에 그는 뿌릿치듯 황한[10] 거름으로 급히 언덕을 오르고 있었다.

언덕 넘엔 바로 고총이다.

무척 잔디가 공았다.

성재는 그 곧에 자리를 잡고 아무렇게나 주저앉었다. 몹시 피곤하고⋯⋯ 작구 조름이 오는 것 같다. 자고 싶었다. 잠을 자면은, 작구 무수히 잠을 자면은, 어찌면 혹 여게도 태고와 같은 "편안"이 찾어와 줄지도 몰랐다.

차츰 동공이 조라드러 시야가 쉴새없이 명멸한다. 모든 물체가 하날 허공을 그린 채 소실되는가 하면, 다시 집중되어 닥어서는 강한 "빛"으로 해서 그는 자조 현기를 느꼈다.

마츰내 그는 깊은 조름 속으로 흘러들며— (그래서⋯그곳에서 "승천"을 하게 되면 해도 좋고⋯) —라고⋯벗의 말도 그의 말도 아닌 먼 곳에의 이야기를, 가만이 입속으로 외어보는 것이었다.

(創作集, 『도정』 1948, 白楊堂)

---

10 원문대로.

제2부

콩트

광나루

특(特)히 여자(女子)들의 사귐이란 흔히 그 처지(處地)가 같다든지 처지가 같지 않다 하드라도 서로의 처지(處地)를 이해(理解)하고 공감(共感)할 수 있을 때 쉽게 매저지나 보다. K P 이 두 부인(夫人)과 내가 알게 되기는 작년(昨年) 겨울이다. 전부터 밖으로 가까우신 분들이었기에 노상 한번 뵌다고는 하면서도 피차간 딱이 겨를치 못하였든 것인데. 지난가을, 어떤 뜻하지 않은 사건(事件)으로 해서 두 부인(夫人)과 및 내가 함께 불행(不幸)을 맞이하였을 적에 우리는 별로 누구의 지시(指示)도 없이 그냥 쉽웁게 가까워질 수가 있었다. K부인(夫人)은 나보다 훨신 연장(年長)인, 내가 평소부터도 퍽 존경(尊敬)해 온 분이지만 상상(想像)했든 것보다도 뵈오니 더 좋은 분이었다. 몹시 허약(虛弱)해 보이는 조용한 분이데 잠잫고 앉아, 바라보고 있노라면 무엇인지 대단 까다로운 것을 느끼게 하면서도 이상하게 순(純)된 인상(印象)을 주는 분이다.

인해 나는 이분과 맛나면 마음이 평안(平安)하고 또 자유(自由)로울 수가 있었다. ─사귐에 있어 아무런 세속적(世俗的)인 수속(手續)이 필요(必要)치 않은 분이었다.

이와 반대(反對)로 P부인(夫人)은 나와 동년배(同年輩)일 뿐 아니라 나이

비등하니만치 일즉이 서울에 친지(親知)가 별로 없는 나로 하여금 때로 막연(莫然) 흥미(興味)와 관심(關心)을 갖게 한 부인(夫人)이다.

P부인(夫人) 역시(亦是) 맞나 더욱 흥미(興味)를 끄는 분이었다. —얼핏 보아 몹시 체소(體小)한 분이어서 저렇게 약한 분이 어찌 자녀(子女)의 어머니일까 부냐고 바라보는 편의 기운이 되려 조상(阻傷)[1]할 것 같은데도 찬찬히 보면 어딘지 정력적(精力的)이요 장히 강강한 데가 있어 가령 어떠한 불행(不幸)이나 고난(苦難)이 닥치드래도 닥어서 멱살이라도 잡음직한 의기(意氣)를 가진 분이다. 또한 K부인(夫人)과는 달리 사람을 사귀고 세상(世上)판을 대하는데 반드시 어떤 절차(節次)와 수속(手續)을 밟는 분이었다. 슬플 때 결코 슬퍼하지 않는 분이었다. 나는 이분과 맞나면 다소(多少) 피곤(疲困)했다. 때로 공연한 역정이 나려고 해서 죄송(罪悚)했지만 허나 이분과 함께 거리에 나서기만 하면 아주 마음이 놓이고 믿어지고 무서운 것이 없었다.

P부인(夫人)은 곳잘 나를 향(向)하여 너무 세상을 모른다고 웃지만 나는 부인(夫人)이 너무 세상(世上)을 아는 데 아픔을 느낄 때가 있었다.

하루는 부인(夫人)이 아드님을 다리고 나 있는 곳에 들려 주섯다.

키가 크고 얼굴이 히며 침착(沈着)한 인상(印象)을 주어 많이 아버지를 닮은 것 같은 소년(少年)에게 과일을 권하며 나는 여러 차례 부인(夫人)과의 대화(對話)에 마음이 언잔었다.

이제 부인(夫人)은 아주 먼 곳으로 떠나야 하겠다는 의론이신데 사태(事態)는 가시기도 어렵고 그냥 계시기도 어려운 형편이었다.

듣는 나도 안타까웟다. 어떻게 해서라도 빨리 무사(無事)히 가실 수가 있

---

1 저상(沮傷)의 오자인 듯.

다면 얼마나 다행(多幸)하랴 싶었다. 그러면서도 마음 한편 이렇게 나누이면 다시는 뵈올 길이 없으려니 싶어 위로웠다.[2]

끝으로 우리는 서울서 견듸다 못하여 백모(伯母)님 댁(宅)으로 옮겨간 P부인(夫人)의 이야기를 하고 쉬 한번 방문하기로 약속하였으나 얼마 후 나는 약속을 어기고 혼자 「광나루」로 나가는 차(車)에 오르게 되었다.

차창(車窓) 밖에는 순한 배차밭이 쉴새없이 지나갔다. 어느 결에 폭이마다 알이 담윽차 있었다. 문듯 ─이제 머지않어 김장철이 오고 어름이 얼고 눈이 오고─생각이 이런 데로 미치자 점점 마음이 어두어졌다.

차(車)에서 내린 나는, 부인(夫人)이 일러 준대로 지서(支署)를 지나 논뚝길로 꼬불꼬불 올러가다가 외인편으로 동산을 낀 허수룩하나 제법 큰 대문 안으로 들어섰다.

그러나 조금 후 뜻하지 않은 장면(場面)에 나는 놀라지 않을 수 없었다. 이불보퉁이 고리짝 추렁크, 이런 것들이 함부로 놓여진 방(房)에서 다섯 자녀(子女)와 두 동생과 부인(夫人)이 경황없이 앉아 식사(食事)를 하고 있었다. ─그날로 이사(移舍)를 나가려든 문(門)안집과의 약속(約束)이 어긋나 시방 꾸럿든 짐을 도루 푸러 놓느라고 하면서 부인(夫人)은 소리를 내어 우섰다.

저녁 때 손님인 나를 대접하느라고 우리는 뒷산(山)으로 올라가게 되었다. 부인(夫人)은 잔디가 곻은 비탈에 아무렇게나 앉아 나를 도라보며 말하기를─저 유유(悠悠)한 강(江)물석건 얼마나 경치(景致)가 좋은가 고, 아츰이면 꼬마들이 어느새 추워 달달 떨며 차(車)를 노칠까바 서두루는 꼴들이란 또한 가관(可觀)이라고─하면서 역시(亦是) 소리를 내어 웃었다.

---

2 원문대로.

나는 이때 부인(夫人)이 자랑한 바 그 유유(悠悠)한 강(江)물의 경치(景致)를 보고 있었으나, 웃는 분의 그 크다란 눈에 눈물을 보는 듯 느껴젓다.

　저녁에 부인(夫人)의 배웅으로 나는 서울 들어오는 막차(車)에 올났다.

　마음이 몹시 언잖었다—어디 만치, 왔을까—저무는 강반(江畔)에 어지러히 널려 있는 "광나루"는 외롭고 쓸쓸한 곳이었다.

　어디라 의지할 곳 없는— 그것은 아무리 보아도 적막(寂寞)한 마을이었다.

　뒤를 이어 유난히 큰 부인(夫人)의 눈이 나타나고 웃던 얼굴이 떠오르고 나는 가슴이 뭉클하며 콧날이 찌릿했다.

　나도 부인(夫人)을 배워 이런 경우에 웃어 보리라. 마음먹어 보았으나 쉽게 웃어지지는 않었다.

　차차 서울이 가까워 올스록 불빛이 낮처럼 밝었다. 얕고 높은 지대(地帶)에 주택(住宅)들이 누각(樓閣)처럼 휘황(輝煌)했다.

　낙엽(落葉)을 모라오든 바람이 연상 얼골에 몬지를 끼언고 지나갔다. —산란(散亂)한 거리였다.

　잠잫고 길을 걷고 있노라니, 핏득 저 숱한 흫륭한 집에는 대체 어떤 사람들이 살고 있나 싶었다.

　과연 어떤 사람들이 살고 있는 것인지 나는 도시 잘 알 수가 없었다.

『조선춘추』, 1947. 12)

제3부

시

어느 야속한 동포(同胞)가 있어

지하련(池河連)*

적(敵)의 손에서 적(敵)의 말을 배우며 자라난 너
아득한 전설(傳說)속에 조국(祖國)은 네 서름과 함께 커갔으리라

침략(侵略)하는 적(敵)이 이리와 같고 이리를 쫓는 동족(同族)이 너를 애낄
리 없어
탄환(彈丸)이 아닌 네 몸으로 적(敵)은 화포(火砲)를 �?었다.

여기 어머니와 누나가 있어
뼈 아서지고 가슴 메였으나 너는 개만도 못하여 간역할 주인(主人)이 없
었다

오늘
원수의 포연(砲煙) 속에서도 오히려 사러 온
우리 귀중한 너

---

* 　지하련 소설가(小說家)로 적혀 있다.

불의(不義)엔 목숨을 걸고 조국(祖國) 행복(幸福) 앞에

견마(犬馬)같이 충실(充實)하던 너

가슴엔 훈장(勳章)도 없고 총(銃)도 아니가진 너

소곰으로 밥 먹고 밤이면 머리 맞대이고 별을 안고 자든 너

그래 이 너를 어느 야속한 동족(同族)이 있어 죽였단 말이냐!

네 고단한 잠이 길드린 숙사(宿舍)는 피에 물들고

인민(人民)의 나라 만세(萬歲)!

약소민족 해방만세(弱小民族解放萬歲)!

너는 통곡(痛哭)하며 죽었다

네 외오침이 높이 올라

또다시 조국(祖國)하늘에 사모칠 게다

오늘도 서름동인 너 나의 가엽슨 사랑하는 사랑하는 동생아!

네가 만일 부량자라면 나는 부량자의 누나가 될 것이고

네가 도적이라면 도적의 누나로 나는 명예(名譽)롭다

그러나—

누가 진정 도적(盜賊)인가는

너만이— 가슴을 찔러 통곡한 오—즉 너만이 잘 알 것이다

(一九四六. 十. 一九)

『학병(學兵)』, 1946년 제2집

　　　　　　　　　　　　　　　　　　　　　지하련 전집

제4부

수필

겨울이 가거들랑

　언제부터 내가 꽃을 좋아하게 되었는지, 이젠 가까이 있는 분들이 흔히 날더러 무척 꽃을 좋아한다고 말한다.

　지난여름엔 이웃에 사는 모 부인(某 婦人)이 도라지꽃을 내게 꺾어 준 일이 있고 또 부인(婦人)의 시모(媤母)님에게선 해바락이 꽃을 선사받은 일이 있다.

　이렇게 꽃을 주는 두 분의 고마운 맘씨가 나를 두고 별누 다를 게 없어 나는 아름답고 건강(健康)한 부인이 고흔 빛갈로 모양이 이쁜 도라지꽃을 주었을 때도 즐거웠거니와 이보다도 그 시모(媤母)님이 주신 해바락이 꽃은 정말로 고마웠다.

　해바락이가 그 으젓하고 너그러운 품에 있어서도 그러하려니와 더욱 빛깔에 있어 호박꽃과 방불(髣髴)했고 또 호박꽃은 흔히 시골에서 자라난 사람에게—호박꽃이 넝쿨진 담장과 그 담장 안박¹을 조석(朝夕)으로 거니러실 어머니의 모섭²과 함께 느껴지는 별누 독특(獨特)한 향기(香氣)를 가졌음

1　원문대로.
2　원문대로.

인지는, 또 해바락이를 받을 때 내 마음이 이러한 것과 관련(關聯)된 곳에서 지어진 것이었는지는 모루겠으나 아무튼 나는 그 순간(瞬間) 단순(單純)이 고마웠다기보다도 차라리 당황(唐惶)했다.

종래로 내가 아는 좋은 어머니들은 따로히 꽃을 사랑할 줄 모루셨고 착하고 알뜰한 마음이 꽃을 이뻐할 고음이 없어서가 아니라 조석(朝夕)을 다토아 피고 지고 움트고 시들고 하는 못내 허황(虛荒)한 초화(草花)를 구태어 사랑할 겨를이 없었든 상 싶다.

이러기에 꽃을 즐겨 치우치는 헛된 버릇이 그 자녀(子女)들에게 있을 때면 어머니는 도르켜 그 착실(着實)치 못할가를 념려(念慮)했고 길찮은 증조라 꾸중하셨다.

손녀(孫女)를 업은 뒤춤으로 내게 해바락이를 주시면서 "하도 꽃을 좋아하기…." 하고 말슴하는 부인(婦人)의 시모(媤母)님께 담배를 꺼내 석냥을 거어드린 후 잠자코 앉어 무심코 내 뾰죽한 턱에 손을 가저가며 가만이 "어머니는 이미 내게 꾸중할 것을 잊어셨다."고 생각을 하려니 어쩐지 나는 뭐가 몹시 언짢어저서… 서러웠다. 이제 겨울이 오면 해바락이도 도라지꽃도 없어질 테니 다시는 내 화병(花瓶)에 꽃을 꽂지 말리라—마음먹으면서 나는 거듭 쓸쓸해했다.

그 후 여름이 가고 가을이 와 내게 도라지꽃을 꺽어주든 부인은 시골로 떠나고 그 시모(媤母)님도 내게 해바락이 꽃씨를 따주신 후 가치 떠나셨다.

두 분이 떠나신 후 가을이 지터와도 나는 내방에 별노 꽃을 두지 않었다.

어느 날 심부름하는 아이가 산(山)에서 단풍(丹楓)을 꺽거왔으나 꽂지 않었다. 단풍이 빨갛게 이뿌듯 나를 향한 아이의 마음이 이뿔지는 모르나 역시 해바락이에서와 같은 향기(香氣)를… 해바락이를 주신 분에게서와 같은

'마음'으로 나는 단풍에서도 아이에게서도 찾일 수 없었든지 그냥 항아리에 담은 채 뜰 안 한편에 버려 두어도 내 마음은 무사했다.

어느 결에 겨울이 왔는지 올해는 유별나게 따뜻한 해운라이고[3] 모두 신기해한다. 나도 이따금 뒤ㅅ들로 나서 볼 때가 있지만 귀가 아릴 정도(程度)의 추위란 별로 없었다.

잔디밭이나 밭이랑을 보아도 조금도 겨울 같지가 않아서, 이따금 안개 끼인 밤엔 봄이 아닌가 착각(錯覺)될 때도 있다. 허지만 착각(錯覺)이란 마음으로 따져 스스로 부끄러운 경우(境遇)가 많은 것인지 나는 곳잘 이러한 종류(種類)의 착각(錯覺)을 그 뒤에 오는 허전하고 서글픈 감정(感情)으로 맥겨버리군 한다.

그러나 아무리 따뜻한 겨울이래도 역시(亦是) 어느 곳에고 사나운 겨울의 풍모(風貌)가 있었는지도 모른다.

나는 아까도 말했지만 지난여름 해바락이 꽃 이후로 어쩐지 되도록 꽃을 가까이 말리라—마음먹었다. 시골이라 벗도 잘 볼 수 없거든 누가 꽃을 가저올 리도 없고 혹 내가 서울엘 간대도 굳이 꽃을 살 리 없어 이건 비교적 용이(容易)히 일워질 수 있었다.

그런데 실로 뜻밖에 일전(日前) 어느 분이 인편(人便)으로 내게 꽃을 보낸 일이 있다. 이리되면 나의 심경(心境)의 문제는 둘재로 더욱 친분(親分)도 없는 분이라 먼저 고마워해야 할 일이겠으나 웬일인지 여기에도 뜻하지 못한 불행(不幸)이 있어 그 꽃이 너무 밤늦게 먼—길을 오느라고 마침 그날 밤 추위에 그만 그대로 노상(路上)에서 얼고만 것이다.

---

3 '해운이라고'의 오식.

집에 돌아온 후 꽃을 전(傳)하는 분의 애석(哀惜)해함도 애석(哀惜)해함이 거니와 내가 볼나니 백합(百合)석건 그 화려(華麗)하고 이뿐 꽃잎들이 그대로 어름이 질린 채 동강이 나 있었다.

좌우간 당황(唐惶)한 마음에 물을 가라 병(瓶)에 꽂기는 했으나 어름이 차차 풀리자 파랗고 싱싱한 대궁은 그대로 폭폭 쓰러졌다. 안타가운 일이었다. 꽃잎이 이지러저 더욱 언짢었다. 기왕 얼 바엔 동강이나 나지 말게 외투(外套)자락에 넣었든 것을 탓해 보기도 했으나 죄(罪)야 그분에게 있을 택이 없었다.

익일(翌日)날 아츰 서울 갈 채비를 하고 있는 분에게……꽃을 주신 분을 맛나걸랑, 부듸 꽃이 어렀단 말 말나—는 부탁을 거듭 당부한 후 가위로다 이지러진 건 그대로 중간 턱을 잘너 내고 아스파라가스로 의지를 삼어 조심이 세워 두었든 것이 그 후 일 주일(一週日)이 넘은 지금까지 내 책상(冊床) 우에 꼬처 있다.

날씨는 오늘도 따뜻하다.

내일(來日)밤도 안개가 끼어 봄날처럼 푸군할지도 모른다.

이렇게 따뜻한 순한 밤을 두고 꽃은 웨 하필 그 밤에 나헌테로 왔는지 나는 알 길이 없고……그저 답답하다.

—이제 산란(散亂)하고 침묵(沈黙)한 겨울밤 나는 두 손을 가슴 우에 언고 누은 채 "겨울이 가거들랑 두 번 다시 언—꽃을 생각지 말리라" 일러본다.

(필자(筆者)는 소설가(小說家)) (끗)

(『朝光』, 1942. 2)

지하련 전집

소감(所感)

    월 전(月前)에 순재(順在)라는 시골 동무와 본정통(本町通)을 거런 일이 있다. 지금도 나와 제일 가깝다고 생각되는 동무일 뿐 않이라 나를 찾어와 주기까지 한 그 호의(好意)가 무척 반가운 것처럼 나는 길을 거르면서도 뭐가 몹시 즐거운 듯 이 그저 짓거리고 했다. 그때 마츰 내가 어뜬 분과 인사를 난윗드니 동무는 내게 "그, 누구야?" 하고 물었다. 이래서—소설(小說)을 쓰는 분이라드라—고 내가 대답을 했드니 별안간

    "참 당신도 소설을 썼대지?" 하고는 나를 처다보는 것이였다. 었전지 나는 당황(唐惶)했다. 당황했다기보다도 무슨 무안을 당(當)했을 때처럼 얼골이 후끈거려서 우정 눈을 피하며 "그러니 어쨋다는 거요?" 하는 식으로 그저 우물쭈물할 수 박겐 없었다.

    좀 우수운 소리 같지만, 이런 말이 있은 댐부터 나는 었전지 마음이, 무사(無事)하질 못했다. 하긴 내 속 언건히 이런 말을 기대리고 있었든 것인지도 모루고, 또 이런 말이 있을나면 차라리 좀 느저진 감이 있는, 저와 나 사이라면 언제 있어도 있고야 말 이약이였스나— 었전지 나는 명치정(明治町) 골목을 다 빠저 나올 때 꺼정 그저 잠잖고 것기만 했다. 내가 잠잖고 있는 김피를 그도 알었든지 조곰 후에 그는 훨신 급쪼로¹ "그 온 소설을 쓰면

사람이 무식해지는지 당신네들 소설 그 웨 그래?" 하면서 웃었다. 이리되면 아까보다도 멧 배 더한 무안이다. 할나면 나로서도 할말이 있었을지 모루나 아무튼 이때 나는 몹시 불쾌(不快)했다기보다도 뭔지 챙피하고 부끄러운 생각이 앞을 서서 여전 어름어름 잠잫고만 있었다. "그래 기끗 하고 싶은 말들이 고것 뿐이람?" ―그가 이렇게, 여전 작난이ㅅ틱로 중얼거리는 소리를 듯고 서야 나는 겨우―하고 싶은 말을 그리 쉽게 다 할 수가 있다면 뭐가 어려울 게냐―고, 제법 침착(沈着)하게 대답을 했는데도, 그는 그저, 흔히 하는 말들이라는 것처럼 내 말을 조금도 그대로 믿어주는 것 같지가 않았다. 나는 끝내―통이 소설(小說)을 모루는 소리라―고 입을 담을고 말었다.

물론 이것은 내 한때의 단정(斷定)이겠거니와 지금도 나는 이따금 우리들의 실없이 주고받은 말이 문듯 생각힐 때가 있다. 그야 '무식하다'는 말에 상구도 내가 노염을 띈 대답을 하려면―소설에 있어 천하 더러운 병이 그 너무 유식(有識)하고 싶은 병(病)일 게라―고, 말할 수 있을 게고, 또―아무리 유식한 사람이라고 그 유식한 것이 그대로 나와, 소설이 제대로 되는 것을 보지 못했다고 말할 수도 있을지 모른다. 그리고, 본시(本是) 소설(小說)이란 그 하고 싶은 말을 다 해버리는 게 소설이 않이라, 어떻게 해서 내 하고 싶은 말들이 나와서 능히 살겠거름 '집'을 짓겠느냐, 는 것이 소설일 게라고 말할 수도―또는 이러기에 한 단편(短篇)에서 자기의 하고 싶은 한 마듸의 말이 아무 것에도 꺼리김 없이 완전(完全)히 살수가 있었다면 그건 본망(本望)을 달한 소설(小說)일 게라고 말할 수도 있을 거다. 그러나 유식한 것이 그대로 나와 못쓰듯, 아무리 무식한 사람이라도 무식한 그대로가

---

1 원문대로.

소설에 나와, 가령 남이 봐서 무식하다고 말할 정도(程度)라면 이건 좀 딱한 일이 않일 수 없을 거다.

그리고, 만일 그 하고 싶은 말을 많이 허되 다 충실이 살일 수가 있는 재 간이라면 얼마나 다행(多幸)한 고마운 일일지 모를 거다.

이렇게 생각는다면 내 벗의 내게 대한 불만(不滿)이 당연(當然)하고도 남을 것이, 가령 기왕 목수(木手)일 바에야 무었으로 어떻게든 그저 너머지지 않을 정도(程度)로 집을 세우는 것이 결코 그리 장(壯)한 게 없다. 이보다도 ―어느 터전에 무슨 체목으로다² 어뜬 솜시로 지어진 얼마나 훌륭한 집이 냐―고 사람들은 먼저 물을 것이고, 이건 집에 대한 좋은 안목(眼目)일지도 모른다. 물론 개중에는, 저렇게 삐두러진 터전에 저처름 굽은 나무로다 그래도 용케 집을 세웟다는 식으로 먼저 목수의 경우를 삶이려는 사람이 있을지도 모루나, 그러나, 목수(木手)는 한 사람도 이것을 바랄 염치(廉恥)는 없을 거다.

『춘추(春秋)』, 1941. 6)

---

2 원문대로.

회갑(回甲)

식전(食前)에 첫 배달(配達)이 편지를 전하고 갔다. 상희(尙熙)가 죽었다는 소식(消息)이었다.

꼭 살아야 하고, 살줄만 믿었드니… 나는 오래도록 자리ㅅ속에서 업치락 뒤치락 이러나지 않었다.

기어히 죽었구나. 이제 어디를가도 상희(尙熙)는 영영 있지않구나…

내 마음은 몹시 애(哀)절했다.

오정(午正)이 훨씬 넘어, 어머니 마자 잠이 드셨는지, 집안이 온통 호젔했다. 나는 갓갓으로 어룬이 된 듯, 더 눈물을 지우거나 한숨을 뽑지는 않었다. 갸웃둥이 어러 앉어, 무심코 거울속에 나를보니, 눈이 부웃고 얼골이 부푸러 추하기 짝이 없다.

이런 얼굴로 상희(尙熙)를 생각다니…… 나는 부끄러웠다.

부리낳게 자리를 걷고 이러나 세수를 했다. 얼골을 만지고 머리를 손질을 한다. 나는 다시금 상희(尙熙)를 위하여 힌옷을 입었다. 그리고는 마루에 놓인 의자에 앉어, 제처진 뒤ㅅ문으로 자옥한 하늘과 산과 들을 향해 하염없는 자세를 정하였다.

비는 오히려 개이지않어, 어제보다 더 가늘게 촘촘히 내리고 있었다. 입추(立秋)가 지났는데도 몹시 무더웠다. 아득한 산도 들도 또 내리는 부슬비는 조금도 구슬프거나 쓸쓸하지가 않았다. 아직도 성하(盛夏)인 듯 그저 하늘 높이 그 산 것을 자랑하는 것만 같았다.

산것을 —— 살어 있단 것을? ——

순간(瞬間) 나는 죽음처럼 몰려오는 고독(孤獨) 때문에 눈앞이 앗질했다. 귀ㅅ속이 외ㅇ하니 우렀다. 그리고 그것은 마치 대맹이 신음하듯 육중하고 어두운 음향(音響)이였다. 급기야 나는 참을 수 없는 초조(焦燥) 때문에 두손을 휘저어 사람을 차졌다. 그러나 아무도 옆에서 대답하는 사람은 없었다.

끝내 나는 상희(尙熙)를 부뜨렀다.

나는 조금전 나를—나의 잘못을 상희(尙熙)에게 여러번 사과(謝過)하면서 다시 방속으로 드러와 종일도록 눈이 붓고 머리가 흥커러저 응당 귀신같은 내 모양을 조금도 삼갈줄 몰랐다.

○

더웁다가는 비가오고 비가 온 후엔 서늘해지고… 나는 줄창 찌는 더위를 늦겼으나 또 줄창 가을을 느끼기도 했다.

비가 오실 때 마다 나는 어머니 회갑(回甲)날엔 날씨가 좋았으면 했으나 공연한 말이었다.

나는 어머니를 뫼시고 조고마한 산을 넘어 절(寺)로 갔다.

비가와서 아무도 못왔으려니 —— 했는데, 그래도 올만한 사람은 거진 다와서 나는 기뻤다.

어머니는 흡족해 하시고……나는 어머니의 여위신 몸에 손수 지은 힌옷을 잎여드리며 머리를 숙인 채 가슴이 뭉클했다.

나는 남빛 초마에 반호장 저고리를 입었다.

늙은 보살(菩薩)을 따라 법당(法堂)을 바치고 향촉(香燭)을 돋운후 보살(菩薩)이 불경(佛經)을 읊고 젊은 여승(女僧)이 바래ㅅ춤을 추고… 나는 보살이 식히는 대로 축원을 드렸다.

여생(餘生) 평안(平安)하게 하소서…

좋은 곳으로 후생(後生)을 인도(引導)하소서… 이렇게 여러번 절하며 비는 동안 웬일인지 나는 눈앞이 흐려져서 도라서는 발길이 어지러웠다.

어머니는 외로운 로인이섰다.

나와 가까운 친지(親知)들이 어머니에게 술을 받들고 절을 하였다. 꿩 대신 닭이외다. 아드님목까지 해야 합니다—하고 내게도 술을 주며 노래하고 춤추라 하였다.

거듭 잔(盞)이 돌았을 때 나는 이러나 춤도 추고 노래도 하였다. 어머니도 즐기시며 언제 배웠드냐고 신기해 하셨다.

나는 다시 어머니 앞에 여러번 절하다가 그대로 무릎에 업드려 끝내 울고 말었다.

벗들이 나를 취했다고 모두들 손벽을 치고 우섰고, 어머니 마자 나를 어린애처럼 귀여해 주셨으나 나는 오래도록 이러나지 않었다.

나는 이만큼 불효(不孝)했는지도 몰랐다.

○

차차 나이를 먹는 탓일게다. 나는 바다보다도 산이 더 좋아진다.

거년(去年) 여름 우연히 뒤ㅅ산에 올라본 것이 이젠 버릇처럼 나는 혼자 골작이를 더듬고 산 기슭을 따라 곳잘 숲속을 서성댄다.

비 훨적 개인 저녁나즐 아미(개)를 데리고 나무밑을 건일노라면 언득 아래로 송기송기한 국수버섯이나, 봉긋이 솟은 갓버섯을 대하는것도 즐겁거니와 이렇게 집을 나서게되면 아미가 유난이 나를 더 따러서 나는 유코 행복해진다.

이따금 산속으로 깊이 드러가 다람쥐가 장송(松)을 타고 오르내리고 제법 기이한 풀과 꽃이 향깃한 약초냄새를 풍기고 하면 나와 아미는 한가지 호로ㅅ강아지가 되어 작구 험한데로만 가려구한다.

거진 중봉(峯)에 올라, 낭따라지가 있고 그 아래로 파르란 솜풀이 폭신이 깊고 또 옆으로 물이 흐르고 하는 이러한 바위ㅅ턱까지 오면 우리는 고만 피곤해진다.

아미는 쯜레쯜레 건너가 물을 먹고 올때도 있다.

내가 딸기를 따서주면, 아미는 먹지 않으나, 내가 먹으면 간혹 먹을 때도 있다. 도라올때는 비교적 길이 순탄한 등살을 타 내려오지만, 너무 높이 올라가 미처 도라오는 길이 어두울때도 있다. 이러한 때는 한결 하늘이 드높고 바람결이 서늘해서 방금 수향(水鄕)에 가면 제비가 높이 날고 코스모스가 떠러질 것만 같다. 아미는 더욱 내곁에 닥어서 발길에 밟이고… 나는 아미를 안고 밥비 집으로 도라온다.

『신시대』, 1942. 9)

편지(片紙)

어제 희야가 보내 준 편지(片紙) 읽고, 나는 참 다행(多幸)하고 기뻤소. 그날 내 돌아오는 마음이 꼭 당신은 혼자일 것만 같았고, 희야 수척한 몸으로선 감당(勘當)하기 어려우리만큼 호된 추월 것만 같아서 부듸 일직 잠들기만 바랐든 것인데, 다행이 희야는 일직 잣다고 이제 말하고 또 이렇게 밝고, 다정(多情)한 편지 주어 나는 참 즐겁소.

나는? 나도 희야처름 행복(幸福)합니다.

정말 희야가 말한 것처름 눈이 온 까닭이 아닐까, 하고 생각하면 아무리 우리 어린애 같은 맘들이래도 새새거리고 우슬지 모르지만 아무튼 우리는 그 숳한 날을 두고 「눈」이 오면 꼭 행복할 것이라고 믿고 있었고 또 무척이나 그것을 기대리지 않었오, 하기에 이제 옆에 놓인 희야 편지가 달니는 더할 수 없이 쓸쓸하고 외로운 정을 주는 것인지도 모루겠오.

오늘 나는 엇전지 희야에게 긴—편지 쓰고 싶소, 생각하면 아직 나는 한 번도 희야에게 긴—편지(片紙) 쓴 일이 없지 않오, 이건 물론 긴—편지를

---

* 이 글은 등단 전 시인 임화(林和) 부인(夫人)의 자격으로 발표된 것이다. 필자명이 이현욱(李現郁)으로 되어 있고, 동경소화고녀(東京昭和高女)를 거쳐 동경여자경제전문학교(東京女子經濟專門學校) 수업(修業)이라 해서 학력이 밝혀져 있다.

쓰기 보담은 맛나 긴―이약일 할 수 있었든 관계도 있겠지만 다시금 이상(異常)한 늣김도 없지 않소, 그런데 웨 내가 이런 객적은 소리를 여긔 허느냐고 희야가 의심(疑心)할지도 모루고 또 이제 내가 하는 말을 조금도 옷곱이 드러주지 않을는지도 모르나 아무튼 나는 희야가 생각는 것처름 그런 좋은 사람이 아닌만¹ 같어서 하는 말입니다.

진정 이 말이 비록 두럽다치드래도 이제 희야 앞에 조금도 주저(躊躇)하고 십지는 않오, 희야도 아다싶이 나는 희야말고라도 숳한 동무를 가졌고 그 수만 동무가 다 나를 조금식이라도 즐겁게 해줄 수 있었다는 것은 대체 무슨 까닭인지 나는 알 수가 없어지오. 이제까지도 나는 내가 동무를 많이 가진 것을 한번도 그르다 않었고 차라리 완전(完全)히「남」인「벗」이 나를 능히 질겊일 수 있단 것을 스스로 자랑해 왔는지도 몰루오, 그러나 생각하면 이따금 코전을 치고 냄새를 품기는 그「어진 안해」가운데 역시(亦是) 우리들의 평범(平凡)한 진리(眞理)가 있지 않었든가 십소, 어듸 착한 부인이「동무」를 작만합듸까, 이건 자기네들의 즐거움 즉「낙」을 구하는데 전(全)혀 타인(他人)이 소원(所願)되지 안키 때문이 아니겠오. 정말이지「여자」의 모든 것이 이곧에 있지 않다면 곤란(困難)한 법(法)인가 보오―교문(校門)을 나서는 마음이「별」을 안으려든 때처름 항상(恒常)구름을 따르려 잔디 우에 둥굴고 싶어 하는 사람이 있다면 우리 신(神)은 확실(確實)이 노(怒)할 것이고 이 딱한 사람 우에 꼭 벌(罰)이 있을 것만 같어서 나는 이지간 무서워지오. 사실 요새 드러 모도들 나보구 야단하는 것만 같어서 당황(唐惶)합니다―바누질도 않고 녀편네가「동무」는 다 뭐냐고 어머니께서 노(怒)여하시고 내가 제일(第一)따르는 분도 나를 주책없는 사람으로 나무라는 것 같고 내가 평소(平

---

1 원문대로.

素) 존경(尊敬)하는 분들까지 다들 나보구 조금도 현명(賢明)치 못하고 햇찰 굳기만한 사람이라고 꾸중하는 것만 갔소, 내가 별노 아니 조금도 납분 게 없다고 생각할 때 이리되면 나는 몹시 억울하고 괴롭고 슬프지오.

나로 하여금 내가 제일(第一) 좋아하고 또 제일(第一) 같가운 좋은 분들에게 야단을 맞고 앞은 억울함을 가지게 하는 것이 이것이 내게 오는 벌(罰)이 아닌가 하오, 희야보구도 언젠가 말햇지만 나는 이지간 야릇한 신(神)을 늦기오, 희야가 웃을지도 모르고 또 혹 말이 안될지는 모루나 아무튼 나의 신(神)은 말하자면 「속신(俗神)」이오―(웃지 마소)― 앞으로 나는 그를 좆고 진심으로 노(怒)옆이기를 두려워한다면 혹시 나도 착한 사람이 될지 모루겠오, 정말이지 신(神)이 나를 사랑해 준다면 얼마나 다행하고 행복(幸福)할 일이겠오, 그러나 나는 끗내 그가 미워할 사람인지도 그의 은혜(恩惠)를 간수할 고흠이 없는 사람인지도 모루겠오. 너무 갈팡 질팡 말이 길어졌읍다.[2] 참 밖같이 찬가보외다 붓을 든 손이 아리오, 이렇게 차고 긴―여러 밤을 나의 신과 더부러 희야를 생각고, 새인다면 혹 내게도 좋은 도리(道理)가 있을지 모루겠오. 그럼 내 또 쉬 편지하리다, 잘 있소.

『삼천리(三千里)』, 1940. 4)

---

2 원문대로.

　　　　　　　　　　　　　　　　　　　지하련 전집

편지 ─ 육필서한 1

지금 편지를 받엇스나, 엇전지 당신이 내게준 글이라고는, 잘 믿어지지 안는 것이 슬품니다. 당신이 내게 이러한 것을 경험케하기 발서 두 번임니다. 그 한번이 내 시골잇슬 때입니다.

이른 말 허면 우슬지모루나, 그간 당신은 내게 크다란 고독과, 참을 수 없는 쓸〃함을 준 사람입니다. 나는 닷시금 잘 알수가 없어지고 이젠 당신이 이상하게 미워지려구 까지 합니다.

혹 나는 당신앞에 지나친 신경질이엿는지는 모루나, 아무튼 점점 당신이 머러지고 잇단 것을 어느날 나는 확실이 알엇섯고……그래서 나는 돌아오는 거름이 말할수없이 헛전하고 외로윗습니다. 그야말노 모연한 시윗길을 혼자 거러면서, 나는 별 리유도 까닭도 없이 작구 눈물이 쏘다 지려구 해서 죽을번 햇습니다.

집에오는 길노 나는 당신에게 긴─편지를 썼습니다.

─물론 어린애같은, 당신보면 우슬 편지입니다─

정히야, 나는 네앞에 결코 현명한 벗은 못됫섯다. 그러나 우리는 즐거윗섯다. 내 이제 너와 더부러 즐거윗든 순간을 무듬 속에 가도 니즐순없다. 하지만 너는 나처름 어리석진 않엇다. 물론 이러한 너를 나는 나무라지도 미워하지도 안는다. 오히려 이제 네가 따르려는 것앞에서 네가 복되고 밝기 거울갓기를 빌지도모룬다.

정히야, 나는 이제 너를 떠나는 슬품을, 너를 이즐수 없어 얼마든지 참으려구한다. 하지만 정히야, 이건 언제라도 조타! 네가 백발일 때도 좋고, 래일이래도 조타! 만일 네 '마음'이 —흐리고 어리석은 마음이 아니라, 네 별보다도 더 또렷하고, 하늘보다도 더 높은 네 아름다운 마음이 행여 나를 찻거든 혹시 그러한 날이 오거든, 너는 부듸 내게로 와다고! 나는 진정 네가 조타! 웬일인지 모루겟다. 네 적은 입이 조코, 목들미가 조코, 볼다구니도 조타!

나는 이후 남은 세월을 정히야 너를 위해, 네가 닷시오기 위해 저 夜空에 별을 바라 보듯 잠잠이 사러가련다…… 云云하는 어리석은 수작이 엿으나, 나는 이것을 당신께 보내지 않엇습니다. 당신앞에 나보다는 기가 차게 현명한 벗이 허다히 잇는줄을 알엇기 때문입니다. 그래서 단지 나도 당신처럼 약어보려고 햇슬뿐입니다.

그러나, 내 고향은 역시 어리석엇든지 내가 글을쓰겟다면 무척 좋아하든 당신이—우리 글을 쓰고 서로 즐기고, 언제까지나 떠나지 말자고 어린애처럼 속삭이든 기억이, 내 마음을 오래두록 언잖게 하는 것을 엇지 할 수가 없엇습니다. 정말 나는 당신을 위해—아니 당신이 글을 썻스면 좋겟다구 해서 쓰기로 헌 셈이니까요—

당신이 날 맛나고 싶다고 햇으니 맛나드리겟습니다. 그러나 이제 내 맘도 무한 허트저 당신잇는 곳엔 잘 가지지가 않습니다.

금년 마지막날, 오후 다섯시에 "ふるさと"라는 집에서, 만나기로 합시다. 회답주시기 바랍니다.

이제(李 弟)

지하련 전집

편지 — 육필서한 2

정희씨(貞熙氏) 일간 별고없읍니까?

애기도 충실(忠實)한지 궁금합니다. 저는 지난 십구일(十九日)날 기여히 이곳을 옮아 왔습니다. 한번 놀너 와 주시십시오. 전일(前日) 형(兄)이 하신 말슴을 믿고 엿주는 것입니다. 꼭 와주십시오.

혼자 오시기 뭐허시건 회남씨(氏)나 임화씨(氏)와 함께 와 주십시오.

회기정(回基町) 64-15(六四—一五)

이제 현욱(李弟 現郁) 배(拜)

인사

지하련(池河連)

사실 내게는 이렇다는 포부(抱負)라고 할 게 없습니다. 혹 평소(平素) 바라든 바가 있었다면 한 사람의 여자(女子)로서 그저 충실(充實)히 혹은 적고 조용하게 살아가고 싶었든 것인지도 모릅니다.

하기야 글을 쓴다고 해서 뭘 여자(女子)로서 충실(充實)하지 말날 법은 없겠으나 단지 나의 경우에 있어선 내가 집을 떠나 있는 동안 내게 온 이를테면 가장 폐로운 시간(時間)을 주체할 길이 없어 그 처치(處置)된 곳이 이 길이었는지도 모르기 때문에 사실 앞으로 있어 내 행방(行方)에 딱이 장담할 수가 없습니다.

그러나 나와 같은 하잘 것 없는 사람을 세상에 소개해 주신 분에게 혹은 귀지(貴誌)『문장(文章)』에 부끄러움을 끼쳐서는 안 된다고 생각고, 되도록 이 길에 조심하려구 합니다.

허나 내개는 별 것이 없어, 무릇 색채(色彩)가 풍부(豊富)한 찬란(燦爛)한 생생한 「문학(文學)」을' 결코 없을 것 같습니다. 설사 내가 그것을 아무리 바란다고 해도 도저히 가망(可望)이 없을 것만 같습니다.

단지 내게 있다면 어데까지 찌그러진 한껏 구속(拘束)받은 「눈」이 있겠는데 물론 내 이 눈이 무엇을 보고 어떻게 받어드리느냐는 것을 알 수가 없으나 그저 바라는 바는 되도록 내 애꾸눈이 흐리지 말었으면 그래서 욱박질리운 메마른 내 인간(人間)들을 너무 천대(賤待)하지 말었으면 하고 생각할 뿐입니다.

출생지(出生地)는 경상도(慶尙道) 거창(居昌)이고 여학교(女學校)를 나왔을 뿐 이렇다는 학교(學校)를 끝까지 마친 데가 없습니다.

명치사십오년(明治四十五年)(大正元年)칠월(七月)십일일(十一日)출생일(出生日)입니다.—아무런 경력(經歷)도 없습니다.

(『文章』, 1941년 4월)

---

1 '「문학(文學)」은'의 오식.

일기(日記)

웨 이리 밤이 서늘할까. 발써 가을인지도 모르겠다. 그러나 발써 가을이 오다니 여름이 이처럼 짧을 수가 있을까. 그 뜨겁고 무르녹고 풍족한 여름이 이처럼 ㅁ을 수가[1]……. 그러나 또 혹 가을은 아직 제대로 먼데 나 혼자서 나만이 가을을 늦기는지도 모른다. 정말 이를지도 모른다. 사실—'배암'이 사리고 있는 찔레밭에 산(山)딸기의 향기가 피여나는 아직 싱싱한 더위ㄹ 때에도 역시 밤이면 피부로 '장어'를 늦기게 하는 곳이 여기였고 이것이 이곳의 여름밤인지도 모른다.

아무튼 가을이 어서 왔으면 어서 오작(烏鵲)이 은하(銀河)에 다리를 놓고 추석(秋夕)이 왔으면 그래서 밤마다 정든 저 기차를 타고 저 강(江)물을 건너서 다시 서울엘 갔으면.

나를 이리로 보내면서 그는 나어서 가을에 오라고 말했다.

떠나기 싫다는 아이들에게 "엄마 살쪄서 가을에 온다"고 달래는 말을 나는 드렸다. 오늘은 종일 기분(氣分)이 나쁘고 열(熱)이 높다.

---

* 이 글 역시 '임화씨(林和氏) 부인(夫人) 이현욱(李現郁)'으로 발표된 것이다.
1 '짧을 수가'의 탈자.

뜰엔 백합(百合)이 한창 퓽으나 내 맘은 그저 서글프다. 생각하면 죽는 게 무서운 것이 아니라 이즐 수 없는 사람들과 더부러 죽음이란 분명이 두려운 것이고 병고(病苦)란 한(恨)스러운 것인지도 모르겠다. 정말 고독(孤獨)이란 죽음보다도 더한가 보다. 낮에 서울서 편지가 왔으나 역시 맘 아플 뿐이다. "세상이 소(騷)란 해서 맘둘 곳 없는데 너는 알코 아이들은 가엽고……나는 고달프고 쓸쓸타"고 그는 말했다. 나는 그분을 좋은 이라고 생각는다. 그는 애기들을 소중(所重)이 하는 성실한 아버지기도 하고 또한 자기를 위해 가장 자유로운 분이기도 하다. 지나친 고집이 있고 비위가 까다로우나 역시 좋은 판단을 가진 믿어운 분이라는 생각는다. 이러틋 나보다 몇 배 훌륭하고 착한 분의 고닯음을 내가 더러 줄 수 있고 쓸쓸한 때를 위로할 수 있다면 이것은 내게 참말 과한 즐거움일지도 모른다.[2]

『女性』, 1940. 10)

---

2   이현욱, 「일기」는 영인본 『여성(女性)』 75쪽이 낙장이 되었고, 원본은 찾을 수 없었으나 장윤영의 석사논문에 75쪽 부분이 인용되어 있어 덧붙였다.

제5부

설문

설문(設問)

一. 선생(先生)은 부군(夫君)을 언제 어디서 처음 맞나섰습니까.

二. 부군(夫君)을 처음 맞날 때 수입(收入)은 얼마나 되었읍니까.

임화부인 이현욱(林和夫人 李現郁)

一. 6년전(六年前) 겨울 평양(平壤) 모 병실(某 病室)에서 처음 맛났습니다.

二. 별(別)로 없었습니다.

『女性』, 1939. 12.)

제6부

자료

지하련(池河連)씨의 「결별(訣別)」을 추천(推薦)함

백 철(白鐵)

　지하련씨(池河連氏)는 모 친우(某親友)의 부인(夫人)되는 분으로 내가 기왕부터 경애(敬愛)해 온 분이다. 인간적(人間的)으론 전(前)부터 친숙(親熟)하게 아는 분이지만 그가 이처럼 훌륭한 작가적(作家的)인 천품(天稟)을 가춘 분인 줄은 조홀(粗忽)하게도 생각질 못했다. 그만치 이 「결별(訣別)」을 읽었을 때의 나의 놀램과 기쁨은 더한층 크고 신선했다.

　「결별(訣別)」에 대하여 내가 염려(念慮)하는 점(点)이 있다면 그것은 이 작자(作者)의 작품(作品)을 다룬 솜씨와 작품(作品)에 임(臨)한 태도(態度)가 도리혀 너무 노련(老練)하고 여유(餘裕)가 있는 것이지만, 생각하면 그것도 너무 일즉히 문단(文壇)에 등장(登場)하는 작가(作家)의 조숙미(早熟味)와는 다르다. 그의 재품(才稟)과 비(比)하여 너무 늦게 등장(登場)하는 감(感)이 있는 이 작가(作家)의 인생(人生)에 대한 체험(體驗)의 도(度)가 깊은 것과 작자(作者)의 교양(敎養)이 그만치 높음을 증명(證明)한 것인 줄 안다.

　작중인물(作中人物)로서 작자자신(作者自身)을 대변(代辯)했다고 추측(推測)되는 여성(女性)을 제이주인공(第二主人公)으로 돌린 점과 따라서 자기(自己)를 타(他)에 양보(讓步)해간 그 윤리적(倫理的)인 신미(新味)와 찰삭 달겨붙는듯한 섬세막비(纖細莫比)한 감각미(感覺味)와 장면(場面)마다 나타난 여성(女性)다운 치밀(緻密)한 관찰(觀察)의 도(度)는 타인(他人)의 추방(追倣)을 허(許)하지않는 재지(才智)가 빛나는 호개(好箇)의 단편(短篇)이다.

 나와 같은 비재(非才)의 일(一) 문단인(文壇人)의 추천(推薦)을 거쳐서 대단(大端)히 겸손(謙遜)하고 지미(地味)스런 태도(態度)로 등장(登場)하는 지여사(池女史)가 이 일작(一作)으로서 능(能)히 현 문단수준(現文壇水準)을 육박(肉迫)하고 넘칠 것이 있을 줄 믿는다. 더욱이 빈약(貧弱)한 여류문단(女流文壇)에 큰 기여(寄與)가 될 것을 의심(疑心)치 않는 바다. 나종으로 나는 이 작자(作者)의 그리 건승(健勝)치 못한 건강(健康)이 이 작품(作品)과 같이 회복(回復)되어 그 회복(回復)된 건강(健康)으로 계속하여 이작(二作) 삼작(三作)으로 정진(精進)하기를 바라고저 한다.

(『文章』, 1940. 12.)

「신인선(新人選)」 소감(小感)
— 삼월(三月) 『문장(文章)』 창작평(創作評)

■

정인택(鄭人澤)

체향초(滯鄉抄) 지하련작(池河連作)

호평(好評)이던 전작(前作) 『메별(袂別)』[1]은 불행(不幸)히도 읽지 못했으나 『체향초(滯鄉抄)』만으로도 가(可)히 이 작가(作家)의 면모(面貌)의 일단(一端)을 엿볼 수 있었다는 것은 무척 반가운 일이었다. 그리고 이 작품(作品)에 대(對)한 약간(若干)의 예비지식(豫備知識)이 그대로 수긍(首肯)되었다는 것도 무척 기쁜 일이었다.

여성(女性)답지 않게 웅혼(雄渾)하다고까지 할 수 있는 필치(筆致)와 묘사력(描寫力)도 놀램의 하나였거니와 작중인물(作中人物)들에 대(對)한 작자(作者)의 냉정(冷靜)함은 놀램의 둘이었다. 그리고 이러한 난삽(難澁)한 행문(行文)과 제재(題材)로 능(能)히 한 편(篇)의 소설(小說)을 짜 놓았다는 것은 놀램의 셋이었다.

작품(作品)의 초점(焦點)이 연화(軟化)되었다는 느낌이 없지도 않으나 그것이 오히려 이 작품(作品)의 한 가지 특색(特色)이 될지도 모른다. 또 작중인물(作中人物)의 '삼히'라던가 '오라버니'라던가 '태일'이라던가의 행동(行

---

1 『메별』은 잘못. 『결별(訣別)』이 맞다.

動)이나 사고(思考)나 그리고 그 대화(對話)까지가 일종(一種) 초속적(超俗的)이고 병적(病的)이리만치 예민(銳敏)하며 그 서술(敍述)이 부족(不足)하여 '실루에트'같이 인물(人物)의 형상(形象)이 둔화(鈍化)되었으면서도 역시(亦是) 모다 현실(現實) 속에서 아우성치는 산 사람들이었다는 것은 이 작품(作品)의 인상(印象)을 더욱 중후(重厚)하게 만들고 있다.

그러나 너머도 굴곡(屈曲)이 적고 극적 요소(劇的要素)가 빈약(貧弱)하여 탄탄(坦坦)한 대로(大路)에 폭양(暴陽)만 내려 쪼일 뿐, 나무그늘 하나 보히지 않는 느낌이다. 강렬(强烈)한 박력(迫力)은 무관(無關)하나 그것만으로는 감동(感動)에까지 승화(昇華)하기 어렵기 때문이다. 여기에서 우리는 붓작란 같은 사말적 기교(些末的技巧)일지라도 소설(小說)을 구성(構成)하는 한 개(個)의 요소(要素)가 될 수 있다는 점(點)을 배울 수 있다. 동시(同時)에 가장 속(俗)스러운 '재미'라는 것도 소설(小說)에서 완전(完全)히 말살(抹殺)하여 버릴 수는 없다는 것을 배울 수도 있다.

그러나 이러한 제재(題材)로 이러한 형식(形式)을 취(取)한 작품(作品)에서 그것을 찾는다는 것은 찾는 편(便)이 무리(無理)일지도 모른다.

『문장(文章)』, 1941년 4월 폐간호)

지하련(池河連)과 소시민(小市民)

— 신간평(新刊評)을 대신(代身)하여

정태용(鄭泰鎔)

　해방 직후다. 한 사에 다니는 W양(지금은 가정부인)의 삼 형제가 사는 방에 나는 종종 드나들었다. 삼 형제가 전부 노래거나 춤이거나 그림이거나 소설이거나 시거나 못하는 게 없어 무척 유쾌한 방이었다. 동시에 너무나 휴 —매니즘에 충만한 소녀들의 감정이 있는 분위기었다. 당시 나는 내가 간 그날 W양의 동생인 중학소녀의 일기장에 「정선생은 너무 쓸쓸하고 우울해 보였다. 어떻게 위무하고 유쾌하게 해줄 수 없을까 하고 나는 궁리했다.」고 쓰여져 있는 정도의 동정을 받을 만큼 쓸쓸하고 우울한 인간이었다. 지금도 별반 다를 것 없는 생활이지만. 그런데 내가 그 방엘 아무도 없는데 혼자 앉았으량이면 곁방에서 유쾌한 여인의 고성이 일본말 서양말 조선말 할 것 없이 열변 달변 속변이 나의 고막을 치는 것이었다. 여인의 웅변은 사나이를 포로로하고 결국은 꼼작달싹 못하게시리 해버려, 대개의 사나이들은 항변이 없이 그저 유쾌하게 웃을 뿐이었다. 가만히 듣고 앉았으면 사랑스러운 소녀들의 돌아옴을 기다리는 시간도 그닥 지루하지 안했다. 옆방의 여자는 우리들이 잘 아는 지하련씨란 것은 뒤에서 알았다. W의 삼 형제는 지하련씨의 사랑하는 제자요 후신이었다.

　실제로 대한 지하련씨는 어디에서 그런 수다스런 정열이 나오는가 싶게 연약한 몸이었다. 생리적으로 벌써 예술가적 섬세 그것이었다. 깊은 사색에 지친 듯한 두 눈은 멀리곰 바라보고 힘이 없었다. 일제시대 회기동에서 본 지하련씨의 생기발랄한 표정은 찾을 길 없었다. 아마 앓았는지도 모르리라.

　이러한 지하련씨가 소시민의 세계를 그린다는 것은 아주 적절한 일이라고, 『문학』지에 실린 『도정(道程)』을 서울서 읽으면서 혼자 생각했다. 지하련씨가 심리를 생리적인 데까지 끌어가면서 감성을 묘사한 문장은 마음의 선율의 한 가닥도 놓지지 않으려고 서두는 어휘가 극히 풍부하고 적절했다. 씨의 예민한 감성은 심리의 지나친 동요를 잘 포착하면서 그 표현이 또한 정확하다. 여기에 과장이 있다면 표현의 과장이 아니라 심리 자체의 유추의 오류일 뿐일 것이다. 소시민인 작중인물의 순간적인 심리의 동요는 지하련씨가 아니면 꾸며 낼 수 없는 저음계(低音階)적 감동의 착란일 것이다. 그러나 석재가 공산당 입당서에 「소부르좌」라 써 놓고서 쾌재를 부르는 것은 지하련씨 자신의 어느 부분의 희망이기는 해도 석재 자신의 용기의 상징은 안될 것이다. 웨냐 하면 석재 자신은 그러한 용기도 영등포로 갈 용기도 사실은 갖지 못한 위인이기 때문이다. 석재 자신의 「소부르좌」적 자기극복은 내부적 양심의 가책의 과정에서 수행되어질 것이 아니다. 보다도 더 많이 역사의 흐름에 대한 망아적(忘我的)인 정시(正視)와 이에 대한 자신의 의무감 정의감 등의 교착된 감정이 자신을 감격시키면서 현장으로 끌어가야 할 것이다. 그렇다. 인제 생각하니 『도정(道程)』 끝으머리에 그러한 대목이 있었던 듯도 싶다. 어쨌든 그러한 과정과 자기비판 없이는 석재는 자기극복을 못할 것이다. 소시민은 소시민의 심리를 반추하는 한 소시민일 뿐이요. 그걸 극복하지는 못하기 때문이다. 소시민의 심리적 자책은 끝끝내 소시민의 심리일 뿐이요, 그것으로서 소시민의 심리가 극복되지 않는다는 것이 소시민 심리의 특징이다. 새로운 어떤 적극적인 외부에의 행동만이 소시민성을 극복할 수 있게 한다. 이것은 우리자신이 똑똑히 경험한 바다. 그러나 석재가, 소시민성을 극복하든 안 하든, 소시민의 전형적 타이프가 되어 있다는 것은 부인할 수 없는 일이다. 우선은, 이 작품이 어떠한 해결을 가져왔다는 것은 별문제로 하고, 전형적 사건 속에서 전형적인 인물을 골라 보았다는데 이 작품이 이태준(李泰俊)씨의 「해방전후(解放前後)」와 함께 높은 의의를 갖는다. 동시에 이 작가가 인물을 다루는 각도라든지 태도라든지, 그것을 묘사해 가는 문장 등이 갖는 바 디테일의 리얼리즘은, 요즘 내가 볼 수 있는 어떠한 작품도 따를 수 없다고 생각된다. 작품의 구상과 이것을 푸리하는데 이처럼 침착한 지하련씨는 내가 아는 인간 지하련씨와는 다른 것 같다.

어쨌든 소심하고 약한, 그래서 투철한 신념을 상실한 소시민의 양심은, 제 스스로를 모멸하고 회의하고 학대하면서 무능력자가 된다. 이렇게 못난 인간들이 일제시 우리들 소부르좌 인간성의 본질이요, 이것이 해방 직후 닥쳐 온 현실 앞에 당황하고 주저하면서 자신을 주제하지 못하고 질책하는 동시에, 능동적이요 행동적인 사람에게 시기와 질투를 가지며 비진실하다고 비꼬는 인간성의 본질이었고, 우리들이 허다한 생활에서 느껴 온 심적 과정이매 투르게―네프가 말하는 두 개의 인간 타이프중의 해물레트적 존재가 아닐 수 없다. 정치뿐 아니다. 연애나 우정이나 사교나 사업이나 모든 것에 대하여 이러했고 현재도 아직 온전히는 극복되지 못한 이 심적 특징은 사람을 무능력자로 만드는 장본이다. 그러므로 해서 우리는 이러한 부분을 얼마나 증오하고 모멸하는지 모른다. 때문에 행동해야겠다 생각하면서도 이 청산하지 못한 부분을 붙들고 무척 쓸쓸하고 우울하고 주저하는 것이다. 능동적인 인간 앞에 무척 당황해버리는 것이다.

지하련씨가 『도정(道程)』을 썼다는 것을 먼저 알려주던 W양은 현재 어디 있는지 모르거니와, 그들 삼 형제야말로 이 단편집의 간행을 누구보다도 기뻐할 것이요, 먼저 읽고 싶을 것이다. 더욱이 타고난 천분과 재질에 있어 미래에 대한 촉망과 기대가 두렵던 W의 동생은 가정형편으로 애석하게도 학업을 도중에 그만두고 서울을 떠나버렸다. 이제 어디쯤에서 미래의 훌륭한 자신을 만들고 있는지 궁금한 생각에 이 밤이 기울어간다. 『도정(道程)』을 대하니 읽기보다 이런 생각이 앞서니 부득이 이 글을 적어 신간평에 대신하고 지하련씨와 떠날 수 없는 삼 형제에게 지상을 통하여 알려 드린다.

(『부인(婦人)』, 1949 .2. 3)

어두운 시대와 윤리감각

— 池河連

서정자

1. 예비고찰

1940년 12월에 단편 「결별」[1]로 등단한 작가 지하련(池河連)의 작품세계는 지금까지 거의 소개된 바 없다. 여성작가에 대한 폄시에 대해서는 누차 지적한 바 있지만, 여성작가군을 소개하는 글에서도 그의 이름은 빠져 있다. 백철(白鐵)의 『신문학사조사(新文學思潮史)』[2]에 약간 언급되어 있고, 최근 김윤식(金允植) 교수의 「전향소설의 한국적 양상」에서 지하련의 「도정(道程)」을 문제작으로 평가한 것이 그에 대한 최초의 관심을 보여준 예가 될 뿐, 그의 문학에 대해서는 아무도 관심을 보이지 않아왔다. 그렇게 된 이유로는 두 가지를 찾아볼 수 있는데, 첫째는 그가 월북 작가라는 점이며, 둘째는 그의 등단이 일제 말 암흑기이고 발표한 작품 수가 많지 못했다는 점일 것이다. 그가 정확하게 언제 월북을 했는지 알 수 없으나, 창작집 『도정』이 1948년 12월에 출간되었고, 그 이후에는 이쪽 잡지 등에서 그의 이름을 찾을 수 없는 점으로 미루어 볼 때 대략 48년 말이나 49년 초에 월북했을 것

1 　池河連, 「訣別」, 『文章』(1940. 12).
2 　白鐵, 『新文學思潮史』(白楊堂, 1949), 386쪽.

으로 보인다(夫君 林和는 47년 월북).[3] 수적으로는 많지 않지만 창작집『도정』에 실린 그의 작품들은 만만치 않은 작가적 역량을 내보이고 있다. 이 창작집에 실린 일곱 작품 중 두 편이 미발표 작품인 것을 보더라도 우리말로 작품 활동을 하기에 어려운 상황에서 작품을 써온 작가의 치열한 자세를 읽을 수 있다.

지하련은 해방 전 등단한 여성작가들 중 가장 늦게 출발하였으면서도 그 작품 수준에 있어서는 당대의 수준을 오히려 능가하는 기량을 보였다 해서 백철(白鐵)이나 정인택(鄭人澤)으로부터 격찬을 받았다.

> 인간적으로 전부터 친숙하게 아는 분이지만 그가 이처럼 훌륭한 작가적인 천품을 갖춘 분인 줄은 조홀하게도 생각질 못했다. 그만치 이「訣別」을 읽었을 때의 나의 놀람과 기쁨은 더 한층 크고 신선했다.[4]

위 인용문은「訣別」을 추천한 백철의 소감이며,「滯鄕抄」를 읽은 정인택(鄭人澤)은 그의 소설 솜씨에 세 번 놀랐다고 썼다.

> 여성답지 않게 웅혼하다고까지 할 수 있는 필치와 묘사력도, 놀람의 하나였거니와, 작중 인물에 대한 작가의 냉정함은 놀람의 둘이었다. 그리고 이러한 난삽한 행문과 제재로 능히 한 편의 소설을 짜놓았다는 것은 놀람의 셋이었다.[5]

---

3 金允植,「林和硏究」,『韓國近代文藝批評史硏究』, 일지사, 1976, 82쪽.
  현재 발견되는 창작집『도정(道程)』의 증정본들에 필자의 사인이 없는 것으로 보아 책이 출간되기 전 48년에 월북한 것으로 판단된다.
4 白鐵,「池河連씨의 '訣別'을 추천함」,『文章』, 1940. 12, 82쪽.
5 鄭人澤,「新人選小感」,『문장』, 1941. 4, 208쪽.

작가 지하련보다 임화의 부인으로 더 알려져 있는 그의 생애는 뜻밖에도 거의 알려진 것이 없다. 그의 작품 활동 시기가 1940년대였고 당시의 상황이 일제 식민지 최악의 시기였던 만큼 지면의 넉넉치 못한 사정으로 강제청탁으로나마 씌어지게 마련인 잡문조차 거의 없어 그의 생애에 관한 한 오리무중이라 할 수밖에 없다.[6]

지하련의 본명은 이현욱(李現郁)으로 지하련은 필명이다. 1912년 7월 11일 경상남도 거창(居昌)에서 태어난 그는 동경소화고녀와 동경여자경제전문학교를 수학하였다. 임화와 함께 그의 가계는 아직 밝혀져 있지 않으며 임화와 결혼하게 된 내력도 분명히 알려져 있지 않다. 재혼인 임화와 결혼한 지하련은 결혼하자 임화의 병간호부터 해야 하였는데 임화가 회복되자 이번엔 지하련이 병을 앓기 시작, 친가에 내려가 있어야 했다.[7] 이때 그는 글을 쓰게 되는데, 당시의 심경을 다음 글은 잘 말해주고 있다.

> 내가 집을 떠나 있는 동안 내게 온, 이를테면 가장 폐로운 시간을 주체할 길이 없어 그 처치된 곳이 이 길이었는지도 모르기 때문에, 사실 앞으로 있어 내 행방에 딱이 장담할 수가 없습니다.[8]

---

6   정영진, 『통한의 실종문인』, 문이당, 1989. 정영진은 이 저서에서 「비운의 여류작가 지하련」의 부족한 자료를 임화의 자료로 보완해 지하련의 전기를 정리하고 있다. 본 저자는 박사학위논문에서 지하련의 생애 부분에 오류를 범했는데, 이는 임화의 첫 아내와 지하련을 동일시한 데서 비롯되었다. 정영진의 저술을 참고하기 바란다.

7   李現郁, 「日記」, 『女性』, 1940. 10, 74쪽에는 임화도 TB(폐결핵)를 앓았으며, 이 글에서나 작품 속에 나오는 증세로 미루어 지하련도 TB를 앓은 것 같다. 김윤식 교수의 「林和研究」(566쪽)를 보면, 임화는 처가인 마산(馬山)에서 요양하였다고 되어 있는 것으로 보아 지하련의 친가는 마산인 듯하며 출생지와 다른 점이 주목된다.

8   지하련, 「人事」, 『文章』, 1941. 4, 264쪽.

지하련의 성격을 엿볼 수 있는 자료로 정태용(鄭泰鎔)의 글이 있다. 그의 글에 따르면, 지하련은 열변, 달변, 속변으로서 듣는 이를 꼼짝달싹 못하게 하는 수다의 일면을 지녔는가 하면, 실제로 대하면 어디서 그런 수다스런 정열이 나오는가 싶게 연약한 몸은 "생리적으로 벌써 예술가적 섬세, 그것이었다." 또한 "깊은 사색에 지친 듯한 두 눈은 멀리곰 바라보고 힘이 없었다"고 했듯이 깊은 사색적 면모를 지니기도 했다.[9]

지하련의 소설 시대는 문자 그대로 일제강점기인 암흑기였다. 일지사변(日支事變)이 예상대로 장기전에 들어가 1941년 12월 태평양전쟁을 일으킨 일제는 식민지 조선을 유례 없는 학정과 탄압 속에 몰아넣게 된다.

1941년 2월에는 조선사상범 예방 구금령을 제정하여 사상범을 강제 수용하고, 창씨개명을 강요하였으며, 국가 징용령의 일환으로 노동력을 강제로 집단 동원하여 군사시설 공사 등에 혹사시키다가, 군사기밀 유지를 위해 집단 학살을 자행하였다. 일선 동조론을 강조, 황국신민서사를 제창케 하여 황국 신민화 정책을 강제로 실시하였다. 막바지에는 지원병 제도를 실시, 조선 청년들을 전장에 끌어들였으며, 1944년에는 징집 제도로 바꾸어 실시했다. 1944년 여자정신대 근무령 등 숨쉴 틈도 없는 전시 탄압 체제로 식민지 현실을 조였다.

일제는 전쟁 협력을 위한 문화정책을 강화하여 1939년 10월 '조선문인협회'를 결성케 하였다. 이 문학기관의 취지는 문인이 군국주의적인 국책 수행에 있어서 "문인 전체가 대동단결 하여 강력한 국체를 조성하자"는 것이었다. 문학의 동향은 "현실에 대한 문학인의 처세적 태도가 더 한층 곤란한 경지가 되어", 혹은 절망의 문학으로 표현되고 혹은 더 한층 순수문학의 오

---

9   정태용, 「池河連과 小市民」, 『婦人』, 1949. 2. 3, 44쪽.

지로 들어가거나 혹은 그 현실을 역이용하려는 경향도 나타나다가 결국은 문학사의 암흑기로 접어들게 된다.[10]

지하련이 등장하던 시기의 문단은 이러한 "주조의 결여"시대로서, 신인의 문학론이 표현 면이나 기교 면으로 기울어져 신인의 작품들이 기교주의적인 경향을 보인 때였다. "신인들에게 새로운 것이 있다면, 새로운 기술적 시험과 그 시험들이 어느 정도로 성과를 얻었다는 것이다. 쉽게 말하자면 지금 신인의 기술적 수준은 기왕의 신인 시대의 기술적 수준과 비한다면 놀라운 정도로 고도화했다는 것"이라며 이원조(李源朝)는 신인의 특색을 그 기술적인 면에서 찾게 된다고 했다.[11]

시대적으로 보나 문단의 현실로 보나 극도의 암흑기에 씌어진 지하련의 소설도 따라서 현실과 정면대결을 할 수 없는 인물들의 이야기가 되지 않을 수 없었다. 그러나 그는 현실을 완전히 외면한 이야기가 아니라, 당대의 현실을 그 나름대로 고뇌하면서 갈등을 내면화시킨 인물을 그려, 암흑기를 사는 식민지 지식인의 현실을 섬세하면서도 예리한 언어로 엮었다. 그러므로 이러한 인물들의 갈등을 드러내는 방식은 암호법이 될 수밖에 없었다. 그리고 이 암호법을 유지하기 위하여 소설은 세련된 기교를 갖추지 않을 수 없게 된다. 또한 2차 전향이라 불리는 '황도문학(皇道文學)', '국체'에로 전향하기 등이 강요되는 현실에서 지식인들이 겪어야 했던 시련은 곧장 윤리 감각의 신경과민으로 연결된 듯, 행위 및 언어가 극도로 절제된 그의 문학에서는 과거가 완전히 봉쇄되어, 그 신분이 불분명한 지식인들이 결벽증을 병적으로 앓는 현상을 나타낸다. 이렇듯 그의 소설은 암흑기 현실을 사

---

10 白鐵, 앞의 책, 현대편 참조.
11 이원조, 「文學主義時代」, 백철의 『新文學思潮史』에서 재인용.

는 방식을 다루는 한편, 남성과 여성 사이의 관계에서 그 허위의식을 파헤쳐 관계의 허무를 다루는 두 가지 작품 경향을 보인다. 그의 문학은 일제강점기(日帝强占期), 특히 해방 전 암흑기의 질식할 듯한 민족적 현실을 명징한 언어로 드러내고 있다는 점에서 우리 문학사에서 주목하여야 할 작품들이다.

2. '암호법'의 세계와 위선에의 공포

1) '암호법'의 세계와 '바라다만 보기'

작가가 드러내고자 하는 현실이 억압되어 있다면 작가는 자신들의 메시지를 숨기게 마련일 것이다. 따라서 이들의 삶을 밝히는 작업은 암호법의 영역에 속할 수밖에 없다.[12] 지하련의 경우 그의 소설 분석은 바로 암호풀이와도 같다.

우선 그의 소설공간이다. 「체향초(滯鄕抄)」, 「종매(從妹)―지리한 날의 이야기」, 「양(羊)」 등 세 편의 소설 공간은 모두가 산(山)이다. 지식인인 이 소설의 주인공들은 분명한 이유를 대지 않은 채 산으로 들어가 산다. 「종매」의 경우 종매 정원 때문에 산으로 가게 되지만 산으로 가는 주인공의 신분역시 철저히 가려져 있다. 이 주인공들의 산속살이의 이유를 푸는 일, 그리고 산속살이의 방식을 하나의 고리에 연결, 주인공들의 지향점을 밝히는일 등이 모두 암호풀이의 영역에 해당한다.

이렇듯 그의 소설 읽기가 암호법의 세계에 잠입하는 작업이 되는 것은

---

12 Catharine, R. Stimpson · David Lodge 편, 「여권론비평에 대하여」, 『20세기 文學批評』, 까치, 1984, 405쪽.

무엇보다 그의 소설 속의 시간이 현재, 바로 현재만이 바투게 이어질 뿐, 주인공들의 의식이나 형편을 일러줄 과거가 철저히 봉쇄되어 있기 때문이다. 앞의 세 작품 어디에서고 주인공이 전에 무슨 일들을 했는지가 전혀 제시되지 않고 있다. 볼프강 이저에 의하면, 독자가 현재 주인공의 행동에 관심을 기울이고 있다고 하면—따라서 이것은 이 순간의 주제가 된다—그의 태도는 화자나 다른 작중인물이나 플롯이나 주인공 자신 등의 시점에서 연유한 주인공에 대한 과거의 태도라는 지평선에 의해 조건 지어진다.[13] 그런데 이들은 단지 현재의 시간을 사는 데에만 급급하고 있을 뿐이다. 그리하여 그들의 행위가 과거로부터 낳아진 인과(因果)로서가 아니라 일상의 한 대목을 절단하여 보여주는 형국이어서 이들의 행위는 "사말적(些末的) 붓장난"[14]같이 보이게 된다.

지하련의 소설 공간 '산'은 전통적 우리 문학에 등장하는 산의 이미지와는 매우 다르다. 우리 문학 속의 산은 "명상과 교양과 지혜, 초탈, 안주, 무욕의 온갖 의미를 깨닫게 하는 수양적인 거울의 근거가 되는 동시에 자연과의 융합을 구하는 가장 구체적인 장소요, 예술적인 미적 공간 대상이기도 한" 데 비하여, 지하련의 소설 공간인 산은 오히려 롤랑 바르트의 "노력과 고독의 도덕성을 고무하는"[15] 장소이다. 말하자면 초탈하고 안주하여 수양하는 곳으로서의 산이 아니라, 회한과 무력을 고뇌하는 장소요, 끊임없이 탈출을 기도하는 장소의 산인 것이다. 따라서 어떠한 이유로서건 일단 찾아든 산이기는 하나 언젠가는 떠나야 할 것을 주인공들은 잠정적으로 인

---

13 Wolfgang Iser, 「소설의 方略」, 『現代小說의 理論』, 최상규 역, 大邦出版社, 1987, 427쪽.

14 정인택, 앞의 글, 208쪽.

15 李在銑, 『우리 문학은 어디에서 왔는가』, 소설문학사, 1986, 297쪽.

지하고 있어, 일시적 삶의 공간이라는 이미지가 강하다.

이 산에서 주인공들은 식물과 동물과 더불어 산다. 동거인이 있으나 동거인 역시 식물이나 동물처럼 말이 없거나 극도로 절제되는 특징을 지닌다. 그리하여 대화는 언제나 함축적이어서 압축된 의미를 띠고, 게다가 팽팽하게 긴장되어 있다. 언어가 끼여들 틈이 없는 관계란 이미 막이 내려진 무대와도 같은 것이다. 지속되어오던 어떤 이야기는 끝이 나, 더 이상 논의할 화제도 가치도 없어, 다만 침묵 속에 주인공은 입을 다물고 자기 앞으로 돌아가 행위를 계속하는 일만이 남아 있는 것이다. 그러므로 지하련의 소설 세계를 탐구하기 위해서는 이들 주인공들의 행위를 쫓는 일과, 그 행위의 의미를 묻는 일일 수밖에 없다. 「종매」의 석희가 집으로 돌아와 몇 달씩 무위도식하는 이유를 말해주는 대목은 누이 정원이가 앓는 철재를 도맡게 된 사정을 말하는 중에 나오는 다음과 같은 말 정도이다.

"아무튼 의사도 그대로는 살지 못한다구 했으니까—그리고 옆에 누구 한 사람 있어야 말이지."
"친구도 없디?"
"있었는데 오빠 같은 일로 다들 가고 없었어."[16]

이 "오빠 같은 일"이 무엇인지 작품 속에서는 그 구체적인 내용을 찾을 수 없다. 다만 자칫하면 지나치기 쉬운 "석희가 집을 떠나 있는 동안 현실과 차단된 그 어두운 생활에서"라는 대목의 어두운 생활이 누이 정원의 말과 연결지어 볼 때 옥살이가 아니었을까 하는 짐작이 겨우 가능할 뿐이다. 「양」의 성재 역시 자기가 산, 사천육백 평이나 되는 울창한 삼림을 "아무짝

---

16 지하련, 「從妹」, 『道程』, 백양당, 1948, 229쪽.

에도 소용이 없어 그저 좋아서 샀다는 것은 말이 안 되고, 말이 된다고 해도 이건 결코 그리 떳떳지 못한 것일까?"[17] 하고는 산을 사고, 그 속에 들어와 사는 데 어떤 사연이 있을 듯한 여운만을 던져주고 있다. 「체향초」의 오라버니도 시가지와 떨어진 산밑에 와서 나무와 짐승들을 기르며 날을 보내게 된 계기로서 단 한마디 "한때 불행한 일로 해서 동을 상우고"라는 것뿐이다. 흔히 있을 수 있는 삶의 상처 정도로 해석하기엔 이들의 산 속 생활이 결코 단순하지 않다는 데 지하련 소설의 문제성이 있다. 따라서 「체향초」를 분석하여 안개 속 인물들의 실체를 규명해본다.

화자인 삼히는 아이도 있는 가정주부인데 병을 앓게 되어 친가로 요양차 온다. 병문안 오는 친척과, 과도한 관심 등 번잡함을 피하여 오게 된 곳이 산호리 오라버니 댁이다. 어렸을 적 유난히 따르던 오라버니였지만, 그들은 수년 만에 만난 터이어서 삼히는 예전과 달리 변해버린 오라버니의 모습을 언짢은 마음으로 바라보게 된다. 삼히의 눈에 비친 오라버니의 모습을 이어보면 다음과 같다.

오라버니의 얼굴 ① : 오라버니는 보기만 해도 숨이 막힐 것 같은 노동복을 입고는 김매고, 모종하고, 또 식목을 분으로 옮기고, 순 자르고, 돼지 물, 닭의 모이까지 챙긴 후 물통을 들고 온실 식물에 물을 줄 때면 거반 하루해가 다 가는 때이다.

> 이렇게 일을 몹시 하는 날이면 오라버니는 더욱 말이 적었다. 쉴새없이 손등으로 떨어지는 땀을 수건으로 한 번 씻는 법이 없고, 애를 써 그늘을 찾으려고도 않았다. 또 이러한 때는 삼히가 일찍이 보지 못했던 이마 복판에 일자로 내리벋은 어데난 혈맥이 서 있어, 이것이 무서운

---

17 지하련, 「羊」, 위의 책, 272쪽.

인내나 아집을 말할 때처럼 일종 이상하게 섬직한 인상까지 주었다.

삼히가 이상한 적의(敵意)를 느끼고 제 방으로 돌아올 때가 흔히 이러한 때이기도 하지만, 아무튼 이러한 때의 오라버니는 어딘지 횡폭한 데가 있었다. 이상한 자기 주장이 반드시 남을 해치거나 남을 간섭하는 것이었다.[18]

오라버니의 얼굴 ② : "어느 날―오라버니가 사무실 바로 앞에서 바깥 문께다가 백묵으로 동그라미를 그리고는 새총으로다 그걸 맞추노라고 아주 정신이 없었다. 수없이 되풀이하는 총알이 위로 아래로 또 옆으로 흩어져서 좀체 동그라미를 맞출 상싶지 않았으나 오라버니는 그저 겨누기에 정신이 없었다."[19]

오라버니의 얼굴 ③ : "오라버니는 책상에 턱을 고이고 앉은 채 연필로다 뭘 정신없이 껍직대고 있었다. 그 앉은 모양이라든가 얼굴 표정으로 보아, 시방 오라버니가 뭘 마음 들어하고 있지 않다는 것을 곧 알았다.―삼히는 고개를 길다랗게 하고 책상 위에 있는 종이쪽과 오라버니가 끌적이고 있는 것을 번갈아 살펴보았다. 종이쪽은 누구의 초상인 듯해서, 자세히 보니까 어느 강물을 빗겨 비옥한 평야를 배경으로 아무렇게나 앉아 있는 건강한 청년이 바로 태일이었다. 청년은 머리칼이 거칠고 수염이 짙어 눈이 더욱 빛나 있었다. 그러나 힘없이 거두어져 있는 얼마나 징한 조화를 잃은 큰 손인가?―다시 오라버니 앞에 놓인 종이쪽을 보았다.―찬찬히 바라보노라니까 과연 이 머릿박이 유난히 크고 수족이 병신처럼 말라빠진 무서운 사

---

18 지하련, 「滯鄕抄」, 앞의 책, 156쪽.
19 위의 책, 174쪽.

지하련 전집

나이가 영락없는 오라버니가 아닌가?"[20]

무력하고 초라하게 그려진 오라버니와는 대조적으로 선이 굵고 힘차게
그려진 태일이라는 청년은 이를테면 행동형 인간이다. 그는 그와 상관되는
일체의 것을 자기 의지 아래 두고 싶어하는 야심을 가졌으면서도 그것을
위해 조금도 비열하지 않고 아무것과도 배타하지 않는 "풍족한 성격"일 뿐
아니라, 남성다운 세계의 인간이어서 "어떠한 사정이나 환경에서 패하는
경우라도 결코 비참한 형태가 아닐 것"이라고 오라버니가 부러워하는 인물
이다.

오라버니의 얼굴 ① ② ③에서 어떤 사정이나 환경에서 패한 비참한 형
태가 되어 자신을 나약하고 결단력이 부족한 인간이라고 생각하는 주인공
이 하나의 대상(代償) 심리로써 일에 몰두하거나 총 쏘기 등의 유희에 열중
하면서, 주저 없이 행동하는 태일이라는 청년을 자신과 대조적인 인물이라
고 생각하는 것을 보게 된다. 태일은 오라버니의 이와 같은 삶의 방식에 대
해 "거짓으로 산다"고 말한다. 태일은 "사나이, 생명, 육체"를 지니고서 의
리를 지키기 위해 창피한 싸움에 끼여들기도 하는 인물인데, 그는 사관학
교에 갔다가 군인이 되려는 생각[21]으로 동경으로 건너간다. 이 소식을 전해
주는 오라버니를 향하여 삼히가 "사관학교는 좀 걸작인데요"라고 "짐짓 피
식이" 말하면서 되도록 무심한 낯빛을 하자 오라버니는 까닭 없이 벌컥 하
면서 나무란다. "너 그런 태도가 하이칼라라는 거다. 모든 데 어떻게 그렇

---

20 앞의 책, 187쪽.
21 『文章』에 실린 원본에는 태일이 "중학교 때부터 장교가 젤 좋았다니까"라고 했다는
부분이 들어 있으나, 단행본으로 발간하면서 이 부분을 삭제하고 사관학교에 가려
한다는 것만 그대로 두고 있다.

게 조소적이고 방관적일 수가 있니?"[22] 삼히는 의외의 꾸지람에 '자기 약점을 남에게서 발견하고 노한다는 것은 너무 부도덕하지 않은가'라고 생각한다. "오라버니만 조소적이요, 방관적일 수 있고 남은 그렇거면 못쓴단 거지요?" 하는 삼히의 말에 오라버니는 "그게 좋은 거면 모르지만 나쁘니 말이다. 난 내게 있는 약점을 남에게서 발견하면 아주 우울허다."

여기에서 오라버니의 산속살이의 이유 중 하나가 조소와 방관에 관련되어 있음을 눈치챌 수 있다. 확실하지 않은 대로 오라버니는 자기를 둘러싸고 있는 현실을 멀찍이서 "바라다보기"만 하면서 그 허무를 일과 유희에 몰입함으로써 상쇄하려는 노력을 계속하고 있는 것이다. 작가는 이 오라버니의 삶을 은유하는 삽화 한 개를 작품 말미에 우연처럼 넣고 있다. 삼히가 다시 집으로 돌아갈 때 오라버니가 바래다주는 기차에서 마주친 부녀의 이야기이다. 오라버니와 삼히가 앉아 있는 맞은편에 젊은 여자 한 사람과 한 육십 남짓해 보이는 노인 한 사람이 와서 앉는다. 두 사람은 무슨 송사에 갔다 오는지 앉기가 바쁘게 젊은 여자가 노인을 몰아세운다. "그리 축구 노릇하믄 사람값만 못 가지지. 글시 웃지 한다고 오늘도 돈을 못 받았노?", "그렇기 말이다. 참 무서운 놈의 세상도 있제—", "와 세상이 무섭노? 이녁이 축구지?"라고 딸이 골을 내어도 노인은 그저 "그렇기 말이다"라고만 한다.[23] 이 삽화에서 원고지 200장 분의 길고 난삽한 이야기는 꽤 선명하게 정리된다. 행동형 인물 태일이가 "와 세상이 무섭노?—그리 축구 노릇하면 사람값만 못 가지지" 쪽에 선다면 오라버니는 "무서운 놈의 세상도 있제—그렇기 말이다."라고 말하는 쪽에 선다고 볼 수 있다. 무엇이 어째서 무

---

22 "조소와 방관"이라는 용어가 원본에서는 "싸늘하고 바라다만 보는" 것으로 되어 있다.
23 지하련, 앞의 책, 198쪽.

지하련 전집

서운 세상인 것인지, 그리고 무엇을 방관하고 조소하는 것인지가 뚜렷이 밝혀지지 않은 대로 오라버니의 자학하는 삶을 여기에서 다시 확인하게 되는데, 짚고 넘어가야 할 것으로 태일이의 향방이 있다. 사관학교를 거쳐 장교가 되려는 태일이의 진로라든가 그 성격으로 미루어 태일이가 지향하는 것은 일제의 군국주의 내지 파시즘일 가능성이 있기 때문이다. 생명과 육체를 지니고 사나이답게 살아가는 길의 하나가 이 파시즘일 수도 있음을 소설에서 보여준다고 할 때 이는 당시 현실의 한 가닥을 제시하고 있는 것으로, 1940년대 우리 문학에서 주목되는 사실이라 여겨지기 때문이다. 역으로, 오라버니가 방관하고 조소하는 현실이란 아마도 이러한 파시즘이 횡행하는 1940년대의 현실 내지 상황이 아니었을까 하는 추리가 불가능한 것만은 아니다. 조소하고 방관하면서도 그 길도 가능한 것이라고 생각하였다면 이 지점이 곧 오라버니의 갈등의 핵일 수도 있다.[24]

해방 전 그의 소설이 암호와 같이 불확실한 언어의 나열법을 취하고 있음에 반하여 해방 후 씌어진 「도정(道程)」은 복자와 괄호가 풀어진 명확한 언어로 상황이 전개되는데, 이 「도정」에서 해방 전 자신의 삶을 적막한 소

---

24 1940년 무렵에 이르면 전향 문제가 국책문학과의 관계로 나타나게 된다. 그 전초로서 1938년 '전조선사상보국연맹'이 결성되었고 '전조선전향자대회'를 7월 22일 가진 바 있다. 여기서 전향이란 공산주의에서 국민, 애국정신으로 바뀜을 의미하는 것이다. 국민 혹은 애국이란 소위 '황도사상(皇道思想)'을 의미한다. 이 회의의 수석 간부에 KAPF측으로 김팔봉, 임화, 이기영, 송영, 김용제가 포함되어 있다. 일제와 야합이라고 보는 2차 전향 때 임화가 포함되어 있는 것이다. 그러나 전향은 의장전향이라고 본다. 해방 후 이들은 재빨리 KAPF의 기치를 내세우고 있기 때문이다.
임화의 거취와 지하련의 작품을 직결시킬 수는 없는 것이지만 당시에 그런 갈등이 가능했음을 밝히기 위해 위 자료를 제시해본 것이다. 이 시기의 소설에서 파시즘에로 나아가는 것을 문제삼은 소설로 김남천(金南天)의 「經營」과 「麥」을 들 수 있다(김윤식, 『한국근대문예비평사연구』, 일지사, 1976, 182~183쪽 참조).

부르주아, 또는 부끄러움으로 표시한 것이 곧 「체향초(滯鄕抄)」의 오라버니와 같은 삶을 지칭한 것이 아닌가 연결지어 볼 필요가 있다.

2) 막다른 상황의식과 윤리감각

삼히가 처음 오라버니 집에 와서 뒤켠 축사의 돼지물을 주는 바가지를 들었다가 꽥꽥 소리를 치고 덤비려는 돼지들에게 혼을 떼고 쫓겨 내려오니까 오라버니가 "돼진 본래 하이칼라를 보면 그렇게 덤비는 거란다."[25]라고 삼히의 신경을 건드리면서부터 남매의 입씨름은 시작된다. 하이칼라가 항용하는 짓인 방관과 조소를 오라버니 자신이 지님으로 해서 그 버릇을 나쁜 것으로 치고 있으면서도 그러한 삶의 방식을 고집하고 있는, 일견 모순된 성격의 이 인물은 위선에 대해 병적으로 민감한 윤리감각을 지니고 있다. 삼히는 저를 하이칼라라고 하는 말이 불쾌해서 "자기가 하는 일에 열중한다는 것은 남의 간섭이나 침범을 거절하는 것이고, 또 이것이 생활태도라면" 일종의 자긍이고 태(자세)를 부리는 것이라고 발칵해서 힐난한다. 이런 누이에게 오라버니는 뜻밖에도 쉽사리 그 말이 맞다고 수긍한다. 오라버니는 "첫째, 내게 아이가 없고, 또 흙에 소문이 없고 인간이 있지를 않으니까, 말하자면 이건 생활이기보다도 단지 내가 살아 있다는 것뿐이겠는데 본시 이러한 곳엔 아까 네가 말한 그런 자랑이란 있지 않을 게고, 또 자랑이 없는 사람이란 흔히 마음이 헤플 수도 있어서, 가령 뭘 헤프게 생각하면서도 죽지 못해 않는 격으로 그런 "태"를 부리고 산다는 건 그리 유쾌한 일이 못 될 거니까 결국 네가 한 말이 맞았다"[26]는 것이다. 이렇듯 두 오누이

---

25 지하련, 「체향초」, 앞의 책, 149쪽.
26 지하련, 앞의 글, 앞의 책, 154쪽.

는 삶의 미세한 갈피까지 살피면서 그 윤리를 따지고 든다. 작품 전체를 꿰뚫고 있는 것이 이 윤리감각이라고 할 수 있는데, 이는「체향초」만이 아니라「종매」,「양」, 그리고「결별」,「가을」,「산길」과 해방 후 작품인「도정」도 똑같이 윤리감각을 문제삼고 있다. 이 윤리문제가 비교적 구체적으로 다루어진 것이「종매—지리한 날의 이야기」이다.

작품「종매」역시 암호풀기의 작업을 통해서만 궁극적 주제에 가닿을 수 있다는 점에서 앞의「체향초」와 다를 것이 없다. 앞에서 추리해보았듯이 "현실과 차단된 어두운 생활"[27], 즉 옥살이에서 돌아온 듯한 주인공 석히가 누이 정원이 와달라는 편지를 보내오기도 했고, 또 진작부터 큰형서껀 "어느 조용한 절로 가 몸을 쉬라는 부탁도"[28] 있어서 운곡사로 간다.

운곡사의 나날은 정원의 애정 문제와 석히의 현실 감각이 하나의 윤리적인 문제로 얽히면서 미묘한 심리전으로 이어진다. 석히의 운곡사행은 여로에서 마주친 두 여자의 삶이 암시하듯 남달리 사랑하던 누이에 대한 염려가 거의 전부였다. 여로에서 만난 술집 여자는 "그렇게 되고 이렇게 돼서 그만 여기까지 왔어요." 하면서 한숨을 호— 쉬었고, 청년과 부모 몰래 서울로 달아나는 듯싶은 여자의 불안해 뵈는 모습은 유난히 석히의 눈을 끌었던 것이다. 그것은 동경에서 유학하고 있던 정원이 병을 몹시 앓는 어떤 화가와 함께 절에 와 있다는 것 때문이었다.

"집에서 알면 큰 야단이 날 걸 몰랐니?"
"알긴—허지만 아니면 그뿐 아냐?"

---

27 지하련,「종매」, 앞의 책, 204쪽.
28 앞의 책, 같은 글, 203쪽.

"아니면 그뿐이랴? 그래 마졌다 네 말이……"[29]

누이 정원과 병을 앓는 화가 철재의 사이가 어떤 사이인지 짐작하기 어려운 대로 그들의 분위기를 건드리지 않으려는 석히에게 오해하지 말아달라는 정원의 말이다. 석히는 정원이 소녀적 감상에서 일을 이렇게 이끌었더라도 원이보다 어른이어야 할 철재가 원이의 이런 태도를 고통 없이 받아들였다는 점에 대하여 상식적인 선에서 비난의 염을 품는다. 그러나 철재의 병이 워낙 위중하였고, 누이가 동정하는 사람을 저라고 동정해서 못쓰란 법이 없다는 생각과, 만일 철재라는 사람이 누이를 인연해서가 아니라도 능히 친해질 수 있는 사람이라면 굳이 누이와 친하다고 해서 그와 못 친하란 법도 없다 싶어서 석히는 누이 정원을 이해하기로 함으로써 상식적인 선을 넘은 젊은이들의 윤리의식을 그 나름대로 합리화한다. 그리하여 석히와 철재는 꽤 가까워졌다. 그러는 동안 석히는 철재와 누이의 감정이 그 시초부터 결코 아무것도 아니지 않았음을 알게 되었는데, 석히와 철재가 다정하게 지내게 되자 정원은 어쩐지 "싱글 꺼뚝"해진다. 이런 중에 석히가 나왔다는 소식을 듣고 석히의 집을 들렀던 친구 태식이가 운곡사에까지 석히를 찾아옴으로써, 정원과 철재의 윤리적 거리 문제가 작품의 주 갈등이었던 것에서 그 방향이 달라진다. "역시 동경 시절이 좋았다"면서 세 사람의 관계 속에서 끼여든 태식이의 개방적이고 화려한 성격과 웅변은 쉽게 말해 석히나 철재와는 대조되는 것이었다. 원이와 태식이의 관계가 부자연스러워지는가 싶더니 석히에겐 이 둘이 좋아하는 것처럼 여겨진다. 건강이 많이 좋아진 철재로 해서 석히와 철재는 점차 자기 처소로 돌아가 각

---

29 앞의 책, 같은 글, 230쪽.

자의 시간을 갖게 되는데, "불행히도 이 두 사람의 '자기 처소'란 햇빛 하나 드리우지 않는 몹시 어둡고 서글픈 곳이었던지…… 두 사람의 얼굴은 날로 우울해" 간다.[30]

철재의 건강을 걱정하지 않아도 되게 되자, 석히는 자신의 문제를 정면으로 마주하게 된다. "무엇이고 '산 문제'에 한 번 부딪쳐 보구 싶은—이렇게 하기 위해선 살인이라도 감당할 것 같은—고약한, 그러나 이상한 저력으로 육박해 오는 야릇한 '의욕'"[31]을 느끼면서도, 태식이의 행동 방식에는 저항을 느낀다. 태식은 서울로 가서 돈을 벌어 내가 먼저 살고 봐야겠다는 것이다. 석히는, 그것은 어리석은 짓이며 "자유를 위한 용기가 아니거든 치우치지 말 것"을 역설한다. 여기에서 자유를 위한 용기가 구체적으로 무엇을 지칭하는 것인지 역시 알 수 없게 되어 있다. 다만 돈을 번다는 일, 개인의 안일을 위해 일하는 것의 반대라는 것만을 짐작할 수 있고, 요컨대 석히는 그것과 어긋나는 것을 거부한다는 것을 알 수 있을 뿐이다. 그리고 이러한 석히의 자세는 무엇인가 확실한, 어떤 기준의 윤리의식에 근거한 거부를 하고 있으며, 그 거부가 그의 옥살이와 관련이 있을 것이라는 짐작을 하게 할 뿐이다. 이래서 이야기의 중심은 정원의 애정윤리에서, 석히나 태식의 현실에 대한 대응 방식에 따른 윤리 문제로 옮겨가고 있음을 알 수 있다.

석히와 태식의 현실에 대응하는 자세가 상치되고 있다는 것은 태식이의 변절을 뜻하는 것이라고 보아도 좋을 것이다. 또는 당시 현실에 적응하는 자세라고 풀이할 수도 있다고 할 때 석히는 당시의 현실과 대척적인 위치에 놓이게 됨이 당연하다. 세계와의 불화 관계, 그 현실로 나아가는 것이

---

30 앞의 책, 같은 글, 250쪽.
31 위의 책, 같은 글, 251쪽.

자유를 위한 용기가 아닐뿐더러, 치우치는 일이 될 때 개인이 느끼는 것은 질식할 듯한 고독일 것이다. 이 고독과의 싸움에서 허무만을 짓씹게 되던 석히는 그래서 '산 문제'에 한번 부딪쳐보고 싶었고, 그를 위해서는 살인이라도 감당할 것 같은 심정이 되었던 것이다. 이러한 절박한 심정에 더욱 불을 붙인 것이 정원의 창백한 얼굴이었다. 뜻하지 않게 석히가 목격한, 정원과 태식의 부딪침 이후 사오 일 만에 석히 앞에 선 정원의 파리해진 얼굴, 상글하니 더 까풀이 진 눈, 까시시 마른 입술에서 무언가를 읽게 되었던 것이다. 작가는 이 정원의 얼굴을 또 짧은 한 컷의 삽화로서 대신 설명한다. 오누이가 서 있는 건너편 숲 속에서 갑자기 일어난 쟁투—이윽고 한 놈만이 오색 빛깔로 찬란히 솟아오르는데 그것은 장끼였다. "남은 한 놈은 아무리 기다려도 다시 수풀에서 나오지 않은 채."

철재의 실패는 석히의 절망을 더욱 가중시킨 것인가, 누이와 헤어져 절 우물 앞까지 왔을 때 울려오는 절간의 종소리가 새삼스럽게 싫다. 멀어질수록 그것은 기막히게 싫은 소리였다.

> 웅얼웅얼, 허공에서 몸부림치다가, 어느 먼 산기슭에 머처지는 육중한 음향은 마치 대맹(大蟒)이 신음하듯, 어둡고 초조한 그런 것이었다.
> 순간 그의 마음속으로 당황히 손을 저어 철재를, 혹은 태식이를, 그 외 누구누구 황망히 짚어 보았으나, 그러나 아무도 내로라! 대답하는 힘찬 손길은 있지 않았다.
> 점점 눈앞엔 어둠이 몰리고, 산이 첩첩하여 오로지 절벽이 천지를 닫은 것만 같았다.[32]

---

32 지하련, 앞의 책, 264쪽.

절의 종소리는 누이 원이의 변한 마음을 자꾸만 상기하게 하였던 것으로 풀이된다. 누이 원이의 변절도 싫었을 터이지만 누이의 마음이 현실적응으로 나아간 태식을 향한 것이기에 석히를 초조하게까지 만들었을 터였다. 현실과 더욱 유리되는 느낌에 그는 절실한 고독을 느꼈을 터이다. 그래서 그는 자신을 구원해줄 손을 당황히 찾은 것이었으나 거기엔 아무도 없었고 오직 절벽과 같은 절망만이 눈앞을 가로막았다는 것이다. 식민지 막바지에 가열한 어둠의 시절을 사는 한 지식인의 절박한 현실인식을 보여주는 장면이다. 그것은 절대 절망 속에서도 놓칠 수 없는 윤리감각이 잡은 최후의 승리이기도 하다 할 것이다.

3) 자폐적 인간과 잠의 상징성

작품 「양」의 발표연대는 확실치 않으나 그 내용으로 보아 해방 전에 쓰여진 것으로 보인다. 이 작품의 주인공 성재는 「종매」의 주인공처럼 "목을 조르는 듯한" 초조 속을 살고 있는 어두운 계절의 인물이다. 암호로 씌어지는 세계, 그 세계를 사는 인물들에게 주어지는 윤리적 시련, 그 시련을 "절벽이 천지를 닫은 것처럼" 절망적으로 겪고 있는 인물이 목을 조르는 듯한 초조와 함께 살고 있는 현장을 계속 보여주는 것이 「양」이다. 암흑기의 현실을 사는 인물을 그렸다는 점에서 이 작품도 충분히 문제성을 지니고 있다.

앞에서 언급했듯이 성재가 이 스못골 산비탈로 올라와 짐승과 화초를 키우고 살아보기로 작정한 구체적 이유라든가, 성재의 경력, 또는 함께 일하는 정래의 과거까지도 짐작할 수 없는 채 '졸음' 속에서 소설은 시작된다. 소설의 갈등 구조는 성재와 정래의 가깝고도 먼 관계의 미묘함으로 짜여져 있다.

요 며칠 사이로 더욱 번거롭게 구는 정래와의 교우 관계가 괴롭도록 머리를 어지럽히자 성재는 노가리로 있는 국화를 분으로 옮겨 심는 일을 하다 말고 방으로 들어가 구석지에 벽을 향하고 눕는다. 두통이 나는 것 같기도 하고 졸음이 오는 것 같기도 해서 눈을 감았으나 "뭐고 꼭 틀린 게 있을 거라고…… 그 올가미를 잡고 풀지 않고는 백 년을 사귄대도 헛것"이라는 생각에서 쉽사리 잠이 오지도 않는다.

작가는 성재의 성격을 「양」을 통해서 비유적으로 보여준다. 꿈속에서, 아래 축사에 있는 양을 범이 물어놓는 바람에 가슴이 메이도록 애연해진 성재는 "천치 같은 놈이, 그래 백주에 끽소리 한 마디 못 지르고……" 하며 애를 닳다가 깨어서 그 양의 축사로 가본다. "늘 외로이 축사를 지키고 있는 젊은 양은…… 무슨 버릇인지 멀리서 보면—가령 모종밭에서 치쳐다볼 때라든가 저편 밭뚝에서 건너다볼 때라든가—이러한 때는 곧잘 저도 제법 귓전을 치며 마주 보아 주면서, 이렇게 가까이 와 들여다만 볼 양이면 영 무가내로 외면"인 것이다. 제목이 「양」이듯이 작가는 이 양의 성격에 성재의 성격을 투사하고 있다. 멀리 있을 때는 마주 보아 주면서 가까이 다가가면 무가내로 외면하는 묘한 고집을 지닌 것이 곧 성재의 성격이다. 그러나 성재는 자신보다도 정래에게서 고독하고 고집스런 성격을 읽고, 정래와 자기가 화합하지 못하는 것이 정래의 성격 때문이라고 생각한다. 이런 두 사람의 대립적 요소는 정래의 동생 정인이 온 날 밤에 드디어 맞부딪친다. 성재가 어머니와 당숙의 강권으로 선을 보러 마을에 내려갔다가 온 날 밤 성재는 정래 방에 불이 켜 있고 정래의 누이 정인이 와 있다는 것을 본다.

성재는 여학교를 나왔으면서도 구두도 신지 않고, 길다랗게 머리를 땋아 늘인 채 검정 치마나 쪽빛 치마에 흰 저고리를 즐겨 입는 처녀 정인이 몹시 신선하고 다정한 느낌이 드는 듯해 "그곳을 헤치고 드려다 보노라면" 극히 배타적인 어떤 거항(拒抗)에 부딪쳐 어지럽다. 색시 선을 본다는 일도 성재로서는 단지 폐롭고 귀찮기만 한 일이듯이 그 자신이 싫지 않게 보아온 정인에게조차 좀체로 가슴을 열려고 하지를 않는 것이다. 자기 방에 정인을 재우고 성재 방으로 건너온 정래와 성재는 집에서 가져온 술을 꺼내 나누어 마시기로 한다. 술에 취하면 다변해지는 정래는 성재가 예기한 대로 많은 이야기를 하는 것이었으나, 기실 성재가 기다리고 있는 화제의 근처에는 쉽사리 가려고 하지 않는다. 성재는 전과 달리 정래에게 끌리는 자기를 발견한다. 전의 그는 "이렇게 가깝게 접근하게 되면 늘 무엇인지가 불안했던" 것이다. 끝내 상대방을 경계하고 마는 것이 성재였던 것이다. 정래는 이것을 순간 느꼈던지 "우리 이런 일 이젠 관둡시다." 한다. "당신은 내게 자꾸 속는 것 같은 일종의 공포가 있지 않소? 이건 나도 꼭 같습니다. 요컨대 자기 이외 아무것도 신뢰하지 않는 사람들이 남과 접촉을 가진다는 것은 대단 위태로운 일일 거요."[33] 정래는, 남을 신뢰할 줄 모르는 사람은 사랑도 화해도 불가능한 것이라고 일방적인 발언을 한다. 정래는 성재가 그처럼 남을 신뢰하지 않는 것은 고독을 고집하기 때문이라고 한다.

> "고독이요. 어떠한 평화도 정열까지도 이 곳에 들어오면 살아나지 못하는 고독이란 괴물이요" 하면서
> "사람이 감동하지 않는다는 건—아무 곳에도 격하지 않는다는 사실은 실로 두려운 일일 겁니다"[34]

정래는 이러한 상태가 정인에게 있어서도 꼭 같다고 한다. 그렇다면 세

---

33 지하련, 「양」, 앞의 책, 283쪽.
34 앞의 책, 같은 글, 285쪽.

사람이 다 유리의 벽에 갇힌 채 타인을 조금도 받아들이려 하지 않고 있는
셈이다. 여기서는 암호풀이의 작업이 또 한 번 이루어져야 하는데, 정인은
다른 남자와 결혼을 하려고 한다. 그런데 양품점을 하는 박이라는 청년과
결혼하려는 이유는 "단지 하천(下賤)한 사람이라는 것, 그래서 안심할 수 있
다는 것"[35] 때문이다. 여학교를 나왔으면서도 신여성들이 하는 차림을 택하
지 않고 구여성과 같은 차림을 하고 있다는 작품 속의 언급은 그가 가난하
다는 것을 말하려는 것이었을까? 하천한 남자를 택함으로써 안심이 된다
는 것은 무엇을 뜻하는가? 앞에서 성재는 사천육백 평의 삼림을 그저 좋아
서 샀다고 한다면 이는 떳떳지 못한 일이라고 생각하고 있었는데 정인은
성재가 부유해서 택하기를 거부했는가? 부는 곧 하천하지 않은 것, 또는
부당한 어떤 것이며 자신에게는 불안한 요소라고 받아들였다면 이를 단순
히 가난한 처녀의 개인적인 의식이라고 보아야 할 것인지, 아니면 작가가
암호로써 그 나름의 어떤 이념을 드러내려고 한 것인지 모를 일이다. 어쨌
든 이러한 가능성을 배제하지 않은 채 작품을 계속 보아나가면, 끝내 정인
의 눈에서 타인만을 읽고 마는 성재의 절망을 만나게 된다.

성재는 "이처럼 아집하고 거절하는 사람들을 그는 일찍이 상상할 수가 없
었다." 그가 정래와의 대화에서 말했던 것처럼 이것은 '지옥'이었다. 성재와
정래와 정인의 얼음처럼 차가운 관계의 이유는 끝내 분명히 밝혀지지 않은
채 작품은 끝마무리를 짓는다. 여기에서 작가의 상징적 수법이 또 등장한
다. 성재의 내면의식이 한 삽화를 통해서 은유된다. 성재는 정인과의 만남
에서 심한 두통과 현기를 느끼고 산속을 지향 없이 걷고 있는데 어디서인
지 솔방울 하나가 잡목 틈으로 바시시 굴러떨어진다. 그것은 적년의 것인

---

35 위의 책, 같은 글, 287쪽.

듯 좀이 먹고 거미줄이 얽힌 완전히 썩은 것이었고 죽은 것이었다. "딱쟁이 같았다. 이미 저 거대하고 오만한 체구엔 손톱만치도 필요치 않은 무슨 종기에 딱쟁이와도 같은 그러한 것"이었다. 이때 성재는 "목을 조르는 듯 다가서는 애매한 초조"를 느끼고 고총의 고운 잔디에 주저앉는다. 몹시 피곤하고 자꾸 졸음이 오는 것 같다. 마침내 그는 깊은 졸음 속으로 흘러들며, "(그래서 그 곳에서 '승천'을 하게 되면 해도 좋고……)라고…… 벗의 말도 그의 말도 아닌 먼 곳의 이야기를 가만히 입 속으로 외어보는 것"이었다. 자신의 존재를 하찮은 종기의 딱지에 비유해보는 주인공, 그리고 한없이 몰려오는 피곤과 졸음, 그것은 무의미이자 절망이라고 풀이할 수밖에 없다.

 이 작품은 졸음에서 시작되어 졸음으로 끝난다. 어떤 전제가 없이는 이해될 수 없는 이야기를 담고 있으면서도 그 전제는 완전히 봉쇄되어 있다. '졸음' 역시 작가가 제시하고 있는 암호들 중의 하나이다. 졸음에서 시작되어 졸음으로 끝나는 이야기, 그리고 그 속에 담긴 냉동된 인간들의 절망들, 이것은 성재라고 하는 한 인간의 성격에만 그 책임을 물어서 될 일이 아니라는 것은 너무나 당연한 것이다. 정래도 그랬고 정인도 그랬다. 셋이 다 고독의 성곽 속에서 한 치도 밖으로 나오려고 하지 않았다. 오직 타인끼리의 만남, 타인끼리의 지옥이 여기에서 연출되고 있다. 그리고 주인공 성재는 이 지옥에서의 탈출을 졸음 속에서나 완성해보려고 한다. "잠을 자면은, 자꾸 무수히 잠을 자면은, 어쩌면 혹 여게도 태고와 같은 '편안'이 찾아와 줄지도 모르겠다"고 꿈꾼다. 그래서 그곳에서 승천을 하게 되면 해도 좋고…… 승천이 의미하는 바는 또한 무엇인가? 작품 안에서는 그 해석의 실마리가 찾아지지 않는다. 정래가 "우리 훨씬 늙거든 어데서고 만납시다. 그래서…… 그곳에서…… 우리도 그 '승천'이라는 것을 하게 합시다."라고 한 적이 있으나 이 역시 그 의미를 짐작할 수 없는 것이다. 작품「양」은 결국 타인과 벽을 쌓게 된 인물의 이야기인데 그 인물은 작품 말미의 삽화에서 상징하는 바, "거대하고 오만한 체구에 손톱만치도 필요치 않은 무슨 종기에 딱쟁이 같은" 존재라는 절망을 앓고 있는, 절망을 앓고 있되 구원의 희망은 없어서 늙어서나 만나 승천할망정 지금은 졸음 속에 잠기는 수밖에 없는 극한지대의 자폐적 인물을 그리고 있다 하겠다. 작가 지하련은 해방 후 쓴 「도정」에서도 잠의 상징을 사용하고 있는데, 거기엔 이렇게 되어 있다.

> 아침을 치르고 청년이 서울로 떠난 후 혼자 누워 있으려니, 또 잠이 오기 시작한다. 이 잠 오는 건 어제 들어 새로 생긴 병이다. 무얼 생각하면 할수록 점점 혼란하여, 갈피를 못 잡게 되면, 차츰 머리가 몽롱하여지고, 그만 졸음이 오기 시작하는 것이다.[36]

이렇듯 잠은 생각이 혼란하여 갈피를 잡을 수 없을 때 찾아오는 것으로 쓰여지고 있다. 작품 「양」에서 표상하는 바, 잠의 상징성은 시대적 삶의 혼란, 갈피를 잡을 수 없는 고뇌에 의해 제래된 징후라고 풀이해서 큰 무리는 없을 것이다.

4) 남과 여의 시정거리(視程距離)

지하련의 작품세계를 파악하려 할 때 주목되는 점은 해방 전에 쓰인 단편 6편 중 3편이 여성 문제를 다루고 있다는 점이다. 앞장에서 살펴본 3편의 단편이 40년대 식민지 현실의 암흑기를 절벽처럼 닫힌 절망적 상황 속에서도 끝끝내 어느 한 끝을 놓지 않는 윤리의식의 시련기로 그려내어 그

---

36 지하련, 「도정」, 『道程』, 백양당, 1948, 27쪽.

녀 나름의 치열한 현실 인식의 가열성을 보여주었다면 그와 비슷한 비중으로 여성의 내면을 그리고 있는 점은 여성작가들의 여성 문제에 대한 관심의 폭을 새삼 실감나게 하는 점이라 아니할 수 없다. 여성의 내면을 그린 작품에서 또 하나 주목하게 되는 것은, 세 편의 단편이 삼각관계에 있는 두 여성과 한 남성의 애정 관계를 그리는 것으로 세 편의 줄거리가 동일하다는 사실이다. 다시 말해서 동일한 내용을 놓고 삼각관계에 있는 인물 각각의 관점에서 이 애정 관계를 바라보는 방법을 취하고 있는 것이다. 따라서 「결별(訣別)」은 어엿한 기혼녀가 친구의 남편에게 관심을 가지면서 자신의 남편을 부정해 보는 일견 연인의 입장에서 이야기를 전개하고 있고, 「가을」은 아내의 친구로부터 연모를 받는 남편의 입장에서 이야기가 전개되고, 「산길」은 친구와 남편이 연애 관계에 빠진 것을 지켜보아야 하는 아내의 입장에서 이야기를 전개시키는, 매우 흥미로운 시도를 하고 있다.

그렇다고 해서 이 세 편의 단편이 남녀의 애정 관계 내지 갈등을 그리는데 그 궁극적 주제를 두고 있는 것이 아니다. 남녀의 애정 문제를 제재로 해서 남성과 여성의 의식적 거리를 재고 있다는 점에서 그 어느 여성작가보다 날카로운 페미니스트의 시각을 보여준다. 여성의 정체감 형성은 남성의 그것보다 유동적이고 상관적이라고 한다. 초도로우에 의하면 소년이 오이디푸스 콤플렉스를 거쳐 아버지와 자신의 동일시를 겪는 동안 능동적이고 독립적이며 개체적인 자기를 인식하게 되는 데 반해서,[37] 소녀는 어머니

---

37 Judith Kegan Gardiner, "On Female Identity and Writing by Women", *Critical Inquiry*(winter, 1981), p.353.
Lichtenstein에 따르면 모든 유아는 최초의 부양자, 주로 어머니에 의하여 표현되는 은연 중의 기대에 반응하여 "기초적 정체감"을 조기에 형성한다고 한다. 자아는 이 기초적 정체감과 "조화되는 각 개체의 가능한 모든 변화의 총체적 잠재 범위"라고 규정될 수 있으며, Norman Holland는 이러한 정체감 이론을 비평 이론의 초석이

와 동일한 성적 정체감을 갖게 됨으로써 독립과 자유를 얻기 힘들다는 것이다.[38] 여성들의 삶을 통해서 자아는, 사회적 관계를 통해서 규정된다.[39] 따라서 여성의 자아정체감은 전형적으로 비고정적이고 비단일적이며 남성 개체보다 유동적인 것으로 생각한다.[40] 여성의 자아정체감의 이러한 개념은 여성 경험이 어떻게 여성 지각으로 바뀌는지를 보여준다 하겠다. 지하련의 「결별」, 「산길」, 「가을」 등 세 작품은 바로 여성의 경험이 어떻게 여성의 지각으로 바뀌는지를 보여주는, 자아정체감 형성의 유동적 과정을 보여주는 것들이라고 말할 수 있다.

지하련의 처녀작이자 데뷔작인 「결별」의 형예는 여학교를 나와 꽤 부유한 집으로 시집을 가서 인망이 높은 남편과 분가하여 살고 있는, 겉보기에 별 문제가 없는 젊은 주부다. 이들 부부는 어젯밤 사소한 일로 티격태격을 벌였다. 남편이 철원 관평은 몸소 가봐야겠다는 둥 무슨 이사회가 어떠니 협의회가 어떠니 하고 길게 늘어놓는 이야기가 "이러니 내가 얼마나 훌륭하냐"는 것처럼 대뜸 비위에 거슬려 "남의 일에 분주헌 건 모욕이래요" 했다가 집안일이 왜 남의 일이냐는데 할 말도 없었고, "여자가 영리해도 바깥일을 이해 못 험 그건 좀 곤란해"라고 거드름을 부리는 것을 견디어낼 수가

되게 만든 사람이다. 그러나 이들의 이론에 따르면 아무도 그들의 기초적 이론에서 '성'을 주요한 변수로 다루지 않았다. Chodrow의 양성인간의 개성적 차이점에 대한 해석은 폭넓은 지지를 받아왔다. 그녀는 생물학이라든지 계획적인 역할 훈련보다는 "사회구조적으로 유발된 심리학적 과정"에 그 분석의 초점이 집중되어야 한다고 믿는다. 고전적 이론은 소녀가 부모들과 동일시되는 방법에 대해 명확한 결론을 내리지 못하고 있는데 Chodrow는 그것을 소녀와 어머니와 아버지 사이의 유동적 삼각관계로 본다.(위의 책, pp.347~361 참조)

38 위의 책, p.354.
39 위의 책, p.353.
40 위의 책, p.360.

없어서 "관둡시다. 관둬요" 하고 덮어버리게 된 것이 형예의 병이라면 병이다. 형예는 자신이 이렇게 "비위를 잘 상우게 되는 것"은 남편을 사랑하지 않기 때문이 아닐까 생각해보기도 한다. 이런 형예에게 친구 정히와 그 새 신랑의 신혼 분위기를 경험하는 일은 예사롭지 않은 자극이 된다. 학교를 마치고 정히와 도망갈 약속을 어기고 별로 맘이 내키지도 않는 남편에게 어머니가 몇 번 타이른다고 그냥 시집가버린 형예와는 달리 정히는 오랜 연애를 거쳐 며칠 전 늦으막이 결혼식을 올린 참이다. 형예는 서울신랑— 그 걸패 좋다는 청년을 "함부로 머리 속에 넣어보면서 조심껏" 화장을 하고, "앨 써서 보투 신은 버선발에 흙알이 들어가지" 않게 "죄 없는 하늘거리는 몹시 노란 빛깔을 한 채송화 포기를 일부러 잘근 밟으며" 정히네 집으로 간다.

형예는 해맑은 신랑의 얼굴, 체취가 풍기도록 고대 벗어 건 것만 같은 넥타이가 끼어진 와이셔츠며 양복이 걸린 신방, '혼인놀이'의 윷놀이에서 형예가 신랑의 말을 잡고야만 일, 노래를 부르라거니 겸양하거니 하다가 신랑과 형예의 눈이 마주친 것 등의 일에 예사롭지 않은 당황한 반응을 보인다. 밤늦게 돌아오는 형예를 바래다주느라 정히와 정히 신랑과 형예는 해안통을 나란히 걷게 된다. 정히 신랑의 다정한 말솜씨와 맑은 밤하늘과 뽀얀 안개가 낀 바다 등이 정히를 즐겁게 해준 데 반해서 형예는 점점 물새처럼 외로워진다. 야심하면 흔히 들을 수 있는 기적 소리가 이제 "웬일로 칼날보다도 더 날카롭게 별똥보다도 더 빠르게" 가슴에 오는 것인지, "별 까닭도 없고, 어데 논지할 곳도 없어 더 크고 깊은 억울함에 그냥 목놓아 통곡하고 싶은 감정을 자긋—이 깨물며" 잠자코 걸어 집으로 돌아온다. 집에는 남편이 관평에서 돌아와 있었고, 형예로부터 정히 신랑 얘기를 듣고는 "공부허는 사람이다? 좋은 팔자로군." 하며 어린 사람 이야기하듯 오만한 표정을 짓는 것에 또 비위가 상해 대꾸를 한 것이 남편에게 넘겨짚인 바 되고, 형예로서는 "이런 때 남편의 표정이 이래야만 하는 것인가?" 분해하면서, 또 그러는 아내와 더 말하고 싶지 않은 듯 쉬쉬하면서 "아무것도 아닌 것 가지고…… 내 암말도 않으리다." 하는 것으로 수습을 하려 드는 남편이 못마땅하다.

> "내가 아주 괴승한 짓을 할 때도 그는 역시 모양이 뭐 되우. 내 암말
> 두 않으리다—할 건가?" 싶어진다. 이렇게 생각고 보니 어쩐지 정말
> 꼭 그러할 것만 같다. 동시에
> "이렇게 욕 주고 사람을 천대할 법이 있느냐?"는 외침이 전광처럼 지
> 나간다. 순간 관대하고 인망이 높고 심지가 깊은 '훌륭한 남편'이 더 헐
> 수 없이 우열한 남편으로 하낟 비굴한 정신과 그 방법을 가진 무서운
> 사람으로 형예 앞에 나타났다. 점점 이것은 과장되어 나중엔
> "그가 반드시 나를 해치리라"는 데서 그는 오래도록 노여웠다.[41]

밤 깊도록 벌레 소리를 들으며 생각을 되풀이하던 형예는 드디어 완전히 혼자인 것을 깨닫는다. 작품 「결별」은 형예의 친구 남편에 대한 연정 비슷한 감정을 문제삼고 있는 것이 아니라, 정히와 정히 신랑처럼 마음의 교감이 이루어지지 않는 자신의 결혼 생활의 허위의식을 자각하는 데 보다 중요성을 부여한 작품이다. 겉보기엔 흠잡을 데 없는 부부이지만, 아내의 심중을 이해하기는커녕 이해하려고 아예 생각조차 하지 않는 남편에게 더 이상 기대감을 갖지 않으려 결별하는 아내의 쓸쓸한 심경을 작가는 예리하게 포착하고 있다. 정히 신랑의 경우에는 연애를 했고 서울신랑이고 공부하는

---

41 지하련, 「결별」, 『문장』, 1940. 12, 81~82쪽.

사람이라서 안 그런 것으로 형예의 눈에 비쳤는지 작가의 극히 냉정하고 객관적인 묘사에서는 그 구체적 단서를 찾기 어려우나, 중매를 통해 사랑 없이 만나 제도에 따라 그저 동거하는 형식의 결혼 생활에서 아내가 느끼는 공허를 문제삼고 있는 점에서 당시 무성했던 연애관, 결혼관 논의의 일단이 여기에 반영되고 있는 것 같기도 하다.[42]

「결별」을 쓴 지 일 년 만에 발표한 「가을」은 이를테면 정히 신랑의 눈을 통해 본 아내와 아내 친구 정예의 모습이다. 형예가 정예로 이름이 바뀌었고, 정예는 결혼을 하지 않은 공부한 여성이지만, 정히 신랑이 공부하는 사람이었듯 이 작품의 주인공인 석재는 원고를 만지는 직업을 갖고 있다. 그는 아내 외의 여성에게는 관심을 갖지 않는 성실한 보통 남자다. 석재의 아내는 자기의 가장 존경하는 친구 정예를 남편에게 소개도 하고 같이 외출도 하자고 조르는 선량한 여성이다. 정예가 자기 남편에게 만나자는 엽서를 보내고 해도 친구를 의심하려고 하지 않는 갸륵한 마음씨를 지녔다. 석재는 그러한 아내를 딱하게 생각할망정, 어쩐지 짙은 원색과도 같은 꽤 섬찍한 무엇을 지닌 것만 같은 정예에 대해서는 별로 관심을 갖지 않고 있는 듯하다. 그러던 중 아내가 죽고, 다시 나타난 정예에게서 비로소 그의 뜨거운 연정을 발견하지만 이 남자는 끝내 냉정하다. 정예를 떠나보내고 나서야 석재는 "(정예는 제 말대로 흉악할지는 모른다. 그러나 거지는 아니다. 허다한 여자가 한껏 비굴함으로 겨우 흉악한 것을 면하는 거라면 여자란 영원히 아름답지 말란 법일까?)"[43]라고 중얼거렸으나 "어느 거지 같은 여자

---

42 1920, 30년대 여성해방론은 주로 연애관, 결혼관에 그 쟁점이 모아졌다. 자유주의 여성론이나 사회주의 여성해방론이나 거의 같은 현상을 낳았다.

43 지하련, 「가을」, 『도정』, 백양당, 1948, 73쪽. 이 말은 작품 「결별」에서도 나왔던 것이다. 정히가 남편과의 화해를 위해 늘 지는 편을 택한다는 이야기를 했을 때 주인공

보다도 더 거지 같은 딴 것"이 싸늘한 가을바람과 함께 그의 얼굴에 부딪쳤다고 끝을 맺고 있다. 말하자면 안일한 행복을 유지하기 위해 한껏 비굴해 온 것이 여자일 수 있다는 것, 허위, 기만 이런 것을 따지지 않고 덮어둠으로써 행복하려고 했던 아내의 모습을 생각했던 것이나, 오히려 그런 비굴함은 자신이 지니고 있었음을 깨닫는 대목이다. 그리고 자신의 감정에 정직했고, 사랑의 실현에 실패했으나 그 실패를 정면으로 받아들일 용기를 지닌 정예야말로 아름다운 것이었음을 깨닫게 되는 대목이다. 결국 이「가을」에서의 남편 또는 남성도 여성의 진실에 마주 서기를 거절했거나 외면하고 있었음을 보여주고 있다.

여기서 우리는 작가가 남성에 대하여 적지 않은 항거의 자세를 취하고 있음을 확인하게 된다. 「결별」에서 제시했던 남성과 여성 사이의 허위의식의 개재, 그 허위의식에 눈멀어 진정한 만남이 이루어지지 못하고 있는 것을 다시 문제삼고 있으며, 두 작품 다 그 원인을 남성의 무신경 내지 무성의에서 찾고 있고, 이러한 남성의 불성실함은 남성 우위 사상에 이어질 수 있다는 것, 다시 말해서 남녀 불평등 사상에 근원할 수 있다는 것을 살펴나가면 작가 지하련의 남성 중심 사회에 저항하는 페미니스트 의식을 확인하게 된다.

「산길」 역시 같은 내용을 담고 있다. 남편과 친구 연히의 연애 사건을 아내인 순재가 알게 되지만 결국 확인하게 되는 것은 남편의 파렴치이다.

"사랑하는 사람을 두고 또 한 여자를 사랑한다는 건 한갓 실수로 돌

은 (지는 것으로 해서 자존심이 상할 리 없고, 지고도 만족한다는 정히의 말에) 폭발적으로 확 터져 나오는 웃음을 참을 수 없어 한다.(『문장』, 1940. 12, 77쪽)

릴 수밖에. 당신네들 신성한 연애파들이 보면 변색을 하고 돌아설진 모르나, 연애란 결코 그리 많이 있는 게 아니고, 또 있대도 그것에 분별 있는 사람들이 오래 머물 순 없는 일이거든. 본시 어른들이란 훨씬 다른 것에 많은 시간이 분주해야 허니까" 하고 제법 농쪼로 웃으면서

"내가 만일 무사할 수 있다면 그것은 당신 덕택일거요. 하지만 이것보다도 다른 사람들 같으면 몇 달을 두고 법석을 할 텐데 우리는 단 몇 시간에 능히 화해할 수 있지 않소" 하고 행복해하는 것이었다.[44]

이는 "연히 보구 싶지 않우? 어째서 그렇게 무사하냐 말예요." 하고 다그치는 아내 순재에게 피곤하다는 듯이 던진 남편의 말이다. "세상에 편리롭게 되었다니, 천 길 벼랑에 차 내트려도 무슨 수로든지 다시 기어나올 사람들이다."라고 작가는 순재의 입을 빌려서 남성들의 파렴치한 행태를 되풀이 반박하고 있다. 순재에게는 오히려 "좌우로 무성한 수목을 헤치고 베폭처럼 희게 뻗어나간 산길을 성큼성큼 채쳐 올라가든 연히의 뒷모양이……총명하고 아름답게" 보이고 또한 "누구보다도 성실하고 정직했던 것"[45]으로 보인다.

이어령(李御寧) 교수는 "근대화 과정에 있어서 여성적이라는 것이 스스로 저해하는 역할을 할 수도 있다"[46]는 지적을 한 바 있지만, 스스로 저해하는 역할을 하더라도 우선 극복해야 했던 것이 여성과 남성의 거리 인식이었으리라는 것, 그러한 측면에서 1920~30년대의 무성했던 연애관·결혼관에 대한 논의의 필연성을 인정해야 하리라는 것을 지하련의 세 작품을 통해서 재삼 느끼게 된다. 말하자면 여성은 연애, 결혼을 통해서 사회화에 이르는

---

44 지하련, 「산길」, 위의 책, 141~142쪽.
45 위의 책, 같은 글, 142쪽.
46 이어령, 「韓國文學과 女流作家」(김윤식, 『韓國近代文學의 理解』), 443쪽. 소수.

유동적인 자아정체감 형성을 그 특징으로 갖고 있음을 보여주는 것이다.

이상 해방 전 작품을 중심으로 지하련의 작품 세계를 살펴보았다. 암호법을 사용하면서라도 암흑기의 식민지 현실을 과거와 차단된 현실묘사법으로 그려나간 작가 지하련은 작품 속에서 현실에 정면으로 맞서지 못하고 방관과 조소로 일관해야만 하는 무력함에 고뇌하는 인물을 통해 당시 지식인의 갈등을 보여주었다. 질식할 듯한 현실 속에 자유를 위한 용기가 아니면 치우치지 않으려는 노력, 즉 치열한 윤리의식을 부각시킨 것이다. 이러한 현실 속에, 인물들은 유리벽에 갇힌 인간들처럼 인간적인 체온마저 식어버린 냉혈인으로 그려지고, 미래가 차단된 주인공은 죽음의 상징인 잠 속으로 빠져들고 있다.

작품 「도정」을 보면, 주인공 석재는 광복이 된 서울에 올라와서 회상을 통해 그의 오랜 갈등의 실체를 고백하고 있다.

> 괴물―공산당―생각하면 긴 동안을 그는 이 괴물로 하여 괴로웠고, 노여웠는지도 모른다. 괴물은 무서운 것이었다. 때로 억척같고, 잔인하여 어느 곳에 따뜻한 피가 흘러 숨을 쉬고 사는지 알 수가 없었다. 그러나 귀 막고 눈 막고 그대로 절망하면 그뿐이라고 결심할 때에도 결코 이 괴물로부터 해방될 수는 없었다. 괴물은 칠같이 어두운 밤에도 단 하나의 "옳은 것"을 지니고 있다고 그는 믿었다―옳다는―이 어디까지 정확한 보편적 "진리"는 나쁘다는―어디까지 애매한 윤리적인 가책과 더불어 오랜 동안 그에겐 커다란 한 개 고민이었던 것이다.[47]

---

[47] 지하련, 「도정」, 앞의 책, 28쪽.

지하련 전집

이 고백을 보면 그는 이 공산주의 사상을 오랫동안 의식하고, 그로 인하여 괴로워했음을 알 수 있다. 그렇다면 해방 전 씌어진 암호는 바로 이 사상을, 그리고 그것을 지닌 자들에 관한 것이었다. 그는 자신의 사상에 결곡한 자세를 취하는데, 이는 그의 작품에서 늘 드러나는 허위의식에 대한 증오, 위선에 대한 공포, 바로 그것이라고도 할 수 있다. 그리하여 그는 당원이면서도, 옥살이를 거친 투사이면서도 자신의 신분을 '소부르주아'라고 기입하고, 그로써 소극적이고 부끄러운 자기를 이긴 것처럼 통쾌해 하는 것이다.[48]

정태용은 「도정」을 평하면서 지하련의 주인공은 "투르게네프가 말하는 두 개의 인간 타이프 중의 해물레트 같은 존재"라고 하였다. 그리고 지하련의 성격으로 보아 소시민의 세계를 그린다는 것은 아주 적절한 일이라고 하였다. "어쨌든 소심하고 약한, 그래서 투철한 신념을 상실한 소시민의 양심은 제 스스로를 모멸하고 회의하고 학대하면서 무능력자가 되고 있다"[49]고 보았는데, 이 소시민의 세계란 해방 전 그의 작품 세계에도 그대로 적용된다고 생각된다. 그러나 이 나약한 소시민의 갈등을 보여주는 일이야말로 지하련의 작가적 본 영역이며 가치 있는 영역이라고 할 때 「체향초」, 「종매」, 「양」 등은 우리 문학사상 소중한 유산이 아닐 수 없다. 특히 암호법으로 닫힌 세계를 드러내는 데 있어 그의 탁월한 심리묘사는 극도의 절제된 언어와 함께 1930~40년대 우리 소설 수준의 높이를 뛰어넘은 것이라고 평가된다. 정태용도 "심리를 생리적인 데까지 끌어가면서 감성을 묘사한 문장은 마음의 선율의 한 가닥도 놓치지 않으려고 서두는 어휘가 극히 풍부

---

48 앞의 책, 40~41쪽.

49 鄭泰鎔, 「池河連과 小市民」, 『婦人』, 1949. 2, 44쪽.

하고 적절"하며, "심리의 지나친 동요를 잘 포착하면서 그 표현이 또한 정확하다"고 하면서 이는 지하련이 아니면 꾸며낼 수 없는 저음계적 감동의 착란이라고 하였다.[50]

여성의 의식을 다룬 「결별」, 「가을」, 「산길」의 경우도 지하련 특유의 섬세함과 지적인 함축과 절제의 수법이 심리묘사와 대화 등에서 적절히 발휘된 작품들이다. 그중 「결별」이 특히 명편인데, 그는 이 세 작품을 통하여 1940년대 한국여성의 세련된 감수성을 보여주었고, 동시에 아직도 전 세대의 남성우위 사상에 젖은 무성의하고 둔감한 반려, 남성의 허위의식을 날카롭게 표출해내었다.

지하련의 경우에도 그 현실의식에 있어 식민지 현실에 대한 위기의식—그것이 궁핍을 다루는 직선적인 드러남이 아니라 윤리감각으로 드러나고 있음은 1940년대 문단기류의 반영이자 그의 독특한 현실대응양식이었다 하겠다—과 여성의식을 함께 문제삼고 있음으로써 30, 40년대 여성작가의 소설적 특성을 그대로 드러내고 있음은 주목할 만한 사실이라 하겠다.

（『일제강점기 한국여류소설연구』)(숙명여대 박사논문, 1987, 160~180쪽.)
（『한국근대여성소설연구』(국학자료원, 1999), 271~303쪽.)

---

50 위의 책, 같은 곳.

지하련 전집

비운(悲運)의 여류작가 지하련(池河連)

— 남편 임화의 분신(分身)으로 파멸한 미완(未完)의 문학 일생

▩

정영진(丁英鎭)

해방 몇 년 뒤 서울에서 괜찮은 창작집 한 권을 발간하고 사라져버린 미모의 한 여류작가가 있었다. 지하련(池河連)—어느 여배우의 예명 같기도 한 이 이름의 주인공은 시인이자 평론가이며 좌익 문단의 선봉장이었던 임화(林和)의 아내였다.

등단(1940년 말)하자마자 그녀는 민족이가 말살되는 비운을 겪었으니 곧 이어 해방과 함께 새로 태어나는 감격을 맛본다. 그러나 야심만만하고 정치 지향적이며 다분히 환상적인 한 시인의 어쩔 수 없는 아내였던 그녀는 정든 고장에서 창작에만 정진하고 싶었던 소망과는 달리 쫓기는 남편을 떠라 서둘러 월북함으로써 예상치 않았던 엄청난 비운에 봉착한다.

자기 삶의 반분(半分)이자 문학 선배인 남편 임화가 휴전 후 북쪽에서 '정치요지경극'에 휘말려 어이없는 최후를 맞게 되자, 덩달아 파멸의 길을 걷지 않을 수 없었던 것이 장래가 촉망되던 신예 작가 이전에 한 주부로서 겪어야만 했던 지하련의 운명이었던 것이다. 잘못된 역사 탓이거나 불운한 남편 탓이라기에는 그녀가 지녔던 재질과 정감이 너무도 아깝고 그립다는 것이 옛 모습을 기억하는 원로 문인들의 회고인데, 지하련에 대한 기록의 절반은 그녀와 운명이 맞물린 임화의 이야기이기도 해 다각도로 음미해볼 관심의 대상이 아닐 수 없다.

마산(馬山) 출신의 동경(東京) 유학생

임화가 그렇듯 지하련의 출신과 가계도 불투명하다. 그의 양친 이름이며 형제자매는 물론 정확한 출생지와 자세한 생장지도 현재로선 오리무중이다. 다만 본명이 이현욱(李現郁)이란 것과 1912년 7월 11일 경남 거창군(慶南 居昌郡)에서 출생하여 마산에서 성장했다는 것만이 몇몇 기록[1] 등에 나타나 있다. (그녀의 두 번째 소설인 「체향초(滯鄕抄)」에 따르면 그녀는 5·6명의 형제 중의 고명딸에 해당될 가능성이 크며 양친 외에 숙항들과 성장한 조카들도 많은 대가족의 외딸인 듯 짐작된다.)

평론가 백철(白鐵)의 『문학자서전』에 "임화가 요양차 마산으로 가 있다가 현지의 유력한 사회주의자의 딸인 이현욱과 신혼을 하고……"라고 기록[2]되어 있어 경주 이씨(慶州李氏)로 알려져 있는 그녀의 부친이 청년시절의 임화와 사상의 맥이 통했던 사회주의자였음을 알 수 있다. 임화가 결혼 직후 잠시 요양 겸 처가살이를 하고 있을 때 서울에서 한 잡지사 기자가 들러 인터뷰한 기사[3]에는 "임화 씨를 마산 상남동(上南洞)으로 찾았다."고 적고 있어, 마산시 상남동이 지하련(이현욱)의 생장지(生長地)임을 추측할 수 있다. 경상북도 경찰부에서 발간한 1934년판 『고등경찰요사(高等警察要史)』 237쪽에는 1926년 공산 및 무정부주의 운동단체인 '허무당(虛無黨) 사건'이 일경에 의해 적발되었다고 기록되어 있는데 이 사건의 주동자의 한 사람으

---

1 『문장(文章)』 1941년 4월호.
2 백철, 『문학자서전』 전편, 박영사, 425쪽.
3 『신인문학(新人文學)』 1936년 10월호.

지하련 전집

로 밝혀진 한글학자 한뫼 이윤재(李允宰, 당시 38세)의 주소가 '마산시 상남동 248번지'로 되어 있는 것으로 보아, 그녀 일가가 혹 한뫼와 가까운 혈족이 아닌가 하는 추측을 낳게 한다. 1926년은 이현욱으론 14세 때이고 그녀의 부친도 한뫼와 비슷한 나이였을 것으로 보여 그러한 추리가 가능하다.

이웃 통영(統營) 출신인 김춘수(金春洙) 시인은 마산 출신 김수돈(金洙敦) 시인인가, 정진업(鄭鎭業) 시인으로부터 지하련이 소실(첩)의 딸이란 설(說)을 얼핏 들은 적이 있다고 회고(1989년 3월 전화 인터뷰)했는데 이의 사실 여부도 미지수이다. 그러나 이 '설(說)'은 그녀의 학력란에 이르러서 다소 신빙성을 잃게 한다. 『삼천리(三千里)』잡지 1940년 1월호에 실린 이현욱의 이름으로 된 「편지」란 글에 따르면 이현욱의 학력은 '동경소화고녀(東京昭和高女)를 거쳐 동경경제전문학교(東京經濟專門學校) 수학'으로 되어 있는데 '첩의 딸'이었다면 좀 과분한 학력인 듯한 의문이 생기기 때문이다. 하기야 그녀의 부친이 사상운동을 할 만큼 당시로선 재력(1천석꾼으로 알려짐)도 있고 깨친 사람이었다면 어쩌다 얻은 소실의 딸이기는 하나 고명딸인 데다가 예쁘고 총명하므로 동경 유학쯤을 허락 못 할 이유도 없을 것이다.

어느 쪽이건 그녀는 시대에 앞선 개명한 신여성으로 교육받은 것임에는 틀림없다. 동시에 당시 마산에는 마산고녀(현재 마산여고)와 사립인 의신(義信)학교가 있었고, 가까운 부산에도 명문 여학교가 없지 않았음에도 멀리 동경에까지 유학 보낸 것만 보아도 그녀 양친의 교육열이 남다른 사람임을 알 수 있다. 그런데 지하련이 고녀를 졸업하고 어째서 여성으로선 드문 선택인 '경제전문학교'에 입학했는지, 또 왜 중퇴했는지, 혹 그것이 임화와의 혼사 때문이었는지 궁금증을 자아내게 한다. 그녀가 임화와 결혼한 때는 1936년 봄으로 그녀 나이 만 24세, 당시로선 과년한 처녀였다. 따라서 결혼 때문에 학업을 중단했다고 보아도 크게 빗나가지 않을 듯하다. 흔히 결혼을 연분의 결과라 말하지만 지하련과 임화의 결혼은 단순히 연분이라기에는 너무나 의외성(意外性)이 높은 데 관심을 끈다.

파란만장한 임화(林和)의 청춘

본명이 임인식(林仁植)인 임화는 지하련보다 네 살 위로 1908년 3월 13일 서울 동쪽 낙산(駱山, 일명 낙타산. 현재의 동숭동 동편 및 창신동 산동네) 기슭에서 빈농의 아들로 태어났으나 본적은 가회동임이 그의 단편 자서전[4]이나 북한의 임화 관계 기소문 등에 밝혀지고 있다. 4~5세 때 "아버지가 소자 산업을 경영"(앞의 기소문)하였다는 것과 동대문 안에 있는 사립학교에 다니다가 열 살 때 해산하는 바람에 보통학교 1년급으로 올라갔으며 "아버지는 자상하고 어머니 슬하에 행복한 소년"이었다는 기록[5]이 있으나 형제에 대해서나 구체적인 가정환경은 밝혀지지 않고 있다.

1922년 14세 때 보성중학에 들어갔는데 평론가 이헌구(李軒求), 시인 이상(李箱), 정치인 유진산(柳珍山), 이강국(李康國) 등이 이때의 동기였고 시인 김기림(金起林)과 평론가 김환태(金煥泰) 등은 한 해 후배로 알려지고 있다. 5학년 때 역사가 황의돈(黃義敦) 선생으로부터 작문을 잘해 늘 칭찬을 받았다고 알려져 문학에 대한 소질은 천부적이었던 것 같다.

"아이 적엔 면도만 반들반들하게 하고 휘파람만 불고 다녔다"고 전해지는 것[6]으로 보아 어지간히 '끼'가 있던 소년이었던 듯하다. 뒷날 영화배우로 두 번이나 주연을 했고 "생긴 것이 아이노꼬(혼혈아) 같다"는 말을 곧잘 들었

---

4 『삼천리문학(三千里文學)』 1937년 1월호.

5 위의 자서전.

6 김남천이 안막(安漠)에게 들은 말, 『박문(博文)』 1939년 10월호.

을 정도로 임화는 어릴 적부터 미소년이었으므로 이웃 숙명여학교 학생들로부터 '연애박사'란 소문을 들은 것도 무리가 아니었다. 중학 시절 남달리 일찍 경험했던 이성에 대한 사춘기적 감상과, 문학에 대한 열정이 싹트게 된 동기며 독서 편력, 그리고 그 후 청년기에 겪었던 가정의 파탄과 정신적 고뇌 속의 교우관계 등이 그의 고백기[7]인「어떤 청년의 참회」속에 자세히 기록되어 있다.

요약하면 열여섯 살 때 그는 하이네의 시와 어여쁜 소녀의 생각으로 퍽 행복했고 소녀가 가고 가을이 깊어갈 때 그는『영혼의 추』라는 책을 읽으면서 눈물과 탄식으로 살았다. 그 후 동서의 근·현대 명작들을 두루 섭렵했으며 더러는 외울 지경으로 환했다. 열아홉 살 때 가정이 파탄(파산)되고 중학교 졸업 직전인 5학년 때 '이별'한 뒤, 교과서를 판 돈으로 그때 유행하던 조타모(鳥打帽)를 사 쓴 후 양친에게 문학의 길로 나가겠다고 선언한다. 마르크스, 엥겔스와 다다풍의 시에 심취한 때도 이 무렵부터이다. 그동안 모친상도 당한다. 이상화(李相和) 시인을 좋아하게 되면서 그의 교우관계도 폭을 넓혀가는데 윤기정(尹基鼎), 박영희(朴英熙), 최서해(崔曙海), 송영(宋影), 김기진(金基鎭), 김복진(金復鎭), 박팔양(朴八陽), 이기영(李箕永), 안석영(安夕影) 등을 알게 된 것도 1926~1927년 이 무렵 이후부터였다. 1928년「젊은 순라의 편지」에 이어, 1929년『조선지광(朝鮮之光)』이란 잡지에「네거리의 순이」,「우리오빠와 화로」등의 시를 발표하면서 조선 시단의 샛별로 떠오른다. 이어 영화에 관계하면서 주연배우도 해보는가 하면 논단에 데뷔하기도 하고 예술동맹에도 뛰어드는데, 1929년 가을에는 동경에 모습을 보인다. 동경에서 그는 김남천(金南天), 안막(安漠), 한재덕(韓在德) 등과 한

7　『문장(文章)』1940년 2월호.

클럽이 되어 문학, 사회과학, 연극 등에 열중하다가 1931년 가을에 귀국한 뒤, 이듬해 봄부터 카프(KAPF, 조선프롤레타리아예술가동맹) 일에 몰두한다.

그 뒤 카프는 1차 검거에 이어 두 번째로 검거되나 폐병 중증(重症)이었던 임화는 두 차례나 용케 방면되는데 그 요양 과정에 지하련(이현욱)을 만나 결혼했던 것이다.

임화의 처 이귀례(李貴禮)

동경에서 임화는 『무산자(無産者)』란 잡지를 편집하거나 사회과학 서적을 난독(亂讀)하는 일 못지 않게 열중한 일이 한 가지 있었다. 그것은 지하련에 앞서 첫 아내가 된 이귀례(李貴禮)와의 연애였다. 『조선일보』1932년 12월호 「시인 임화 부부는 그 뒤 어찌 되었나?」에 따르면 이귀례의 본명은 이귀남(李貴男)으로 동경서 잡지 『무산자』를 주재하던 이북만(李北滿)의 누이동생이었다. 아내와 여동생까지 데리고 와 동경서 예술운동, 잡지 발간 등을 하고 있던 이북만의 쪼들리는 살림에 임화가 식객 노릇을 하면서 사귀게 되었다고 한다.

이 당시 임화는 「우산 받은 요꼬하마 부두」란 시로 한층 호평을 받고 있었을 뿐 아니라, 〈세 길로〉란 영화에도 임화(林華)란 예명으로 출연함으로써 '미남자 임화'란 소리와 함께 한창 인기를 더해가고 있었다. 이북만은 비록 궁색한 살림이지만 자신의 집이 바로 『무산자』 편집실인 데다 프로예술동맹의 동경지부 구실을 하던 참이므로 임화를 잡지 편집 일을 거든다는 이유로 붙여둘 수밖에 없었다. 도일 당시 임화는 22세, 이귀례는 17세였다. 나이보다 서너 살 어려 보였던 이귀례 역시 프로예술동맹원으로 '무산자극장'과 '극단 토월회'에 관계하고 있었다고 한다.

곱상하던 그녀는 가끔 무대에 서기도 했는데 뒤에 〈지하촌(地下村)〉이란 영화를 찍게 되자 그 주연을 맡으면서 이귀남이란 남자 이름 대신 이귀례로 개명한 것으로 알려진다. 영화 촬영을 하면서 선배 배우인 임화의 연기 지도 등을 받는 도중 둘 사이는 뜨거워졌던 것으로 보인다. 그리하여 1930년 12월부터 둘은 동거 상태로 들어갔다가 1931년 봄 귀국하면서 혜화동에 살림을 차리게 된다. 결혼식도 없는 막바로의 신혼살림이었던 것이다. 결혼식이 없었던 것에 대해 이귀례는 탐방해온 기자에게 "프롤레타리아 입장에서 결혼식이란 형식적 허례를 갖출 필요가 없다는 견지에서 그만두었다."고 제법 당당한 논리를 펴보였던[8] 것이다.

그렇지만 인습상, 그리고 여자로서 다소 섭섭한 생각이 없었느냐는 기자의 질문에 "그러한 생각은 절대로 없었습니다. 그러한 생각은 중산계급 이상에서 생각할 문제겠지요. 우리는 남녀의 결합보다 동지와 동지의 굳은 악수입니다."고 말하며 이귀례는 얼굴에 "찬란한 광채까지 나타내었다."고 기자는 느낌을 덧붙이고 있다. 말하자면 애정에 앞서 프로예술가로서의 동지적 결합이 우선이었다는 말인데 이것이 이귀례의 가식 없는 표현이라면 그 뒤 두 사람의 파경은 결국 카프 검거 사건 이후 임화가 전향하자 '열성맹원'이었던 이귀례가 실망했었기 때문이 아니었겠느냐는 해석도 가능케 한다. 그 실증으로 임화가 일시 감옥에 있을 때 얼마나 상심했느냐는 기자의 물음에 이귀례는 "우리는 투옥을 각오하고서 투쟁하는 까닭에 과히 상심할 필요가 없어요. 그저 몸만 건강하기를 바랄 뿐이지요."라며 나이 어린 신부라기보다는 깜찍한 여류 투사의 언변으로 응대했던 것에서 알 수 있다. 이때는 이미 둘 사이에 1931년 12월생인 한 살짜리 혜란(惠蘭)이 있을

---

8 『조선일보』 1932년 12월호.

때였으므로 이런 애띤 애엄마답지 않은 언행에 작가 이석훈(李石薰)의 말마따나 "기질적으로 시인"인 임화는 임화대로 평소 막막함을 느낀 나머지 이혼에 쉽게 응했을지도 모른다. 이혼할 무렵인 1934년 5월, 제2차 카프사건이 발생했을 당시 박영희, 이기영, 김기진, 백철, 한설야, 권환, 신고송, 윤기정, 이동규, 김유영, 최정희 등이 구속 재판을 받았으나 임화는 '다 죽어간다'는 소문이 나돌 만큼 중증 폐결핵을 이유로 구속을 면하고 평양 실비병원을 걸쳐 탑골 승방에서 요양하고 있었다. 당시 딸 혜란을 양육하며 종로의 산구(山口) 악기점에서 점원 노릇을 하고 있던 이귀례는 몇 달 뒤 임화의 곁을 떠나게 된다.

비록 경찰의 연행 도중 서울역전에서 졸도·입원하긴 했지만 1931년 3월 27일 이래 카프의 사실상 지도자(서기장)였던 임화가 구속되지 않자 누구나 의아해했다고 백철은 회고한다.

> 참으로 임화는 여러 가지 재주를 가지고 있는 사람이었다. 임화는 자기 신변이 위급해질 때에는 일부러 졸도를 하는 조화를 부렸다……. 일경들이 임화를 검거해 가지고 경성역까지 나왔는데 역전에서 갑자기 쓰러져 졸도를 했기 때문에 연행을 하지 못하고 세브란스병원에 입원을 시키고……, 어쨌든 서기장 임화가 빠졌다는 것은 세상의 의혹을 살 만한 일이었다.[9]

이때의 '의혹'은 뒷날 북한에서 임화가 간첩죄를 뒤집어쓰게 되는 빌미로 자라게 된다. 북한은 임화에 대한 기소문에서 "1935년 6월 하순 경기도 경찰부주임 齊賀(사이가)와 탑골승방에서 만나 齊賀에게 임화 자신이 서명한

---

9 백철, 『문학자서전』 후편, 313쪽.

카프 해산 설명서를 제출하고 일제와 완전 결탁했으며 그 후 프로 문학의
계급적 입장에서 벗어나 순수문학을 주장하면서 내선일체와 반소행위를
하였다"고 자백한 것[10]으로 기록하고 있기 때문이다.

지하련의 밑지는 결혼

두 번째 카프 사건을 계기로 임화가 방향 전환을 한 것은 그의 문학사상
만이 아니다. 인생 대사인 배우자 문제에도 새로운 길을 택했다. 1935년
초여름 이귀례에게 딸 혜란을 맡긴 채 완전히 갈라선 임화는 그해 8월 중
순쯤 결핵 요양소가 있는 풍광 좋은 마산으로 내려갔는데 여기서 지하련과
조우하게 된다. 임화의 수필 「조어비의(釣漁秘義)」[11]에는 그가 무료를 달래
기 위해 낚시를 배우게 되었다는 것과 그것을 권한 사람은 임화가 옛부터
아는 사람인 듯한 향우(鄕友)였다고 기술되어 있다.

그 향우가 어쩌면 지하련의 소설 「체향초」에 나오는 '오라버니'인지 알 수
없다. 이 오라버니는 낚시를 매우 즐기는 사람으로 나오는데 임화도 앞의
수필에서처럼 낚시광을 자처하고 있기 때문에 그 가능성이 높다. 마산에는
이 무렵 이석규(李錫圭), 이원세(李元世), 이주홍(李周洪) 등 청년 아나키스트
들이 살고 있었으며[12] 이들이 이현욱(지하련)과 인척일 가능성이 없지 않다.
어쨌든 이들과 같은 마산의 선각사상가들을 통해 임화는 이현욱과 인연이
닿았을 것으로 추측된다.

지하련으로 볼 때 일견 '밑지는 결혼'처럼 보인다. 신랑은 딸아이를 둔 이

---

10 『민주조선』 1953년 8월 5일~7월 6일.

11 『춘추(春秋)』 1941년 10월호.

12 前 경북대 교수 하기락(河岐洛) 저, 『탈환』, 79쪽.

혼남인데다 밥벌이가 고달픈 글쟁이인가 하면 무엇보다 폐병 환자가 아닌가. 반면에 보성고보 5년 중퇴의 임화에 비해 지하련은 동경에서 고녀를 마치고 대학물까지 먹은 고학력이었다. 임화가 비록 미청년이라고 해도 지하련 역시 남겨진 사진이나 전해지는 목격담으로 보아 상당한 미인이다. "길쭉한 얼굴, 시원한 검은 눈, 콧날은 날카로운 편, 키는 호리호리……, 늘 치마저고리에 성격은 적극적"이란 인상(장시(長詩)「지리산」을 쓴 이기형(李基炯)의 최근 회고)과 함께 "여자로서의 알맞은 키, 예쁜 얼굴"이란 작가 최정희(崔貞熙)의 기억이 이를 뒷받침한다. 설혹 지하련이 "과년한 소실의 딸"이란 약점을 지녔다 해도 파산한 빈농 출신의 임화에 꿀릴 까닭도 없었다.

따라서 이따금 상식을 초월하는 곳에 결혼의 조건이 존재하는 것처럼 두 사람의 경우도 단순히 '연분'이란 말로 표현하기에는 아무래도 파격적인 인연에 의한 결합이라 않을 수 없다. 임화의 모든 현실적인 악조건이 오히려 지하련의 '모성본능'을 자극하고 강하게 끌리도록 했고, 일찍이 문벌보다 인물 본위로 평가할 줄 아는 '사회주의자 집안'인 지하련의 친정 사람들은 임화의 뛰어난 지성과 예인정신(藝人精神)만은 인정하고 모든 것을 수용했으리라 믿어진다. 사실 임화가 원했다면 그의 소시적부터 장기인 '휘파람'을 불어대며 때론 현란한 언사, 멋진 연시 한두 편, 배우 경험에서 터득한 임화 특유의 우수(憂愁)와 비애에 젖은 듯한 표정 한두 번쯤으로 지하련의 문학소녀적인 마음을 사로잡기란 어렵지 않았으리라. 그러나 임화는 타인이 짐작하는 것과는 반대로 "화려한 로맨스는 불행히도 없이" 지내왔고, 여성의 참가치란 "남성의 좋은 반려자"[13]로 인정되는 곳에 있다는 평범한 인식의 소유자였으며 그의 이상적인 여인 타입은 "아름다우면서도 지혜로운

---

13 단편 자서전, 『삼천리문학(三千里文學)』 1937년 1월호

여성"[14]이란 다소 보수적인 관심에 머물고 있음은 흥미롭다.

두 사람이 결혼한 시기는 정확히 알려지지 않고 있으나 여러 가지 기록을 종합해보아 빠르면 1935년 말도 가능했겠으나 1936년 초 결혼식을 올렸다 해도 초고속으로 치러진 셈이다. 결혼식이라 했봤자 임화로선 요양 중인 몸인 데다 동지 문우들은 옥고를 치르고 있던 중이었으므로 그저 처가의 체면을 살려줄 정도의 조촐한 규모였을 것이다. 결혼과 동시에 임화의 처가살이가 시작되었고 신부인 지하련은 다른 어떠한 일보다 신랑의 병간호부터 매달려야만 했을 것이다.

마산에서의 신혼 생활은 1937년 말까지 약 2년간 계속되었는데 이 기간이 임화를 위해선 재기의 보신기(保身期)였으며 정신적 충전기였다. 물론 그 공로는 전적으로 지하련에게 있었다. 뿐만 아니라 임화의 떠도는 영혼을 가정이란 울타리 안에 잡아 가정생활의 안락이 어떤 것인가를 비로소 깨닫게 해주었던 셈이다. 장남 원배(元培)가 이 기간(1937년 초)에 태어났으며 딸 원주(元珠)는 마산을 떠나기 전후에서 태어난 듯하다. "금년이 30, 이곳서 처자 데리고 병을 다스리며 하는 일없이 세월을 보냅니다. 마음으로는 여러 가지 자기반성의 사업(?)을 공상하고 있습니다. 심심하면 바다에 나가 고기를 낚는 게 가장 큰 즐거움입니다."[15] 임화가 밝힌 이 시기의 자화상이다.

그렇다고 마산행 이후 임화가 하릴없이 노닥거린 것만은 아니다. 프로문학과 결별하고 순수문학으로 전향한 자신의 속내를 변호라도 하듯 시보다는 주로 문학비평에 주력했다. 「조선문학사론서설」,[16] 「조선문화의 신휴머

---

14 『조광(朝光)』1937년 2월호.
15 단편 자서전,『삼천리문학(三千里文學)』1937년 1월호
16 『조선중앙일보』1935년 9월호.

니즘론」,[17] 「사실주의의 재인식」[18] 등 평론과 함께 「하늘」,[19] 「주유의 노래」[20] 등 시도 썼다.

'감이 붉은 시골 가을이/아득히 푸른 하늘에 놀 같은/미결사의 가을 해가 밤보다 길다……'는 구절로 시작되는 시 「하늘」은 지하련이 특히 애송한 시였다고 전해진다. 이 시는 임화가 카프 시를 송두리째 외면한 것이 아니라 전보다 한층 더 은유와 예술성으로 승화시킨 좋은 예이기 때문에 지하련이 높이 평가한 이유라는 것이다. 때문에 시인 정지용도 이 「하늘」을 극찬했다고 지하련은 주장하더란 것이다(이기형의 앞의 증언 가운데서).

최정희(崔貞熙)와 서정주(徐廷柱)와의 만남

1938년 초 지하련은 어느 정도 완쾌한 임화를 따라 상경, 동대문 밖 전농동에서 신혼살림을 차린다. 전농동에는 소설 「남생이」의 작가 현덕(玄德)이 살고 있었는데 당시로는 비교적 집 값이 싸고 한적한 전원지대였다. 그러나 이때의 신접살림도 지하련의 친정에서 도운 결과였지 임화가 찾아온 잡지 기자에게 독백했듯 "지금까지 받은 원고료 전부라야 대가제씨의 1년분도 못 되는 일종의 꾸리(苦力 · 노동자)의 수입"[21]으로서는 신접살림에 보탤 힘이 거의 없었다고 봄이 타당하다.

1938년 이후 임화가 시보다 평론에 몰두한 것은 전향 이후 시대에 나름

---

17 『비판』 1937년 3월호.
18 『동아일보』 1937년 10월.
19 『시인문학』 1936년 7월호.
20 『조광』 1936년 5월호.
21 『신인문학(新人文學)』 1936년 10월호.

대로 새로운 비평 작업을 하겠다는 의도도 있었겠지만 시보다 평문이 월등히 고료 수입이 많은 데 대한 기대도 있었다고 보겠다. 그 결과 1년에 평균 30여 편의 평론을 정력적으로 써댄 임화였다. 「한설야론」(1938년 2월), 「유치진론」(1938년 3월) 등 작가론과, 「세태소설론」(1938년 4월), 「본격소설론」(1938년 5월), 「작가기질론」(1938년 8월), 「통속소설론」(1938년 11월) 등 소설론과 각종 서평, 작품평, 월평 등을 한달 평균 세 편 꼴로 쓰는 외에 서너 달에 한 편의 시, 같은 숫자만큼의 수필과 잡문을 쓴 것도 건강을 얻게 되면서 자청 타청 "글쓰는 꾸리"로 전락할 수밖에 "달리 생도(生道)가 없었던 가장" 임화였기 때문이다.

당시 임화가 이 무렵부터 광산주 최(崔)모가 출자한 출판사 '학예사(學藝社)'를 대리 경영하게 되며, 그의 첫시집『현해탄(玄海灘)』을 발간하고, 이어서 1940년『인문평론(人文評論)』 편집에도 관여하고 잇따라 그의 평론집『문학(文學)의 이론(理論)』을 학예사에서 펴낸 깃도 일차적으로는 그의 새로운 문학 활동의 일환이었지만 부차적으론 월급과 인세를 염두에 둔 생업 활동의 하나였다고 보여진다. 유족한 집안의 귀염둥이 딸로 자란 지하련이 비록 물질적인 부(富)보다 청빈한 예술가상을 긍정했다 쳐도 임화는 더 이상 처가의 원조에 의지할 수 없는, 자존심을 되찾아야 할 가장의 입장이었던 것이다.

지하련도 상경 이후 임화의 새 부인으로 알려지면서 차츰 잡지의 원고 청탁을 받는다. 아울러 자연스레 여류 문인들과 친해지면서 스스로의 글을 써보겠다는 집필 의욕을 키우게 된다. 지하련과 극히 친했던 여류로는 소설가 최정희가 있다. 그녀는 그 뒤 창신동으로 이사해 살고 있던 임·지 부부를 자주 찾아가 놀았다는데 특히 지하련과는 '현욱이', '희야'로 서로 주고받으면서 자별한 정담을 나누었다고 회고한다. 지하련이 잡지사의 원고

청탁을 거절하지 않고 부지런히 수기류를 쓰게 된 것도 그리고 그것이 발전하여 소설로 빛을 보게 된 것도 남편 임화의 후광 못지않게 자주 대하는 최정희로부터 받은 자극 때문이었다고 보아 틀리지 않을 것이다.

"어제 희야가 보내준 편지를 읽고 나는 참 다행이라고 기뻤소. 그날 내 돌아오는 마음이 꼭 당신은 혼자일 것만 같았고, 희야 수척한 몸으로선 감당하기 어려우리만큼 호된 추위일 것만 같아서 부디 일찍 잠들기만 바랐던 것인데……." 잡지 『삼천리(三千里)』 1940년 4월호에 실린 「편지」라는 제목의 지하련의 글이다. '희야'란 '최정희'의 끝 자를 이현욱(지하련)이 줄여 부른 애칭이기도 했지만 경상도식으로는 '언니야—'라고 부르는 말이기도 하다. 따라서 지하련은 그런 두 가지 뜻을 함축하여 정감 있게 부른 셈인데 사실 최정희는 1912년생으로 지하련과 동갑이었으나 사회의 선배였으므로 지하련이 따르는 뜻에서 그렇게 불렀던 것 같다. '희야'와 '현욱' 두 여인은 미당 서정주(徐廷柱) 시인을 유독 좋아했다고 한다.[22] 두 사람은 "희야 너 하늘 같은 눈을 가진 사나이를 구경할래?" 하는 지하련의 제의로 "동대문께 무슨 학교 마당"으로 가서 "모시 두루마기를 펄럭이며 학생들에게 체조를 시키고 있는" 서정주를 먼빛으로 보곤 했다고 한다. 미당과 지하련의 첫 만남은 이보다 앞서 미당의 시에 매료된 지하련의 간청으로 전농동 시절에 이미 이뤄졌다.

> 내 시를 몹시 좋아한 지하련이 오장환(吳章煥)을 보고 나를 한 번 만나게 해달라고 부탁했나 봐요. 어느날 오장환이 나를 찾아와 "임화 부인이 미당을 만나고 싶어 사정하더라. 같이 가면 환영할 것이다" 하길래 전농동에는 마침 내 친한 친구인 현덕도 살고 있어 그도 만나볼 겸

---

22 최정희의 회고기 『조광』(삼천리시절), 깊은샘 출판, 『한국문단이면사』, 210쪽.

동행했지요. 만나니 과연 좋아하고 정성껏 대접합디다. 그 후 내 시의 애독자로서 독후감을 흑석동에 있던 내게 자주 편지도 하고 해서 나도 답장을 주고 받고 했으나 6 · 25 때 다 잃어버렸지요. 그 뒤 지하련이란 필명으로 소설을 써 문단에 등장한 것도 알게 되었지요.[23]

요양기의 사색(思索)이 창작으로

서울 살림을 벌인 지 2년 뒤며 최정희에게 앞의 「편지」를 띄운 얼마 후인 1940년 초여름, 지하련은 신병을 얻어 요양차 혼자 친정인 마산에 내려간다. 서너 살 되는 젖먹이 딸 원주마저 떼어두고 너댓 달 예정으로 혼자 요양을 할 만큼 전염성 급병을 얻은 듯한데, 혹시 그것이 임화로부터 감염된 초기의 결핵인지 모를 일이다. '오늘은 온종일 기분이 나쁘고 열이 높다', '죽는 게 무서운 게 아니라 잊을 수 없는 사람들과 더불어 죽음이란 분명히 두려운 것이고 병고란 한스러운 것인지도 모른다'고 「일기(日記)」[24]란 제목의 수필을 통해 요양 중의 심경을 밝힌 그녀의 글을 읽으면 그 정황이 짐작된다. 임화는 아내를 마산에 내려보내면서 나아서 가을에 오라고 말했고, 떠나기 싫다는 아이들에겐 '엄마 살쪄서 가을에 온다'고 달래더라고 지하련은 「일기」에서 쓰고 있다.

그러나 남편과 아이들을 두고 고향에서 요양하는 동안 투병보다 더 견디기 어려운 것이 고독이었음을 지하련은 실토하고 있다. '정말 고독이란 죽음보다 더한가 보다'고 그녀는 남편 걱정, 아이들 생각에 잠 못 이루는 심경을 적고 있다. "낮에 서울 편지가 왔으나 역시 마음 아플 뿐이다. 세상이

---

23 서정주의 증언, 1989년 3월 말.
24 조선일보사 발행, 『여성』 1940년 10월호.

소란해서 마음 둘 곳 없는데 너는 앓고 아이들은 가엽고 나는 고달프고 쓸쓸하다고 그(임화)는 말했다."고 지하련을 떠나보낸 임화의 고적한 심경까지 이 글은 전하고 있다. 1940년 여름은 이미 그 전해 1939년 10월 29일에 춘원(春園) 이광수(李光洙)를 대표로 하여 결성된 '조선문인협회(朝鮮文人協會)'(뒤에 '조선문인보국회(朝鮮文人報國會)'로 확대·개편)가 일제의 황민화 정책, 전시동원 체제를 옹호해야만 조선 문인들의 안전이 보장될 상황이었다. 그러나 1940년 늦여름부터 황군(皇軍) 위문 등 실제적인 협력 문제가 논의되자 '학예사(學藝社)'를 이끌고 있던 임화는 '문장사(文章社)'의 이태준(李泰俊)과 '인문사(人文社)'의 최재서(崔載瑞)와 함께 황국 위문은 물론, 친일 전시문학을 주도적으로 펼쳐야 할 입장에 몰려야 했다. 지하련에게 보낸 편지에서 임화가 "세상이 소란해서……"라고 한 것은 바로 이런 궁지에 몰리고 있는 난처한 자신의 입장을 호소한 내용이라고 할 것이다.

그러나 지하련이 가족과 떨어져 병고 속에 고독을 되씹고 있던 이 기간이 그의 등단을 위해서는 매우 값진 사색과 습작의 한 시기이기도 했다. 그녀가 여름내 투병 속에 외로움을 달래고 쓴 단편소설 「결별(訣別)」이 귀가한 지 얼마 뒤인 이해 연말 『문장(文章)』지에 추천·발표되었으며, 두 달 뒤는 이 요양 생활에서의 사색과 일화를 테마로 한 두 번째 작품 「체향초(滯鄕抄)」를 발표, 호평 속에 여류문인으로 확고한 기반을 다질 수 있었기 때문이다. 지하련이 어느 정도 건강을 되찾고 이해 가을 상경하여 백철(白鐵)의 추천으로 『문장』 12월호에 발표한 「결별」은 평온치 못한 결혼 생활로 남편과 정신적 갈등을 겪는 여주인공이 다른 한 친구의 결혼 예비 행각 및 또다른 한 친구의 결혼 경험을 자신의 경우에 비추어보면서 느끼는 착잡한 심리 상태를 밀도 있게 그린 작품이었다.

백철은 추천사에서 "지하련 씨는 모 친구의 부인 되는 분으로 인격적으로 친숙하게 아는 분이지만 그가 이처럼 훌륭한 작가적인 천품을 갖춘 분인 줄은 조홀(粗忽)하게도 생각질 못했다."고 먼저 경이로움부터 실토하고 있다. 이어 백철은 작품론에 들어가 "작중인물로서 작가 자신을 대변했다고 추측되는 여성을 제2주인공으로 돌린 점과, 따라서 자기를 타에 양보해 간 그 윤리적인 신미(新味)와, 찰싹 달라붙는 듯한 섬세막비한 감각미와, 장면마다 나타난 여성다운 관찰의 도는 타인의 추방(追倣)을 허하지 않는 재지(才智)가 빛나는 호개(好箇)의 단편이다."라고 드물게 격찬하고 있다. 이어 백철은 지하련의 작품을 다루는 솜씨와 태도가 "도리어 너무 노련하고 여유가 있는 것이 염려된다."고 지적하면서도 그것은 "너무 일찍 문단에 등단하는 조숙미와는 다르며 오히려 그의 재품(才稟)에 비하여 너무 늦게 등장하는 감이 있는데 이는 이 작자의 인생에 대한 체험의 도가 깊은 것과 작가의 교양이 그만큼 높음을 증명하는 것인 줄 안다."고 거듭 호평하고 있다.

등단 초기(登壇初期)의 호평(好評)

'임화의 부인 이현욱(李現郁)'에서 '촉망되는 작가 지하련(池河連)'으로 등장하면서 그녀가 느꼈을 환희와 감격은 남달랐을 것이다. 무엇보다 남편 임화며, 그의 친구 문인들, 그리고 가까운 최정희 등 여류문인들로부터 이로써 유명인의 종속이 아닌 대등한 능력의 동반자로 대접받게 되었다는 사실이 흐뭇했을 것이다. 서정주에게 대했던 것처럼 좋아하는 문인에게는 다소 열광적인 추앙 기질조차 없지 않았던 적극적인 성격의 그녀로선 이제부터 자신의 명예욕을 누릴 주체적인 작가의 일원이 되었다는 사실이 우선 가슴 뿌듯했을 것이다. 그녀가 배우자로선 적지 않은 결격 사유를 갖춘 임화와 용감히, 그리고 전격적으로 결혼한 것도 애정적인 문제 외에 부차적으로는 임화를 통해 임화가 속한 문단의 인사와 친해지고 싶었던 일종의 명사 사회에의 진출욕도 없지 않았다고 보여지기 때문이다.

그러나 지하련은 추천되어 등단하는 인사말[25]에서는 이런 내면은 덮어둔 채 다소곳한 신인의 면모를 보여주었다. ① 자신에게는 이렇다 할 포부라곤 없었다. 혹 평소 바라던 바가 있었다면 "한 사람의 여자로서 그저 충실히, 혹은 적고 조용하게 살아가고 싶었던 것"인지 모른다. ② 하긴 글쓴다고 해서 여자로서 충실하지 말라는 법은 없겠으나 자신의 경우 "집을 떠나 있는 동안 가장 폐로운 시간을 주체할 길 없어 그 처치된 곳이 이 길이었는지 모르기 때문"에 앞으로의 자기 행방에 대해서 장담할 수 없다. ③ 그러나 추천인과 『문장』에 부끄러움을 끼치지 않기 위해서도 창작의 길에 조심하려 하나 "다양하고 찬란하고 생생한 문학"은 기대난이며, 단지 자신에게 있는 "찌그러진 한껏 구속받은 눈"이 흐려지지 말았으면, 그리하여 "욱박질리운 메마른 내 인간(작품의 주인공)들을 너무 천대하지 말았으면" 하는 것일 뿐이라고 앞으로의 포부와 희망을 피력하기도 했다.

마산 요양시절의 느낌과 체험을 작품화한 지하련의 두 번째 소설 「체향초」(『문장』, 1941년 3월호)도 호평을 받은 작품이다. 소설가 정인택(鄭人澤)은 「신인선 소감(新人選小感)」이란 창작평[26]에서 '세 번 놀랐다'는 말로 이 소설을 읽은 감동을 요약했다. ① 여성답지 않게 웅휘하다고까지 할 수 있는 필치와 묘사력, ② 작중인물들에 대한 작가의 냉정함, ③ 이러한 난삽(難澁)한 행문(行文)과 제재(題材)로 능히 한 편의 소설을 짜놓았다는 것 등이 세 가지 놀람의 이유였다. "작품의 초점이 연화(軟化)되었다는 느낌이 없지도 않으

---

25 『문장』 1941년 4월호 · 폐간호.
26 『문장』 1941년 4월호.

나 그것이 오히려 작가의 한 가지 특색이 될지도 모른다. 또 작중인물의 삼히라든가 오라버니라든가 태일이라든가의 행동이나 사고나 그 대화까지가 일종 초속(超俗)적이고 병적이리만치 예민하여, 그 서술이 부족하여 실루엣같이 인물의 형상이 둔화되었으면서도 역시 그 모두 현실 속에서 아우성치는 산 사람들이었다는 것은 이 작품의 인상을 더욱 중후하게 만들고 있다."는 것이 정인택이 「체향초」를 호평한 이유였다. 그러나 그는 "너무도 굴곡이 적고 극적 요소가 빈약하며, 탄탄대로의 폭양만 내려쪼일 뿐 나무그늘하나 보이지 않는 느낌이며, 강력한 박력은 무관하나 그것만으로는 감동에까지 승화하기 어렵다."고 이 작품의 약점을 덧붙여 지적하기도 했다.

백철이나 정인택의 호평이 결코 임화의 부인이란 선입견 때문이 아니었다는 것도 이상의 구체적인 작품 분석으로 설명된다. 정작 임화로선 아내의 등단을 적극 권장한 것은 아닌 반면, 뜻밖의 재질을 발견한 이상 구태여 빈대할 협량한 위인은 이니었다. 그 증거로 임화는 지하련이 등단하기 전한 좌담회[27]에서 여류작가관의 일면을 다음과 같이 개진했기 때문이다. 동석한 평론가 이원조(李源朝)가 여류작가의 침체 원인을 '살림살이 때문'이라고 지적한 데 이어 합석한 최정희가 맞장구를 치자 임화는 "실례인 줄 모르지만 솔직히 말하면 남자 모양으로 문학에 대해서 그만한 열정, 즉 연애라도 할 만한 정열을 가졌는지가 의문입니다. 문학을 직업으로 안다면 살림살이쯤으로……"라며 자신의 소견을 펼쳐보였다. 이 발언에 대해 최정희가 "그건 여자가 되어보지 않으면 몰라요." 하자 임화는 "그럼 영원히 모르겠군요." 하고 즉답함으로써 좌중을 웃게 했지만, 임화로선 사실 아내 지하련이 그해 연말 등단하리란 예상도 못 한 채 여류도 일단 직업으로 문학을

---

27 『문장』1940년 1월호.

하는 이상 살림살이를 핑계대지 말고 정열껏 하라는 일반론을 강조한 것이었다. 따라서 임화의 논리대로라면 아내 지하련은 직업 작가가 아닌 여가를 선용하여 취미와 능력을 발휘하는 주부 작가이기 때문에 창작은 권하되, 살림살이에 주름이 갈 정도로 몰입하는 것은 탐탁치 않다는 결론에 닿을 수 있었다. 그러나 지하련이 점차 개성 있는 작품을 발표하면서 기반을 굳혀가는 한 신진 작가로 세상에 알려지자 임화인들 남편의 권위만으로 군림할 수는 없게 되어갔다.

밀도(密度) 있는 애증(愛憎) 묘사

지하련의 세 번째 작품은 군국일제의 언론 통폐합 조치란 미증유의 "국책에 순응하여" 폐간(1941년 4월 15일)된 『문장(文章)』에 이어, 『동아일보』와 함께 『조선일보』마저 문을 닫은 후 '조광사(朝光社)'란 간판 아래 월간지만으로 겨우 명맥을 이어가던 『조광(朝光)』에 실린(1941년 11월호) 「가을」이란 소설이었다. 주인공 '석재'를 사모하는 '아내'의 친구 '정예'의 내면 세계와 아내와의 기묘한 우정, 그 속에 얽히는 '석재'의 복잡한 심경 등을 지하련 특유의 섬세한 필체로 그린 이 「가을」은 도입부의 돋보이는 가을 풍경 묘사로 그녀의 문장력을 인식케 해주는 작품이다.

> 서쪽으로 티인 창엔 두꺼운 커텐을 내려쳤는데도 어느 틈이론지 쨍쨍한 가을볕살이 테블위로 작다구니를 긋고는 바둘바둘 사물거린다. 분명 가을인게 손을 마주잡고 부벼 봐도, 얼굴을 스다듬어 봐도 어째 보스송하고 매낀한 것이 제법 상글한 기분이고, 또 남쪽 창갓으로 가서 바깥을 내다볼라치면 전후좌우로 높이 고여올린 빌딩 위마다 푸르게 아삼거리는 하늘이 무척 높고 해사하다.

지하련은 이상의 세 작품 외에도 해방 때까지 세 편의 단편을 더 쓴 것으로 밝혀지나 그 게재 지면은 알 수 없다. 다만 해방 후 그녀의 유일한 창작집 『도정(道程)』을 통해 이 시기의 세 작품이 「산길」「종매(從妹)」「양(羊)」임을 알 수 있다. 「산길」은 여주인공 '순재'가 그녀의 친구 '연히'와 남편이 몰래 벌이는 혼외정사를 알고 겪는 번뇌와 갈등을, 「종매」는 '석희'와 '정원' 두 사촌남매를 둘러싼 '철재'와 '태식'의 기형적인 연정과 우정관계를, 「양」은 주인공 '성재'가 친구 '정래'의 누이동생 '정인'을 연모하는 이색적인 과정을 그린 내용이다.

해방 전까지 5년간에 걸쳐 발표된 모두 여섯 편에 이르는 지하련의 소설의 특징은 남녀간의 애증(愛憎)을 그녀 특유의 심리 묘사로 처리한 점이다. 주로 여주인공(아내)이 남편과 그 애인을 둘러싸고 삼각관계에 말려 고민하는 이야기(「가을」, 「산길」)가 아니면, 부부간의 갈등(「결별」) 또는 젊은이들의 기묘한 삼각연애(「종매」) 등이 테마를 이룬다. 또 하나의 특징은 등장인물의 이름이 남자는 거의 '재'나 '석' 자, 여자는 '정' 자로 일관되어 있는 점이다. 작가의 초기 소설이 대체로 실제의 체험을 바탕으로 한 사소설, 신변소설의 징후를 떨쳐버릴 수 없다는 통례를 비추어 볼 때 지하련의 이 같은 부부간의 갈등, 남편과 아내와 친구 사이의 시덥잖은 삼각 사건 등은 아마도 지하련이 임화와의 부부 관계에서 평소 겪은 고뇌스러운 체험을 바탕으로 작품화한 것이 아닌가 믿어진다. 그 예증으로 임화가 쓴 에세이와 백철의 회고기 한 토막을 들 수 있다.

아내 있는 사람을 사랑하고 싶은 욕망에 불탄다는 것은 마치 남편 있는 아낙네를 사랑하고 싶은 것과 마찬가지로 이미 완성된 먼저의 제도화한 것과 개인의 욕구와의 날카로운 모순에 봉착하게 되는 장면입

니다. (…) 남편 있는 여자라고, 아내 있는 남자라고 사랑해서 안 된다
는 천리(天理)는 없습니다. 오히려 그 사람이나 자기가 어떠한 조건을
가지고 있든지간에 사랑의 감정을 솔직히 꺼리낌 없이 발현하는 것이
오히려 자연스럽습니다. 사랑의 감정은 일체를 기월(起越)하여 자유롭
습니다.[28]

　　1937년 여름, 어떤 출판기념회에서 한 여성을 만났다. B라는 그 여
인에게 나는 첫눈에 매력을 느끼게 되었다. (…) 며칠 뒤 임화의 아내
이현욱한테서 그 여자 이야기를 더 자세히 들었다. 현재 그는 남편과
의가 맞지 않아 이혼을 선언하다시피 하고 본가에 와 있다는 사실을
알게 되었다. 그날 밤의 해후가 인연이 되어 매일 아침 B와 함께 뒷산
을 산책하는 사이가 되었다. (…) 한 달이 지나나 두 달을 사귀나 결국
그와는 조금도 단축되지 않고 그대로 남았다. (…) 어느 봄날 저녁 나
는 이현욱에게 B에 대해 이야길 했더니 현욱이 "어쩌면 그렇게 둔감해
요. B가 전부터 임화에게 반해 있는 여자란 것을 왜 못 알아차려요" 하
고 나무라듯이 일러주었다. 현욱이의 말에 의하면 B가 임화를 유인해
서 수원의 어느 여관에 투숙하려고 계획을 짰다가 임화가 말을 안들어
서 뜻을 못 이룬 일도 있다는 것이다.[29]

　이상 두 예문을 통해 볼 때 임화의 주변에는 그가 원하든 원치 않든 흠모
하는 여성들이 있었다는 사실이 입증된다. 앞의 임화의 에세이는 거두절미
한 것이기는 하나 그러한 유부남, 유부녀와의 사랑을 현실적으로는 부정할
수 없음을 지적하고 있어 지하련이 그동안 '남편 관리'에 얼마나 속태우고
신경썼느냐를 방증하는 것이기도 하다. 서정주의 회고에 따르면 어떤 날

28　「아내 있는 사람과의 사랑 · 임화기(林和記)」, 『여성(女性)』, 1939년 4월호.
29　백철, 앞의 책, 276~279쪽.

지하련의 집에서 둘만이 같이 자리를 하게 되자 '남편 임화는 살아보니 자기 마음에 맞는 사내가 아니다'는 뜻의 말을 하더라고 한다. 해석하기에 따라 지하련의 '마음고생'을 읽게 해주는 말이다.

해방(解放) 후(後)의 두 행적(行跡)

8·15는 임화나 지하련에게도 엄청난 충격과 감동이었다. 해방 그 이튿날로 임화는 전혀 다른 눈빛, 신들린 언동으로 변모해갔다. 김남천, 이원조 등과 함께 '조선문학건설본부(朝鮮文學建設本部)'를 솜씨 좋게 조직하고 여세를 몰아 '문학가동맹' 결성에 이르기까지 좌익 문단의 사실상 헤게모니를 쥐어온 것은 다 아는 사실이다. ① 봉건 잔재의 청산, ② 일제 잔재의 소탕, ③ 국수주의의 배격이란 '문맹'의 3대 실천 강령도 임화의 주창(主唱)이었지만, 그가 새로 정립한 문학이론은 「문학에 있어 봉건적 잔재와의 투쟁 임무」[30] 「문학의 인민적 기초」[31] 등에서 보는 것처럼 좌익 문학 노선을 지시하는 데 몰두되고 있었다. 아울러 '항쟁시'만을 모아 시집 『찬가(讚歌)』(백양당(白楊堂) 간, 1947년 2월)를 낼 만큼 시를 통해 '항쟁 대열'의 선봉자임을 자처하고 나서기도 했다. 남편 따라 '문학가동맹'에 가입한 지하련은 '문맹(文盟)' 서울지부의 소설부위원(위원장 현덕)으로 있으면서 '문맹' 활동은 물론, 음양으로 남편 임화를 도와야 했다. 그녀의 정치적 신념도 남편 임화를 닮아갔는지 알 수 없으나 해방 후 어느 날 잡지 '춘추사(春秋社)'의 편집부장인 서정주를 찾아와 묘한 말을 했다고 한다. "지나다가 궁금해서 들렀다"는

---

30 『신문예』 창간호 1945년 12월.
31 『중앙신문』, 1945년 12월 6일~6월 14일.

말 끝에 지하련은 "틈 있으면 우리 집에도 놀러 오라"고 했다는 것이다. 서정주는 그녀 말의 진의가 임화의 부탁으로 "나까지도 그들의 쪽(좌익)으로 낚아들이려고 한 낚시를 드리운 것"이 아니었을까 추측하고 있다. 그러나 서정주는 지난날 "단 한 번일망정 그녀의 남편보다 더 가까운 걸 표현해준 일"이 있음을 상기하곤 그녀 단독 의지로 찾아와 진정으로 한번 놀러오라고 했을지도 모른다는 여운을 배제하지 않고 있다.[32]

'문맹' 소속 소설가의 작풍(作風)이 해방과 더불어 대부분 시대상을 반영한 정치·사회소설이었듯이 지하련의 해방 직후 유일한 작품인 「도정(道程)」[33]도 이념의 색깔을 담은 소설이다. 「소시민(小市民)」이란 부제가 붙은 이 소설은 해방 전의 작품과는 경향을 전혀 달리한 일종의 정치소설이다. 장안파(長安派) 공산당(共産黨)의 재건을 박헌영파의 시각에서 희화화(戲畵化)한 줄거리를 복선에 깔고 주인공 석재(碩宰, 여기서도 그녀의 '석' 자 '재' 자 이름 선호병만은 여전하지만)가 해방 전후에서 한갓 소시민이기를 거부하며 새시대의 일꾼으로 다시 태어난다는 내용이다. 이 소설이 발표되자 좌익 문단의 논진들은 "해방 이후 감격과 흥분의 현란한 분류 속에서 침착·착실한 수법으로 씌어진 이 「도정」은 조선 문단이 8·15를 기념할 만한 값진 작품"이라고 격찬(백양당의 선전서평)했다.

뿐만 아니라, 소설 「도정」은 조선문학가동맹이 제정한 1946년도 '해방기념조선문학상' 소설 부문 추천작품으로 이태준(李泰俊)의 「해방전후」와 함께 최종 경선에 오름으로써 주목을 받은 작품이었다. 심사평에서 선자들은 "지하련의 「도정」은 8·15 직후 국내에서 발흥한 민주주의 운동에 있어

---

32 서정주, 『나의 문학적 자서전』, 140쪽.
33 1946년 7월 『문학(文學)』 창간호.

서의 양심의 문제를 취급한 거의 유일한 작품으로서, 새로운 조선문학이 창조하여 나갈 인간 형상의 한 경지를 개척하고 있으며, 심리묘사 및 인물의 형상화에 있어 표시된 작자의 비범한 자질과 더불어 우리들 가운데 있는 소시민의 음영을 감지하는 예민한 감각은 주목에 값하는 것이다."라고 격찬했다. 그러나 "그 음영을 과장함으로써 작자 자신이 기하지 않고 소시민성에 대해 일종의 편애를 했으며, 그리하여 주제의 시대성과 표현의 조밀에도 불구하고 현실성이 멸살되고 작품 전체의 사실성 및 예술적 박력이 부족"하여 「해방전후」에게 수상을 놓쳤다고 했다.

그러나 우익 민족 진영의 평은 정반대였다. 평론가 김동석(金東錫)의 좌충우돌식 작가론에 분개하여 소설 창작을 잠시 제쳐두고 순수문학 옹호론을 기점으로 이 무렵 활발히 평필을 들었던 김동리(金東里)는 "지하련의 소설은 리얼리즘을 닮으려다가 알뜰한 인생을 잃었다."고 개탄했던 것이다. 물론 김동리와 같은 진영에 있으면서도 지하련을 속속들이 알고 있는 같은 여류인 최정희는 "한마디로 후려갈길 작품이 아니라"고 옹호했지만[34] 뒷날 지하련이 남편을 따라 허망한 이념의 하늘을 쫓아갔다가 남편을 비명에 잃었음은 물론, 자신의 '알뜰한' 인생마저도 잃게 된 것을 보면 김동리의 이같은 지적은 지하련에게 닥쳐올 '도정'을 내다본 매우 예언적 시사였던 것이다.

해방 직후에 지녔던 지하련의 문학관(창작 태도)은 '문맹'이 주관한 '제1회 소설 간담회'(1946년 4월 3일 밤 초원(草苑) 다방)에서 극명하게 드러난다. 당시 좌익 문단에서 호평되던 허준(許俊)의 소설 「잔등(殘燈)」을 합평하던 끝에 동석한 현덕이 "아까 말한 냉철한 세계는 비단 허준에게만 있는 것이 아니

---

34 최정희, 「여류작가 군상」, 『조선예술』, 1948년 2월호.

다."라며 지하련의 냉철한 작품 세계를 예시하는 듯하자, 지하련은 다음과 같이 말했던 것이다.

　　허준 씨의 찬(냉철한) 데 대하여 감동하지 않는 것은 사실은 제 자신 속에 있는 이러한 면에 항거하는 자세일지 모릅니다. 저부터도 잘 감동하지 않고 자꾸 차지려고 해서 곤란해요. 제가 본시 이처럼 차가운 사람이냐 하면 그렇지 않아요. 거의 주책없이 감동하고 더워지기 잘하는 사람인 줄 몰라요. 그럼 지금껏 소설 가운데 '내 사람'이 그처럼 차지려는 것은 무슨 까닭일까 하고 생각할 때 간단히 말해서 우리가 정치적 서민으로서 개성이 일종의 불구의 발전을 해온 데 소치가 있다고 생각했어요. 본시 문학이란 자연과 함께 싱싱하고 완전해야만 정말이고 아름답고 착할 수 있다고 생각해요. 다 까닭이 있어 서민으로 불구와 같은 허약자가 된 것도 생각하면 분할 텐데 이제 '새것'이 있고 정열이 솟아 부끄러움이 없을 때 무슨 사증(邪症)으로 불구의 취미를 가지겠습니까. 너무 어두운 방 속에 있었던 사람은 바깥에 나와도 한참 동안 캄캄한 것이라고 스스로 위로하지만 어딘지 죄스럽고 염치없어 제가 미워져요.[35]

　소설 「도정」은 결국 지하련의 이런 자기 실토가 있은 석 달 뒤 발표되었던 만큼, 의식적으로라도 차고 방관자적인 작중인물이 아닌, 뜨겁고 참여적인 인물(주인공 석재)을 내세워야 했을 것이다. 동시에 그의 눈과 의식을 통해 사이비 정치인들을 비판하고 변모하는 역사의 주체로 나서도록 설정했던 것이 지하련의 새로운 '내 사람'이었던 셈이다.

---

35 『민성(民聲)』 제2권 6호.

임화 따라간 비운의 월북

임화의 '전성시대'는 예상보다 짧았다. 이른바 '9월 총파업', '10월 인민항쟁'이 빚어진 1946년까지만 해도 임화는 자신이 "위대한 시대의 어구에 서서"[36] 있다고 생각하였다. 그러나 1947년에 들어서면 "이빨을 갈고 달려드는 원수들과의 유혈과 사(死)의 투쟁"[37]에서 자신과 자신의 진영이 점차 밀리고 있다고 느끼면서 임화는 박세영(朴世永, 1946년 3월) 이기영(李箕永, 1945년 가을) 이태준(李泰俊, 1946년 6월) 등 동료들의 발빠른 월북이 남의 일 같지 않음을 깨닫는다. 청년 시인 유진오(俞鎭五)에 대한 '박해'에 이은 1947년 여름부터의 좌익 신문사에 대한 연달은 습격, 시 낭독 원고 검열, '문화공작대' 피습, 좌익 계열 검거 선풍 등을 본 뒤 결국 임화도 이해 10월 쫓기듯 월북하지 않을 수 없게 된다.

시인 오장환(吳章煥)과 같은 무렵인 임화의 월북에는 아내 지하련과 그들 사이의 소생인 코흘리개 남매가 동반되었을 것으로 당연히 생각된다. 이들은 1년쯤 뒤에 합류했으리란 추측도 전혀 배제할 수 없는 '근거'가 하나 있다. 즉 지하련의 창작집 『도정』이 임화가 월북한 1년 뒤이며, 정부 수립 넉달 뒤인 1948년 12월 15일에 발행되었기 때문이다. 몸은 월북하고 작품만 남아 친지들에 의해 발행되었다면 의문은 있을 수 없다. 그러나 작가의 분신인 작품집, 그것도 주부라는 악조건 속에서 뒤늦게 등단한 여류작가의 첫 창작집 발행이란 적어도 득남을 하는 이상의 의미와 감격이지 않을 수 없을 것이다. 적극적인 성격의 지하련이 과연 이런 의미와 감격을 남에게 맡기고 다시 못 올지도 모를 북행의 길을 떠날 수 있었을까. 아니면 남편만

---

36 김상훈 시집 『대열』에 쓴 임화의 서문.
37 위의 글.

을 먼저 보내고 그녀 자신은 친정인 마산에 들러 마지막으로 고향산천과 친지들의 모습을 아로새긴 뒤 서울의 세간살이를 혼자서 정리하고 약 1년 기간의 그 사이 상재한 대망의 창작집을 품에 안고 월북하지는 않았을까. 1948년 말이나 1949년 초쯤 월북했다 해도 당시의 3·8선은 안내인만 잘 앞세우면 그렇게 월경(越境)이 어려운 위험지대는 아니었기 때문이다.

좌익 서적 전문출판사였던 '백양당(白楊堂)'에서 나온 창작집『도정』에는 그러나 이러한 의문이나 추측을 밝혀줄 한 줄의 서문이나 발문도 없이 지하련의 전작품 일곱 편만 덩그러니 실렸을 뿐이다. 정가 450원이 찍힌 마지막 페이지에는 저자란에 '지하련(池河連)' 옆에 괄호를 해놓고 '이현욱(李現郁)'을 병기했으며, 인지란에는 팥알만 한 콩도장으로 '현욱'이란 한글 이름이 붉게 찍혀져 있는 것이 마치 그녀가 이 세상에 마지막 남긴 선열한 흔적인 것처럼 보여 애잔한 감상을 불러일으킨다.

임화는 월북하자 남로당 지휘부가 존재하던 해주에서 해주 제1인쇄소를 책임을 맡아『민주조선』,『인민조선』등을 찍어 남으로 밀송하는 일을 했다고 한다. 따라서 지하련도 월북 후 평양에서 거주했다기보다 남편을 따라 해주에 머물렀을 것으로 보이는데, 임화는 6·25가 날 때까지 해주를 떠나지 않은 것으로 전해진다. 월북 직후에 있은 지하련의 행적은 전해오는 것이 없으며, 임화도 인쇄소 건 외에는 믿을 만한 자료가 없다. 북한의 임화 재판 기소문이 밝힌 "1948년 2월부터 이승엽과 간첩 활동에 대한 연계를 맺고 조일명, 박승원, 이강국 등과 결탁하여 전후 10차에 걸쳐 공화국의 정치, 군사, 경제의 각 분야 정보자료를 미군 정탐기관에 연락·제공하였다."는 것이 해주 시절 임화의 행적이라고는 도저히 믿어지지 않는다. 오히려 임화는 소설가 박찬모(朴贊謨)를 사실상의 책임자로 내세운 뒤 문학가동맹을 원격 조정하는 한편, 그의 유명한「인민항쟁가」를 지어 김순남(金順男)의

곡에 붙여 널리 불리게 함으로써 궁지에 몰리고 있는 좌익(남로당계)들의 전의를 되살리려 애썼을 뿐이다.

1950년 6월 28일, 북의 남침으로 서울이 점령되자 제1진으로 내려와 설친 월북 문인 중의 한 사람이 임화였다. 월북 생활 3년이 고달팠는지 그는 나이보다 늙어 있었다고 한다.

> 불과 2~3년간에 임화의 모습은 많이 변한 것 같았다. 무엇보다 머리가 반백에 가깝게 흰머리가 많이 생겨난 일이다. 임화와 나는 나이가 동갑이니까 그때 아마 마흔다섯 정도였을 터인데 얼른 보면 50이 넘은 노신사의 풍모였으니 거기 가서 그렇게 팔자가 좋았던 것 같지는 않다는 생각이 들었다.[38]

이 무렵 피난을 못 갔던 백철의 눈에 비친 임화의 이런 중늙은이 모습은 9월 중순 UN군이 반격하여 서울에서 다시 쫓겨가기 직전에는 "초기의 기세 등등했던 표정은 찾아볼 수 없고 한심스럽게 되었다는 초조한 인상이 끼어 있었다."[39]고 한다.

백철과 마찬가지로 피난을 못 간 바람에 종로 한청(韓靑)빌딩('문맹' 사무실) 앞에서 임화와 마주치게 되었던 최정희는 우선 궁금한 김에 지하련의 안부부터 물었다.

> "현욱이 잘 있어요?"
> "잘 있습니다."
> "요즘도 글 잘 씁니까?"

---

38 백철, 『문학자서전』 후편, 404~405쪽.
39 위의 책, 430쪽.

"……잘 씁니다."

  최정희의 반가움에 찬 궁금증과는 달리 임화는 마치 사무적인 용건만을 말하듯이 멋대가리 없는 간략한 대답만 하고 바쁜 듯이 지나쳤다고 한다. 최정희는 임화가 그저 듣기 좋도록 대답한 것이겠지, 지하련이 과연 글을 잘 쓰고 있었을까 의문스러웠으며, 임화도 시나 쓸 문인이지 정치할 인물로는 느껴지지 않았음이 당시 임화와 재회했을 때의 인상이었다고 회상한다. 임화 부부를 다 잘 아는 최정희는 지하련의 센스가 오히려 임화보다 낫다고 단언하고 임화가 해방 후 괜히 사회주의로 돌아간 바람에 저 자신은 물론 "아까운 지하련까지 그렇게 되고 말도록 한 것이 안타깝다." 탄식했다.[40]
  그런데 임화는 이때 서울에 나타나자 전처 이귀례와의 사이에서 난, 당시 스무 살 규수로 자란 딸 혜란을 찾는 간절한 그리움이 담긴 시 「너 어느 곳에 있느냐」를 발표[41]함으로써 월북 당시 이귀례와 혜란은 남쪽에 남아 있었음이 증명되었다.

> 머리가 절반 흰
> 아버지를 생각하여
> 바람부는 산정에 있느냐
> 가슴이 종이처럼 얇아
> 항상 마음 아프던
> 어머니를 생각하여
> 해저므는 들길에 섰느냐……

---

40 이상 최정희의 증언, 1989년 3월 말.
41 『문화전선』, 1951년.

이들 모녀가 임화와 재회를 못 했거나, 아니면 원치 않아 만나지 않았다면 어쩌면 지금도 남녘땅 하늘 아래 남아 임화의 불행을 슬퍼하고 있을지 모른다.

실성(失性)한 뒤 병사(病死)한 지하련(池河連)

다시 북으로 패주한 직후 임화의 행적은 이철주(李喆周)의『북(北)의 예술인(藝術人)』(계몽사판, 1966년)이란 책 곳곳에 비쳐져 있다. 이에 따르면 1951년 7월 당시 임화는 조소(朝蘇)문화협회 중앙위원회부위원장 자리에 있었으나 사무실은 놀라울 정도로 초라했다고 한다. 그의 인기나 직위에 비해 이때부터 이미 북한문단 내에서 실권이 없었음을 방증한다. 그 뒤 1953년 봄 무명의 평론가 엄호석이 등장하여 김남천(金南天)의 소설과 함께 임화의 시「바람이여 전하라」「흰 눈을 붉게 물들인 나의 피 위에」와「너 어느 곳에 있느냐」 등을 '자연주의적 경향', '배타적인 작품'이라고 혹평하기 시작했다는 것이다. 이것이 임화를 비롯한 문인들에 대한 숙청의 전주곡이었던 셈이다. 짜여진 남로당계 숙청 각본은 그리하여 1953년 여름 휴전이 되자마자 임화, 이원조, 설정식 등을 포함한 남로당계 문인들에게 "이승엽(李承燁) 일파에 대한 정권전복음모와 반국가적 간첩, 테러 및 선전선동행위에 대한 사건"이란 어마어마한 너울로 덮어씌워진다.

해방 전과 6 · 25 전까지 임화가 저지른 '간첩죄상'은 앞서 단편적으로 기록한 대로이나 북으로 패주한 이후의 '범죄'는 판결문에 다음과 같이 요약되어 있다.

리승엽의 정치적 모략활동에 가담하여 조일명, 박승원, 이원조 등과 같이 변절자 기타 불순분자들을 주위에 집결시키는 일방, 당과 정부의 시책을 반대하는 반국가적 선전선동을 감행하였으며, 1951년 8월 하순에는 리승엽 등의 무장폭동 음모활동에 참가하여 폭동지휘부를 조직하고, 조일명과 같이 정치 및 선전선동책임을 담당하고 그의 역량집결을 위하여 문화예술단체를 자기들의 수중에 장악하려고 활동하였다.[42]

그 결과 "형법 제78조 및 형법 제65조 1항에 의하여 사형, 동 76조 2항에 의하여 사형, 동 68조에 의하여 사형을, 그리고 동 50조 1항에 의하여 동 68조의 사형에 처한다. 그에 속하는 전부의 재산을 몰수한다."로 판결된다. 몰수될 재산이라야 피난살이에 있을 게 없었고, 사형 판결이 네 번씩이나 내려졌으니 살아날 방도는 어디에도 없었다. 재판장의 신문 과정에서 혹은 '자백서'에서 임화는 "모든 범죄를 시인하고 사죄했다."는 북한 사직당국의 발표 역시 믿을 가치는 없다. 어쨌든 임화는 사형선고를 받자마자인 1953년 8월 6일, 그의 「인민항쟁가」나 「흰 눈을 붉게 물들인 나의 피 위에」란 시의 한 구절처럼 '붉은 깃발'을 덮고 '영웅'처럼 죽기는커녕, '개죽음'으로 이승의 정겹던 사람들 곁을 떠나가고 만 것이다(일설에는 약 2년 뒤 박헌영 재판의 증인으로 이용되고 난 뒤 처형되었다고 한다.)

이철주의 앞의 책(161쪽)에 따르면 임화의 아내 지하련은 이 무렵 만주에 피난해 있었던 터라 미처 임화의 재판 소식을 못 들었다고 한다. 뒤늦게 알고 평양으로 달려왔을 때는 이미 임화가 교수대의 이슬로 사라지고 난 몇 달 뒤였다는 것이다. 시체도 찾을 길 없는 절벽 같은 상황에 처한 지하련은 치마끈도 제대로 매지 못한 채 반미치광이 상태로 평양 시내를 돌아다니더란 것이다. '문예총'이며 언론기관 등 그녀가 알 만한 사람이 있는 기관이나

---

42 김남식(金南植), 『남로당연구』, 593쪽.

단체를 수소문하여 돌아다닌 듯하다. 옛날의 그 지성적이며 날카롭던 얼굴 표정은 간 곳 없고 절망과 비탄에 젖은, 한갓 실성한 여인의 몰골로 거리를 헤매는 것을 본 구면의 사람들은 '저 사람이 임화 부인이야!' 하며 몰래 눈물을 짓기도 하더란 것이다. 엄청난 죄를 뒤집어쓰고 처형된 반동분자의 아내를 겉으론 돕는 척할 수 없으나 속으론 못내 동정의 눈길을 보내더란 것이다. 그러던 지하련도 평북(平北) 희천(熙川) 근처의 산간 오지로 끌려가 교화소에 격리·수용되어 있던 중 1960년 초에 병사하고 말았다고 한다.[43]

못 풀고 간 한(恨)과 누명

지하련마저 죽은 후, 그녀의 소생인 어린 남매의 운명 역시 아무도 모른다. 그리고 임화와 마찬가지로 그 뒤 북에서 발간된 어떠한 문예사전이나 문학사에도 지하련의 이름은 존재하지 않는다. 그렇지 않아도 지하련은 월북 후 창작을 포기했는지, 아니면 쓸 분위기가 아니었는지 현존하는 남쪽의 자료에는 그녀의 작품이 발견되지 않는다. 문학단체 활동에 실질적으로 참여했다는 기록도 이철주의 앞의 책에는 없다. 따라서 월북과 함께 사실상 지하련의 문학은 막을 내렸다고 봄이 타당할 듯하다. 그녀는 아이들이나 키우며 오로지 남편 임화의 뒷바라지나 하고 있다가 평온한 세월이 되면 다시 붓을 들 생각이었을까. 자신의 고백마따나 '주책없이 감동 잘하고 더워지기 잘하는 성격'인 지하련이 월북 후 자신의 모든 희망과 꿈이 오로지 남편 임화를 통해 '실현'되기를 고대하며 스스로를 유보하고 있던 중, 청천벽력의 누명을 쓰고 임화가 처형되자 실성하지 않았다면 오히려 정상이

---

43 이기봉(李基奉), 『북(北)의 문학(文學)과 예술인(藝術人)』, 291쪽.

아니었을지 모른다.

지하련을 더욱 슬프게 한 것은 어제의 문우·동지들이 일신의 보신을 위해 아무도 임화를 위해 변호해주지 않는 염량세태(炎凉世態)였을 것이다. 변호는커녕, 극작가 송영(宋影)처럼 죽은 사람을 매질하는 부관참시(部棺斬屍)에 앞장서는 인간 배신극을 볼 때 더욱 충격을 받았을 것이다. 송영은 일제 때 임화와 카프 활동을 함께 한 옛 동지였을 뿐만 아니라, 해방 후 서울에서 '문맹' 일을 함께 했고, 월북 후에도 같은 월북파(남로당계) 문인이란 단순한 동류 의식을 넘어 임화와 교분이 두텁던 문인이었다. 이 송영이 『조선문학』 1956년 3월호에 「림화에 대한 묵은 론죄상(論罪狀)」이란 제목의 '임화단죄론'을 새삼스레 발표했던 것이다. 내용은 임화가 극형을 받아 마땅할 짓, 곧 공화국과 인민에게 중대한 배신 행위를 했다는 증거로 카프 이래 임화가 걸어온 '수상한 행적'을 송영이 보고 느낀 대로 나열한 것으로 별로 알맹이가 있는 것은 아니었다.

송영은 자신의 표현대로 이 「묵은 론죄상」의 서두에서 처형된 임화에 대한 동정론이 일고 있음을 다음과 같이 밝히고 있어 임화 처형 후 내놓고 변호는 못 했으나 상당한 동정세력이 북의 문단에 있었음을 알게 해준다.

"그 사람 사상은 나빠도 사람은 좋아." "그 사람 사상은 나빠도 작품은 잘 쓰거든." 이런 괴이한 두 가지 말들이 아직도 떠돌고 있다······

임화 처형 후 북에서 떠돌았다는 이 말은 '사상은 나빠도'란 전제가 붙지만, 이 전제 역시 잘못 찍힐까 봐 보신상 가져다 붙인 것이겠고 유언(流言)의 핵심은 말할 것도 없이 '사람 좋은 임화, 작품 잘 쓰는 임화'임을 암시한 것이다. 따라서 송영이 새삼스레 들고 나온 '묵은 논죄(論罪)'는 임화 처형에 대한 만만찮은 이 불만 세력에게 경고하기 위한 의도였다고 보아 틀림이 없다. 송영의 임화에 대한 이런 류의 '두 번 죽임' 역시 선의로 해석하면 어쩌면 임화 동정론을 잠재우기 위한 당중앙(黨中央) 혹은 '문예총'의 지시에 의해서거나, 임화와 한통속으로 주목받는 자신을 변호하기 위한 자구책의 하나가 아니었는지 모른다.

두 가지 요인이 다 포함된 것으로 보이나 특히 고위기관으로부터의 정략적인 지시였을 가능성이 높은 이유로, 송영의 이 글을 신호탄으로 『조선문학』지는 다음달인 1956년 4월호에 무명의 평론가 김명수를 내세워 「흉악한 조국반역의 문학—림화의 해방 전후 시작품의 본질」이란 임화 매도 평론을 잇따라 싣도록 했기 때문이다. 뿐만 아니라 앞달 호에 송영의 글이 실린 잡지에는 「리태준 문학의 반동적 정체」(엄호석)란 이태준(李泰俊) 규탄 논문이 함께 실렸는가 하면, 김명수의 임화 매도 논문이 실린 같은 호 잡지에는 「김남천의 8 · 15 해방 후 작품을 중심으로」란 부제가 붙은 「인민을 비방한 반동문학의 독소」(윤시철)란 김남천의 비판논문이 게재되어 있어, 숙청 문인들의 반동성을 재강조함으로써 어설픈 동정론에 쐐기를 박기 위한 규탄 캠페인을 벌였음을 알게 해준다.

지하련의 너무나 억울하고 어처구니없으며, 기막힌 심정을 함축한 한 편의 시가 있다. 그것은 바로 지하련 자신이 해방 직후 서울에서 쓴 시였다. 원래는 '학병 참사 추모제'에서 읽은 시[44]였으나, 그 시제(詩題)하며, 한 구절 한 구절의 시구가 어쩌면 그렇게도 남편 임화에게 누명을 씌운 일당들을 향한 원한의 읊조림을 미리 써본 것일까 싶을 정도이다.

---

44 『학병(學兵)』1946년 3월호에 게재.

오늘
원수의 포연 속에서도 오히려 살아온
우리 귀중한 너
불의엔 목숨을 걸고 조국 행복 앞에
견마같이 충실하던 너

가슴엔 훈장도 없고 총도 아니가진 너
소금으로 밥먹고 밤이면 머리맞대고 별을 안고 자든 너

그래 이 너를 어느 야속한 동족이 있어 죽였단 말이냐!

…(중략)…

네가 만일 부랑자라면 나는 부랑자의 누나가 될 것이고
네가 도적이라면 도적의 누나로 나는 명예롭다

그러나—
누가 진정 도적인가는
너만이— 가슴을 찔러 통곡한 오직 너만이 잘 알 것이다.
— 지하련, 「어느 야속한 동포가 있어」 부분

소설 못지않게 시재(詩才) 역시 비범함을 보여주는 지하련의 이 시 「어느
야속한 동포가 있어」는 씌어진 상황이나 글자 몇 자만 바꾸면 영락없는 임
화 추모시라 할 만하다. 특히 끝부분 '누나'라는 어휘 대신 '아내'라는 어휘
로, '네' 대신 '당신'으로 대입(代入)한다면 남편 임화를 그리는 지하련의 처
절한 울부짖음의 시구로 들리기도 한다.

당신이 만일 부랑자라면 나는 부랑자의 아내가 될 것이고
네가 도적이라면 도적의 아내로 나는 명예롭다

그러나—
누가 진정 도적인가는
당신만이—가슴을 찔러 통곡한 오직 당신만이 잘 알 것이다.(밑줄은
필자)

    때로는 냉철하나 정작 불같이 뜨거운 정열과 적극성을 지닌 합포(마산) 바닷가 출신의 여인 지하련임에도 더 오래 버티고 살아남아 억울한 누명을 벗겨주지 못하고 시신도 없이 떠도는 남편의 혼령을 찾아 세상을 하직한 것은, 비단 '대역죄인'에 연좌된 갖가지 고통의 결과 때문만은 아니었을 것이다. 이념이며, 이웃(인간)이며, 심지어 문학까지도, 믿고 의지했던 모든 것에 대한 한없는 환멸이 그녀 삶의 의지며, 누명풀이의 투혼마저 앗아갔음이 분명하다.

    흔히 불길(不吉)의 고비수(壽)라는 지하련의 마흔아홉 수—남편 임화의 명운(命運)이 자기 삶의 반분(半分)으로 고리 지워지지 않았더라면, 설사 그랬어도 세상만 평온했다면 작가로서 한창 열매를 따고 수확을 거둘 아까운 황금 나이였다.

(『痛恨의 失踪文人』, 문이당, 1989)

지하련의 페미니즘 소설과 '아내의 서사'

■

서정자

1. 들어가면서

지하련에 대해 밝혀진 몇 가지 사실은 우리에게 지하련의 글쓰기에 대하여 다시 생각해 보게 한다. 필자는 1987년 학위논문에서 1940년대 암흑기에 등단, 작품 활동을 한 지하련의 해방 전 작품을 대상으로 지하련의 소설을 암호법의 세계로 언급한 적이 있다. 시대가 주인공의 직업이나 신분을 분명히 묘사할 수 없게 하였을 뿐 아니라 소설을 끌어가는 힘 역시 이 모호성에 바탕을 두고 있어 마치 암호법을 사용하고 있는 듯이 보인 탓이었으나 작가의 전기적 사실이 밝혀지지 않아 그의 작품 세계가 더욱 애매성에 가려져 보였던 것이 사실이다. 1989년 정영진 씨의 전기 연구 「비운의 여류작가 지하련」(『통한의 실종문인』)에서 지하련에 대한 전기적 사실이 많이 밝혀졌으나 가장 기본 자료인 지하련의 호적이 밝혀지지 않아 안타깝던 중 1996년 장윤영의 조사 연구로 지하련의 본명과 호적 등 지하련의 출생과 가계[1]가 밝혀졌다.

---

1   지하련은 1912년 7월 11일 거창에서 아버지 이진우(李珍雨, 1876년생. 자는 時國)

여성작가 전집을 기획, 출간을 시작하면서『지하련 전집』을 비교적 먼저
발간키로 한 것은 작품 숫자가 많지 않다는 데도 원인이 있었으나 그의 문
학이 주는 매력이 무엇보다 큰 이유이었다. 이제 전집 발간도 되니[2] 지하련
의 소설 연구는 본격 단계에 들어섰다고 해도 좋을 듯하다. 무엇보다 본명
과 호적이 확인된 것은 큰 성과이다.[3] 학적은 오랜 시간 노력한 보람도 없
이 여전히 오리무중인 채 확인되지 않았으나[4] 그의 부모와 형제 등 가계가
밝혀져 있는 호적과, 또 임화의 호적에 나타난 지하련의 전기적 자료는 지
하련 소설을 규명하는 데 크게 도움이 되는 것들이다.

와 부실인 어머니 박옥련(朴玉蓮, 1885년생) 사이에 외딸로 태어났다. 지하련이
출생했을 때 부친인 이진우는 정실인 신황산(慎黃山, 1873년생)에게서 이미 네 아
들 상만(相僌, 1898년생), 상백(相百, 1903년생), 상조(相祚, 1905년생), 상북(相北,
1907년생)과 딸 용희(容姬, 1908년생)을 두고 있었고, 후에 아들 상선(相鮮, 1913년
생)을 하나 더 두었다. 이진우는 창원시 대산면 가솔리의 대지주로 1876년 태어나
1918년까지 경남 거창군 위천면 중리 64번지에서 살다가 경남 창원군 웅남면 월림
리 136번지로 전적한 후, 1926년에 사망했다. 그는 많은 재산으로 주위의 굶주리
고 어려운 처지의 이웃을 잘 돌보기도 한 인물로 알려졌다. 지하련의 조카이자 이상
만의 아들인 이열 씨의 증언에 의하면 동네 장날이 되면 대문 밖에 걸인이 줄을 섰
었고 이진우는 그들에게 양식을 나누어주었다고 한다. 또한 집안 형편이 어려워 교
육 받기 어려운 사람들을 골라 중등교육을 시킨 일도 8건이 되었다고 한다. 장윤영,
「지하련 소설 연구」, 상명대 석사학위 논문, 1996.

2   서정자 편,『지하련 전집』, 푸른사상사, 2003.

3   지하련의 본명은 이숙희(李淑姬)이고 이현욱(李現郁), 지하련(池河連)은 필명이다.

4   거창에서 성장한 지하련은 소학교를 마친 후 일본으로 유학, 동경소화고녀를 거쳐
동경여자경제전문학교에 입학하나 도중에 그만두었다. 지하련이 재학하였으리라
고 추정되어 확인해본 거창 위천초등학교는 1919년 개교하였으므로 지하련이 초기
입학생일 가능성이 있으나 학적부가 한국전쟁 당시 일실되어 현재는 1927년부터의
학적만이 복원되어 있으므로 학적을 확인할 길이 없었다. —동경소화고녀 역시 화재
로 학적부가 일실되어(『지하련 전집』화보 중 소화고녀에서 온 편지 참조) 재적 사실
을 확인할 수 없었으며 문화단기대학이 되어 있는 여자경제전문학교에서도 역시 이
숙희의 재적 사실이 확인되지 않는다.

이에 더하여 작가 최정희 소장의 편지가 육필서한집으로 출간되면서[5] 지하련의 편지 두 통이 공개되었는데 필자는 이 편지에 쓰인 사연에서 지하련이 소설을 쓰게 된 계기가 최정희의 소설「인맥」과 밀접한 관련이 있다는 사실을 발견하게 되었다. 또한 지하련 전집을 내면서 새 자료로 공개된 수필「회갑」[6]은 지하련의 내면 풍경을 보여주는 새로운 단서로서 지하련의 글쓰기와 최정희의 관련을 살피면서 지하련의 글쓰기 또는 소설 문법을 새롭게 살펴보고자 이 글은 쓰여진다.

우선, 발굴된 지하련의 본적에서 주목되는 점은 지하련이 부실의 소생으로 부유한 환경에서 자랐다는 것과, 지하련과 사이가 좋았던 정실 소생의 남자 형제 다섯 중 셋이 사회주의 사상을 받아들여 활동한 경력을 지녔다는 점이다. 지금까지 지하련과 임화의 만남에 사회주의 운동 경력이 있는 오라비의 역할이 있었으리라 짐작을 했었는데 이 짐작이 옳았다고 생각이 든다. 지하련의 부실의 소생이며 외딸로 자란 것은 지하련으로 하여금 어머니에게 아들을 대신해야 한다는 의무감을 갖게 했던 것 같으며,[7] 한편 어머니 박옥련은 딸에게 바느질, 살림들을 배우도록 노상 꾸지람을 했다

---

5   김영식 편,『작고문인 48인의 육필서한집』, 민연, 2001. 이 책의 지하련 서간문 해설
    은 이 편지를 쓴 시기를 잘못 해석하고 있다.
6   『지하련 전집』을 내는 중 서지학자 오영식 선생이 이 자료를 찾아 제공해주었다. 귀
    한 자료를 선뜻 내준 오영식 선생께 감사를 드린다.
7   지하련,「회갑」,『신시대』, 1942. 9, 144쪽.
    절에서 어머니 회갑 잔치를 하며 여생이 평안하기를 비는 글 가운데 지하련의 내면
    이 엿보이는 다음과 같은 대목이 있다. "어머니는 외로운 노인이셨다. 나와 가까운
    친지들이 어머니에게 술을 받들고 절을 하였다. —꿩 대신 닭이외다. 아드님 몫까지
    해야 합니다—하고 내게도 술을 주며 노래하고 춤 추라 하였다. 거듭 잔이 돌았을
    때 나는 일어나 춤도 추고 노래도 하였다. 어머니도 즐기시며 언제 배웠더냐고 신기
    해하셨다. 나는 다시 어머니 앞에 여러 번 절하다가 그대로 무릎에 엎드려 끝내 울
    고 말았다."

고 쓰고 있는 것을 보아 전통적 여성의 삶을 받아들여야 한다는 강박관념도 가졌던 것 같다.[8] 전통적 여성의 삶을 받아들여야 한다는 어머니의 꾸지람은 부실인 어머니와는 다른, 정실이 되어 사는 여성의 길을 가라는 의미였을 것으로 생각되며 동시에 아들 노릇을 해야 한다는 생각은 지하련으로 하여금 여성으로서만이 아니라 한 인간으로서, 또는 남성의 시각으로도 세상을 보게 하였을 것이라는 짐작이 가능하다. 이와 더불어 프로문학이 득세한 1920년대에 일본 유학을 하고 있는 것과 격의 없이 가까이 지났다는 정실 소생의 오라비들의 사회주의 사상은 지하련의 문학을 이해하는 데 반드시 참고해야 할 사항이 아닐 수 없을 것이다.

한편 임화의 호적을 보면 임화는 이숙희(지하련)와 혼인하여 1936년 7월 8일자로 혼인 신고를 하면서 이숙희(지하련)를 자신의 호적에 올리고 있고 지하련은 혼인 신고를 한 사흘 후인 7월 11일 아들 원배를 마산에서 출산하고 있다. 임화는 지하련의 출산에 맞추어 혼인 신고를 하면서 같은 날짜에 이귀례와 낳은 딸 혜란을 지하련의 딸로 입적하였는데 사흘 후 출산한 아들 원배는 4년 후인 1940년에야 출생 신고를 하고 있다. 그런데 이 호적에는 이 두 아들 딸 외에 1941년, 영문(英文)이라는 딸이 또 하나 올라 있다. 혼인 신고를 하면서 임화의 첫 부인 이귀례가 낳은 딸 혜란을 이숙희의 여(女)로 입적한 것은 지하련의 동의가 있어서였을 것이다. 그래서 지하련은 혜란을 자신의 소생인 원배와 함께 맡아 길렀을 터이다. 그러나 영문은

---

8 지하련, 「인사」. "사실 내게는 이렇다 할 포부라고 할 게 없습니다. 혹 평소 바라든 바가 있었다면 한 사람의 여자로서 그저 충실히 혹은 적고 조용하게 살아가고 싶었든 것인지도 모릅니다." 『문장』, 1941.4.
이현욱, 「편지」. "바누질도 안하고 여편네가 동무가 다 머냐고 어머니께서 노여하시고……." 『삼천리』, 1940.4, 239쪽.

태어난 날짜나 입적한 날짜가 모두 문제가 있어 보이고 기르지도 않았다.[9] 1935년 10월 11일 경성부 창신정 130번지 출생의 영문은 임화와 장숙희 사이에 태어난 것으로 되어 있다.[10] 이 영문은 지하련이 임화와 결혼하기 직전이거나 그 무렵에 태어난 딸로서 1941년 11월 18일에야 호적에 오르고 있는데 그 어머니 장숙희가 누구인지는 알려진 바 없다. 임화가 여성들에게 인기가 있었다는 여러 증언[11] 외에 영문을 늦게 호적에 올리고 있는 이 자료는 이 시기를 전후하여 지하련이 남편의 여자관계로 적지 않게 갈등을 겪었을 것을 짐작하게 하는 것이다.

2. 지하련과 최정희

앞서 잠깐 언급한 대로 최근에 공개된 지하련의 최정희에게 보낸 육필서간에는 최정희와 지하련의 미묘한 감정적 대결이 드러나 있다. 남다른 친분 관계에 있던[12] 지하련과 최정희가 왜 이런 편지를 쓰게 되었는지 궁금하

---

9 장윤영, 앞의 논문.

10 혜란은 "경성부 이화정 1번지에서 출생, 父 서기 1936년 7월 8일 신고"라고 되어 있으며 아들 원배는 "마산시 상남동 199번지 출생, 父 서기 1940년 5월 8일" 신고라고 되어 있다.

11 백철, 『문학 자서전』, 박영사, 1975, 28쪽.

12 정영진, 『바람이여 전하라—임화를 찾아서』, 푸른사상사, 2002, 138쪽.
　　정영진은 이 두 사람의 만남을 김유영과 관련해 추정해보고 있다. 연극에 관심이 있어 일본에서 유치진이 이끌던 학생극예술좌의 멤버였던 최정희가 당시 지하련과 배우와 관객의 사이로 알 수도 있었을 가능성을 배제하지 않으면서, 김유영이 감독한 영화에 임화가 출연하면서 이때 김유영의 아내여서 임화와도 가까웠을 최정희는 김유영과 이혼(1935년 후반)하고 1939년 말 김유영이 죽는 등 시련을 겪어야 했고 지하련은 남편 임화의 여자관계로 고민을 하게 되자 두 사람은 서로의 고민을 털어놓고 위로를 주고받으며 가까운 사이가 되지 않았을까 추측하고 있다.

지 않을 수 없다. 이 편지가 쓰여지기 전 1940년 4월 『삼천리』에 발표된 이현욱(지하련)의 편지는 둘의 사이가 매우 다정했음을 보여준다.

> 어제 희야가 보내준 편지 읽고 나는 참 다행하고 기뻤소. 그날 내 돌아오는 마음이 꼭 당신은 혼자일 것만 같았고 희야 수척한 몸으로선 감당하기 어려울 만큼 호된 추위일 것만 같아서 부디 일찍 잠들기만 바랐던 것인데, 다행히 희야는 일찍 잤다고 이제 말하고 또 이렇게 밝고 다정한 편지 주어 나는 참 즐겁소. 나는? 나도 희야처럼 행복합니다.[13]

이렇게 다정하였던 둘의 관계는 그해 말 다음과 같이 깨어지고 있다. 시기를 그해(1940년) 말로 보는 것은 최근 발굴 공개된 편지가 그 내용으로 보아 지하련이 처음으로 글을 써 발표한 1940년 겨울에 쓰인 것이라고 보이기 때문이다. 둘의 사이가 차가워진 원인은 지하련이 쓴 글에서 있었던 것 같다. 지하련의 편지를 보면 다음과 같은 사연이 펼쳐진다.

> 지금 편지를 받았으나 어쩐지 당신이 내게 준 글이라고는 잘 믿어

---

13 이현욱, 「편지(片紙)」, 『삼천리』, 1940. 4, 238쪽.
  한편 정영진은 임화의 전기 『바람이여 전하라』 142쪽에서 자신이 수집한 자료로 지하련과 최정희가 감상적인 기분에 곧잘 불렀다던 노래, 그 뒤 혼자가 된 최정희가 지난 세월의 아린 추억과 삶의 허무함을 탄식하며 한잔 술에 거나해지면 불렀다던 노래 〈카레수수키(枯芒)〉를 소개하고 있다.

  오레와 가와라노 카레수수키/오나지 오마에모 카레수수키/도우세 후다리와 고노 요데니/하나모 사카나이 카레수수키
  (나는야 개천가의 시들은 억새/당신도 마찬가지 시들은 억새/어차피 우리 둘은 이 세상에서/꽃필 줄 모르는 시들은 억새)

지지 않는 것이 슬픕니다. …(중략)… 이런 말하면 웃을지 모르나 그간 당신은 내게 커다란 고독과 참을 수 없는 쓸쓸함을 준 사람입니다. 나는 다시금 잘 알 수가 없어지고 이젠 당신이 미워지려구까지 합니다. …(중략)… 당신이 날 만나고 싶다고 했으니 만나드리겠습니다. 그러나 이제 내 맘도 무한 흐트러져 당신 있는 곳엔 잘 가지지 않습니다. 금년 마지막 날 "후루사또"라는 집에서 만나기로 합시다.[14]

이렇게 차가운 답장을 쓰게 된 원인은 지하련이 글을 쓴 데에 있었다.

그러니, 내 고향은 역시 어리석었든지 내가 글을 쓰겠다면 무척 좋아했던 당신이—우리 글을 쓰고 서로 즐기고, 언제까지나 떠나지 말자고 어린애처럼 속삭이던 기억이, 내 마음을 오래도록 언짢게 하는 것을 어찌 할 수가 없었습니다. 정말 나는 당신을 위해—아니 당신이 글을 썼으면 좋겠다고 해서 쓰기로 헌 셈이니까요.[15]

지하련에게 글을 쓰라고 권했던 사람은 최정희였는데 막상 글을 써서 발표하자 최정희가 그 글에 대하여 비난을 했다는 것이다. 편지의 내용이나 어조로 보아 지하련이 이에 상당히 격한 감정으로 대하고 있으며 글쓰기와 관련하여 둘 사이가 서먹해진 것을 잘 알 수 있다. 지하련은 왜 이렇게 격해 있으며 최정희는 지하련이 글을 쓴 데 대해서 왜 비난하였는가? 필자는 지하련이 글을 쓴 1940년, 이 시기의 최정희를 조사해보았다. 서영은이 쓴 『강물의 끝』은 바로 이 시기에 최정희가 남긴 중대한 증언을 기록하고 있다. 최정희는 「인맥」을 쓰게 된 계기를 다음과 같이 밝히고 있다.

---

14 이현욱, 「이현욱 1」, 김영식 편 『작고문인 48인의 서간집』, 144쪽.
15 위의 글, 같은 쪽.

자하문 밖에서 문안의 신당동으로 이사했다. 어려운 형편이었지만 방만은 두 칸을 빌었다. 글을 쓰기 위함이었다. 하루는 아는 사람의 부인이 그녀를 찾아와서 남편을 친구에게 빼앗긴 사정을 호소하며 "내 얘기를 꼭 소설로 써달라"고 부탁했다. 그날 밤부터 소설을 쓰기 시작하여 새벽 3시에 단편 한 편 완성했다. 그것이 "정숙치 못한 여자라고 꾸짖어도 좋습니다. 윤리와 도덕에 벗어난 일인 줄 나 자신이 더 잘 알면서도 기인 세월을 한 사람의 정숙한 여인이 되고저…" 하고 시작되는 「인맥」이었다.

얼마 후 그 소설을 잡지에서 읽어본 아는 이의 부인이 찾아와서 "이럴 수가 있느냐"며 주먹으로 방바닥을 치며 분개했다. 그러니까 그 부인이 기대했던 것과는 달리, 소설 속에서 남편을 빼앗긴 여성은 조연에 불과했고, 주인공은 남의 남편을 빼앗은 여자로 뒤바뀌어 있었던 것이다. 거기다 작품 내용엔 남의 남편이든 누구든 그것이 진실된 사랑이라면 죄 될 것도 없고, 남의 눈에 정숙치 못한 여인으로 비쳐지더라도 참된 의미에서 정숙한 여인이 되기 위해서라면 사회적인 지탄도 능히 감수하겠다는, 당시로선 매우 대담한 의식이 담겨 있었던 것이다.[16]

최정희의 「인맥」은 주지하다시피 1940년 4월 『문장』에 발표된 단편이다. 이 소설을 최정희는 아는 이의 부인이 "내 얘기를 꼭 소설로 써달라" 해서 그날 밤에 시작하여 새벽 3시까지 단숨에 썼다는 것이다. 이 「인맥」은 놀랍게도 지하련의 소설 「결별」, 「가을」, 「산길」의 이야기를 이어놓은 것과 같다. 말하자면 「인맥」을 세 개의 단편으로 나누어 써놓으면 지하련의 세 단편이 되도록 줄거리가 같은 것이다. 「인맥」의 디테일은 지하련의 소설에 나오는 것과 매우 흡사하여 '아는 이의 부인'이 바로 지하련임을 단정할 수 있

16 서영은, 『전기·소설 최정희 강물의 끝』, 문학사상사, 1984, 61~62쪽.

게 한다. 지하련은 줄거리 이외에도 걸었던 길목, 등장인물, 분위기까지 소상하게 이야기해주었던 것 같다. 최정희의 소설에 나오는 이런 디테일은 지하련의 소설에서 동일하게 나온다. 지하련은 최정희가 쓴 「인맥」을 보고 자신이 원하는 내용이 아니어서 주먹으로 방바닥을 치며 분개했던 것이다. 그래서 편지에서 지하련은 이렇게 썼다. "혹 나는 당신 앞에서 지나친 신경질이었는지 모르나 아무튼 점점 당신이 멀어지고 있단 것을 나는 확실히 알았었고 (…) 그래서 나는 돌아오는 발걸음이 말할 수 없이 허전하고 외로웠습니다. 그야말로 모연한 시윗길을 혼자 걸으면서 나는 별 이유도 없이 자꾸 눈물이 쏟아지려구 해서 죽을 뻔했습니다." 그리고 지하련은 자신의 시각으로 소설을 '다시' 쓴 것이다. 그것이 1940년 12월 『문장』에 실린 등단작 「결별」이고 이어 발표한 「가을」(『조광』, 1941.11)이며 「산길」(『춘추』, 1942. 3)이다. 1940년은 지하련과 최정희에게 소설을 가운데 두고 신경전을 벌인 한 해였던 것이다. 최정희의 소설과 지하련의 소설은 이야기와 담론의 관계를 보여주는 좋은 예가 될 수도 있고 여성 소설담론의 좋은 예를 보여준다는 점에서 흥미 있는 작품들이다.

3. 최정희의 「인맥」과 지하련의 소설

백철은 최정희의 「인맥」을 평하면서 모델소설이라고 못 박고[17] 심지어 거기 등장하는 인물들은 자신과 가까운 가정인(家庭人)이라고 쓰고 있다. 지하련의 「결별」에 대해서도 추천인 백철은 이 소설이 모델소설임을 의심하지 않고 "작중인물로서 작자 자신을 대변했다고 추측되는 여성을 제2주인

---

17 백철, 「문학적 요설─4월 창작을 읽고 나서」, 『문장』, 1940. 5, 136쪽.

공으로 돌"렸다고 쓰고 있다.[18] 말하자면 백철은 최정희가 쓴 소설의 주인 공이 실제 인물이며「결별」에 나오는 인물 역시 그렇다고 말하고 있는 것이 다. 그러니까「인맥」에서는 혜봉이 지하련이고 지하련의「결별」에서는 제2 주인공인 정희가 지하련이라는 증언을 하고 있는 셈이다. 최정희의「인맥」 에서 나오는 혜봉은 지하련이나 지하련 소설에 나오는 주인공과 비슷한 점 이 많다.「인맥」에 나오는 혜봉이 동경여자경제전문학교를 나왔다든가,[19] 시인과 결혼하고 있다든가, 시인과 알게 된 데에 오빠가 개입되어 있다든 가, 친정이 가회동이라든가, 고향이 마산과 달리 부산으로 되어 있으나 항 구이고 '해안통'을 걷는다는 똑같은 용어가 나온다든가……. 이런 디테일은 지하련의 전기적 사실이나 지하련의 소설들에 나오는 주인공과 동일하다. 무엇보다 두 작가의 소설 이야기 줄거리가 같다. 친구의 남편을 사랑하는 이야기―두 작가는 똑같이 같은 줄거리의 소설을 쓰고 있다. 그런데 지하 련은 최정희가 이 이야기를 어떻게 쓸 것이라고 기대했을까. 기대한 대로 쓰지 않았다는 대목은 어떤 것일까. 그리고 지하련은 자신의 소설에서 어 떻게 그 부분을 쓰고 있을까.

두 작가의 작품을 비교하기 전에 우리는 최정희가「인맥」을 수정하고 있 는 데 대해 살펴볼 필요가 있다. 최정희의「인맥」은『문장』에 발표된 것과 후일『한국문학전집』최정희 편에 실린 것이 같지 않다. 최정희는 수정이나 개작을 거의 하지 않는 작가이다. 그러나 이「인맥」만은 상당 부분을 수정 했다. 최정희의「인맥」은 1959년 민중서관판『한국문학전집』에는 발표 당 시의「인맥」이 그대로 실려 있는데 나중 1974년 어문각판『신한국문학전

---

18 백철,「지하련의「결별」을 추천함」,『문장』, 1940. 12, 82쪽.
19 최정희「인맥」,『문장』, 1940. 4, 7쪽. 주지하는 바와 같이 지하련은 동경여자경제전 문학교에서 수학하였다.

집』에는 수정된 작품이 실려 있다. 최정희는 작품이 발표된 지 무려 34년이 지나서 왜 수정을 하고 있을까? 회갑을 넘긴 작가는 북에서 비참하게 스러져간 지하련이 「인맥」을 보고 서운해하던 것이 못내 안타깝고 잊히지 않아 작품을 수정하기로 마음먹었던 것일까? 그러나 그럴 리는 없을 것이다. 작가에게 있어 작품이란 감정에 따라 수정하는 그런 것이 아니라 오직 작품을 위해서 수정을 할 뿐일 것이므로. 그러나 최정희의 수정한 부분을 일단 확인하는 작업은 무익하지 않을 것이다. 『문장』에 발표된 「인맥」과 1974년 수정한 작품을 비교, 최정희가 수정한 부분을 찾아본다.

첫째 눈에 띄는 것은 지하련이라고 추정되고 있는 혜봉에 대한 묘사가 수정 또는 지워진 점이다. 선영이 혜봉과 같이 온 허윤을 처음 만나는 장면에서 다음과 같은 혜봉에 대한 묘사가 깨끗이 지워졌다.

혜봉은 "더 멋이구나. 이건 우리가 안 올걸 그랬나 부다." 하며 더욱 크게 떠들어대는구만요. 나는 아주 고개를 숙여버리고 아모 말 없이 있을 수밖에 없었습니다. 본래부터 말재주가 없는 데다가 혜봉의 달변에 가까운 말과 또 그가 전보다 더욱 명랑하고 유쾌해하는 이런 바람에 압박되어 그 이상 달리 어쩌는 수가 없었습니다. 그렇지만 그이가 옆에 있지 않았으면야 그럴 리 없지요. 별스레 말이 안 나오고 표정이 굳어지는 것이었습니다. 그래서 그랬던지 혜봉이 말이 많아서 그랬던지 어쨌든 아모 말 없이 한옆에 앉았던 그이는 의자에서 일어나며[20]

이 대목을 보면 혜봉이 말이 많다는 말이 세 번이나 거퍼 나온다. '크게 떠든다', '달변에 가까운 말', '말이 많아서', 이런 부분이 지하련의 심기를

---

20 최정희, 「인맥」, 『문장』, 1940. 4. 5쪽.

거스르게 했을까? 정태용에 의하면 지하련은 달변 속변이었는데[21] 지하련은 자신이 경솔한 여자로 그려진 데에 발끈했을 법도 하다. 또 "혜봉은 여기까지 이야길 하는 사이에 너무 즐거워서 입을 바보처럼 벌름거린"이라든가, "혜봉은 연상 웃었습니다", 이런 대목들이 지워져 있다. 그러나 지하련을 의식해서가 아니라 이런 대목은 작품에서 지워야 한다고 생각해서 지웠는지 모른다.

다음 주인공 선영과 허윤의 사랑이 보다 구체적으로 그려져 있는 부분이 지워진다. 예를 들면 어문각판에서는 허윤이 "점잖게 선영을 나무라고 지도"하여 집으로 돌려보내는 것으로 되어 있다. 그러나 원본에는 선영은 "더할 수 없어서 그의 목을 껴안았습니다." "그이는 대답 대신에 두 팔 안에 힘껏힘껏 내 몸을 안아 주었습니다." "그이는 더 한번 그이에게 있는 윈 정열을 다해서 다시 두 팔에 힘을 넣은 후" "전신을 후들후들 평정을 잃은 것을 알았습니다. 나도 그러했습니다마는 우리는 피차에 냉정한 자세를 취하기에 노력했습니다" 이런 등등의 육체적 접촉을 그린 부분이 지워져 있다.

그러나 최정희는 친구의 남편을 사랑하는 부도덕을 정당화하는 목소리를 수정하지 않았다. 부도덕한 사랑을 정당화한 나머지 마치 부실이 정실부인에게 형님을 바치듯이 주인공 선영이 친구 혜봉을 '형'이라고 부르고 있는 것이 「인맥」이다. 비록 정신적이긴 하나 자신을 친구 남편의 제2부인으로 받아달라는 형용이다.

> 형! 저는 또 형이라 부르겠습니다. 이외에 다른—다정하고 살틀하고 경건한 마음에서 부를 대명사가 없습니다. '봉아'라 감히 부를 수 없습

---

21 정태용, 「지하련과 소시민」, 『부인』, 1949. 2. 3, 44쪽.

니다. 이것은 제가 그이를(형 저도 그이라 부르게 해 주십시오. 참으로
염치 없습니다마는) 끝없이, 끝없이 경건하게 존엄하게 생각는 때문일
것입니다. 용서하십시오. 이렇게 제가 무슨 말이나 다 하는 것도 형이
제게 고맙게 살뜰하게 정다웁게 편지를 써주시고 또 전과 같이 '영아'
라 불러주신 탓입니다.[22]

　최정희는 「인맥」에서 이 부분은 수정하지 않았다. 자신의 상황을 썼다는
의혹마저 살 수 있는 이 대목을 그대로 살려놓고 지하련이라고 짐작되는
인물이 경망하게 보이도록 묘사한 부분이거나 주인공과 허윤의 육체적 접
촉을 그리고 있는 부분만을 뺀 것이다. 최정희의 수정 부분과 이제 보아도
오히려 부자연스러운 친구의 남편을 '그이'라고 부르게 해달라는 이런 결말
을 종합해보면 최정희는 지하련이 원하지 않는 방향으로 소설을 더욱 강화
한 셈이다. 사랑 때문에 한 가정과 부부 사이에 끼어들어 불화를 자초하는
이런 이야기를 최정희는 끝내 '고치지 않은' 것이다. 육체적 접촉이나 반응
에 대한 묘사를 지운 것과 운명적인 사랑을 강조하고 있는 점 등은 최정희
가 자신의 연애지상주의를 보다 뚜렷이 하고자 한 것이요, 이 「인맥」 수정
과정은 최정희의 생각을 더욱 웅변으로 우리에게 전하고 있다고 하겠다.
　그러나 지하련의 소설을 보면 지하련 역시 연애지상주의를 부정하거나
비난하고 있는 것이 아니어서 최정희의 생각과 지하련의 생각의 차이를 알
아내기가 쉽지 않다. 물론 남성의 허위의식을 비판하고 있는 지하련과 그
렇지 않은 최정희의 차이가 뚜렷하기는 하나 이것으로 방바닥을 칠 만큼
분개하지는 않았을 것이다. 지하련이 최정희를 향해서 화를 냈던 것은 아
내의 입장을 전혀 고려하지 않고 애인의 입장만을 옹호한 데서 그쳤다는

22　최정희, 「인맥」, 『문장』, 같은 책, 42쪽.

이 너무나 상식적인 데서 논의를 시작하는 수밖에 없을 것 같다. 필자 역시 이 사실을 너무나 늦게야 짚어냈던 것은 이 사실이 나무나 상식적이었기 때문이었을 것이다. 그러니 지하련은 그 소설에서 아내의 입장을 쓴 것이다! 그런데 그 소설 작법이 너무나 교묘하여 우리는 그의 이런 생각을 놓치고 있었던 것이다. 이유는 바로 지하련 역시 자유연애를 옹호하는 소설을 쓰고 있었기 때문이다. 나는 지하련의 소설에서 남성의 허위의식을 읽고 그의 페미니즘 의식을 논의할 수는 있었지만 지하련이 감추고 있는 또하나의 목소리, 아내의 말을 읽지 못했다. 최정희 소설에 대타의식을 가지고 쓴 지하련의 소설 바탕에는 최정희가 말하지 않은 아내의 입장이 숨겨져 있었을 것은 불문가지가 아닌가. 이 지극히 당연한 사실을 나는 왜 놓쳤는가. 여성소설 연구는 이 말해지지 않은 부분, 가부장제 사회의 통념 아래 감추어지기 마련인 이 부분을 밝혀내는 일임을 새삼 깨닫는다.

지하련은 우선 아내의 입장에서 글을 쓰면서 자신의 체험을 문학적으로 완성된 작품으로 만들기 위하여 작가 나름의 서사전략을 세우고 그 위에 소설이라는 집을 지었다. 이제 지하련의 소설을 분석하면서 그의 소설문법과 소설 속에 감추어져 있는 아내의 목소리를 찾아 읽어내기로 한다. 아내의 자리란 너무나 상투화되어 독자의 공감을 사기 어렵다. 그러기에 아내라는 인물의 내면이 그려진 경우란 극히 드물다.[23] 이 아내의 목소리를 지하련은 어떻게 감추면서 드러내었을까? 지하련은 소설에서도 그렇게 쓰고 있지만 자유연애는 새시대의 가치관으로서 아내란 이 자유연애라는 당당

---

23 아내의 목소리가 소설에 나타난 경우로 백신애의 「광인수기」, 이선희의 「맏동서」가 있지만 두 작품 모두 아내라는 인물이 희화화되어 있음은 주목되는 대목이다. 아내라면 거의 구여성으로 설정되어 있는데 신여성 아내의 서사로는 이선희의 「계산서」가 거의 유일하다.

한 새 윤리 앞에서 무력한 존재가 아니었던가. 남편과 친구의 배신을 자유연애라는 이름으로 옹호 묵인할 수도 없는 피해자 지하련으로서는 이 소재를 소설화하기가 실로 쉬운 일이 아니었을 것이다. 그러나 최정희조차 엉뚱한 방향으로 소설을 쓰고 만 마당에 자신의 이 엄청난 충격을 소설로 써서 그 정신적 외압으로부터 벗어나지 않으면 안 되었다. 아마도 남편의 연애 사건이 원인이 되어서 병이 났을 지하련은 병 치료 차 생긴 여가에 이 이야기를 소설로 씀으로써 인생의 한 고비를 넘겼으리라.[24]

최정희의 「인맥」이 '애인의 서사'라면 지하련이 쓴 소설은 '아내의 서사'로서 이렇게 다른데 최정희는 왜 이 소설을 불쾌하게 읽었을까?[25] 지하련에게 글을 쓰라고 권해놓고 말이다. 그 답은 두 가지로 생각해볼 수 있다. 우선 지하련이 자신의 소설과 똑같은 소재로 글을 썼기 때문이었을 것이다. 최정희가 「인맥」을 발표하자 평필을 들고 길게 '요설'을 쓴 백철도 이 소설이 모델소설이라고 하지 않았던가? 그런데 지하련이 똑같은 소재의 글을 쓰고 더욱 백철의 추천을 받고 나오자 최정희는 불쾌감을 느끼지 않을 수 없었을 것이다. 둘째 최정희는 이미 문단의 대선배의 처지가 아닌가. 지하련으로서는 그 자신 이 이야기를 쓰지 않을 수 없는 절박함도 있었고 최정희에게 기대한 것이 어떤 것이었는지 소설로 보여줄 필요도 있어 같은 소재로 소설을 쓴 것이나 새로 등단하는 신인이 기성 문인에게 '도전하듯이' 같은 소재의 소설을 쓴 것은 불쾌함을 주기에 충분하였을 것 같다. 이

---

24 지하련, 「인사」, 『문장』, 1941. 4, 264쪽.
    이현욱(지하련), 「일기」, 『여성』, 1939. 11, 74쪽.
    이 시기에 지하련은 요양차 마산에 내려가 있었다.
25 앞의 지하련의 육필서간 참조. 최정희가 지하련의 소설에 대하여 불만을 말해서 둘 사이가 나빠졌다는 내용.

러한 두 여성작가의 마음의 거래는 우리 여성문학사의 숨겨진 작지 않은 사건이자 여성소설 문법 연구의 새로운 계기를 제공하는 흥미로운 자료가 아닐 수 없다.

4. 지하련 소설의 문법

문단에 등단한 지 얼마 지나지 않아 지하련은 수필 「소감」[26]에서 자신의 소설작법을 말하고 있다. 등단작 「결별(訣別)」 외에 「체향초(滯鄕抄)」 한 편만이 발표된 때였으나 소설을 쓰기 전에 그는 이미 자신의 소설론을 수립하고 있었음을 보여주는 자료라고 하겠다. 그에 의하면 그 하고 싶은 말을 다 해버리는 게 소설이 아니라 어떻게 해서 내 하고 싶은 말들이 나와서 능히 살게끔 '집'을 짓느냐가 문제이고, 또 한 단편에서 자기의 하고 싶은 한마디의 말이 아무것에도 거리낌 없이 완전히 살 수가 있었다면 그건 본망(本望)을 달한 소설이라는 것이다. 이 「소감」은 지하련이 단편소설 작법에 대해 그 요체를 터득하고 있음을 보여주는 것으로 그의 소설 연구에서 주목해야 할 자료이다.

지하련의 문학 수업이 어떻게 이루어졌으며 문학적 안목이 어느 정도인지 가늠할 근거는 없으나 정태용의 글에 의하면 지하련은 대단한 문학적 감수성과 독서량을 지니고 있었던 것 같다.[27] 그런 그가 왜 경제전문학교에 진

26　지하련, 「소감」, 『춘추』, 1941. 6.
27　정태용, 「지하련과 소시민」, "곁방에서 유쾌한 여인의 고성이 일본말, 서양말, 조선말 할 것 없이 열변, 달변, 숙변이 나의 고막을 치는 것이었다. 여인의 웅변은 사나이를 포로로 하고 결국은 꼼짝달싹 못하게 해버려 대개의 사나이들은 항변이 없이 그저 유쾌하게 웃을 뿐이었다… 옆방의 여자는 우리들이 잘 아는 지하련씨라는 것은 뒤에 알았다." 『부인』, 앞의 책, 같은 쪽.

학하였을까? 그 한 이유로 경제적 토대가 중요한 마르크시즘이 세계 지식인의 의식을 휩쓸고 있는 데다가, 또 하나는 딸이지만 아들 역할을 해야 한다는 지하련의 의식이 반영된 때문이 아닐까 한다. 그러나 임화를 좋아하는 것이나 서정주를 좋아한 것을 필두로 정태용의 증언을 놓고 보더라도 지하련의 문학에 대한 관심이나 수준은 만만치 않았다고 보아도 좋을 것 같다.

지하련의 소설 쓰기에서 주목되는 점은 첫째 앞에서도 말한 바와 같이 인물시점의 다양화와 보여주기 등의 서술 전략이다. 친구 형예(『결별』), 남편 석재(『가을』), 아내 나(『산길』), 이 세 인물의 시점에서 같은 사건을 서술하는 방식은 작가가 최대한 객관성을 담보할 수 있는 다성성(多聲性)의 창작 방법이다. 같은 이야기를 서술하는 데 세 사람의 화자를 동원하면 작가는 자신의 감정을 훼손하지 않으면서 작가가 말하려고 하는 목표에 자연스럽게 도달할 수 있을 것이다. 이는 동시에 문학성을 성취하는 방식도 된다. 둘째 지하련의 소설이 구어체를 사용하는 등 언어에 세심한 배려를 하고 있는 점이다. 지하련의 소설이 발표된 『문장』지의 경우 현대 표준어에 맞는 문체로 되어 있는데 1948년에 출간한 창작집 『도정』의 작품들은 문장이나 어휘나 한글 맞춤법 통일안[28]을 무시한 구어체로 바꾸어 있다. 아마도 본래 구어체로 쓰인 소설 문장을 『문장』지 편집자가 맞춤법 통일안에 맞게 교열하였을 것이다.[29] 지하련은 창작집으로 출간하면서 이들 소설의 구어체를 되살려놓았다. 지하련의 문학관과 문체 의식을 엿보게 하는 대목이다. 셋째

---

28 한글 맞춤법 통일안, 1933년 조선어학회가 제정 공포한 국어 정서법 통일안. 1933년 10월 19일 조선어학회는 이를 시행하기로 결의했다. 이 한글 맞춤법 통일안은 1948년 공식으로 채택한 뒤 한글 정서법의 법전이 되었다.

29 지하련의 다른 글, 예를 들어 『여성』에 실린 글 같은 것은 현대 철자법을 따르지 않고 구어체로 쓰여지고 그대로 활자화되어 있다.

지하련이 감추면서 드러낸 침묵(아내)의 목소리이다.

최정희의 「인맥」과 줄거리가 같은 「결별」 「가을」 「산길」은 심각관계에 있는 인물 각각의 시점에서 바라본[30] 작품으로 정희의 남편에게 호감을 갖게 된 친구 형예의 시점(「결별」), 아내의 친구로부터 애정을 고백받는 남편 석재의 시점(「가을」), 남편과 친구의 불륜을 알게 된 아내의 시점(「산길」), 이 세 인물시점으로 쓰여 있다. 겉 구조는 이 세 소설이 모두 남성의 우월의식과 허위의식을 그리고 있는 것으로 보인다. 그러나 속 구조는 아내의 분노를 담은 '아내의 서사'이다.

우선 지하련의 서술전략 중에서 보여주기의 수법을 사용하고 있는 점을 보기로 한다. 작가는 등단작 「결별」에서 하고 싶은 말들을 직접 하는 것이 아니라 보여주기의 기법으로 소설이 스스로 말하게 하고 있다. 주인공 형예는 여학교를 나와 부모가 권해서 곧 결혼을 했으나 아직 아이가 없는 '새댁'이다. 서술자는 주인공이 정희의 혼인잔치 마당에 다녀오는 작은 사건을 그리면서 주인공 형예가 남편뿐 아니라 주위와 불화 관계에 있다는 것을 보여주고 있다.

장면 ① 첫머리, 형예가 남편과 지난밤 티격태격한 일을 놓고 되새기는 장면이다. 형예는 어젯밤 남편이 남의 일에 분주한 것을 자랑삼아 이야기하는 것 같아 비위에 거슬렸다. 그런데 형예의 트집에 남편은 '관둡시다 관 뒤요' 하는 것으로 싸움을 피한다. 형예는 남편의 트집을 잡는 이유가 남편을 사랑하지 않기 때문일까, 생각해보기도 한다.

장면 ②, 놀러오라는 정희의 전갈을 받고 집을 나선다. '서울신랑' 그 걸패 좋다는 청년을 '함부로' 머릿속에 넣어보면서 '어느 때보다도 조심껴 화

---

30 서정자, 『한국 근대 여성소설 연구』, 국학자료원, 1999, 294쪽.

장을' 하고 흰 반회장 저고리에 옥색 치마를 쨍한 가을 볕살에 눈이 부시게 입고 나섰는데 막상 나서자 형예는 아무와도 마주치지 않으려 골목길을 접어든다. 한껏 성장한 모습을 수줍어하는 마음이 '노인네'에게 흥을 잡히지 않으려고, 또 숱한 사람들에게도 주목받고 싶지 않아 "학교 뒤 긴 담을 돌아서도 논둑 길로 큰길 두 배나 가야 하는 길"을 택하는 데서 형예가 세상의 부정적 평판에 몹시 신경을 쓰고 있다는 것을 읽게 된다.

장면 ③, 길에서 만난 명순을 보면서 학교 때 공부 못하고 빙충맞게 굴던 군들이 시집가선 곧잘 착한 말 듣고 잘 사는 것을 멸시하고 싶어하는 형예의 마음이 그려진다. 형예는 오히려 남편과 이혼한 지순이라든가, 계봉이나 숙히가 더 이해가 가는 쪽이다. 명순이처럼 남편이 금방 좋아지지 않는 자기 쪽을 생각하고 "흙알을 한 줌 쥐어 누구의 얼굴에고 팩 끼얹고는 그냥 돌쳐서고" 싶다.

이렇듯 주인공의 시선을 따라가보면 주인공 형예가 남편도, 또 동네 늙은이의 시선으로 대표되는 외부 세계도 매우 불화 관계로 인식하고 있다는 것을 보게 된다. 형예의 이런 의식은 친한 친구 정희가 결혼을 해 '서울신랑'과 다정하게 구는 모습을 받아들이지 못하는 대목에서 두드러지게 나타난다. 정희가 신랑이나 주변과 화해 관계인 반면 주위와 불화 관계에 있는 형예는 이제 막 결혼한 친구 정희 집에 와서 계속 정희의 마음을 상하게 하는 말을 한다. 그러나 형예는 정희의 집에서 뜻밖의 체험을 하는 것으로 된다. 형예의 심경의 변화를 보여주는 장면들은 다음과 같다.

① 우연히 고개를 돌리다가 벽에 걸린 정희 신랑의 "체취가 풍기도록 고대 벗어 건 것만 같은 넥타이가 끼어진 와이셔츠며 양복"과 마주친 일이다. '체취가 풍기도록'이라는 감각적 표현에서 주인공 형예가 '남성'을 느꼈다는 해석이 가능하다. 이와 반대로 형예는 남편에게서는 남성을 느끼지 못

했는지 모른다.

② 정희가 자랑하고 싶어하는 신랑과 마지못해 인사를 했는데 그 신랑은 "좀체로 우슬 것 같지 않은 모습이 제법 무심하게, 별루 말도 없이" 인사를 하는 것이어서 형예는 이 신랑을 머릿속에서 떨쳐내지 못하고 계속 생각을 하게 된다. 겉치레 인사와 말을 예사로 하는 남편과 다르다는 느낌이었다는 뜻으로 보인다.

③ 혼인놀이 자리에서 형예가 잡은 옺 때문에 정희신랑이 놓은 말이 잡히고, 정희가 미리 한 말 때문인지 노래 잘할 사람으로 자신을 지목하는 듯하자 형예는 또 당황한다. 이 '당황'은 자신에게 관심을 보여주는 남성을 형예가 느꼈다는 뜻으로 읽힌다.

④ 정희가 좀더 있다가 가라고 조르는 바람에 정희 신랑이랑 늦도록 이야기를 하며 놀고 난 뒤 자정이 넘어 집에 돌아가는데 뽀얀 안개가 산에고 바다에고 김처럼 서려 있는 가을 같지 않은 밤에 해안통을 걸으면서 형예에게 닿는 정희 신랑의 말은 형예를 '전에 없이' 아름답고 즐거운 밤으로 느끼게 하고 그럴수록 형예는 '물새처럼' 외로워진다. 형예의 정희 신랑에 대해 대립의식이 '이제' 사라져 있는 것을 이 대목에서 알아차릴 수 있다. 세상의 모든 남편에 대해 가졌던 적대감이 정희 신랑에 대해서만 사라져 있는 것이다.

⑤ 이런 변화를 거쳐 형예는 집에 돌아오고 돌아와 있는 남편과 대화하는 중에 형예가 정희 신랑을 좋은 사람이라고 말하자 남편이 빈정대 두 사람은 또 부딪친다. 화를 내는 형예에게 남편은 "아무것도 아닌 걸 가지구 이러지 말우에, 내 암말도 않으리다" 한다. 한번 불이 번쩍 하도록 맞닿고 싶었던 형예는 남편의 이러한 모습에서 비굴한 정신과 그러나 '무서운' 사람을 보고 자신이 완전히 혼자인 것을 깨닫는다.

주인공 형예가 남편과 좋은 관계가 아니라는 것을 주인공과 주변의 묘사를 통해서 보여주고 있다든지, 정희 신랑에 대하여 호감을 가지게 되는 단계를 섬세한 기미까지 포착하여 점층적 수법으로 보여주는 창작 기법은 지하련이 하고자 하는 말을 '말하기'가 아닌 '보여주기'를 통해 독자에게 제시하는 경우이다. 지하련은 주인공 형예의 절망과 '결별'을 '보여주기'로 독자에게 설득력 있게 전달하고 있는 것이다. 이외「결별」은 대화나 묘사 기법에서도 탁월함을 보인다. 생략과 함축, 쉽게 동화하지 않는 싸늘한 절제는 작가의 언어에 대한 세련된 감각을 보여주는 것이다. 친척들과 어울려 혼인놀이를 하는 장면은 묘사의 절정이며 해학 넘치는 종숙모의 입담은 소설에 생동감을 불어넣는 부분이다. 이렇듯 지하련의 단편「결별」에서 하고 싶은 말들이 나와서 능히 살게끔 소설의 집을 짓는다는 자신의 창작 방법에 충실하고 있으며 하고 싶은 한마디의 말이 아무것에도 거리낌 없이 사는 효과를 내는 보여주기의 소설을 썼다.

남편에게는 실망을 하여 '결별'을 하고 친구 남편에게는 호감을 가지는 것으로 끝났던「결별」에 이어 지하련은「가을」을 쓴다. 이「가을」에는 주인공 석재와 아내, 석재를 좋아하는 아내 친구 정예의 심리가 그려진다. 이 역시 서술자는 '보여주기'만을 할 뿐 서술자의 논평이 없다. 최정희의「인맥」중 중간에 해당하는 이야기라 할 것인데「결별」의 형예가 친구의 남편을 사랑하는 구조가「가을」이다. 말하자면 만남에서 한 걸음 더 나아간 상태. 정예라는 아내의 친구는「인맥」의 선영처럼 "연애관계가 무척 번거로워서 그의(주인공 석재·필자 주) 아는 사람도 여기 관계된 몇 사람이 있다는"[31] 여성이고 그 원인이 정예의 사랑을 받아주지 않는 석재에게 있다는 같은

---

31 지하련,「가을」,『도정』, 백양당, 1949, 46쪽.

구조인데 「가을」 역시 보여주기 기법의 소설로서 작가는 정예의 석재에 대한 어두운 열정을 오직 정예의 행동을 묘사하는 것으로 보여준다. 우리는 정예의 행동을 그린 묘사와 이에 대응하는 석재의 행동 묘사를 통해 이 소설의 주제를 읽어야 하게 되어 있다.

「가을」에서 정예는 「인맥」의 선영처럼 좋아하는 친구의 남편을 집으로 찾아가기도 하고, 엽서를 보내 만나기도 한다. 그러나 친구의 남편 석재는 최정희의 「인맥」과 달리 정예에게 관심을 보이지 않는 것으로 되어 있다. 이런 어두운 열정을 보이는 친구를 감싸고 도는 아내의 '착함'을 안타까워할 뿐이다. 지하련의 「가을」에 그려진 정예와 석재의 이런 평행선의 모습은 최정희가 수정한 허윤과 선영의 모습에 가깝다. 「인맥」의 경우 원본에서 두 사람은 소위 '연애'를 하는 모습으로 그려지지만 수정본에서는 오라비가 누이를 '지도'하는 정도로 고쳐지는 것이다. 지하련은 이 「가을」에서 육체적 접촉이 전혀 없이도 전 존재를 거는 사랑이 여성에게 가능한 것을 그리고 이에 비해 그러한 사랑을 이해하지 못하는 남성의 둔감성을 드러내고 있다. 지하련의 소설에 나오는 남성은 둔감하거나 저열함으로 규정된다. 「가을」의 석재는 「결별」의 남편과 달리 자신의 그런 모습에서 "어느 거지 같은 여자보다도 더 거지 같은 딴 것"을 싸늘한 가을 바람과 함께 느끼는 것으로 되어 그런 남성의 둔감성을 막연하게나마 자각(?)한다. 그러나 이 소설에서 왜 작가가 아내를 죽게 하였는지가 궁금하다. 정예의 사랑이 석재에게 통하지 않을 양이면 굳이 그 아내가 죽어야 할 필요는 없었을 터인데 말이다. 이 대목은 다음 장 '아내의 서사'에서 다시 언급하기로 한다.

지하련의 「산길」 역시 최정희의 「인맥」의 마지막 부분에 해당하는 이야기이다. 이제 작가는 삼각관계의 다른 각인 아내의 시점에서 친구와 남편의 연애 사건을 그린다. 최정희의 「인맥」에서처럼 아내는 남편의 스캔들에 담담한 처신을 하고, 사랑 앞에 당당한 친구 연히를 아름답다고 한다. 그러나 역시 최정희와 다른 점은 남편의 태도를 면밀히 관찰하고 있는 점이다. 친구가 남편과 연애를 했다는 사실을 알고 난 아내의 심리를 충격에서부터 친구와 남편을 만나는 장면으로 차례로 묘사해 나간 부분은 이색적이라면 이색적인 소설이다. 친구가 자신의 남편을 사랑했다는 충격적인 이야기를 전달받는 장면, 그 친구와 만나서 대화(담판)하는 장면, 돌아와 남편의 고백(?)을 듣는 장면, 소설은 이 세 장면으로 구성되어 있다. 겉 구조의 주제는 "천길 벼랑에 차 내트려도 무슨 수로든지 다시 기어 나올" 남성들의 파렴치한 행태를 고발하고 "좌우로 무성한 수목을 헤치고 베폭처럼 희게 뻗어나간 산길을 성큼성큼 채쳐 올라가는 연히의 뒷모양을" 총명하고 아름답게 보는 페미니즘 소설이지만 이 소설에서 친구와 남편으로부터 배신당한 신여성 아내의 목소리가 담겨 있는 드문 소설이다. 이 역시 다음 장에서 자세히 살펴보겠다.

다음 지하련의 소설에서 주목되는 구어체의 문장을 살펴보자. 지하련은 한자말을 쓸 때 철자가 맞지 않는 것을 알면서도 발음대로 우리말을 쓴다. 예를 들면 설양(善良), 구해(拘碍), 칭양(測量), 낭감(難感), 열락(連絡)으로 쓰고 있는 것이라든가 자게급(계급), 동을 상우고, 구지(굳이) 은윽(아늑)하고, 몽총(멍청)하니, 걸낄(길)에 가 있는, 신부름(심부름), 등이 그것이다. 이런 구어체 어휘는 페이지마다 숱하게 발견된다. 또는 '그녀'로 쓰는 것이 일반인 여성 삼인칭의 경우에 '그는'이라고 쓰는 등 문체나 어휘에 뚜렷한 자기 주관이 서 있다. 구어체로 지문을 엮어가는 문장과 함께 방언을 살려 생동감 있게 구사한 대화 역시 지하련 소설 미학의 핵이다.

  "초장부터 졌으니 누가 쑥인구"

"아이갸, 곧은 눈썹 잡고는 말도 못한다지"

…(중략)…

대체로 신랑이 그리 재미있게 굴지 않는 폭인데, 정희도 그저 허트로 노는 판이라 처음부터 뭐가 그리 자잘치게 재미로울 게 없는 상 보른 데도 사람들은 그저 신랑이고 신부란 생각

때문인지 무척이나 유쾌한 모양이다. …(중략)…

그러나 이통에도 셈센 아지머니라고 정히 숙모가

"아이구, 노래는 무슨 노래, 신랑 눈치보니께 저녁내 실갱이 해도 노래할 것 같잖구만, 그만해도 많이 놀았을 바에야 백죄 장성한 신랑 신부한테 궁뎅이 무겁다는 욕먹지 말고 어서 먹구 일찍암치들 가세, 가"[32]

이처럼 소설의 문체나 어휘는 구어체라야 한다는 작가의 생각은 앞에서 언급한 대로 창작집『도정』을 낼 때『문장』지에서 고쳐 내보냈던 철자를 모두 자신의 철자와 문체로 바꾸어 내게 하였다. 사실 지하련의 구어체 문장은 지하련 특유의 분위기와 '맛'을 일구어내고 있다. 그의 구어체 문장은 그의 문학에서 반드시 짚고 가야 할 중요한 특징이다.

5. 페미니즘 소설과 '아내의 서사'-맺음말을 대신하여

이제 지하련 여성문제 소설에 감추어진 아내를 읽어보자. 감추어져 있다고 말할 필요도 없이 지하련의 여성소설은 「결별」과 「산길」이 아내의 시점이요, 「가을」 역시 아내의 숨결이 바탕에 깔려 있다. 「결별」의 주인공 형예는 아내로서 남성우월주의로 아내와 의사소통이 막혀 있는 남편과의 불화

---

32 지하련, 「결별」, 『도정』, 99쪽.

를 그리고 있는 소설인 만큼 이 소설은 곧 '아내의 서사'라고 할 수 있는 것이다. 여기에서 우리는 형예 말고도 지하련으로 지목되는 정희에게도 주목하지 않을 수 없다. 정희가 아내로서 남편에게 실망하기 전의 지하련의 모습이라면 형예는 남편에게 실망한 지하련의 목소리일 수 있기 때문이다. 신랑에게 한없이 호감을 가지고 있는 신부 정희······ 이 정희에게 비수 같은 서늘한 언어로 계속 딴죽을 걸고 있는 형예. 독자는 정희가 형예의 비뚤어진 심사로 던지는 말에 상처를 입을까 조마조마하면서 읽게 되는데 형예의 이와 같은 대꾸는 작가 지하련의 체험이 반영되었을 수도 있고[33] 지하련이 스스로에게 던져보는 서글픈 자조일 수도 있다. 남편과는 의사소통이 되지 않아 친구 신랑에게 호감을 갖는 형예에게서 우리는 지하련 자신이 느꼈을 수도 있는 소통의 막힘, 아내 위에 군림해야 한다고 믿는 남성우월주의와 권위주의의 벽 이런 것을 형예를 통해서 고발하면서 '아내의 서사'를 이룩하고 있는 작가를 보는 것이다.

「가을」의 아내는 살아 있을 때 친구 정예를 남편에게 소개하고 함께 영화를 보러 가는 등 친구와 남편 사이에서 둘 사이를 오해하거나 질투하지 않는 모습을 보이려 애쓰는, 매우 선량한 여성이다. 그러나 친구 정예가 남편에게 편지를 하고 만나고 하는 것에 아주 관심이 없었던 것이 아니라는 것을 죽기 전에 '정예 못 봤어요?'라고 한 한마디 질문에 드러낸다. 남편과 친구 정예의 관계가 이 소설의 주 제재이고 이런 여성을 대하는 남편의 반응으로 소설이 전개되기 때문에 아내라는 인물에 대해서 간과하기 쉬우나 지하련의 내면이 투사된 아내는 「결별」의 정희와 함께 매우 도덕적으로 그려져 있다는 점이 주목된다. 그런데 작가는 「가을」에서 이 아내를 죽게 한다.

_____

33 임화를 좋아하였던 B라는 여성은 지하련의 동향 친구라고 되어 있다.

아내가 죽은 후에 남편 석재는 자기를 사랑하여 이혼도 하고 번거로운 연애도 벌인 정예를 만나는데 두 사람은 끝내 사랑하는 사이에 이르지 못하는 것으로 된다. 여기에서 지하련이 하고자 하는 말은 내가 죽어도 두 사람의 사랑은 이루어질 수 없다, 라는 것이었을까? 이 소설을 통해 함축된 작가는 아내가 하고 싶은 말을 이런 형식으로 간접적으로 하고 있는 것은 아닐까? 이 소설의 겉 구조는 남편 석재를 정예라는 여성의 진실을 이해하지 못하는 둔감한 남자라고 꼬집는 것이지만 함축된 작가는 이 배신의 사랑을 성취시키지 않으려는 의도를 이야기 속에 감추었는지도 모른다.

지하련으로 지목해볼 수 있는 작품 속의 아내는 모두 남편과 친구에게 턱없이 너그럽게 그려져 있다. 이는 무엇을 말할까? 우리는 우리 문학에서 신여성이 주인공이 되고 페미니즘이 주조가 되는 소설이 주류를 이루는 동안 새로운 사조(思潮) 페미니즘에 억압된 슬픈 아내의 모습을 보아왔다. 우리 소설의 관습에서 아내란 대부분 신여성 애인에게 자리를 빼앗긴 구여성으로 그려지기 마련이었던 것에 비추어보면[34] 지하련이 그의 소설에서 조심스럽게 내보인 아내의 목소리는 주목되는 바 있다고 하겠다. 아내로 그려진 구여성들은 페미니즘의 물결이 몰고 온 '자유연애'와 그로 말미암은 아내의 자리 빼앗김에 속수무책이었던 것이다. 신여성 아내는 신여성인 때문에 더욱 이 페미니즘 물결, 자유연애 사상에 반기를 들 수 없을 것이다. 최정희가 「인맥」에서 당당하게 연애지상주의를 바탕으로 '애인의 서사'를 쓸 수 있었던 것이 그 예이다. 「가을」의 아내는 착하고, 순종하는 여성으로 그려지고 있는데 신여성 아내는 친구가 남편을 사랑하는 듯해도 정면으로 가로막지

---

34 정금자·서정자·이성림, 「한국문학에 나타난 전통적 여성상」, 『아세아여성연구』 제24집, 숙명여자대학교 아세아여성문제연구소, 1985 참조.

못하고 있다. 이 아내는 「산길」에 이르러 드디어 입을 연다. 지하련이 아내로서 하고 싶었던 말은 바로 이 「산길」의 순재의 입을 통해서 나온다.

「산길」을 보면 아내 순재는 친구 문주로부터 친구 연히가 자신의 남편과 연애한다는 말을 듣는다. 친구 문주를 시켜 통기를 한다는 대담함을 보인 연히는 다음 날 순재에게 만나자는 편지를 보내온다.

순재는 처음 문주로부터 그런 통기를 받았을 때 우선 고독을 느낀다. 그 다음 남편과 관련지어 생각해보는 것이나 믿어지지 않는다. 젊은 여자의 자존심으로 해서도 연히나 남편에게 노하거나 분해할 수 없다고 생각한다. 그러나 만만치 않은 것은 남편이다.

> 설사 순재로서—그분은 남편인 동시에 자기였던 것이고 연히는 내 동무인 동시 아름다운 여자였다고—마음을 도사려 먹기쯤 그리 어려울 것도 없었으나 문제는 이게 아니라 이제 남편에게까지 이 싸늘한 이해(理解)라는 것을 하지 않고는 당장 저를 유지할 수 없는 사정이 더할 수 없이 유감 되다기보다도 야속하기 짝이 없다.[35]

베개를 베고 누워서 당돌하리만큼 정면으로 다가서는 연히를 떠올려본다. 짧은 편지로도 무엇에도 누구에도 구애받고 있지 않은 걸 알아내기 어렵지 않았기에 섣불리 노했다는 오해를 받지 않기 위해서도 순재는 연히를 만나기로 한다. "화장도 하고 일부러 장 속에 있는 치마까지 내어 입"고 "한 번 더 거울을 본 다음" 약속 장소로 간다. 단 두 달 동안에 놀랍도록 "이뻐진" 연히와 서먹한 인사를 나누고 둘은 소화통으로 돌아 개천을 낀 호젓한 길을 잡고 걷는다. 이 두 사람의 대면에서 당당한 것은 애인인 연히일 것은

---

35 지하련, 「산길」, 『도정』, 124쪽.

지하련 전집

당연하다. 예상대로 연히는 사랑 앞에서 조금도 거짓말을 하지 않았다, 후회하지 않는다고 말한다. 그리고 연히는 다른 건 다 이겨도 그분을 사랑하는 것만은 자신에게 이기지 말라고 한다. 작가는 서술자를 통해 "이제야 이야기는 바른 길로 들어섰다"[36]고 쓴다. 두 사람의 만남은 한 남자를 두고 누가 더 사랑하느냐의 싸움이 된 것이다. 연히는 아내인 것을 다행으로 아느냐고 묻는다. 순재는 꿈에도 그렇지 않다고 말한다. 아내라는 유리한 자리에서 남편을 차지하는 것이 아니라 연히와 나란히 서서 자유로운 선택이 있게 하겠다고 순재는 말한다.

> 별루 천천이 말을 주고받는 두 여자의 얼굴은 꼭 같이 핼숙했다. 연히는 한동안 가만이 순재를 바라보고 있었다. 아무 표정도 없었으나 결코 무표정한 얼굴은 아니었다. 순재는 자기도 모르게 얼굴을 떠러트렸으나 순간 굴욕이 이에 더할 수 없었다.[37]

연히는 순재의 그 자신만만함에 '무서운 여자'라며 "가장 자신 있는 사람만이 능히 욕을 참을 수 있는 겁니다"라는 말을 남기고 헤어진다. 이 두 사람의 만남에서 읽을 수 있는 핵심어는 '굴욕'이다. 아내에게 남편의 외도는 '굴욕'이나 아내로서는 이 굴욕 앞에 사랑으로 떳떳이 승부하겠다는 것이 아내 순재의 '말'이다. 최정희가 쓴 '애인의 서사'에서 아내 혜봉이 전통적 여성의 길을 가자는 식으로 자기 목소리가 없었던 데 비하여 지하련의 「산길」의 순재는 아내로서 당당히 사랑을 내세우고 있는 것이 주목된다. 그러나 집에 와서 남편을 만난 순재는 남편의 "사과할 길밖에 도리가 없다는 사

---

36 위의 책, 133쪽.
37 위의 책, 134쪽.

람 가지고 웨 작구 야단이요? 웨 따지려구만 드오, 따져선 뭘 하자는 거요? 당신 나 사랑한다는 것 거짓말 아니요? 웨 무조건하고 용서할 수 없소?"라는 말에 오히려 안도하는 비굴한 자기를 발견하고 섬짓한다.

> 그러나 알 수 없는 일은 지금까지의 어느 말보다도 오히려 마음을 시원하게, 후련하게 해주는 것이 스스로도 섬찍하고 남을 일이었다.[38]

평화란 이런 데로부터 오는 것인가? 평화로워야만 하는 부부 생활이란 이런 데로부터 시작되는 것인가? 이런 생각에 '썸둑' 걸린 것이다. 작가는 「가을」에서도 여성의 이런 비굴함을 지적한 바 있다. 눈물을 흘리면서 사랑의 고백을 마치고 떠나간 정예를 보면서 석재는 "정예는 제 말대로 흉악할는지 모른다. 그러나 거지는 아니다. 허다한 여자가 한껏 비굴함으로 겨우 흉악한 것을 면하는 거라면 여자란 영원히 아름답지 말란 법일까?" 이렇게 중얼거린다. 이때 석재는 어느 거지 같은 여자보다도 더 거지 같은 딴것이 싸늘한 가을 바람과 함께 그의 얼굴에 부딪치는 것을 느꼈다고 되어 있다. 이 "비굴함으로 흉악한 것을 면하는" 허다한 여자 중에 아내가 들어 있을 수 있다. 작가는 아내의 비굴함을 「산길」에서 펼쳐 보인 것이다. 그래서 연히의 뒷모양을 눈앞에 떠올리며 아름답게 느낀다. 신여성 아내의 내면은 이렇듯 양가적이다. 자유연애를 지향하는 사랑의 신 윤리에서 당당하게 서고자 하는 반면 아내라는 안전판에서 안도하는 양면성을 지녔다. 그런 점에서 지하련이 기술한 '아내의 서사'는 남성의 허위의식을 짚어내면서 신여성 아내의 갈등을 부각한 주목되는 페미니즘 소설이라 하겠다.

---

38 위의 책, 140쪽.

지하련, 임화를 따라가다

■

김복근

    마산고등학교 동문들로 조직된 가보산악회에서 등산을 가는 날, 옆자리에 앉은 친구 이재원이 지하련을 아느냐고 물었다. 내가 아는 지하련은 일제강점기 여류소설가이며, 카프(KAPF 조선프롤레타리아예술가동맹) 서기장을 지낸 평론가 임화의 부인으로 그와 함께 월북했다는 정도의 피상적인 것이었다. 왜 그러냐고 되물었더니, 그는 지하련이 자신의 고모할머니와 살아온 행적이 똑같은데, 이름만 다르다면서 할머니의 이력을 도용한 것이 아닌가 하는 의문을 제기했다. 그의 말이 사실이라면 엄청난 일이 아닐 수 없다. 호기심이 발동했다. 문단사를 다시 써야 할 새로운 사실이 아닌가. 섣불리 접근할 수 있는 일이 아니라는 생각이 들었다. 확실한 근거가 있어야 했다. 우선 할아버지와 고모할머니의 이름이 들어 있는 재적등본과 족보를 복사해달라고 요청했다.

    얼마 후 이재원은 관계되는 서류를 복사하는 과정에서 지하련이 자신의 고모할머니라는 사실을 알게 됐다고 한다. 그가 건네준 재적등본에는 경상남도 거창군 위천면 강천리 64번지에 살던 호주 이진우(李珍雨)와 처 신황산(愼黃山) 사이에서 아들 상만(相滿) 상백(相百) 상조(相祚) 상북(相北) 상선

(相鮮) 등 다섯 아들을 두었고, 첩 박옥련(朴玉連)과의 사이에 딸 숙희(淑姬)가 아명으로 등재되어 있었다. 재적등본에 나오는 숙희는 족보에 현욱(現郁)이라는 본명으로 표기되어 있고, 소설가로 등단하면서 지하련(池河連)이라는 필명으로 사용한 사실을 밝혀낼 수 있었다.

재적등본과 족보에 의해 이숙희(李淑姬), 이현욱(李現郁), 지하련(池河連)은 동일인이며, 이재원은 지하련이 고모할머니라는 사실을 확인하게 된다. 그러나 독립운동가 이상만과 그의 형제들이 마산으로 이사하여 살아온 과정을 비롯하여 소설가 지하련과 평론가 임화가 어떻게 만나 어떤 삶을 살게 되었는지 궁금증은 더해진다.

집안에 전해오는 문서나 서찰, 유품 등에서 관련되는 게 없느냐고 물었더니, 작은할아버지와 고모할머니가 사회주의 활동을 하는 바람에 당국의 조사를 받는 일이 잦아 집안에 전해져오는 서책과 문서를 모두 불살라버렸기 때문에 남아 있는 자료가 없다고 한다. 주요한 사실을 입증할 사료들이 사라져 아쉽기는 하지만, 이재원의 집안에서 구전되어오는 이야기와 기존 연구를 재구성함으로써 부족한 대로 새로운 사실을 더하여 기록하는데, 이 글의 의미를 두고자 한다.

지하련과 임화

지하련[1](1910.7.17~미상)은 천석꾼 부자 이진우(李珍雨)의 외동딸로 태어나

---

1 지하련의 아명은 이숙희이며, 본명은 이현욱이다. 이 글에서는 지하련으로 통일하여 호칭한다. 지하련의 생년월일은 위키백과에는 1912년 7월 11일생으로 기록되어 있으며, 학적부에는 명치 43년 7월 7일, 디지털창원대사전에는 1912년, 한국민족문화대백과사전에는 1912년, 다음백과 1912년 생으로 표기되어 있으나, 재적등본에

지만, 적서의 유교적 관습이 남아 있던 시대인지라 첩의 딸이라는 멍에가 늘 꼬리표처럼 따라 다녔다. 딸의 출생이 애잔한 아버지 이진우는 연민의 정으로 사랑하는 딸이 원하는 일이라면 무엇이든지 해주고 싶었다. 그러나 아버지 이진우는 지하련이 여덟 살 되는 해인 1918년(대정 7년) 세상을 등지게 되고, 어머니는 재취로 집을 나가게 되어 큰오빠 이상만은 이복이지만, 여동생 지하련이 하나밖에 없는 여동생인지라 알뜰하게 보살피게 된다. 지하련은 어려서부터 한문을 배웠으며, 1924년(대정 13년) 거창군 위천면 고북사립보통학교²를 다니다가 마산으로 이사하여 성호공립보통학교³에 전입학, 1926년(대정 15년) 졸업한 후 일본 유학을 가게 된다. 1930년 도쿄 쇼와여자고등보통학교(昭和女子高等普通學校)를 졸업하고, 도쿄경제전문학교(東京經濟專門學校)에서 수학하여 지성을 겸비한 요조숙녀로 성장하여 귀국한 후 마산에서 지내게 됐다.

지하련은 일본에서 신간회 동경지회 활동을 하던 셋째 오빠 상조(相祚)와 넷째 오빠 상북(相北)과 사상적으로 가까워져 대구에서 사회주의 활동을 하다가 체포되어 오빠들은 4년을 구형받게 되고, 지하련은 집행유예로 풀려나게 된다. 복역을 마친 동생들이 재산 분할을 요구하게 되자 집안은 일대 소용돌이가 일어난다. 동생들의 요구대로 재산을 분할해준 이상만은 술로

는 융희 4년(명치 43년) 7월 17일로 등재되어 있어 1910년 7월 17일 생으로 바로잡아야 한다.

2   지하련(이숙희)의 성호학교 학적부
3   지하련(이숙희)의 성호학교 학적부에 의하면 4학년 당시의 학업 성적은 조선어, 도화, 가창, 체조, 재봉 등이 갑으로 기록되어 있으며, 5학년 성적은 기재되어 있지않고, 6학년은 수신, 조선어, 일본역사, 도화, 창가, 체조 등 어학과 예체능 방면의 성적이 우수하였으며, 산술은 낮게 기록되어 있다.

써 화를 달래기도 한다. 동생들은 산호동에서 생활하다 광복이 되자 월북하여 함흥에서 포목상을 운영하여 부를 축적하였으나 숙청당했다고 전해진다. 지하련은 큰오빠 이상만에게 쫓겨난 후 한때 산호동 작은오빠 이상조의 집에서 살았다.

한편 1908년 서울의 중산층 가정에서 태어나 소년 시절을 유복하게 보낸 임화는 1921년 보성중학교에 입학해 이상, 조중곤, 윤기정 등과 사귀면서 문학에 흥미를 느끼게 된다. 집안이 어려워져 중학교를 5학년 중퇴한 임화는 글쓰기를 하면서 조선프롤레타리아예술가동맹(KAPF)에 가입해 1928년 중앙위원이 되었고, 그해 〈유랑〉, 〈혼가(昏街)〉 등의 영화에 주연 배우로 출연하기도 했다. 다음 해 도쿄로 유학을 갔으나, 일본 사회주의자들의 영향을 받아 사회과학에 관한 책을 탐독하고, 김남천, 안막, 한재덕, 이북만 등과 함께 '무산자사(無産者社)'에서 활동했다. 1931년 귀국해 이북만의 누이 이귀례와 결혼했으며, 12월 딸 혜란을 출산한다. 그해 KAPF 제1차 검거 사건 때 검거되었다가 9월경에 지병으로 불기소 처분을 받아 석방됐다. 1932년 4월 KAPF 중앙위원회 서기장이 되었고, 기관지 『집단』의 책임편집을 맡게 된다. 같은 해 KAPF 제2차 검거 사건 때도 검거되었으나, 폐결핵의 악화로 석방되었다. 1935년 김남천과 함께 경기도 경찰국에 KAPF 해산계를 제출하고, 그해 8월에는 요양을 위해 마산으로 내려와 1937년까지 이곳에 머물렀다.

지하련과 임화는 도쿄에서 만났을 것이라는 설도 있으나, 시점상으로 보아 1935년 8월 마산에서 만난 것으로 봐야 할 것 같다. 임화는 이귀례와 이미 이혼을 하였으며, 폐결핵을 치료해야 하는 어려운 상황이었다. 지하련은 임화와 교분이 있던 작은오빠 이상조의 소개로 임화를 간호하면서 사랑을 나누게 된 것 같다. 임화는 영화의 주연배우로 출연할 정도로 잘생겼고, 지하련은 남성들의 눈길을 사로잡을 수 있는 미모였으니 요즘말로 하면 킹카와 퀸카가 만나 불같은 사랑을 나누게 된 것이다. 그러나 지하련의 집안에서는 반대가 극심했다. 특히 그의 큰오빠 이상만은 힘들게 일본 유학까지 시켰는데, 폐병을 앓는 데다 사회주의 운동을 하고 있으며, 이혼까지 한 바람둥이 임화가 마음에 들 리 없었다. 사랑하는 여동생에게 헤어질 것을 설득해도 말을 듣지 않자 뺨을 때리며, 집에서 내쫓아버렸다.

사람의 감정은 이성으로 절제되지 않는 것 같다. 집에서 쫓겨난 지하련은 산호동에 살면서 임화를 만나 사랑을 나누었다. 1936년 임화와 지하련은 혼인신고를 하고, '마산 상남동 199번지'에 신혼살림을 차려 아이를 낳고 단란한 신혼기를 보냈다. 임화는 새로운 뜻과 삶에 대한 의지로 문학적 재기를 위해 노력했고, 지하련은 아내로서 그 곁을 지켰다. 큰오빠 이상만은 여동생이 폐병쟁이 이혼남과 어울리면서 사회주의에 동조하는 것이 마음에 들지 않았지만, 사회주의에 빠져 있는 작은오빠 이상조는 임화와 낚시를 다닐 정도로 가깝게 지냈다. 임화는 이 시기 마산에서의 생활이 가장 행복했다고 말할 정도로 즐겁게 지냈던 것 같다. 임화는 생활비를 충당하기 위해 많은 글을 썼다. 총독부가 조선어 말살 정책을 내놓자 『조선중앙일보』에 「조선어와 위기하의 조선문학」을 아홉 차례나 발표하면서 조선어 옹호론을 전개하기도 하였다. 그러나 그는 끝내 일본의 압박을 버티지 못하고, '황국위문작가단'과 '조선문인보국회'에 이름을 올리며, 군국주의 선전 영화인 〈너와 나〉의 대본을 교정 보기도 하면서 부왜의 흔적을 남기게 된다.

1937년 임화와 지하련은 서울로 올라가 신설동 361-1번지와 회기동 64-15번지에 기거했다. 임화는 『학예사』를 대리 경영했고, 『인문평론』의 편집에도 참여하면서 가정생활에 그렇게 충실하지는 않았던 것 같다. 1940년 초에는 고려영화사 문예부 촉탁으로 근무했고, 1943년 조선영화 문화연구소의 촉탁으로 근무하면서 『조선영화연감』, 『조선영화발달사』를 편집했다.

1940년 임화를 기다리며 아이를 양육하던 지하련이 결핵에 걸려 요양차 마산으로 돌아오게 된다. 작은오빠 이상조의 집에서 외로움과 병마에 시달리면서 단편소설 「결별」과 「체향초」를 집필했다. 1937년 일제는 중국 대륙과 동남아시아 일대로 전선을 확대시켜 나갔고, 1941년 12월에는 진주만을 습격하여 미국과의 태평양전쟁(太平洋戰爭)을 유발하여 세계대전으로 확대되면서 국제 정세는 소용돌이치고 있었다. 세상이 어지러우면 백성들의 생활은 어렵고 힘들기 마련이다. 일제에 의해 온 나라가 전시 체제로 바뀌게 되자 임화는 지하련에게 "세상이 소란해 마음 둘 곳이 없는데, 너는 앓고 아이들은 가엾고 나는 고달프고 쓸쓸하다."(『여성』, 1940. 10)라고 자탄하면서 일제의 압박과 생활고에 시달리는 안타까운 심경을 술회하기도 했다.

이런 와중에 지하련은 1940년 12월 단편소설 「결별(訣別)」을 『문장』지에 발표한다. 평론가 백철(白鐵)은 "인간적으론 전부터 친숙하게 아는 분이지만, 그가 이처럼 훌륭한 작가적인 천품을 갖춘 분인 줄은 소홀하게도 생각하지 못했다. 그만치 이 「결별」을 읽었을 때의 나의 놀람과 기쁨은 더 한층 크게 신선했다."는 찬사와 함께 문단에 추천한다. 이에 고무된 지하련은 어려운 세월 속에서 「체향초(滯鄕抄)」(『문장』, 1941.3), 「가을」(『조광』, 1941.11), 「산길」(『춘추』, 1942.3) 등을 발표했다. "소시민의 자의식에 대해 심리 묘사를 섬세하게 하면서 그 전망을 모색하는 한편, 일상의 안일한 행복에 잠겨 있던 여성이 남성과의 관계에서 자의식에 눈뜨는 과정을 포착하는 데 뛰어남을 보이게 된다."는 평을 들으면서 작가적인 역량을 발휘하게 된다.

지하련이 등단한 1940년대는 식민 통치가 가장 엄혹하던 시절이었다. 조선총독부는 1941년 조선사상범 예방 구금령을 내려 사상범으로 지목된 사람을 강제 수용했다. 창씨개명을 강요하고, 노동력을 착취하였으며, 집단 학살을 자행했다. 군인으로 징집되고, 정신대로 끌려갔다. 1939년에 창립된 조선문인협회는 군국주의 정책에 이바지하도록 일제에 의해 만들어진 관변단체였다. 잡지는 폐간되어 문인들은 글을 발표할 곳이 없어지고, 전쟁을 찬양하는 글을 쓰도록 강요당했다. 친일문학을 하거나 붓을 꺾고 저항하다 잡혀갈 수밖에 없었다.

1945년 광복 직후 지하련은 남편 임화와 함께 조선문학가동맹에 가담하였다. 일제 말 암흑기의 침묵 기간을 거친 후 광복 이듬해에 발표한 「도정(道程)」(『문학』, 1946.8)에서는 주목할 만한 변신을 보여준다. 이 작품은 해방 공간에서도 곳곳에서 권모술수가 횡행하고 그것이 사회주의자들의 핵심부에까지 파고 들어오는 현실과 그런 현실 앞에 맞서서 고민하는 지식인의 초상이 작가의 날카로운 눈길에 의해 생생하게 포착되어 있다. 그뿐만 아니라 여기서 한 걸음 더 나아가 이 작품에 그려진 주인공의 고민은 결코 해방 공간이라는 한정된 시점에만 그치는 것이 아니라 조직의 규율과 개인적 양심 사이의 갈등으로 괴로워하는 사람이 있는 곳이라면 어느 시대를 막론하고 적용될 수 있는 보편적 전형의 면모를 갖추고 있었다. 「도정(道程)」은 조선문학가동맹 제1회 조선문학상 수상작으로 선정되어 관심을 모으기도 했으며, 1948년 서울 백양당(白楊堂)에서 단행본으로 출판되기도 했다.

그 이후 「광나루」(『조선춘추』, 1947.12)를 발표하기도 한 지하련은 일제 말기에 등단하여 월북 직전까지 단 8편의 단편소설만을 남겼지만, 세련되고 탁월한 문체와 기법으로 주목을 받았다. 그의 소설은 삶의 작은 편린까지 세심하게 관심을 기울이면서 담담하게 느껴지는 일상에 대해 유장한 걸음으로 사람들의 미세한 감정의 떨림을 짚어나가는 작품 세계를 보여준다. 문학사에서는 이선희(李善熙), 최정희(崔貞熙) 등과 어깨를 나란히 하는 여성문학가로서의 위치를 구축한 것으로 평가된다.

1945년 8월 15일 광복 직후, 임화는 조선문학가동맹에 가담하였다. 1946년 2월 8일 전조선문학자대회의 중앙집행위원으로 선출된 뒤 진보적 민족문학론의 이론적 구심점으로 활동했다. 문학을 통한 정치투쟁을 하면서 박헌영이 이끄는 조선공산당의 외곽 세력으로 움직이기도 했다. 그 후 조선노동당과 남로당 활동이 불법화되어 단속하게 되자 1947년 10월, 당 지도부와 함께 월북한다. 임화는 평양으로 가지 않고 해주에 머무르면서 제1인쇄소를 거점으로 대남공작에 종사하다 6·25가 터지자 서울로 내려와 조선문화총동맹을 조직하고 부위원장을 맡게 된다. 6·25전쟁 때 북한의 종군작가단으로 서울에 온 벅찬 감동을 시「너 어디 있느냐?」로, 인민군이 후퇴해 평안북도까지 쫓겨 간 심정을 시「바람이여 전하라, 흰 눈을 붉게 물들인 나의 피 위에」 등으로 썼다. 그러나 이 작품들이 문제가 되어 휴전협정 사흘 뒤인 1953년 7월 30일, 남로당 간부 11명과 함께 미제 간첩으로 기소돼 심문을 받는 도중 안경알을 깨 그 파편으로 동맥을 끊고 자살을 시도했던 임화는 결국 그해 8월 6일 사형선고를 받고 처형된다. 나이 45세 때였다. 전쟁 중 만주에 있던 지하련이 이 소식을 듣고 평양으로 달려왔다. 정신적 충격을 받게 된 지하련은. 임화의 시신을 찾다가 흔적조차 찾을 수 없자 실성한 모습으로 평양 시내를 미친 듯이 헤매다니 내무서원에게 붙들려 평북 회천 부근의 산속에 있는 교화소에 수용됐고, 1960년 초 병사한 것으로 전해진다. 임화와 지하련 사이에 태어난 어린 남매의 행방 역시 아무도 모른다. 문학과 사상과 정치의 전위에 섰던 임화와 지하련, 그리고 그가족의 비극적 종말은 격동의 한국 현대사를 살아온 한 개인사의 진면목을 집약적으로 보여준다.

이상만과 지하련

지하련의 큰오빠 이상만(李相滿, 1898.9.5~1938.10.22)은 거창군 위천면 강천리에서 지주 이진우의 아들로 태어났다. 그는 경성공립제일고등보통학교(경기고등학교 전신)를 졸업한 후 1913년 1월 25일 일본 횡빈신학교를 졸업하고 전염병연구소에 근무하던 이남순(李南順)[4]과 혼인했다. 이상만의 둘째 아들 이열(李烈)의 술회에 다르면 이남순은 신교육을 받은 여성으로 일본 유학을 같이 하면서 영화배우 복혜숙(卜惠淑)과 가까이 지낸 사이라고 한다.

이상만은 1920년 6월 군사주비단(軍事籌備團) 단원으로 대한민국 임시정부 군자금 모집 활동을 했다. 군사주비단은 1920년 6월 경, 안종운(安鍾雲), 여준현(呂駿鉉), 장응규(張應圭), 이민식(李敏軾) 등에 의해 조직되었다. 이들은 독립운동 자금을 모집하여 임시정부로 보내 임시정부와 공동으로 독립 달성에 노력하기로 결의하고, 이민식을 사령장(司令長), 여준현을 재무장(財務長), 장응규를 교통장(交通長)으로 호선(互選)하였다. 이러한 사실이 알려지게 되자 이상만은 일경에 쫓기는 몸이 되어 전 가족을 솔가하여 창원군 웅남면 월림리 136번지로 피신하게 된다. 그러나 그는 여기서 체포되어 형기를 살기 전에 이미 손톱이 빠지는 등 심한 고문에 시달렸다. 1922년 보안법 위반으로 6개월간의 형기를 마치고, 출옥하여 마산 만정 220번지로

---

4 재적부에는 민태주가 등재되어 있으나, 아이를 출산하지 못하여 이남순과 재혼을 하게 되었다고, 아들 이열은 글을 써두었고, 손자 이재원도 이 사실을 확인하여 주었다(2020.4.16).

이사를 하게 된다. 이때 형제들은 마산 만정 집에서 함께 기거를 하게 되고, 일본 유학을 마친 지하련도 귀국하여 함께 생활하게 된다.

군사주비단에서는 1920년 9월 장응규가 상해에서 가져온, 임시정부 발행 공채증권(公債證券) 액면(額面) 100원권 30매, 500원권 6매, 1,000원권 4매로 독립운동 자금을 모집하기로 협정하였다. 이민식은 같은 해 10월 1,000원권 1매, 500원권 1매를 김성진(金聲鎭), 유병의(柳秉義) 등에게 교부하고 공채권을 매각(賣却)하여 독립자금을 조달할 것을 권유하였다. 김성진은 500원권 1매, 100원권 3매를 교부받아, 다시 김애한(金靄漢)에게 교부하였고 김애한은 500원권 1매를 이상만에게 교부하였다. 평소 항일의식이 투철하였던 이상만은 즉시 500원을 건네주어 독립군자금을 사용하도록 하였다.

이 일로 이상만은 피체되어, 1922년 4월 13일 경성지방법원에서 소위 보안법으로 징역 6월을 받고 옥고를 치르고 석방되자, 1927년 7월 20일 마산에 설립된 신간회 지회[5]에 참가하였으며, 1930년까지 신간회의 재무부, 조직선전부, 재정부, 출판부 등에서 활약한 것이 독립운동사 공훈전시사료관에 기록되어 있다.

이상만은 유치원 교육에 관심이 많았다. 1912년 통도사 구하스님에 의해

---

5 1927년 7월 20일 신간회 마산 지회가 설립되었다. 마산 지회는 신간회의 지회 가운데서도 적극적 활동을 펼친 대표적 단체였다. 1927년 12월 말과 1931년 3월 말에 채택된 토의 안건으로 '재만 동포 옹호 동맹에 관한 건, 사립 마산의신여학교 동맹 휴교 사건에 대한 조사 검토에 관한 건' 등이 토의되기도 했다. 마산 지회는 김용환·명도석·이형재·김형철 등 민족주의 세력과 여해·김명규·김형두·손문기·이상만 등 사회주의 세력과 이전까지의 노동 야학, 3·1운동 및 청년·노동·농민 운동 등 대중 운동을 주도한 인물들이 회원으로 참여하였다.(『창원향토문화백과』)

지하련 전집

설립된 마산 배달유치원은 1927년 4월 5일 양산 통도사에서 경영하는 배달유치원과 마산구락부에서 경영하는 마산유치원을 병합시켜 배달유치원을 개원했다. 같은 해 4월 24일 배달유치원 이사회를 열고 원칙을 통과하고, 이사장 송치권, 원장 이영재, 원감 이상만, 회계에 남기제를 선정했다. 마산 배달유치원은 양산 통도사의 보조와 마산 유지의 노력 및 독지가의 희사로 경비를 마련하여 민족의식 고취를 위한 교육뿐만 아니라, 사회사업의 일환으로 평등한 국민 교육을 위해 충실하게 운영하였으나, 설립 인가 문제로 난관에 부딪치게 된다. 어려움 속에서 1931년 6월 7일 경남도로부터 배달유치원 설립 인가를 받았으며, 설립자 이우식과 보모 정형길, 김신옥, 이정선 등을 인가했다(조선일보, 1928.3.17). 마산시민이 열망하던 배달유치원은 불교계 2호 유치원으로 설립되었으며, 1940년에 배달유치원에서 통도사 마산 중앙포교당 정법사 부설 대자유치원으로 정식 인가를 받아 지금까지 원활하게 운영하고 있다.

이상만의 둘째 아들 이열의 증언에 의하면 이상만은 배달유치원 원감으로 재임하면서 유치원에서 회의도 하고, 신간회 주축 인물들과 만남의 장소로도 이용하였다고 한다. 또한 일본 헌병 장군증(張軍曾) 중사와 마산경찰서 고등계 형사 김부장이 집을 자주 찾아왔는데, 이상만이 옥고를 치른 후에도 요시찰 인물로 감시를 받은 것으로 보고 있다. 이상만은 민족적 사회주의자로 항일운동과 육영사업을 하다가 조국 광복을 보지 못하고, 1938년 10월 22일 41세의 젊은 나이로 작고하게 된다.

지하련의 미모와 서정주의 연모

지하련은 빼어난 미모였다. 정영진의 『대구 이야기』(푸른사상사, 2021)에 의

하면 1932년 1월 말, 대구경찰서 유치장 여감방에는 여성 사상범 혐의자 다섯 명이 수감된다. 일경은 "이들은 남편의 조직 활동을 도운 아내이거나, 아예 부부로 위장한 동지 사이, 혹은 주동자와 친인척 관계"였다고 발표했다. 이들 중 가장 눈길을 끈 여인은 갓 스무 살의 앳된 처녀 지하련이었다. 바로 '공산주의협의회사건'의 고위 조직자였던 이상조(李相祚), 이상북(李相北) 형제의 누이동생이었다. 그녀는 두 오빠를 도와 대구고무공장의 여공들을 조직에 끌어들이려 한 혐의로 구금되어 있었다.

구금된 지 석 달째 되는 4월 말경. 지하련은 5월 1일 메이데이(노동절)를 앞둔 일경의 이른바 '예비검속'에 걸려 7호 감방에 들어온 대구의 좌익 청년들과 유치장에서 조우하게 된다. 서로 안면이 있는 사이인지라 미소로서 알은 체했을 뿐이었다. 감방에서 만난 청년들은 5월 하순 예비검속에서 풀려났고, 지하련은 2년여의 징역 판결을 받은 오빠들과는 달리 6월 중순 집행유예로 석방되었다. 이후 지하련과 청년들은 대구의 한 다방에서 담소할 기회를 가지지만, 지하련은 동지애를 강조하며 대구 청년들의 관심을 차단하였다. 그랬던 지하련은 2년 뒤, 자신은 정작 아이 딸린 이혼남이자, 폐병 환자인 카프 시인 임화(林和)와 전격 결혼함으로써, 주위 사람들을 놀라게 한다.

지하련을 좋아했던 또 한 사람의 유명인사가 있다. 바로 서정주 시인이다. 임화와 결혼한 줄 알면서도 넌지시 넘보며 회기동 집엘 들락거렸다고 술회한 증언이 있을 정도다. "지하련은 상당히 미모여서 문인들 사이에 인기가 대단했다. 임화가 작품보다 문단 정치로 유명해진 데 비해, 그의 부인은 글재주가 임화보다 나았다."는 말이 전해오기도 한다.

서정주의 「수대동시(水帶洞詩)」는 1938년 6월 『시건설』에 발표되었다. 떠돌이로 살던 20대 초반의 서정주는 보들레르와 니체에 심취해 있었다. 좋아하는 여인 지하련은 마산에서 서울로 온 지가 얼마 되지 않았고, 서정주는 떠돌이별로 살면서 연모의 정을 안고 살았다. 그러나 지하련은 이미 임화와 결혼하였으며, 아이까지 있는 연상의 여인이었다. 젊은 혈기에 혼자 속만 태우던 미당은 초기 시세계에 전환점이 되는 「수대동시(水帶洞詩)」를 남기고 서울을 떠나게 된다. 「수대동시」는 미당이 근대적 세계의 심취로부터 벗어나 비서구적 삶의 세계로 넘어가는 순간의 내면풍경을 보여주는 상징적인 시라고 할 수 있다.

"흰 무명옷 갈아입고 난 마음/싸늘한 돌담에 기대어 서면/사뭇 숫스러워지는 생각, 고구려에 사는 듯/아스럼 눈감았던 내 넋의 시골/ 별 생겨나듯 돌아오는 사투리./등잔불 벌써 켜지는데……/오랫동안 나는 잘못 살았구나."라고 자책하면서 흰 무명옷 입고 고향의 돌담으로 돌아가 친숙한 사투리를 쓰며 살아갈 날을 노래했다. 지난 삶에 대한 성찰적 모습을 보여주며, "샤알 · 보오드레-르처럼 설고 괴로운 서울 여자를/ 아조 아조 인제는 잊어버려, 선왕산 그늘 수대동(水帶洞) 14번지"로 내려왔다고 진술한다. 「수대동시」는 미모를 가진 연상의 여인 지하련을 연모하다 서울에서의 떠돌이 생활에 종지부를 찍고 '선왕산'과 '장수강'이 있는 고향으로 돌아가 결혼을 하려는 그의 속마음을 나타낸 시로 읽을 수 있다.

훗날 서정주는 그때 그 서울여자 지하련이 결국 애인 임화를 따라 월북한 사실을 알게 되고, 자신이 일찌감치 마음을 접은 것(?)이 차라리 다행이었다는 회고담을 남기기도 했다.

비련의 주인공

평화는 전쟁이나 갈등이 없어 세상이 평온하고 화목한 상태를 말한다.

그렇다면 이 땅에 진정한 의미의 평화는 존재하는가. 박홍규(2003)에 의하면 "인간의 역사는 전쟁의 역사다. 최초의 전쟁 기록으로 남아 있는 기원전 1496년 이래 3500여 년에 이르는 동안 전쟁이 없었던 해는 244년에 불과하고, 나머지 3250여년은 인간이 흘린 피로 세상이 붉게 물들었다."고 한다. 전쟁 기간이 평화 기간보다 훨씬 길뿐만 아니라 평화롭게 사는 시기도 어찌 보면 전쟁 준비 기간이나 다름없다. 전쟁에 의해 인류는 파괴와 혼란 속에서 개인의 삶은 파편화되고, 불행의 씨앗이 됐다.

일제강점기를 살아온 우리 민족은 굴욕과 압박의 삶을 살면서 광복을 위해 노력하다가 가족 간에도 민족주의와 사회주의로 나뉘어 갈등을 겪기도 한다. 자주국가에서 살았다면 천석 부자 이진우의 가족들은 평화를 구가하면서 행복하게 살았을 것이다. 그러나 일제강점기와 6·25전쟁의 소용돌이 속에서 독립운동가 이상만은 41세의 젊은 나이로 작고하게 되고, 그의 형제들은 뛰어난 두뇌와 일본 유학을 통해 배운 학식 때문에 오히려 갈등과 좌절을 겪게 되어 이념의 희생양이 되고 말았다. 여동생 지하련(이숙희)은 비련의 주인공이 되어 임화와 함께 월북하여 작고 일시도 제대로 모르고 있으며, 자녀들의 행방도 알 수 없는 형편이다.

집안에서 전해지는 이열과 이재원 부자의 증언, 재적등본, 학적부 등을 종합하고, 각종 기록에 의한 기존 자료를 중심으로 이상만과 지하련, 임화의 관계에 대해 개괄적으로 살펴봤다. 소중한 자료를 제공해준 이재원에게 고마운 마음을 전한다. 우리 속담에 "삼대 부자 없고, 삼대 거지 없다."는 말이 있다. 증조부 이진우로부터 어려운 삶을 살았던 삼대의 삶이 끝나고, 이제 이재원으로부터 새로운 삼대가 시작된다. 이념에 함몰된 한 집안의 쓰라린 고통과 아픔을 극복하고, 새로운 시대에 걸맞게 아름다운 삶을 영위하기를 기원하면서 이 무거운 글을 마무리하며, 「지하련 애가」를 읊조

려본다.

더운 피 돌기 되어 마음은 뜨거웠다
너는 가고 나는 홀로 구름과 바람과 별
자욱이 안개가 내려 아무 것도 볼 수 없다

그대 이름 되뇌며 소리쳐 부르노니
맨발에 산발 머리 어둠을 헤매 돌다
내 마음 나도 몰라라 눈멀고 귀도 멀어

모든 것 다 버리고 한닥이는 촛불마냥
고운 볼 서룬 눈물 사무치게 떨고 있느니
세상 끝 벼랑에 서서 울부짖는 여심(女心)이여

— 김복근, 「지하련 애가」 전문

『화중련』 통권 31호, 2021)

지하련 작품 연보

1939.12. 설문, 「설문」(이현욱), 『여성』

1940.4. 수필, 「편지(片紙)」(이현욱), 『삼천리』

1940.10. 수필, 「일기(日記)」(이현욱), 『여성』

1940.12. 단편, 「결별(訣別)」(지하련), 『문장』

1941.3. 단편, 「체향초(滯鄕抄)」(지하련), 『문장』

1941.4. 수필, 「인사(人事)」(지하련), 『문장』

1941.6. 수필, 「소감(所感)」(지하련), 『춘추』

1941.11. 단편, 「가을」(지하련), 『조광』

1942.2. 수필, 「겨울이 가거들랑」(지하련), 『조광』

1942.3. 단편, 「산길」(지하련), 『춘추』

1942.4. 단편, 「종매(從妹)」(지하련), 창작집『도정』

1942.5. 단편, 「양(羊)」(지하련), 창작집『도정』

1942.9. 수필, 「회갑(回甲)」(지하련), 『신시대』

1946.2. 시, 「어느 야속한 동포가 있어」(지하련), 『학병』

1946.7. 단편, 「도정(道程)」(지하련), 『문학』

1947.12. 콩트, 「광나루」(지하련), 『조선춘추』

1948.12. 창작집, 『도정(道程)』, 백양당

1912년   7월 11일, 경상남도 거창에서 부 이진우(李珍雨, 1876~1926), 모 박옥련 (朴玉蓮, 1885년생)의 장녀로 출생. 지하련은 등단 시에 쓴 필명이며 그 이전에는 이현욱이라는 이름으로 알려져 있어 주변에서는 이현욱을 본 명으로 알고 있었던 듯하나 호적에 기록된 본명은 이숙희(李淑姬)이다.

지하련의 부친 이진우는 정실 신황산(愼黃山, 1873년생)과의 사이에서 상만(相滿, 1898년생), 상백(相百, 1903년생), 상조(相祚, 1905년생), 상북(相北, 1907년생), 상선(相鮮, 1913년생)의 5남과 1녀 용희(容姬, 1908년생)를 두었다. 부친 이진우는 1876년 태어나 경남 거창군 위천면 중리 64번 지에서 살다가 1918년 경남 창원군 웅남면 월림리 136번지로 전적한 후 1926년 사망하였다. 조부 이종국(鐘國)과 이진우는 창원시 대산면 가솔리의 대지주였다. 정치적 사회적으로 공직을 갖고 있지는 않았으 나 집안의 많은 재산을 관리하면서 어려운 이웃을 많이 도왔다고 한다.

지하련(이현욱)은 어려서 한문을 배웠으며, 1924년 거창군 위천면 고 북 사립보통학교를 다니다가 1924년 마산으로 이사하여 성호공립보통 학교에 전입학 1926년 졸업한 후 일본 유학을 가게 된다. 중학 과정은 본인 술회에 의하면 1930년 동경소화고녀(東京昭和高女)를 나왔으며 동경여자경제전문학교(東京女子經濟專門學校)를 중퇴한 것으로 되어 있다. 그러나 소화고녀의 학적부가 소실되고 남아 있지 않아 학적 확인 이 불가능한 상태이고(화보 중 소화고녀에서 온 편지 참조), 동경여자경제 전문학교의 경우도 같다. 지하련이 재학하였으리라고 짐작되는 시기의 학적에 이숙희 또는 이현욱이라는 이름은 남아 있지 않다. 동경여자경제전문학교는 현재 도쿄문화단기대학이 되어 있다.

지하련이 동경으로 유학을 갔으리라고 생각되는 1923~1924년에 셋째 오빠 상조가 일본으로 유학하고 있는데 상조는 1924년 9월 니혼대 문예과로 유학을 떠나 이때 지하련도 따라가 일본 유학 생활을 시작하였을 가능성이 높다.

1929~1930년 일본에서 임화(林和)와 만남. 지하련은 일본 유학 생활을 5년 정도 계속하였다고 보아야 한다. 1929년 일본으로 유학간 임화를 일본에서 만났다고 되어 있기 때문이다. 일본의 임화는 이북만(李北滿)의 누이 이귀례(李貴禮)와 동거 생활을 하고 있었다.

지하련의 오라비 상조와 상선은 사회주의 사상운동과 관련이 깊은 인물들이다. 지하련의 소설에 등장하는 오라버니는 셋째 오빠인 상조로 짐작되며 지하련이 사회주의 사상에 공감하게 된 것도 남자 형제들의 영향과 당시 지식인 사회에 유행하던 사회주의 사상의 풍조, 그리고 임화의 영향 등을 생각해볼 수 있다.

1031년 11월 13일, 임화와 이귀례 사이에서 딸 혜란 출생(경성부 이화정 1번지에서).

1934년 신건설사 사건으로 카프 맹원들에 대한 2차 검거. 임화는 병으로 투옥을 면하고 평양 실비병원에 입원, 이때 지하련이 임화 병문안.

1935년 임화, 이귀례와 이혼, 카프 해산계 제출하고 마산으로 내려감.

10월 11일, 임화와 장숙희 사이에 딸 영문 출생(경성부 창신정 130번지의 2에서. 장숙희가 누구인지 미확인).

1936년 7월 8일, 지하련과 임화와 혼인 신고. 같은 날 이귀례 소생 임화의 딸 혜란을 자신의 장녀로 호적에 올림.

7월 11일, 아들 원배 마산부 상남동 199번지에서 출생. 이곳이 지하련과 임화가 마산에서 결혼 후 살림을 차렸던 곳인 듯.

1938년 1월까지 마산에 거주.

1938년   2월, 상경하여 서울 종로구 창신동에 기거. 임화의 딸 혜란을 아들 원
배와 함께 키움. 어머니 박옥련도 함께 동거. 임화의 또 다른 딸 영문(英
文, 1935년 10월 11일 경성부 창신정 130번지의 2에서 출생, 이때의 거주지와
영문의 출생지가 동일한 곳인지 확인하지 못함) 나타남.

지하련 와병(폐결핵), 귀향. 창작에 몰두.

1939년   서울 회기동에서 거주.

1940년   4월, 수필 「편지」를 『삼천리』에 발표.

5월 8일, 아들 원배 호적에 올림.

10월, 수필 「일기」를 『여성』에 발표.

12월, 단편 「결별」, 『문장』에 백철의 추천으로 등단.

1941년   3월, 『문장』에 단편 「체향초」 발표.

4월, 『문장』에 「인사」 발표.

6월, 『춘추』에 수필 「소감」 발표.

11월, 『조광』에 단편 「가을」 발표.

11월 18일, 임화와 장숙희의 소생 영문을 임화와 이숙희의 호적에 올림.

1942년   2월, 『조광』에 수필 「겨울이 가거들랑」 발표.

3월, 『춘추』에 단편 「산길」 발표.

9월, 『신시대』에 수필 「회갑」 발표.

1942년부터 1945년 사이에 단편 「종매(從妹)」 「양(羊)」 집필하여 1948
년 창작집 『도정』 출간 시 수록.

1946년   2월, 『학병』에 시 「어느 야속한 동포가 있어」 발표.

8월, 『문학』에 단편 「도정」 발표.

12월. 조선문학가동맹 주최 1946년 해방기념문학상 후보작으로 단편
「도정」이 이태준의 「해방전후」와 함께 추천됨.

1947년   2월 13일, 문화예술가 총궐기대회에 오장남, 안회남, 김영석 등과 함께
문학분과 소속으로 참가, 「문학가는 거짓말을 않는다」는 제하의 규탄

문 낭독.

11월 20일, 임화 월북.

12월, 『조선춘추』에 콩트 「광나루」 발표.

1948년 12월 15일, 첫 창작집 『도정』 간행. 지하련은 이 창작집이 출간되기 전
에 월북한 것으로 보인다. 창작집 『도정』의 증정본에 지하련의 사인이
있는 책이 발견되지 않기 때문이다. 최정희 씨가 보관하고 있는 『도정』
에 저자 사인이 없으며 박화성문학기념관의 『도정』에는 증정 글씨가
쓰여 있으나 지하련의 필적이 아니다.

창작집 『도정』에는 발표하지 않은 해방 전 작품 「종매」, 「양」 두 작품
이 보태어져 모두 7편의 단편이 실려 있다. 서문도 후기도 없는 창작집
에 작품은 「도정」 「가을」 「결별」 「산길」 「체향초」 「종매」 「양」의 순
서로 실려 있다.

지하련이 혜란과 원배를 데리고 월북하였다고 증언하고 있으나(장윤영,
논문 35쪽) 데리고 간 남매는 원배와 원주로 이름을 바꾼 영문일 개연성
이 높다. 6·25전쟁 시 서울에 온 임화가 딸 혜란을 찾는 시를 쓰고 있
기 때문이다. 성혜랑의 자서전에서 북에서 만난 원배는 혼자였다고 하
니 사실은 알 수 없다.(『등나무 집』, 245쪽)

1953년 8월 6일, 임화 사형. 늦게야 만주에서 이 소식을 들은 지하련은 실성한
채 헤매 다녔다고 하며, 1960년 초에 평북 희천 근처의 산지 오지 교화
소 시설에 격리 수용되었다가 병사했다는 설이 있다.

지하련 전집

지하련 활동 당시의 평론 및 자료

김기림 외, 「신춘좌담회」, 『문장』, 1940. 1.

김동리, 여류작가의 회고와 전망, 『문화』, 1947. 7.

백 철, 「지하련씨의 '결별'을 추천함」, 『문장』, 1940. 12.

일기자, 「시인 임화의 부부는 그 뒤 어찌 되었나」, 『조선문단』, 1935. 7.

일기자, 「문인 임화씨와의 잡담집」, 『신인문학』, 1936. 10.

임 화, 「사랑의 진리」, 『조광』, 1937. 3.

―――, 「작가단편자서전」, 『삼천리문학』, 1938. 1.

―――, 「시인산문」, 『조선일보』, 1939. 2. 5.

―――, 「아내 있는 사람과의 사랑」, 『여성』, 1939. 4.

―――, 「어느 청년의 참회」, 『문장』, 1940. 2.

정인택, 「신인선 소감」, 『문장』, 1941. 4.

정태용, 「지하련과 소시민」, 『부인』, 1949. 2. 3 합본.

최정희, 「여류작가군상」, 『조선예술』, 1948. 2.

「조선문학가동맹 운동사업 개황 보고」, 『문학』, 1947. 4.

「해방기념조선문학상에 대한 결정서」, 『문학』, 1947. 4.

학위논문

남찬우, 「지하련 소설의 인물 연구」, 경남대 교육대학원 석사학위논문, 1990.

박미정, 「이선희와 지하련의 소설 연구」, 숙명여대 대학원 석사학위논문, 1990.

서정자, 「일제강점기 한국여류소설연구」, 숙명여대 대학원 박사학위논문, 1987.

장윤영, 「지하련 소설 연구」, 상명대 대학원 석사학위논문, 1996.

단행본 및 논문

강만길, 『한국사회주의운동 인명사전』, 창작과비평사, 1996

권영민, 『월북문인연구』, 문학사상사, 1989.

김남식, 『남로당 연구』, 돌베개, 1984.

김복근, 「지하련, 임화를 따라가다」, 『화중련』, 2021, 상반기, 통권 31호.

김영식 편, 『작고문인 48인의 육필서한집 : 파인 김동환 탄생100주년 기념』, 민연, 2001.8.

김용직, 『임화 문학연구』, 세계사, 1991.

김윤식, 『한국근대문예비평사연구』, 일지사, 1976.

──, 『임화연구』, 문학사상사, 1989.

김승환·신범순 편, 『해방공간의 문학』, 돌베개, 1988.

민족주의민족전선 편, 『조선해방연보』, 문우인서관, 1946.

백 철, 『신문학사조사』, 백양당, 1949.

──, 『문학자서전 – 진리와 현실』, 박영사, 1975.

서영은, 『강물의 끝 : 최정희 전기·소설』, 문학사상사, 1984.

서정자, 『한국근대여성소설 연구』, 국학자료원, 1999.

──, 『한국 여성소설과 비평』, 푸른사상사, 2002.

서정주, 『나의 문학적 자서전』, 민음사, 1975.

성혜랑,『등나무 집』, 지식나라, 2000.

안숙원,「지하련과 길의 서사」,『한국여성서사체와 그 시학』 예림기획, 2003.

역사문제연구소,『카프 문학운동연구』, 역사비평사, 1989.

─────────,『민족해방운동사』, 역사비평사, 1993.

이기봉,『북의 문학과 예술인』, 사사연, 1986.

이기형,「월북시인 임화」,『민족문학회보』, 1988. 7.

이덕화,「지하련의 문학세계」,『문학과 의식』, 1995, 봄호.

이동하,『현대소설의 정신사적 연구』, 일지사, 1989.

───,『한국문학과 인간해방의 정신』, 푸른사상사, 2003.

이 정,「지하련의 삶과 문학」,『여성과 사회』, 1995.

이재선,『한국현대소설사』, 홍성사, 1981.

───,『우리 문학은 어디에서 왔는가』, 소설문학사, 1989.

이철주,『북의 예술인』, 계몽사, 1966.

정영진,『통한의 실종문인』, 문이당, 1989.

───,『바람이여 전하라 ─ 임화를 찾아서』, 푸른사상사, 2002.

조선문학가동맹 편,『건설기의 조선문학』, 온누리, 1988.

조혜정,『한국의 여성과 남성』, 문학과지성사, 1988.

한길문학 편,『남북한문학사연표』, 한길사, 1990.

한국역사연구회,『조선정치사 : 1800～1863』, 청년사, 1990.

─────────,『한국역사』, 역사비평사, 1992.

히토미 구스오(人見楠郎),『소화교육원류고(韶和敎育源流考) ─ 中高の卷 上』,
　　　1987.